Der Fürst vom Hubertussee

Der Frohnau-Roman
von Michael Hertel

Meinem Frohnau zum Hundertsten

Bibliografische Information
der Deutschen Bibliothek:
Die Deutsche Nationalbibliothek
verzeichnet diese Publikation
in der Deutschen
Nationalbibliografie;
detaillierte bibliografische
Daten sind im Internet über
http://dnb.dnb.de abrufbar.

© 2010 by Michael Hertel
© 2. überarbeitete Auflage 2011
© 3. überarbeitete Auflage 2014
© 4. Auflage 2016

Alle Rechte vorbehalten

Gesetzt aus der Gentium
von Victor Gaultney

Herstellung und Verlag:
BoD - Books on Demand, Norderstedt
ISBN 9783741276552

Das Buch im Netz:
www.mhv-buecher.de
Auch als eBook erhältlich

Das Buch
Der SPD-Parteifunktionär Horst Adelmann wird im Berliner Ortsteil Frohnau ermordet. Für die Lokaljournalistin Ulrike Manteuffel ist das ein gefundenes Fressen, um im Leben des Ermordeten herum zu schnüffeln. Bei dieser Gelegenheit kommt die Journalistin auch dem Mörder ziemlich nahe. Mit einem Augenzwinkern wird hier Lokalpolitik der 1970-er Jahre unter die Lupe genommen.

Der Autor
Michael Hertel, im Jahre 1954 in Berlin-Frohnau geboren, kennt die Gartenstadt wie seine Westentasche. Er verbrachte seine Kindheit und Jugend in Frohnau, machte eine Ausbildung zum Journalisten, arbeitete anschließend als Redakteur und Reporter bei verschiedenen Printmedien, schrieb u. a. für die Berliner Morgenpost, das Hamburger Abendblatt und Die WELT. Der Autor lebt in Hamburg, ist verheiratet und hat zwei erwachsene Söhne.

Prolog

Die Geschichte spielt in einem kleinen Ort namens Frohnau. Frohnau war und ist zweierlei: einerseits seit 1920 ein Ortsteil der deutschen Hauptstadt, andererseits aber auch so etwas wie eine in sich geschlossene, gutbürgerliche Kleinstadt. Diese Abgeschlossenheit war in den 1970-er Jahren umso größer, als der im französischen Sektor gelegene Ortsteil West-Berlins im Westen, Norden, Osten und Südosten durch Mauer und Stacheldraht der DDR-Grenze umschlossen und mit dem Rest der geteilten Stadt im Wesentlichen durch drei Straßen verbunden war. Solche Abgeschiedenheit würde man im Allgemeinen als „Provinz" bezeichnen. Doch auch in der vermeintlichen Provinz passieren bisweilen politische Umwälzungen beträchtlichen Ausmaßes.

Handlung und handelnde Personen dieses Buches sind rein fiktiv. Die Handlung spielt in Kreisen und Umkreisen der SPD, könnte aber so oder ähnlich auch in anderen demokratischen Parteien Deutschlands abgelaufen sein. Niemand muss befürchten, in diesem Buch beschrieben zu sein, weil die Akteure nie existiert haben. Es sollte sich aber auch niemand einbilden, nicht gemeint zu sein.

Michael Hertel

Im düsteren Saum zwischen Straße und Seeufer hatte der Schatten wenig Mühe, mit seiner Umgebung zu verschmelzen. Der Herbstabend war unangenehm kühl und feucht. Dicke Wolken lagen in der Luft. Nur der steife Nordwest hatte sie bislang daran gehindert, abzuregnen. Der Wind zerrte an den Wolken, trieb sie auseinander und vor sich her. In Wellen lösten sich bunte Blätter von mächtigen Buchen und knorrigen Eichen, taumelten auf den Waldboden oder die gekräuselte Oberfläche des Sees herab. Zwischen Blätterrauschen und knarrenden Kiefern schien der Schatten auf etwas zu warten. Von Westen her näherte sich auf Kopfsteinpflaster eine Limousine. Keine fünfzig Meter vom Schatten entfernt hielt der schwarze Mercedes am Straßenrand. Ein Mann im dunkelblauen Anzug stieg aus. Es war Horst Adelmann. Er öffnete die linke Fondtür, zog einen dunklen Mantel vom Rücksitz und warf ihn sich über die Schultern. Erst schien er Anstalten zu machen, in Richtung des Schattens zu gehen, dann folgte er jedoch einem an der Straße beginnenden Trampelpfad in Richtung Seeufer. Adelmann passierte den Schatten in etwa 20 Metern Entfernung, überquerte einen kleinen Wall und schritt langsam den abfallenden Waldweg zum Ufer des Hubertussees hinunter. Dann blieb er stehen, sah sich flüchtig um und wartete. Plötzlich, wie aus heiterem Himmel, war er von vier Männern und zwei Frauen umzingelt. Die Gruppe redete auf Adelmann ein. Nach einem heftigen Disput versuchte dieser zu fliehen. Doch der kräftigste der Männer war schneller, griff sich Adelmann und drückte ihn gegen einen Kiefernstamm. Dann kam es zu einem Handgemenge. Adelmann stöhnte auf und brach zusammen. Die Gruppe schlug und trat mehrmals auf den am Boden Liegenden ein und entfernte sich dann schnell vom Tatort. Adelmann blieb am Boden liegend zurück. Allein und offensichtlich verletzt. Er sollte nur noch Minuten zu leben haben.

Der Morgen danach. Ulrike Manteuffel drehte ihren kunstledernen Chefsessel zur Seite, griff mit der Rechten nach ihrem Becher und trank bedächtig den lauwarmen Kaffee. Anschließend ließ sie den Blick zufrieden und erleichtert über den Schreibtisch schweifen. Die sonst gut bestückte, bisweilen chaotisch überladene Tischplatte bot einen ziemlich übersichtlichen Eindruck – wie jeden Freitag, wenn die aktuelle Ausgabe der Lokalzeitung „Der Nord-Berliner" frisch gedruckt und in Packen verschnürt an die Zeitungskioske ausgeliefert war. Der Freitag war für die Chefredakteurin des wöchentlich in den Berliner Nord-Bezirken Reinickendorf und Wedding erscheinenden Blattes der schönste Tag: Man trudelte erst gegen 10 Uhr 30 in den Waidmannsluster Redaktionsräumen ein, also rund eine Stunde später als sonst. Man setzte sich hinter den Schreibtisch, genoss in aller Ruhe ein Tässchen Kaffee, studierte den „NB" und die Tagespresse ausgiebig, wartete auf Reaktionen der Leserschaft und knüpfe in selten entspannter Atmosphäre den ein oder anderen telefonischen Kontakt, der in einer hektischen Produktionswoche von Montag bis Donnerstag auf der Strecke geblieben war; für die mittelfristigen Geschichten, die Hintergrundstorys, die man sich immer vorgenommen hatte, aber meistens wegen knappen Personals und der Hektik nie geschrieben wurden. Auf diese Weise wurde die Liste der Themen, über die man im Laufe eines Reporterjahres zu schreiben sich fest vorgenommen hatte, immer länger. Ulrike Manteuffel, Mitte 30, verheiratet, mittelgroß, schlank, starke Raucherin, war die zur Zeit einzige Frau im Club der Berliner Zeitungs-Chefredakteure. Für diesen Freitag hatte sie sich fest vorgenommen, sich einmal etwas gründlicher mit den Interna der Reinickendorfer SPD zu befassen. Anlass gab es genug. Sie brauchte nur auf die erste Seite ihres Hausblattes zu schauen. „Adelmann neuer SPD-Chef" titelte der NB mit der Überzeile „Hauchdünne Mehrheit für den Frohnauer Beamten". Die SPD hatte erwartungsgemäß einen neuen Kreisvorsitzenden bekommen. Horst Adelmann, den Mann aus der Gartenstadt Frohnau. Das war nun wirklich keine Überraschung gewesen. Glaubte man dem parteiinternen Klatsch, stand der jetzt 54-jährige seit mindestens einem Jahr als neuer „Kreisfürst" fest. Überraschend an der Wahl war eigentlich nur die äußerst knappe Mehrheit, mit der Adelmann am vergangenen Sonnabend im Reinickendorfer Ernst-Reuter-Saal von der Kreisdelegiertenversammlung gewählt worden war. Das allein ließ schon genügend Raum für Spekulationen. Nun ja, dachte Manteuffel, es war ja bekannt, dass Adelmann zwar zu den gewieftesten, nicht aber zu den beliebtesten Genossen im Berliner Norden zählte. Da ließen sich sicherlich einige kleine Schweinereien aufdecken. Vielleicht würde es ihr sogar eines Tages gelingen, bis zur legendären Gruft vorzustoßen, in der Adelmann die ihm massenweise nachgesagten Kellerleichen deponiert haben musste. In diesem Moment klingelte das Telefon. Manteuffel nahm den Hörer ab, wobei sie in Gedanken noch bei dem von ihr aufzudeckenden Parteiskandal war. Am Telefon meldete sich Nadine Volkhardt, die Sekretärin des SPD-Kreisbüros. Während sie auf Manteuffel einredete, wechselten ihre Gesichtszüge von hintersinnig lächelnd zu aschfahl. „Waaaas", rief sie mit ungewohnt spitzer Stimme ins Telefon, um gleich wieder zu verstummen und nur noch Gestotter von sich zu geben wie „Das kann doch nicht ... nein, nein ... Das glaub ich nicht ...". Dann schüttelte sie nur noch mechanisch den Kopf, um schließlich mit resignierend-kraftloser Geste aufzulegen. Minutenlang starrte sie auf ein Poster an der Wand, das die barock anmutende Villa Borsig auf der Halbinsel Reiherwerder hinter leicht kabbeligen Fluten und bunten geblähten Segeln zeigte. Dann schüttelte sie erneut den Kopf, erhob sich langsam aus ihrem Sessel, meldete sich in der Telefonzentrale ab und griff sich ihren kleinen Fotokoffer. Was Manteuffel eben von Nadine Volkhardt erfahren hatte, war nichts weniger als eine Sensation. Es war aber auch eine Tragödie ersten Ranges, deren Tragweite ihr noch nicht bewusst war. Horst Adelmann, der frisch gekürte Kreisvorsitzende der SPD-Reinickendorf, der kommende Mann in der Berliner SPD, war tot. Ermordet.

Stunden später traf Manteuffel im SPD-Kreisbüro in Alt-Reinickendorf ein. Die Haustür stand offen, drinnen ging es zu wie im Taubenschlag. Manteuffel traf auf viele unbekannte, aber auch einige bekannte Gesichter und fragte sich zu Nadine Volkhardt durch. Sie fand die zierliche Mitfünfzigerin mit blonder Dauerwelle in der Küche, umringt von überwiegend jüngeren SPD-Mitgliedern. Die sah Manteuffel in der Küchentür, kam ihr entgegen und ließ sich von ihr umar-

men. „Ulrike – gut, dass du kommst", brachte sie heraus und drückte sich fest an sie. „Gleich wird sich die gesamte Pressemeute der Stadt auf uns stürzen. Ich hoffe, du hilfst mir ..."
„Klar, Nadine. Ich wäre auch schon eher gekommen. Aber da ich selbst auch zur Pressemeute gehöre, musste ich erst mal zum Tatort fahren", antwortete Manteuffel.
„Und?"
„Da ist natürlich der Teufel los. Die ganze Gegend rund um den Hubertussee ist weiträumig abgesperrt. Ganze Hundertschaften der Polizei sind damit beschäftigt, den Tatort abzuschirmen und das Gelände nach irgendwelchen Spuren abzusuchen. Zu sehen gibt es dort aber leider gar nichts."
„Weißt du schon mehr über die Tat?"
„Nein. Vor Ort bekommt man von der Polizei keinerlei Auskünfte. Und wie läuft es bei euch?"
„Das Telefon klingelt permanent. Nach dem zwanzigsten Anruf innerhalb von zehn Minuten konnte ich es nicht mehr ertragen. Ich wusste einfach nicht mehr, was ich sagen sollte. Es gibt auch noch keine offizielle Stellungnahme der Partei. Für solche Dinge war immer Adelmann zuständig. Seinen Stellvertreter Dr. Rellingen habe ich noch nicht erreichen können. Der macht zur Zeit auf Mallorca Urlaub."
„Was machst du jetzt mit den Anrufen?", fragte Manteuffel.
„Ich hab den Telefondienst an Uta Schulze abgegeben. Die ist routiniert und hat die Ruhe weg."

In diesem Moment kam Bewegung in die kleine Kaffeeküche. In der Tür stand Hauptkommissar Jürgen Schäfer von der Wache im Erdgeschoss des Hauses. Er und Nadine Volkhardt kannten sich gut. Normalerweise duzten sie sich. Jetzt aber schlug der Uniformierte einen formellen Ton an und fragte in der Runde nach Frau Volkhardt.

„Hier bin ich, Herr Hauptkommissar", antwortete Nadine.
„Hallo, Frau Volkhardt, kann ich sie einmal kurz sprechen?"
Nadine Volkhardt ließ Manteuffel mit einem gequälten Lächeln stehen, schob den Polizeibeamten aus der Küche und ging mit ihm in den gleich nebenan liegenden Materialraum.
„Was gibt es denn, Jürgen?", fragte sie.

„Ich kann mir vorstellen, dass du im Moment nicht weißt, wo dir der Kopf steht. Es tut mir sehr leid, aber ich bin hier im offiziellen Auftrag wegen dieser Geschichte."
„Brauchst du irgendwelche Unterlagen?"
„Später, später vielleicht. Da meldet sich bestimmt auch noch die Fachdienststelle der Kripo. Jetzt bin ich auf der Suche nach einer Uta Schulze. Hilft die nicht hier im Kreisbüro aus?"
„Ja, das stimmt. Was willst du denn von ihr?"
„Es klingt jetzt vielleicht ein wenig dramatisch. Aber es heißt, sie habe eventuell etwas mit dem Fall Adelmann zu tun. Ich soll sie zu einer Befragung ins Präsidium bringen."
„Wie, sie hat etwas mit dem Fall Adelmann zu tun? Machst du Witze, Jürgen? Das kann nicht sein. Uta ist eine junge Studentin. Ihr Vater ist SPD-Abteilungsvorsitzender in Waidmannslust. Uta arbeitet seit geraumer Zeit für mich, ist absolut zuverlässig."
„Mag alles sein, aber ich habe meine Anordnungen. Es wird sich alles aufklären. Ist sie hier?"
„Ja, sie versucht gerade mit der Presse fertig zu werden. Aber wenn du meinst, dann hole ich sie her." Schon war Nadine verschwunden und kam mit Uta Schulze, einer 20-jährigen, schlanken Schönheit mit pechschwarzem Haar, gekleidet mit buntem T-Shirt und Jeans, zurück.
„Sind Sie Uta Schulze?", fragte Schäfer förmlich.
Die junge Frau nickte kurz.
„Sie müssen zu einer Befragung in Sachen Adelmann ins Polizeipräsidium. Kommen Sie bitte mit."
Bevor sich Uta in Bewegung setzen konnte, hielt Volkhardt sie an der Schulter zurück: „Mach dir keine Sorgen. Ich rufe deinen Vater an, damit er mit einem Anwalt nachkommt."
Uta nickte dankbar und folgte wortlos dem Uniformierten.
Manteuffel hatte sich inzwischen in den Vorraum des Kreisbüros begeben, um von dort aus die Szene besser überblicken zu können. Natürlich wollte sie wissen, welcher ihrer Kollegen hier gleich eintrudeln würde. Außerdem konnte es ja sein, dass einer von den Großköpfen der Reinickendorfer SPD vorbei kam. Zunächst aber sah sie, wie der Polizeibeamte von vorhin Uta Schulze vor sich her in Richtung Ausgang schob. Das machte den Eindruck einer offiziellen Amtshandlung.

Nadine Volkhardt erschien in der Tür ihres Büros, winkte Manteuffel zu sich und schloss die Tür sofort wieder. „So, ich habe den Telefondienst erneut delegiert. Wir können reden."
Die Haltung Nadine Volkhardts nötigte Manteuffel Respekt ab. So mancher wäre in diesem Irrenhaus schon zusammengebrochen. Nadine Volkhardt aber hatte alles im Griff, selbst am Tage nach der Ermordung ihres Chefs. Manteuffel wusste auch, dass sich Nadine nicht bei jedem Pressefutzi so viel Mühe geben würde wie bei ihr. Aber die beiden verband eine jahrelange Freundschaft. Sie sahen sich auf vielen Veranstaltungen, Feiern und Empfängen und natürlich beim Friseur. Nadine hatte irgendwann Vertrauen zu Manteuffel gefasst und ihr kleine Informationshäppchen zugesteckt. Und Manteuffel hatte sich von dem Moment an regelmäßig revanchiert und sie auf dem Laufenden gehalten.
„Also, um deine erste Frage gleich abzubiegen, ich weiß nicht, was Uta mit der Sache zu tun hat. Schäfer hat mir nichts gesagt."
„Das wäre nicht meine erste Frage gewesen. Es ist komisch. Als ich heute Morgen an meinem Schreibtisch saß, kam mir plötzlich die Idee, mich mit den Hintergründen der Adelmann-Wahl vom vergangenen Wochenende zu beschäftigen. Dafür ist es jetzt allerhöchste Zeit, denke ich. Die nackten Fakten von heute bekomme ich von der Polizeipressestelle. Aber ich glaube, es steckt eine interessante Geschichte dahinter. Vielleicht ist die Tat nur das Ende dieser Geschichte."
„Das kann sein. Und ich will dir auch gern helfen, diese Geschichte auszugraben. Ich glaube aber, dass es eine ziemlich lange, ziemlich komplexe Geschichte ist."
„Kannst du damit vielleicht jetzt anfangen?"
„Also, meiner Ansicht nach hat das Ganze vor etwa einem Jahr angefangen. Da ging es um die Wahl des neuen Kreisgeschäftsführers ..."

Blaulicht flackerte durch die hohen Fenster des Tagungsraumes. Mehrere Helfer standen um die mitgebrachte Trage. Zwei Sanitäter hatten sich links und rechts daneben gekniet. Einer hielt den Kopf eines Mannes hoch, während der Andere ihm eine Atemmaske überstülpte, und ein Arzt eine Vene des

Mannes sucht, um ihm eine Spritze zu geben. Um die Gruppe herum stand ein Kreis von sechzehn mehr oder weniger hilflos-neugierigen Männern und Frauen. Die Szene erschien irreal. Eben noch hatten sich die Mitglieder des Reinickendorfer SPD-Kreisvorstandes geschäftsmäßig mit der Neuwahl eines Kreisgeschäftsführers beschäftigt, hatten ihre Stimmzettel abgegeben, um anschließend in Ruhe die Auszählung abzuwarten. Josef Strickler, der alternde Abteilungsvorsitzenden von Reinickendorf-West, hatte zusammen mit Nadine Volkhardt die Stimmen ausgezählt und anschließend das Ergebnis verkündet: „Genossen, ich gebe hiermit das Ergebnis der Wahl zum Kreisgeschäftsführer bekannt. Wir haben 16 abgegebene Stimmen. Auf den Genossen Klaus Albertshäuser entfielen sieben, auf die Genossin Marianne Schmidt acht Stimmen, bei einer Enthaltung. Damit stelle ich fest, dass die Genossin Schmidt gewählt ist."
Sofort entstand ein ziemliches Stimmengewirr mit einzelnen halblauten Unmutsäußerungen. In der anschließenden Sitzungspause bildeten sich im Vorzimmer verschiedene Gesprächskreise. Der Kreisvorsitzende Manfred Krieckelstein, ein untersetzter Mann von 62 Jahren mit dichtem silbrigem Haar in einem grauen, unauffälligen Anzug, blieb dagegen am Kopf des Tisches sitzen. Den Blick auf den Ausgang gerichtet, stützte sich Volkhardt mit der Rechten gegen seine Stuhllehne. Von vorn sah es eher aus, als wolle sie den Kreisvorsitzenden stützen, der schwer angeschlagen wirkte. Minutenlang konnte Krieckelstein mit gesenktem Kopf nur vor sich auf die Tischplatte starren. Dann erst bemerkte er, dass Nadine Volkhardt nach wie vor neben ihm stand. Er warf ihr einen dankbaren Blick zu, nahm schließlich ihre Linke fest in seine Hände. „Ja, in diesem Irrenhaus bist du die einzig Verlässliche. So, wie ich mich fühle, mag sich Cäsar gefühlt haben, als ihm Brutus den Dolch zwischen die Rippen gestoßen hatte. Hier bei uns hat Brutus zwar nicht öffentlich seinen Dolch gezückt. Aber wir wissen doch alle, wer den Brutus gibt. Dabei war ich mir so sicher ..."
„Manfred, das war nur eine Schlacht, aber nicht der Krieg."
„Lieb gemeint, Nadine. Aber wir wissen beide, dass dies das Ende meiner Parteikarriere ist. Wenn ich Glück habe und

Brutus gnädig ist, gibt es für mich noch einen passablen Abschiebeposten fürs Altenteil."
„Nun mach mal halblang, Manfred. Du tust ja gerade so, als wärst du selbst eben abgewählt worden. Dabei ging es nur um die Position des Kreisgeschäftsführers."
„Das glaubst du doch selbst nicht. Dazu bist du schon zu lange in dieser Partei und kennst die Gesetze ganz genau. Natürlich bin ich eben abgewählt worden. Denn erstens ist der Kreisgeschäftsführer der einzige bezahlte Posten der SPD-Reinickendorf, der nicht vom Wählervotum abhängig ist. Und zweitens war Albertshäuser mein Kandidat, der Mann, der dieses Amt zuletzt kommissarisch ausgeübt hat. Und wenn dieser Mann abgelehnt wird, heißt das nichts anderes, als dass ich als Vorschlagender in meiner Position nicht mehr über eine Mehrheit im Kreisvorstand verfüge. Das ist dasselbe wie eine Abwahl. Ich werde wohl zurücktreten müssen."
Für Krieckelstein war die Sache erledigt. Er wollte sich nicht länger Hohn und Spott seiner Genossen aussetzen und erhob sich energisch. Doch in diesem Moment wurde er im Gesicht ganz blass und begann, nervös nach Luft zu schnappen. „Nadine, mir ist schlecht", brachte er gerade noch hervor, bevor er zusammensackte und das Bewusstsein verlor.
Wenige Minuten später war der Krankenwagen da.

„Das war der Anfang vom Ende der Ära Krieckelstein, und der Beginn der – wie wir seit heute wissen – recht kurzen Ära Adelmann", fasste Volkhardt zusammen. „Jetzt muss ich aber wieder das Kommando im Büro übernehmen, bevor hier alles zusammenbricht."
„Ich muss zugeben, dass ich eher verwirrter als aufgeklärter bin. Was ist - pardon: war - dieser Adelmann für einer?"
„Darüber könnte man stundenlang reden. Aber bitte nicht jetzt. Wenn du eine Hintergrundgeschichte schreiben willst, solltest du dir auf jeden Fall einige Seiten freihalten. Denn die Geschichte Adelmanns ist die Geschichte der SPD-Reinickendorf, wenn man die letzten fünf Jahre betrachtet."
„Ich verstehe. Aber sag mir noch bitte, mit welchen Leuten ich sprechen muss."

„Natürlich mit seiner Frau Eva. Die gehört zu den treibenden Kräften im Hintergrund. Mit seinem Intimus Hansjörg Heinrich, mit Schiederkorn, seinem einstigen Lehrer und Weggefährten. Ganz sicher mit Gessler, seinem Gegenspieler und natürlich mit Adelmanns Stellvertreter, Dr. Martin Rellingen. Da wären auch noch Jürgen Schlegel, Detlef Lesczak, Paul Hetzer und ..."
„Ist ja gut, ist ja gut. Das reicht erst mal."
„Ich kann dir nur sagen, wenn du es machst, mach es richtig. Dann kommst du um das ein oder andere Interview nicht herum."
„Okay, und was ist mit Uta Schulze?"
„Ja, die hat natürlich auch einschlägige Erfahrungen mit Adelmann gemacht."

Einige Tage drückte sich Manteuffel um die unangenehme Pflicht, von der sie wusste, dass sie nicht zu umgehen war. Sie gehörte eigentlich nicht zu den Menschen, die Dinge gern vor sich her schoben, aber in diesem Fall hatte sie doch hart mit sich zu kämpfen. Schließlich gab sie sich einen Ruck und rief Eva Adelmann noch vor der Beerdigung ihres Mannes an. Sie kannte die Witwe des Opfers bislang nur aus der Entfernung. Gelegentlich hatten sie sich in der Hermsdorfer Praxis ihrer gemeinsamen Kosmetikerin getroffen. Und davor, erinnerte sich Ulrike Manteuffel, bei Verbandsspielen auf dem Hermsdorfer Tennisplatz. Erst bei dieser Gelegenheit hatte sie überhaupt erfahren, dass die Adelmann ebenfalls Tennis spielte. Natürlich bei der renommierten TV Frohnau, in der 2. Damenmannschaft. Ein paar Wochen später traf man sich erneut zufällig auf der Anlage des Hermsdorfer Sport-Clubs an der Boumannstraße, und Ulrike hatte die unverhoffte Ehre, für eine fehlende Doppelpartnerin einspringen zu dürfen. Beim anschließenden Plausch im Clubrestaurant hatte Eva Ulrike das Du angeboten. Mehr oder weniger unverbindlich verabredeten sie sich zu einem Einzel. Aber irgendwie kam es nie dazu, und Ulrike war froh darüber, denn die Adelmann spielte ziemlich gut, während Ulrike nach Meinung ihres Mannes Gerhard eher zur Kategorie „Freizeitspielerin" gehörte. Manteuffel hatte weder die Nähe der Adelmanns gesucht,

noch diesen einmal geknüpften Kontakt gepflegt. Ob das journalistisch klug gewesen war, bezweifelte sie jetzt. Aber sie hatte das Gefühl gehabt, sich nicht in diese Polit- und Parteiszene hineinsaugen lassen zu dürfen, weil dabei leicht die journalistische Unbefangenheit auf der Strecke bleiben konnte. Auch Horst Adelmann hatte sie auf einem Sommerfest der SPD näher kennen gelernt. Er war ihr damals sehr schnell unsympathisch, weil er fürchterlich mit ihr zu flirten versuchte. Nun also musste es sein: Eva Adelmann. Zu ihrem Erstaunen war das Gespräch leichter als gedacht.
„Ich habe alle Interview-Wünsche abgelehnt, Frau Manteuffel. Aber bei Ihnen mache ich eine Ausnahme", hatte die Witwe sie gleich ermutigt."
„Und warum?"
"Ich kenne Sie und weiß, dass Sie keinen Unsinn schreiben. Wenn ich Ihnen Hintergrundinformationen gebe, dann nur, weil ich Ihnen vertraue."
„Das können Sie hundertprozentig, Frau Adelmann", versicherte Manteuffel. Daraufhin lud die Witwe Manteuffel in ihr Frohnauer Haus am Edelhofdamm ein.

Eine attraktive Frau mit halblangem, blondem Haar öffnete die Tür des stattlichen Hauses, das wohl aus den Gründerjahren Frohnaus stammen musste. Sie war mit einem schwarzen Angora-Pullover und einem grauen, halblangen Rock bekleidet. Das Schwarz ihrer Kleidung kontrastierte auf reizvolle Weise mit ihrer Haarfarbe. Zu Manteuffels Überraschung gab sich die Witwe ziemlich gefasst. Manteuffel wurde in das geräumige Wohnzimmer gebeten. An der Nordwestseite des Zimmers gab es eine Essecke vor einem großen Sprossenfenster, das auf den Vorgarten und die Straße blickte. Der Esstisch war für zwei Personen als Kaffeetafel mit weißen Stoffservietten und Meißener Porzellan gedeckt.
"Ich hoffe, Sie trinken auch so gern Kaffee wie ich. Und etwas Kuchen habe ich auch. Allerdings nur gekauften. Zum Backen habe ich im Moment nicht die Nerven."
Nun saßen sie also zusammen am Tisch. Manteuffel versuchte so zurückhaltend wie möglich aufzutreten und hatte Schwierigkeiten, einen Anfang zu finden. "Frau Adelmann, auch

wenn es Ihnen sicherlich schwer fällt. Ich hatte leider nicht die Gelegenheit, Ihren Mann näher kennen zu lernen. Bitte erzählen Sie mir von ihm, von seinen Träumen, seinen politischen Zielen. Für mich ist sein Tod wahrscheinlich genauso unbegreiflich wie für Sie."
"Sie müssen wirklich nicht drum herum reden. Sie wollen doch wissen, wie es zu dieser Tat kam. Nun, wir wissen heute, dass mein Mann seinen Mörder wohl am Hubertussee getroffen, vielleicht sogar erwartet hat. Und wir wissen, dass der Mörder mit einem Messer zugestochen hat. Ein einziger Stich mitten ins Herz; gezielt und sofort tödlich."
"In einer politischen Partei hat man ja nicht nur Freunde", machte Manteuffel einen neuen Anlauf.
"Das ist sehr zurückhaltend formuliert. Man könnte auch sagen, dass mein Mann von politischen Gegnern umzingelt war. Und sicher wurde er von einigen auch gehasst."
„Sie meinen also, der Mörder Ihres Mannes ist in Parteikreisen zu suchen?"
„Etwas anderes kann ich mir beim besten Willen nicht vorstellen."
„Ich bewundere Ihre Direktheit. Dann sollten wir aber auch – wie Helmut Schmidt sagen würde – Butter bei die Fische tun. Nennen Sie mir bitte Namen."
„Ulrike, ich darf Sie doch UIrike nennen?", fragte Eva Adelmann und griff nach Manteuffels linker Hand. „Sie müssen verstehen, dass ich niemanden beschuldigen will und kann. Jemanden politisch zu hassen und ihn zu erstechen sind ja wohl auch zweierlei Dinge. Ich kann Ihnen lediglich – und das auch nicht für Ihre Zeitung – erklären, wer die Feinde meines Mannes waren. Aber es wäre zu profan, jetzt einfach eine Liste von Namen herunter zu rattern. Also lassen Sie mich eine Geschichte erzählen, damit Sie sich besser in die in der Partei herrschende Atmosphäre hinein versetzen können". Sie fischte sich mit der Gabel eine Ecke ihres Kuchenstücks. "So, wie wir heute hier sitzen, haben vor noch nicht einmal einem Jahr mein Mann und Ralf Schiederkorn zusammen Kaffee getrunken. Ich weiß es noch wie heute. Ich hatte eigens eine besonders leckere Käsesahnetorte gebacken ..."

Zufrieden schaute Horst Adelmann auf den Kaffeetisch, der durch das hereinfallende Sonnenlicht festlich funkelte. Eva hatte die schwere weiße Damast-Tischdecke, Meissener für zwei Personen und das Familiensilber aufgelegt und war gegangen: „Ich fahr zu Katharina. Hier störe ich doch nur", hatte sie gesagt und ihrem Horst noch einen Abschiedskuss auf die Wange gedrückt.
Adelmann, ein gut aussehender, immer gebräunter Mitfünfziger hatte nicht geantwortet. Eigentlich hätte er seine fünfzehn Jahre jüngere Frau gern dabei gehabt. Sie war es schließlich, die mit ihrer jugendlichen Dynamik seine Karriere angeschoben hatte. Bevor er in der Partei aktiv wurde, war er einfacher Angestellter im Sozialamt gewesen, musste sich im Publikumsdienst fast täglich mit ebenso dreisten wie ordinären Leuten herumschlagen. Das einzig Gute war, dass er im Amt auch seine Eva kennen gelernt hatte.
„Du kannst viel mehr. Mach was aus dir", hatte sie ihn angetrieben. Und er machte. Zunächst einmal heirateten sie und traten in die SPD ein. Anfangs schreckte ihn das Ganze eher. Was er bei den häufigen Treffen in den Hinterzimmern Frohnauer Kneipen vorfand, war ein müder Haufen, der stundenlang über unwichtigste Themen diskutieren konnte.
„Die brauchen Struktur und Führung", hatte Eva kritisiert. Adelmann gehorchte. Er übernahm einen Kassierer-Job und leckte den Mitgliedern in seinem Kassierbezirk jeden Monat Beitrags-, Bildungs- und Wahlkampfmarken in die Parteibücher mit dem grünen Plastikeinband. Nachdem er ein Jahr lang bewiesen hatte, dass nie auch nur ein Pfennig an seinen Abrechnungen fehlte, war er für höhere Weihen erkoren. Der damalige Abteilungsvorsitzende Ralf Schiederkorn nahm ihn eines Tages nach einer Abteilungsversammlung am Biertresen zur Seite und fragte ihn, ob er nicht Lust hätte, als sein Stellvertreter zu kandidieren: „Du weißt doch, dass Chemnitz die Brocken hingeworfen hat. Spielt die beleidigte Leberwurst, bloß weil er einmal in einer völlig unwichtigen Sachfrage den Kürzeren gezogen hat. Außerdem war der sowieso von der falschen Fraktion. Dass er mir bei den letzten Wahlen unterlegen war, hat der nie richtig verwunden. Bis zu den nächsten Parteiwahlen sind es noch fast zwei Jahre. Solange

kann ich hier nicht ohne Vertreter arbeiten."
„Was soll das heißen, die falsche Fraktion?"
„Nun bist du schon eine ganze Weile in der Partei und weißt immer noch nicht, dass es bei uns verschiedene Glaubensrichtungen gibt? Dann wird es aber Zeit, dass du mal aufgeklärt wirst, lieber Horst", schmunzelte Schiederkorn. „Am Besten, ich schicke dich auf eine Schulung unseres Ernst-Reuter-Kreises. Ich darf doch wohl annehmen, dass du von deinen Anschauungen her keine von diesen linken Ratten bist".
„Ach so meinst du das. Klar, auf mich kannst du dich verlassen. Aber warum sollten die Leute mich wählen?"
„Ganz einfach, weil ich dich vorschlage", antwortete Schiederkorn lachend. Er sollte Recht behalten. Ohne nennenswerte Gegenstimmen wurde Horst Adelmann zum stellvertretenden Abteilungsvorsitzenden gewählt. Im Jahr darauf musste Schiederkorn beruflich für längere Zeit in die USA und räumte seinen Posten. Auf seiner letzten Abteilungsversammlung schlug der scheidende Vorsitzende Adelmann als Nachfolger vor: „Liebe Genossen", hatte er seine kurze Abschiedsrede beendet. „Ich will den Parteiwahlen nicht vorgreifen, die ja bekanntlich in diesem Jahr anstehen. Wir Frohnauer haben immer einen ruhigen Kurs gesteuert, ohne diese Zickereien zwischen den Flügeln. Ich denke, damit sind wir gut gefahren. Wir haben uns den Sachthemen für den Bürger zugewandt, während andere Parteiarbeit so verstanden haben, sich mit viel Lust und Engagement gegenseitig zu zerfleischen. Ich hoffe, liebe Genossen, dass diese gute Tradition auch in Zukunft erhalten bleibt. Um die Kontinuität zu wahren, möchte ich euch Horst Adelmann als Kandidaten für meine Nachfolge vorschlagen. Er hat im zurückliegenden Jahr als mein Stellvertreter bewiesen, dass er es versteht, mit viel Fleiß zum Wohle von Partei und Bürger zu arbeiten."
Die Worte und der anschießende Applaus klangen ihm noch Jahre später im Ohr. Seine Wahl war glatt über die Bühne gegangen. Eva konnte zufrieden sein. Sie besaß einige für die Parteiarbeit höchst wertvolle Eigenschaften. Zum Beispiel konnte sie total festgefahrene Verhandlungen durch einen auflockernden Spruch an der richtigen Stelle wieder in Gang bringen und zum Erfolg führen. Sie konnte aber auch genau

das Gegenteil bewirken, nämlich einen ihr unsympathischen Menschen mit einer spitzen Bemerkung völlig und unvermittelt aus der Fassung bringen.

Noch ganz in Gedanken versunken, riss ihn ein Klingeln wieder in die Realität zurück. Betont langsam öffnete er die Tür zum Flur, trat an die Haustür und schaute durch den Spion. Es war Schiederkorn. Er setzte seine freundlichste Miene auf und öffnete: „Mensch Ralf, alter Junge. Komm rein", rief er und streckte dem Gast seine Rechte entgegen.

„Ein wunderschönes Haus habt ihr inzwischen. Oder sollte ich sagen, eine Villa?", antwortete Schiederkorn, den Kopf leicht schief haltend, so dass sich sein sonst schlabberiges Doppelkinn straffte und schräge Falten warf. „Ich kann mich noch an eure kleine Mansardenwohnung erinnern, wo sich Eva immer auf der Couch räkelte, während wir am Küchentisch die Zukunft Berlins planten."

„Komm, ich nehme dir den Mantel ab. Hier rechts geht es zur Kaffeetafel", zeigte Adelmann den Weg aus dem Flur. Als der Gastgeber folgte, hatte sich Schiederkorn schon mit einem angestrengten Schnaufen in einem Sessel niedergelassen. „Gut siehst du aus, Ralf."

"Das ist ja auch kein Wunder. In den acht Wochen seit meiner Rückkehr bin ich von einer Party zur nächsten herumgereicht worden, bis ich endlich auch einen Termin beim grossen Vorsitzenden bekommen habe."

„Es tut mir leid, Ralf. Kein böser Wille, aber die Parteiwahlen stehen vor der Tür. Und diesmal wird es wohl nicht mehr so ruhig zugehen, wie noch zu deinen Zeiten."

„Was heißt hier, meine Zeiten? Das hört sich so an, als wäre ich ein alter Sack und gehörte schon auf die Müllhalde der Geschichte. Erinnere dich bitte mal, dass ich sogar einige Lenze weniger auf dem Buckel habe als du."

„So habe ich das doch nicht gemeint. Das waren noch Zeiten, als wir beide diese Abteilung geführt haben. Keiner hat dazwischen gefunkt, niemand hat gewagt, uns anzupinkeln. Aber diese Zeiten sind vorbei. Ich vermute mal, dass du in den USA auch Nachrichten aus der Heimat empfangen konntest und die Bilder von diesen dauernden Demonstrationen kennst. Das fing ja schon an, als du selbst noch Vorsitzender warst.

Aber bis Frohnau war das damals nie durchgeschlagen. Wir saßen doch hier noch auf der Insel der Glückseligen."

„Ist mir schon alles klar. Du meinst also, die Parteilinken spielen verrückt. Aber seit wann gibt es die in Frohnau?"

„Na ja, das ist alles etwas diffus. Woher weiß man, wer ein Linker ist und wer nicht?", stellte Adelmann die Gegenfrage.

„Man weiß es in dem Moment, wenn die Delegiertenlisten auf den Tisch kommen. Diejenigen, die nicht auf deiner Liste stehen – das sind die Linken."

„So einfach ist das?", fragte Adelmann grinsend.

„Genau so einfach ist das."

„Im Moment gibt es vor allem Gerüchte über mögliche Kandidaturen. Die Linke auf Kreisebene jedenfalls gibt mächtig Gas. Du weißt vielleicht, dass die letzten Parteiwahlen schon recht knapp ausgegangen sind. Inzwischen ist unsere Mehrheit im Kreisvorstand schwer abgebröckelt. Da fehlt nicht mehr viel, und die Mehrheit kippt."

Jetzt erst fiel Adelmann auf, dass die ganze Kaffeetafel noch unberührt vor ihnen stand. „Ralf, jetzt nimm erst mal ein Stück Kuchen. Ich hol inzwischen den Kaffee." Schiederkorn schnappte sich den vorbildlich geputzten Tortenheber aus Sterlingsilber und schob ihn zielsicher unter ein Stück Käse-Sahne. Adelmann kam mit einer Glaskanne zurück und goss den Kaffee in die hohe Porzellankanne mit dem Zwiebelmuster. „Erbstück von meiner Schwiegermutter, genau wie das Haus." Adelmann senkte kurz die Stimme: „Evas Mutter ist letztes Jahr an Krebs gestorben."

„Das tut mir Leid. Und du hast ja sogar an Schlagsahne gedacht. Davon nehme ich auch einen kleinen Löffel für den Kaffee. Danke. Und ich habe gehört", fuhr Schiederkorn fort, „dass du Ambitionen auf den Kreisvorsitz hast. Du willst also zu einem von zwölf Kreisfürsten Berlins aufsteigen. Da oben ist die Luft aber ziemlich dünn."

„Ich sehe schon, du bist so gut informiert wie eh und je. Offensichtlich hast du die letzten acht Wochen nicht nur auf Partys verbracht."

„Doch, doch, eben gerade. Man muss nur auf die richtige Party gehen. Da gibt es nicht nur knackige Hintern zu tätscheln, sondern auch die heißesten Neuigkeiten zu hören.

Apropos Kreisvorsitzender: ich habe gehört, Krieckelstein hat einen Herzinfarkt erlitten. Wie geht es dem alten Kämpen?"

„Ach was, Herzinfarkt. Es war nur eine Kreislaufschwäche. Solche Sachen werden immer so aufgebauscht. Es hat ihn wohl ein wenig aus den Socken gehauen, dass sein Kandidat nicht zum Kreisgeschäftsführer gewählt worden ist."

„Dafür hat es aber deine Kandidatin geschafft. Ich sehe schon, hier wird der rote Teppich für den neuen König von Reinickendorf ausgerollt."

„Also, das mit dem Kreisvorsitz ist bislang nicht mehr als ein Gerücht. Aber immerhin zeigt der Vorfall mit Krieckelstein doch, dass der seinen Laden nicht mehr im Griff hat. Er ist zu alt, körperlich offensichtlich nicht in bester Verfassung. Vor allem ist er viel zu gutmütig gegenüber den Linken. Die nutzen solche Schwächen gnadenlos aus. Das reicht von der Solidaritätsadresse für die Palästinenser bis zur Forderung nach völkerrechtlicher Anerkennung der DDR. Bislang konnten wir durch Verfahrenstricks noch das Schlimmste verhindern. Aber stell dir mal vor, wie das in der Presse wirken würde. Der Kreisvorstand der Reinickendorfer SPD spricht sich für die völkerrechtliche Anerkennung der DDR aus."

„Du meinst also, es wird Zeit zum Handeln?"

„Höchste Zeit", erwiderte Adelmann mit Nachdruck.

„Es herrscht Krieg. Und wenn wir jetzt nichts tun, werden wir untergehen."

„Das klingt spannend", antwortete Schiederkorn und schaute ihn von der Seite mit einem süffisanten Lächeln an. „Für so einen Kampf muss man gewappnet sein – mit reichlich Munition und natürlich guten Leuten. Ich wollte dir heute sagen, dass ich wieder da und zu allen Schandtaten bereit bin."

„Nun, Ralf, ich freue mich darüber. Versprechen kann ich dir allerdings nichts. Es gibt immerhin schon eine vorläufige interne Liste auf Kreisebene", antwortete Adelmann.

„Du wirst das schon hinkriegen. Da bin ich ganz optimistisch." Mit diesen Worten erhob sich Schiederkorn und klopfte Adelmann gönnerhaft auf die Schulter. „Ich muss jetzt los, habe noch einen Termin mit Senatsdirektor Rüssen."

„Dass sich das lohnt, wage ich zu bezweifeln", antwortete Adelmann unvermittelt bissig.

„Wenn ich Sie richtig verstehe, Frau Adelmann, bildete dieser Schiederkorn mit seinem Auftauchen – oder besser Wiederauftauchen – eine Art Störfaktor für die bestehende Harmonie innerhalb der Partei. Wie ist Ihr Mann denn damit umgegangen, und welche Rolle spielte dieser Rüssen dabei?", hakte Manteuffel nach.

„Nun, ich weiß nicht, ob Sie die Gedankenmuster eines nicht unbedeutenden Parteifunktionärs nachvollziehen können. Es gibt so vieles zu bedenken, wenn man für die SPD arbeitet ..."

Schiederkorn war also zurück. Aber niemand hatte gewusst, was er plante. Immerhin, er hatte Kontakt zu Senatsdirektor Volker Rüssen aufgenommen. Rüssen sollte ihm wo möglich bei der Suche nach einem gut dotierten Job behilflich sein, falls Schiederkorn nicht wieder in die Anwaltskanzlei eintrat, die einst sein Vater geleitet hatte. Adelmann kannte Rüssen, aber er wusste nicht, wie eng dieser mit Schiederkorn stand. Einen Moment lang spielte er mit dem Gedanken, Rüssen anzurufen. Dann aber ließ er den Gedanken wieder fallen. Rüssen kam aus Steglitz. Und Steglitz war rechts, aber trotzdem mochte Adelmann die Steglitzer Führung nicht. Unter denen gab es Rüpel, die sich rücksichtslos auf jeden Posten stürzten, der irgendwo zu kriegen war. Die in Steglitz hielten sich sowieso für sozialdemokratisches Kernland – aus welchem unerfindlichen Grund auch immer. Hinter Rüssen, das wusste Adelmann, stand der Oberrüpel Joachim Zuchtmeister. Nomen est omen. Nach zuverlässigen innerparteilichen Quellen hatte sich Zuchtmeister sein Abgeordnetenmandat per Telefonterror gesichert. Er hatte einst seine Wahlkreis-Konkurrentin um das Mandat im Berliner Parlament mit nächtlichen Anrufen so lange bearbeitet, bis diese kurz vor der entscheidenden Parteiwahl entnervt aufgab. Der Rest war dann nur noch Formsache. Wegen der kurzfristigen Absage konnte die Linke keinen aussichtsreichen Ersatzkandidaten mehr auf den Schild heben. Die Nominierung Zuchtmeisters durch die Partei lief ebenso glatt ab wie die anschließende Abstimmung, denn Zuchtmeister kandidierte in einem sicheren Wahlkreis. Seit diesem Coup saß der Mann fest im Sattel und wurde auch bald darauf Chef des SPD-Kreises Steglitz, erinnerte sich Adelmann. Manchmal war ihm der Kampf innerhalb der Partei widerlich, das Gebuhle und Gezerre zu primitiv, um sich einzumischen. Anfangs kam er mit der hemdsärmeligen Art einiger Genossen überhaupt nicht zurecht. Doch schnell wurde ihm klar, dass mit Schüchternheit kein Blumentopf zu gewinnen war. Zurückhaltung wurde als Schwäche ausgelegt oder kurzerhand und dreist als Zustimmung gewertet.

Wer sich den Luxus einer eigenen Meinung erlauben wollte und diese möglichst auch noch durchzusetzen gedachte, musste die Klappe aufreißen, musste Mitstreiter finden, Bündnisse schmieden und meistens auch noch hinter dem Vorhang dezent nachhelfen. Die kleinen und großen Spielregeln hatte auch Adelmann lernen müssen. Er tat es, und zwar schneller und gründlicher, als es einigen seiner Parteifreunde lieb war. Die SPD, das war jetzt seine Partei, sein Zuhause. Hatte es ihn anfangs eher erschreckt, mit diesen vielen unterschiedlichen Menschen reden und umgehen zu müssen, so hatte er inzwischen im wahrsten Sinne des Wortes den Bogen raus. Den meisten Parteimitgliedern gegenüber fühlte er sich überlegen. Das Ganze hatte etwas von einer Hundedressur. Der eine möchte gekrault werden. Ein anderer war nur aufs Fressen aus. Andere ließen sich von Trieben leiten, wieder andere brauchten gelegentlich die Peitsche, damit sie weiter funktionierten. Inzwischen machte es einfach Spaß, neue Genossen kennen zu lernen und herauszufinden, in welche Kategorie sie einzuordnen waren. Seine Diagnosen waren schnell und präzise. Und lagen diese erst vor, war die Behandlung ein Kinderspiel. Sein Spiel!

Und jetzt wollte also Schiederkorn wieder mitmachen. Adelmann schien plötzlich einen leichten Schmerz an einem Schneidezahn zu spüren. Genau genommen, war er der politische Ziehsohn von Schiederkorn. Und das bedeutete, dass man mit ihm durch dick und dünn zu gehen hatte. Das war eigentlich Gesetz. Für Schiederkorn musste gut gesorgt werden. Adelmann wusste genau, was für die Partei gut, und was schlecht war. Man konnte sich drehen und wenden wie man wollte: Schiederkorn war zu diesem Zeitpunkt einfach fehl am Platz. So schön hatten die Genossen alles ausgedacht, so schö-

ne Listen gemacht und verhandelt. Mit viel Mühe, Schweiß und unzähligen Gläsern Bier auf Marathonsitzungen in verräucherten Hinterzimmern hatte man am Ende ein für alle Beteiligten tragfähiges Ergebnis erreicht. Das Strickmuster lautete: zwei rechts, eins links, eine Frau; die großen Abteilungen und die wichtigsten Arbeitsgemeinschaften wie Gewerkschaften, AWO-Rentner und Selbstständige bedacht. Daraus wurde eine dichte, komplizierte, aber sehr ausgewogene Liste von Kandidaten für den nächsten Kreisvorstand sowie die Landesparteitagsdelegierten gestrickt. Diesmal waren die Machtverhältnisse in der Kreisdelegiertenversammlung, kurz „KDV", umso wichtiger, als die Kreisdelegierten im kommenden Jahr auch über die SPD-Kandidaten für die Bezirksverordnetenversammlung, das Bezirksamt, sowie die Wahlkreiskandidaten zum Abgeordnetenhaus zu entscheiden haben würden.
Natürlich hatte Adelmanns Truppe der Linken auch ein paar Konzessionen machen müssen. Die Liste stellte ein sensibel ausbalanciertes Gleichgewicht dar. Die Linke kriegt den Stellvertreter und findet sich mit der rechten Mehrheit im Kreisvorstand ab. Das war ausgemacht. Das war ein wunderbares Geschäft, wenn man bedachte, dass die Linke an der Basis sogar die Mehrheit erobern konnte. Alles war in bester Ordnung gewesen – bis heute.

Mit der Vorstellung, eine kurze Parteigeschichte des Horst Adelmann notieren und das Thema abhaken zu können, war Manteuffel zu Eva Adelmann gefahren. Nun wusste sie, dass die Sache nicht so einfach war. Sie musste sich eingestehen, dass das Gespräch mit der Witwe sie eher verwirrt hatte. Zu kompliziert, zu – ja: unnormal – im Vergleich zum „echten" Leben schienen ihr nun diese ganzen Vorgänge innerhalb der Partei zu sein. Plötzlich kam sich Ulrike Manteuffel geradezu naiv vor, sich auf ein solches Vorhaben eingelassen zu haben. Und vielleicht auch noch geglaubt zu haben, einer staunenden Öffentlichkeit durch ihr Geschreibsel demnächst den Mörder auf einem Silbertablett liefern zu können. Manteuffel ahnte, dass sie bislang gerade einmal an der Oberfläche gekratzt hatte. Allerdings war es nicht ihre Art, die Flinte schnell ins Korn zu werfen. Im Gegenteil. Der ganze Nebel, der über dieser Geschichte zu liegen schien, stachelte ihren Ehrgeiz an. Jetzt wollte sie es wissen, den Nebel durchdringen und Klarheit schaffen. Zumal die Polizei und die mediale Konkurrenz auch nur mit Wasser kochten. Jeder Hinweis, jedes Indiz konnte in dieser Situation von Bedeutung sein. Was war zum Beispiel von einer Frau zu halten, die so gar nicht den üblichen Klischees einer trauernden Witwe entsprechen wollte. Ruhig und gelassen hatte sie sich im Gespräch gegeben, von tiefer Trauer keine Spur. Immerhin hatte ihr das Gespräch neue Anknüpfungspunkte gegeben. Einer war der Genosse Hansjörg Heinrich. Der war jetzt für ein Interview fällig. Eva Adelmann hatte den stellvertretenden Abteilungsvorsitzenden von Borsigwalde als „Intimus" ihres Mannes bezeichnet. Andere Parteifunktionäre hatten diese Einschätzung Manteuffel gegenüber mehr oder weniger nachdrücklich bestätigt. Bislang wusste Manteuffel jedoch sehr wenig über diesen Heinrich. Sicherlich hatte sie ihn des öfteren auf Kreisdelegiertenversammlungen gesehen, vielleicht auch mal ein paar Worte mit ihm gewechselt. Aber der Mann wirkte immer blass und zurückhaltend. Das waren in einer Partei wenig gefragte Eigenschaften, wenn man politische Karriere machen wollte. Heinrich also war offensichtlich von Manteuffel unterschätzt worden, musste sich die Journalistin jetzt eingestehen. Er war anscheinend von vielen unterschätzt worden. Bei der Polizei galt er als wichtiger Zeuge. Aber der Mann war nicht auffindbar, er war wie vom Erdboden verschluckt. Gab es dafür eine harmlose Erklärung? War er vielleicht nur – wie Dr. Rellingen – in den Urlaub gefahren? Dagegen sprach, das in der Partei durchsickernde Gerücht, Heinrich habe sich am Abend der Tat mit Adelmann treffen wollen. Vielleicht am Hubertussee? Wie auch immer, Manteuffel musste sich zunächst mit anderen Informanten begnügen. Angefangen bei Adelmanns innerparteilichen Gegnern, den Linken. Da gab es deren Chef Berthold Gessler, ein mäßig intelligenter, biederer Kleinbürger, den sich Manteuffel partout nicht als Mörder vorstellen konnte. Aber es existierte ein Spannungsfeld zwischen ihm und

Adelmann, denn Adelmann hatte es in den vergangenen Jahren geschafft, sich zum Buhmann und Hassobjekt dieser Fraktion aufzubauen. Es galt also, Gessler ein wenig in die Mangel zu nehmen. Der hatte sich bei Manteuffels erster Interview-Anfrage geziert, und das war ihr ganz recht gewesen. Denn sie wusste wenig von Gessler, wollte ihn lieber einkreisen, Informationen sammeln, um ihn dann besser aus der Reserve locken zu können. Den Gessler schnappe ich mir, wenn der am wenigsten an mich denkt. Überraschungseffekt nennt man so etwas. Zunächst einmal waren die Hilfstruppen Gesslers dran. Die Kandidaten hießen Jürgen Schlegel, Frohnauer Juso-Vorsitzender, und sein neuer Kumpel Andreas Karthaus, beide FU-Studenten ...

Andreas streifte durch eine dieser stillen, gekrümmten, von Büschen und Bäumen der liebevoll gepflegten Privatgärten teils überwucherten Frohnauer Straßen. Sein Ziel war eine bestimmte Adresse im Horandweg. Er hatte beschlossen, seinen neuen Bekannten Jürgen Schlegel zu besuchen. Schließlich waren sie ja nicht nur Kommilitonen, sondern auch noch Frohnauer, wie sie zum gegenseitigen Erstaunen bei einem zufälligen Gespräch auf einem Flur in der FU-Rostlaube festgestellt hatten. Wie war es eigentlich möglich, einen Frohnauer etwa gleichen Alters über Jahre nicht kennen gelernt zu haben?, fragte sich Andreas. Natürlich, Frohnau ist zwar so etwas wie ein Dorf innerhalb der großen Stadt. Aber mit seinen vielleicht 18.000 Einwohnern doch mehr als ein kleiner Marktflecken. Immerhin gab es drei Grundschulen, so dass man sich mit etwas Glück – oder Pech – im Grundschulalter nicht begegnete. Nein, dachte Andreas, die richtige Antwort konnte nur lauten, dass Jürgen Zugereister war. Seine Eltern müssen ihn eines Tages gepackt haben, um sich aus irgend einer Provinz loszueisen. Denn Provinz war aus Sicht der Berliner alles, was in Westdeutschland lag. Dort gab es reichlich Gegenden, wo man mit einem B-Kennzeichen am Auto schon mal gefragt wurde, ob man aus West- oder Ost-Berlin käme. Auch aus Frohnauer Sicht war das ein Unding, denn schließlich verstand man sich doch als vornehmen Teil der nach wie vor einzigen und wahren deutschen Hauptstadt.

Jürgen ist sicher erst frisch in der Stadt und wird dann als erstes an dieser chaotischen Uni, an der man gerade erfährt, wo man vor einer Stunde an einem Seminar hätte teilnehmen sollen, diesem rädelsführerischen Pack orthodoxer Kommunisten und pseudolinker Steinzeitfaschisten ausgesetzt.
Gedankenverloren prallte Andreas beinahe gegen ein ziemlich heruntergekommen wirkendes Fahrzeug, das quer zum Gehweg aufgebockt war. Darunter schauten zwei Beine hervor, die in einer ölverschmierten, fadenscheinigen Hose steckten. „Ist das hier eine neue Art zu parken, oder verlangen Sie Wegzoll", zeterte Andreas. Langsam robbte sich die zu den Beinen gehörende Person unter dem Wagen frei. Unterarme ölverschmiert, Oberarme von ähnlich verdreckten aufgekrempelten Ärmeln bedeckt, Gesicht und Blondhaar unter einem dicken Schmierfilm nur schwer identifizierbar.
„Das ist ja toll, dass du jetzt kommst, Andreas. Du kannst hier gleich mal helfen." Erst die Stimme verriet Andreas, dass es sich nur um Jürgen handeln konnte.
„Also, ehrlich gesagt ist das nicht meine Welt. Ich glaube sogar, eines der wichtigsten Motive für mein Studium war es, sich nicht berufsbedingt im Dreck suhlen zu müssen", gab Andreas amüsiert zurück und reckte seine Arme ruckartig über den Kopf, als Jürgen ihm gerade die Hand geben wollte.
„So, so, proletarisch verschmierte Pfoten und bürgerliche Manieren von sich weisen, aber in beruflicher Hinsicht wie ein Vollspießer argumentieren – das haben wir gerne. Aber keine Angst, ich wollte dich jetzt nicht zu einem gemütlichen Ölwechsel einladen. Doch ich gehe davon aus, dass du schon mal in einem Auto gesessen hast und Kupplungs- von Brems- und Gaspedal unterscheiden kannst."
„Also, den Führerschein habe ich noch geschafft, trotz intensiven Studiums des Marxismus-Leninismus", grinste Andreas.
„Na, dann schieb mal deinen dicken Hintern auf den Fahrersitz. Wir müssen probieren, ob das neue Getriebe in dem kleinen Renner funktioniert. Der Einbau war 'ne Sauarbeit."
Andreas wanderte mit gespieltem Interesse um den offensichtlich einst froschgrünen Wagen, der an zahlreichen Stellen hässlich braune und graue Grundierungsstellen aufwies.
„Kleiner Renner? Für mich sieht das Gerät einem Fiat 500 ver-

dammt ähnlich. Und bei allem verständlichen Besitzerstolz weiß sogar ich, dass ein Fiat 500 die lahmste Krücke zwischen hier und Zwickau ist. Und Zwickau ist die Stadt, wo vom Kapitalismus befreite Arbeiter in sozialistischer Präzisionsarbeit den legendären Trabant produzieren."
„Sag mal, Andreas. Hat dir vielleicht irgend jemand auf dem Weg von der Uni zu mir ins Gehirn geschissen?", erwiderte Schlegel ziemlich aufgebracht. „Das hier ist kein Fiat 500, sondern ein Steyr Puch 650 TR, von mir und meinem Bruder zu einem konkurrenzfähigen Rallye-Fahrzeug aufgemotzt. Der bringt es bei seinen rund 500 Kilo auf über 40 PS oder noch mehr. Du kannst mir glauben. Der geht ab wie Schmidts Katze, da legst du die Ohren an. Du kannst gern mal eine Probefahrt machen."
„Ach weißt du, ich hab gerade meinen Sturzhelm nicht dabei. Wo, sagtest du, soll ich drauf drücken?" Andreas öffnete die Fahrertür und war im Begriff einzusteigen. „Was ist das denn? Soll das ein Autositz sein oder doch eher der Schleudersitz aus einer Apollo-Kapsel?"
„Schon klar, dass du noch nie einen Schalensitz gesehen hast. Aber keine Angst, du musst jetzt keine Gebrauchsanweisung lesen, und schleudern tut das Gerät auch nicht, solange du die Finger vom Zündschlüssel lässt. Schieb einfach deinen Arsch da rein. Auch die Gurte brauchen wir jetzt nicht. Aber wenn ich „jetzt" rufe, dann trittst du das Kupplungspedal langsam ganz durch. Das Kupplungspedal ist unten im Fußraum dieser linke Hebel dort. Und der wird mit dem Fuß, am Besten dem linken Fuß, bedient."
„Danke für diese umfassende Einführung in die Geheimnisse des Kraftwagens. Aber bei dem Opel Rekord meiner Eltern geht das genau so."
„So, so. Ich verkneif mir jetzt mal den Spruch mit dem Popel."
„Hätte mich überhaupt nicht getroffen. Ich brauche den Wagen weder für Männlichkeitsrituale, noch will ich damit irgend welche billigen Messing-Pokale abstauben. Aber selbst in dieser Stadt gibt es Ecken, die man weder mit der BVG noch mit der S-Bahn erreicht."
Jürgen blieb einen Moment wie erstarrt stehen, öffnete den Mund in gespielter Empörung und schaute Andreas mit

großen Augen an. „Du willst mir doch jetzt nicht erzählen, dass du zu den miesen Typen gehörst, die Ulbrichts Stacheldraht finanzieren?"
Verlegen scharrte Andreas mit dem Fuß im Sand des Bürgersteigs, um schließlich einzuräumen, dass er tatsächlich die S-Bahn benutzte. „Du weißt doch selbst, wie weit es von Frohnau zur FU nach Dahlem ist. Soll ich vielleicht mit dem Zwölfer eine dreiviertel Stunde bis zum Leo zuckeln, dann mit der U 9 bis Spichernstraße und dort Richtung Krumme Lanke umsteigen? Ulbricht hin, Stacheldraht her. Ich gehe ein paar Minuten bis zum Bahnhof Frohnau, steige ein und nach vielleicht fünfzig Minuten in Lichterfelde-West wieder aus. Dann hab ich nur noch zehn Minuten Fußweg."
„Und bei einem Zwischenstopp in Friedrichstraße holst du dann Fluppen und Scharlachberg aus dem Intershop und verkaufst das Zeug an die Kommilitonen, was?", ergänzte Jürgen mit wissendem Lächeln. „Ich gebe zu, es ist manchmal echt praktisch, mit der S-Bahn zu fahren. Aber eigentlich darf man sich solch sozialistischen Luxus bei uns nicht erlauben".
„Warum solltest du dir den Luxus zügigen Fortkommens in der Stadt nicht erlauben können? Nur weil du ein Juso bist?"
„Wenn man in der SPD was werden will, sollte man sich von linientreuen Genossen nicht beim S-Bahnfahren erwischen lassen. Das musst du bedenken, wenn du bei uns mitmachen willst. Denn da gibt es leider in unserem Verein noch viele Uneinsichtige, die glatt behaupten, dass wir mit S-Bahnfahren den Stacheldraht für Ulbrichts Stein gewordene Abgrenzungspolitik bezahlen – was natürlich völliger Quatsch ist. Schon deshalb Quatsch, weil seriöse Verkehrswissenschaftler nachgewiesen haben, dass der S-Bahnbetrieb in West-Berlin der DDR ausschließlich Verluste einbringt und nur aus politischen Gründen aufrecht erhalten wird," erklärte Jürgen.
„Du strebst also auch noch eine große Parteikarriere an. Wie ist das doch in glorreichen Zeiten einmal formuliert worden: Und ich beschloss, Politiker zu werden", konterte Andreas.
„Das finde ich jetzt völlig bescheuert. Du solltest schließlich wissen, dass uns Sozialisten die Zukunft gehört. So jedenfalls kann man es diesseits und jenseits des antifaschistischen Schutzwalls allenthalben hören und lesen."

„Heute gehört uns Deutschland und morgen die ganze Welt, nicht wahr? Aber S-Bahnfahren ist verboten!", hakte Andreas nach. „Was wird denn noch alles verlangt? Sicherlich muss man ordentlich und sauber gekleidet sein. Sonnabends vor der Sportschau baden, oder? Und da soll ich eintreten?"
„Über dieses Thema sollten wir vielleicht ein anderes Mal weiter reden. Im Moment brennt mir dieses Scheiß-Getriebe ein bisschen auf den Nägeln. Am Wochenende steht nämlich ein Rennen an, und ich möchte ungern das Startgeld verfallen lassen. Und übrigens fahr ruhig weiter mit der S-Bahn. Ich fahre ja auch gern Holzklasse. Aber bitte nicht weitersagen."

Dieser Schlegel ist nichts anderes als ein leicht idealistisch angehauchter Sozialromantiker, dachte Ulrike Manteuffel. Solche Typen muss es in der SPD wohl auch geben. Der hat mir ja geradezu sein Herz ausgeschüttet. Klingt nicht nach eiskaltem Mörder. Dazu noch sein S-Bahn-Spleen. Spleens können bisweilen schicksalhaft sein ...

Jürgen Schlegel saß im hintersten Waggon eines S-Bahnzuges nach Wannsee, über Gesundbrunnen, Friedrichstraße, Schöneberg und versuchte, das mit hellen Glasurziegeln verkleidete Diensthäuschen auf dem Bahnhof Frohnau ins Blickfeld zu bekommen. Dazu musste er die linke Gesichtshälfte an die schmutzige Scheibe drücken. Die Stille schien nun schon eine Ewigkeit zu herrschen. Dabei saß er erst seit etwa drei Minuten in einem dieser urigen, mindestens 40 Jahre alten Waggons mit ihren wunderbaren bequemen hellen Lattenholzbänken, die bei Sonnenschein wie von Gold überzogen schimmerten. Noch war der Zugabfertiger in seiner blassblauen Uniform nicht aus dem Häuschen getreten. Vielleicht, dachte er, sitzen gerade zehn Menschen in diesem Halbzug. Manchmal waren einige der Fahrgäste auch innerhalb des Zuges zu hören aber praktisch nie zu sehen, weil es sich jeder von ihnen in seinem kleinen, von hellhölzernen Trennwänden abgeteilten Separee gemütlich gemacht hatte. In der Eisenbahnersprache gab es außerdem Viertel-, Dreiviertel- und Vollzüge. Vollzüge auf dem Vollring, das klang so kraft-

voll wie Vollmilch, Vollbad oder volle Pulle, dachte Schlegel. Vollzüge auf dem Vollring, die hatte es wirklich gegeben. Das war fast vor seiner Zeit, jedenfalls vor der Zeit, an die er sich bis in solche sprachlichen Details zurück erinnern konnte. Vollring, das wusste Schlegel nur von alten Bildern, konnte man damals auf den Zielschildern der Ringbahnzüge lesen, die in rund einer Stunde wie Satelliten um das Zentrum Berlins gekreist waren. Gesundbrunnen, Ostkreuz, Papestraße, Westkreuz, Gesundbrunnen. Was war jetzt noch davon übrig geblieben? Reste, die er in Gesundbrunnen betrauern konnte. Ocker-rote Züge, die am Ringbahnsteig hielten, wenige Fahrgäste ausspuckten, dann müde einige Meter weiter Richtung Osten schlichen, in Höhe des Stellwerks kehrten und in gleichem Tempo an die andere Bahnsteigkante rollten. Zwischen Nordbahn- und Ringbahnsteig waren weitere Gleise und Bahnsteige aus einer Zeit angeordnet, die Schlegel als großes Chaos und Gewimmel in Erinnerung hatte. Das war die Zeit, als er die Hand seiner Mutter immer ganz fest drückte, wenn sie am Gesundbrunnen ausstiegen. Menschenmassen schoben sich damals scheinbar ziellos hin und her, und man musste gewaltig aufpassen, um in dem Trubel nicht unterzugehen. Jetzt wucherte zwischen den Bahnsteigen eine immer dichter werdende grüne Wand von Unkraut, jungen Birken und Büschen, die seiner Meinung nach auf einem Bahngelände nichts zu suchen hatte.
Inzwischen war der Zugabfertiger aus seinem Häuschen getreten, stellte sich in beinahe militärisch-straffer Haltung an die Bahnsteigkante und richtete letzte prüfende Blicke nach vorn und hinten. Dann führte er das Mikrophon an den Mund, das per Kabel mit dem UKW-Sender verbunden war, der etwa die Form und Größe des tragbaren kleinen Uher-Tonbandgerätes hatte. Dieses Gerät trug der Zugabfertiger mit einem Schultergurt an der Seite, um den immer wiederkehrenden Reichsbahn-Code an den Triebwagenfahrer in seinem Führerstand zu übertragen: „Zug Adler nach Wannsee – Türen schließen! Zug Adler nach Wannsee – abfahren!" Im gleichen Moment gaben die Türkontakte der bereits geschlossenen Türen ein kaum hörbares Klipp-klapp von sich. Dort, wo die Türen noch offen standen, fingen die Flügel an zu rollen und

schlugen schließlich ihre Hartgummiflanken asynchron mit lautem Knall ineinander. Der Zug machte einen Ruck und startete mit einem tiefen, vibrierenden Basston. Der Bass wandelte sich schnell in eine höhere Frequenz, immer lauter und dringlicher, immer eiliger, untermalt vom Rumpeln der Schienenstöße in kürzer werdenden Abständen. Schon war die Bahn über die teilende Weiche südlich des Bahnhofs Frohnau mit Ächzen und Kanten hinweg und eilte der Fischgrundbrücke entgegen. Der Zug kam jetzt, begleitet von hohem Singen der Elektromotoren, richtig in Fahrt, unterbrochen immer wieder durch das mechanische Ausklinken weiterer Schaltwiderstände. Die Schienenstöße schlugen wie Hämmer auf die Bahn ein und erzeugten einen bestimmenddynamischen Takt. Der Bahndamm verbreiterte sich, der Zug bog nach einer leichten Rechtskurve auf die Zielgerade zum Bahnhof Hermsdorf ein. In diesem Moment nahm der Triebwagenführer seine Hand vom Fahrknopf. Die Bahn begann fast lautlos zu schweben. Links glitten ein eindrucksvolles Stellwerk mit auskragendem Obergeschoss und ein Fachwerkhäuschen mit Verladerampe vom Typ Faller vorbei. Im Tiefflug rumpelte die Bahn über den Hermsdorfer Damm, um im gleichen Moment mit heftigem Zischen gegen die enorme Geschwindigkeit anzukämpfen. Während der Zug zum Stehen kam, ermüdete das Zischen und endete in ermattetem Säuseln, als müsse sich der Zug stöhnend von der anstrengenden Fahrt erholen. Die S-Bahn, dachte Schlegel, ist ein wundersames Verkehrsmittel, in dem sich Fahrgäste am helllichten Tage in unsichtbare Gespenster verwandeln, die nur gelegentlich kaum hörbare Geräusche von sich gaben.

Das Rollen einer Schiebetür riss Schlegel aus seinen Tagträumen. Ein eleganter junger Mann stieg in den Waggon und sah sich um. Dank seiner Größe konnte er über die hölzernen Trennwände neben der Tür hinweg sehen. Sein Blick blieb an Jürgen hängen. Unvermittelt spiegelte sich Erkennen in seinen Augen. „Hallo Jürgen", rief der junge Mann in einem schicken hellen Trenchcoat und näherte sich. „Das ist ja ein netter Zufall", sagte er gut gelaunt und setze sich auf die Bank Schlegel gegenüber. Dieser schaute ihn leicht irritiert an. „Wir kennen uns aus der Partei. Ich bin Martin Rellingen. Und

du bist doch der Frohnauer Juso-Vorsitzende, stimmt's?"
„Na klar, Martin", antwortete Schlegel jetzt mit einem erkennenden Lächeln. „Tut mir leid, dass ich dich nicht gleich erkannt habe. Ich war gerade mit einer ziemlich komplizierten Materie befasst. Und in solchen Fällen sehe ich nichts mehr um mich herum. Es geht um die klassische Mehrwerttheorie von Marx und die saubere Abgrenzung des Begriffes in seinem Sinne zu Thompson und anderen. Stell dir mal vor, ich würde rauskriegen, dass auch Marx' Spezi Friedrich Engels unabhängig von ihm den Begriff Mehrwert in abgewandelter Form gebraucht hat, dann wäre ich der König im Seminar", erklärte Schlegel und zog zum Beweis ein blaues Bändchen ML-Literatur aus seiner braunen Ledermappe.
„Das hört sich wirklich kompliziert an", bemerkte Rellingen lächelnd. In Wirklichkeit schätzte er Schlegels kurzen Vortrag als eine kleine, durchaus raffinierte politische Provokation ein. Oder war es vielleicht eher ein Test? „Ich fürchte, ich kann dir dabei gar nicht helfen. Marx hat mich nie sonderlich interessiert. Und das, was ich über ihn gelernt habe, ist längst wieder verschütt gegangen." Er war mit einem hellgrau karierten Sakko, weißem Hemd, schwarzer Hose und einer dezent roten Krawatte gekleidet. Nur wenige Jahre älter als Schlegel, stellte Martin von seiner Persönlichkeit her ein ganz anderes Kaliber dar. Er hatte ein schmales Gesicht, dem eine ziemlich spitze, aber nicht zu lange Nase einen Ausdruck äußerster Konzentration und leichter Arroganz gab. Halblanges, gescheiteltes mittelblondes Haar vervollständigte den Eindruck bürgerlicher Gepflegtheit. Politisch hatte sich Rellingen bislang kaum exponiert. Er war in allen erdenklichen Themenbereichen belesen, konnte eloquent, bisweilen leidenschaftlich und scharfzüngig diskutieren. Doch seine stärkste Waffe war sein Charme, den er gern auch gegenüber Personen versprühte, die er nicht leiden konnte. Wenn er mit jemandem sprach, hatte er eigentlich immer ein schelmisches Lachen im Gesicht, was seine Gesprächspartner bisweilen beunruhigte, wussten sie doch nie sicher, ob es sich bei diesem Lachen um pure Freundlichkeit handelte, oder ob sich Rellingen gerade über sie lustig machte. Er brachte es fertig, seinem Gegenüber mit dem liebenswürdigsten Lächeln vor

versammelter Mannschaft mehr oder weniger deutlich verstehen zu geben, dass er ihn für ein ausgemachtes Arschloch oder einen Vollidioten hielt. Vertraute bekamen schon mal als kleine Gunstbezeugung in halb privaten Zirkeln die Gelegenheit, abschließende Einschätzungen über das geistige Potenzial Dritter aus dem Munde Rellingens zu hören. Bei vielen Reinickendorfer Parteimitgliedern galt er als größtes politisches Talent und kommender Spitzenfunktionär.
„Wie ich höre, musst du dich mit solch trockener Theorie auch nicht mehr herumschlagen als frisch Promovierter. Nachträglich herzlichen Glückwunsch von mir. Wenn du Wert drauf legst, sage ich jetzt immer „Herr Doktor" zu dir."
„Vielen Dank für die Blumen. Du musst dir jetzt aber keinen abbrechen mit dem Titel. Und ich weiß wirklich auch nicht, ob sich „Genosse Doktor" so toll anhören würde. Ansonsten aber liegst du nicht ganz richtig. Denn so grau auch alle Theorie sein mag, sie wird mich weiter beschäftigen, nicht nur in meinem Spezialgebiet, der frühen europäischen Literatur. Theorie bedeutet hier aber vor allem, Literatur und Sekundärliteratur lesen. Und das gehört ja sowieso zu meinem täglich Brot. Also kein Mitleid, bitte. Übrigens, es kann gut sein, dass ich demnächst von der trockenen Theorie in die Praxis wechsele. Gerade komme ich von der Georg-Herwegh-Schule, wo ich mich als potenzieller Lehrer vorgestellt habe."
„Ich denke, zum Oberlehrer hättest du ein gewisses Talent. Jetzt weiß ich auch, warum du dich so in Schale geworfen hast. Hat es denn was genutzt?"
„So schnell schießen die Preußen leider nicht", antwortete Rellingen, „mal abwarten, ich habe mehrere Eisen im Feuer. Und da ich ein wenig abergläubisch bin, will ich dazu auch nicht mehr sagen als nötig. Aber, wenn ich dich schon mal treffe. Ich habe gehört, ihr wollt eine eigene Liste zu den Parteiwahlen aufstellen".
Jürgen schaute ihn ziemlich erschrocken an. „Wer hat dir denn das erzählt", druckste er.
„Irgend ein Vögelchen zwitschert doch immer", meinte Rellingen mit breitem Grinsen. „Du hast doch nicht geglaubt, so etwas in der Partei geheim halten zu können?"
„Nun mal langsam Martin. Was heißt hier überhaupt „ihr"?"

„Ich meine die Linke. Ich bin doch richtig informiert, dass die Jusos mit der Linken auf Landesebene, ganz bestimmt aber auf Bezirksebene ein Bündnis bilden?"
„Wir wären natürliche Verbündete", versuchte Schlegel auszuweichen.
„Fein. Es dürfte euch doch wohl klar sein, dass ihr roten Socken keine Chance habt gegen das Partei-Establishment."
„Na, wenn du das sagst", gab sich Jürgen Schlegel kleinlaut.
„Die Rechte bringt es traditionell auf – sagen wir – vierzig Prozent. Die Linke schafft vielleicht dreißig. Der Rest sind Unabhängige. Wenn ihr gewinnen wollt, braucht ihr weit mehr als die Hälfte von denen."
„ ... zu denen du dich offensichtlich auch zählst. Aber ich staune, denn du bist ja nicht nur Literaturwissenschaftler, sondern auch noch Mathematik-Genie", spottete Schlegel.
„Ich lasse mich einfach nur ungern durch politische Vorgaben oder fixierte Denkmuster fremdbestimmen. Und die Rechnung, die ich gerade aufgemacht habe, ist doch so alt wie die Partei selbst. Wenn es hart auf hart kommt, zieht die Rechte irgendein Kaninchen aus dem Hut, und schon laufen ihr die Unabhängigen scharenweise zu."
„Was meinst du jetzt mit Kaninchen?"
„Was für ein unschuldig Gemüt. Da gibt es doch viele Möglichkeiten. In den 60-er Jahren war es noch ganz einfach. Ein erschossener Flüchtling an der Mauer, ein enttarnter Ost-Spion im Umfeld des Senats, und schon wurde allen bewusst, dass wir hier auf einem ziemlich vorgeschobenen Posten sitzen. Da wurde dann schnell mal wieder die alte Gleichung aufgemacht: Linke gleich Kommunisten. Kommunisten gleich DDR. DDR gleich Sowjetunion, gleich Stalin. In der Kurzform also: Linke gleich Stalinisten. Was eigentlich fast genau so schlimm war, wie jemanden als Nazi zu beschimpfen. Inzwischen hat sich die Szene an der Grenze beruhigt, das Verhältnis zur DDR institutionalisiert. Und das heißt, wir hören nicht mehr auf die alltäglichen Warnungen der altbekannten Kommunistenfresser. Wir sind träge geworden, nicht mehr so wachsam. Das führt zu einer schizophrenen Situation."
„Ich bin sicher, dass wir diesmal eine Chance haben", gab Schlegel zu bedenken.

„Mag schon sein. Aber eigentlich reicht es schon, wenn sich einer von euch beim „Wahrheit"-Lesen erwischen lässt."
„Denkst du wirklich, dass wir das nicht wissen?"
„Ich gebe zu, die Chancen sind da. Aber das Gleichgewicht ist derart sensibel, dass die kleinste Unachtsamkeit das Pendel ausschlagen lässt", fuhr Rellingen fort.
„Das muss dann aber wohl auch für die andere Seite gelten."
„Stimmt. Und diese Situation spricht für einen langen, nervösen und höchstwahrscheinlich sehr schmutzigen Wahlkampf", resümierte Rellingen und gab mit einer wegwerfenden Handbewegung zu erkennen, dass für ihn damit das Thema erledigt war.
Nicht aber für Schlegel. „Da du ja offensichtlich von der gewichtigen Rolle der Unabhängigen überzeugt bist und dich selbst zu dieser Kategorie zählst, kannst du mir ja verraten, wie wir Linken euer politisches Herz gewinnen können."
„Für mich spielen die Etiketten links, rechts, Mitte keine so große Rolle. Ich schaue lieber auf den Einzelnen, auf seinen Charakter und seine Fähigkeiten. Ich möchte vor allem nicht mehr so viele Politschweine in Amt und Würden sehen. Wenn man sich auf einer solchen Basis über eine gemeinsame Liste einigen könnte ..."
„Das hört sich ganz akzeptabel an. Doch die Sache ist nicht so einfach, zumal es sich bei den Unabhängigen ja nicht um eine geschlossene Gruppe handelt. Soll die Linke vielleicht mit jedem Einzelnen über eine gemeinsame Liste verhandeln?", wollte Schlegel wissen.

Ein Dilemma fürwahr, das konnte Manteuffel gut nachvollziehen. Vielleicht sogar ein gewichtiges politisches Problem, das Stoff für ganze Fachbücher lieferte und über das sich trefflich referieren ließe. Dennoch blendete sich Manteuffel an dieser Stelle gedanklich aus. Ihr ging es schließlich nicht um politische Grundsatzdebatten, sondern um die Hintergründe eines – womöglich politischen – Mordes. Und in dieser Hinsicht dürfte die Bündnisfrage innerhalb der Reinickendorfer SPD eher von untergeordneter Bedeutung gewesen sein. Zumal sich diese Frage, nachdem was Manteuffel

erfahren hatte, nicht zuletzt dank Schlegels tatkräftiger Mithilfe bald gelöst haben sollte ...
Zunächst aber standen andere im Fokus ihrer Recherche. Eine Woche nach der Tat war Heinrich noch immer nicht wieder aufgetaucht. Manteuffel konnte sich daher langsam von der These verabschieden, Heinrich wäre lediglich in den Urlaub gefahren. Auch bei der Polizei wurde man immer einsilbiger, wenn der Name Heinrich fiel. Sehr verdächtig! Nicht nur das Verhalten der Polizeipressestelle, sondern vor allem Heinrich selbst. Der Mann war ein Phantom, musste sich Manteuffel eingestehen. Kaum jemand hatte etwas Substanzielles über ihn zu berichten. Der Mann besaß offensichtlich keine Freunde, hatte auch keine Stammkneipe und schon gar keine Freundin. In seine Zweizimmer-Wohnung am Eichborndamm kam niemand rein. Die Polizei hatte die Wohnung mittlerweile versiegelt. Offiziell fungierte Heinrich noch immer als wichtiger Zeuge. Doch vielleicht war er auch der ominöse Messerstecher. Nachfragen bei Eva Adelmann ergaben, dass sich ihr Mann regelmäßig mit Heinrich in freier Natur getroffen hatte. Entweder in einer Jagdhütte im Tegeler Forst, über die unter den Sozis die abstrusesten Gerüchte im Umlauf waren. Auch die Hütte war unterdessen von der Polizei versiegelt worden. Ein anderer beliebter Treffpunkt der beiden war laut Eva Adelmann der Hubertussee gewesen – ein gewichtiges Indiz für die mögliche Täterschaft Heinrichs. Wenn allerdings dieser lauschige Treffpunkt Dritten bekannt war, dann konnte auch ein noch immer Unbekannter der Täter gewesen sein. Immerhin war Manteuffel ein Stückchen weiter gekommen. Eva Adelmann hatte ihr berichtet, dass Heinrich ein entfernter Verwandter ihres Mannes war und in der DDR im Gefängnis gesessen hatte. Deshalb soll Adelmann Himmel und Hölle in Bewegung gesetzt haben, ihn freizukaufen. Das sei ihm schließlich auch gelungen. Als Heinrich endlich in West-Berlin ankam, war er schon über 40 und vom DDR-Regime „total versaut", wie sich Adelmann einmal gegenüber seiner Frau ausgedrückt hatte. Adelmann verschaffte dem Ex-DDRler einen Hausmeister-Job beim Bezirksamt Reinickendorf. Aus Dankbarkeit trat Heinrich in die SPD ein und avancierte zu Adelmanns rechter Hand.

Manteuffel versuchte diese Informationen mit den Erkenntnissen der Polizei abzugleichen. Dort reagierte man jedoch sehr zurückhaltend, was die Sache schon wieder verdächtig machte. Bald wurde Manteuffel klar, dass sie von der Polizei keinerlei Hilfe zu erwarten hatte. Sie musste einfach ihre Recherchen innerhalb der Partei fortsetzen und die Geschichte weiter aufrollen. Wo war sie stehen geblieben? Ach ja. Nach Schiederkorns Besuch bei Adelmann setzte sich dieser laut Eva Adelmann unverzüglich mit seinem unauffälligen Helfer Heinrich in Verbindung. Für Manteuffel war es inzwischen kein Problem mehr, den Verlauf eines solchen Gespräches nachzuzeichnen ...
„Heinrich."
„Ich bin's. Wollte nur mal die Lage peilen."
„Du wirst doch wohl jetzt nicht nervös werden. Bis zu den Parteiwahlen haben wir noch monatelang Zeit", erriet Heinrich Adelmanns Motive.
„Hast du mich schon mal nervös gesehen, Hansjörg?"
„Du rufst doch nicht an, um dir von mir deinen ausgewogenen Seelenzustand attestieren zu lassen. Eher schon, weil dir das gleiche Gerücht zu Ohren gekommen ist wie mir."
„Welches Gerücht?"
„Das Gerücht, dass Schiederkorn wieder im Lande ist."
„Da kann ich dich beruhigen. Das ist kein Gerücht. Der Mann hat mir vorhin leibhaftig gegenüber gestanden."
„Gut zu wissen, dass meine Quellen funktionieren und zuverlässig sind. In Wirklichkeit habe ich dir den Schiederkorn geschickt, um meine Zuträger aus dem Winterschlaf zu holen. Aber Scherz beiseite, was wollte er denn?"
„Was kann einer wollen, wenn er sich ganz offiziell zum Kaffee bei seinem ehemaligen Lehrling einlädt?"
„Da wüsste ich nur eines, nämlich einen Posten."
„Voll ins Schwarze", antwortete Adelmann. „Der Mann ist nicht auf Heimaturlaub. Er ist wieder in den Schoß der Familie zurückgekehrt und erwartet von uns eine kleine Starthilfe. Und wenn du Schiederkorn von früher kennen würdest, wüsstest du auch, in welcher Kategorie der gewünschte Posten angesiedelt sein darf."
„Nach deinen Beschreibungen kann ich mir das vorstellen",

antwortete Heinrich, „vermutlich ziemlich weit oben."
„Du bist heute wieder mal genial. Ich fürchte, er denkt an so eine Funktion wie den stellvertretenden Kreisvorsitzenden."
„Ach du Schreck! Das geht doch gar nicht. Der Posten ist doch schon vergeben. Ich hoffe, das hast du ihm unmissverständlich klar gemacht."
„Nun, ich wollte nicht gleich eine Missstimmung aufkommen lassen. Und genau genommen hat Schiederkorn nicht explizit diese Position für sich gefordert. Denke daran, dass der Mann schlau ist, dass er mein Lehrer war. Nein, Schiederkorn ist nicht mit der Tür ins Haus gefallen. Das wäre nicht seine Art. Der ist eher wie eine Katze, die lautlos um den Futternapf streicht und sich erst drauf stürzt, wenn das Richtige drin liegt. Offiziell hat er nur mal so seine grundsätzliche Bereitschaft erklärt, wieder Verantwortung in der Partei zu übernehmen – bla, bla bla", machte sich Adelmann über eine in Parteikreisen häufig gebrauchte Polit-Wendung lustig. „Und da praktischerweise demnächst Parteiwahlen anstehen ..."
„Dachte er sich wohl, wenn da noch einer gebraucht wird ..."
„So in etwa."
„Aber da hat er sich geschnitten. Die Beute ist längst erlegt und verteilt. Da gibt es keinen Posten mehr. Das muss ihm doch klar sein, wenn er schon so lange in dieser Partei ist."
„Entweder, ich mache etwas Adäquates für ihn frei, oder er sorgt für Ärger. Das hat er zwar nicht gesagt, aber so funktioniert das nun mal."
„Sag ihm einfach, dass da nichts mehr zu machen ist. Es läge nicht an seiner Person. Wäre er ein paar Monate früher gekommen, hätte es kein Problem gegeben. Jetzt muss er sich leider zwei Jahre gedulden bis zu den nächsten Parteiwahlen. Das muss er doch verstehen."
„Zwei Jahre warten? Aber stopp, jetzt ahne ich erst das ganze Ausmaß der Katastrophe. Der Mann zielt vielleicht gar nicht auf den stellvertretenden Kreisvorsitz. Der Mann will möglichst schnell ein öffentliches Amt."
„Du meinst Abgeordneter oder gar Bezirksstadtrat? Wenn das stimmt, wird es wirklich haarig", meinte Heinrich.
„Sehr wahrscheinlich. Er ahnt wohl, dass ich einen Stadtratsposten anstrebe. Und so etwas wird er auch für seine Person

als adäquat ansehen."

„Ganz abgesehen davon, ob du das wirst, uns stehen ein Stadtrat und der Bezirksbürgermeister zu. Immer vorausgesetzt, wir gewinnen die Parteiwahl und die SPD anschließend auch die Wahlen zum Abgeordnetenhaus und zur BVV. Die CDU kriegt ja schließlich auch noch zwei Stadträte, und die Linken werden auch zwei einfordern, wenn wir schon den Bezirksbürgermeister stellen. Das wird eng. Und ich finde, ehrlich gesagt, dass man nicht einfach so plötzlich aus dem Nichts auftauchen und gleich Forderungen stellen kann."

„Ja, ich denke, so sehen es viele. Aber du weißt ja auch, dass über die Verteilung der Bezirksamtsposten noch nicht gesprochen wurde. Erst einmal müssen wir die Parteiwahlen hinter uns bringen. Erst dann macht es Sinn, über die Ämterverteilung zu sprechen. Und im Übrigen dürfen wir die Amtsinhaber nicht vergessen. Die haben, so weit sie sich nichts zu Schulden kommen lassen und wieder kandidieren, ein gewisses Vorrecht. Außerdem amüsiert es mich echt, wie du die Interessen der Linken verteidigst."

„Versteh mich nicht falsch, Horst. Ich kann die Kerle nicht ausstehen. Der Gessler ist für mich gerade noch tolerabel. Aber was danach kommt, kann man vergessen. Aber die Linke ist nicht weg zu diskutieren. Die gibt es nun mal. Man muss zivilisiert miteinander umgehen, vor allem aber zuverlässig sein und zu seinem Wort stehen. Sonst bricht das Chaos aus."

„Gut gebrüllt, Löwe", antwortete Adelmann amüsiert. Er selbst hätte die Situation nicht klarer analysieren können.

„Was machen wir denn nun mit dem Kerl?"

„Wir müssen vor allem erfahren, was er vorhat. Und deshalb rufe ich an. Du hast doch so eine wunderbare, sehr diskrete und ziemlich pfiffige Truppe. Die solltest du mal auf Schiederkorn ansetzten. Der Mann muss Tag und Nacht beobachtet werden. Der darf nicht mal unbeobachtet aufs Klo gehen."

„Kein Problem. Aber so eine Intensivbetreuung kostet Geld. Ich hoffe, das ist dir klar?"

„Natürlich, du kriegst was zum Verteilen. Dafür habe ich ja meinen Reptilienfond. Und du selbst sollst natürlich auch nicht leer ausgehen."

So etwa stellte sich Manteuffel nach den jüngsten Informationen das Gespräch zwischen Adelmann und Heinrich vor. Dass Adelmann seinem Paladin einen eindeutigen Auftrag zur Überwachung Schiederkorns gegeben hatte, stand für Manteuffel außer Zweifel. Man würde diese These demnächst überprüfen können, denn nach Auskunft von Eva Adelmann hatte ihr Mann die Angewohnheit, jedes wichtige parteiinterne Telefonat mitzuschneiden. Die Polizei musste massenhaft Tonkassetten am Edelhofdamm gefunden haben. Und irgendwann würden sie die Kassetten wieder herausrücken – spätestens nach Abschluss des Falles. Wäre schön, wenn ich da schon eher rankäme, dachte Manteuffel. In der Zwischenzeit musste sie ihr Wissen über die innerparteiliche Linke vertiefen. Da war alles noch ein wenig nebulös. Die wichtigste Frage: Wie radikal sind die? Als Zapfstellen kamen Schlegel, Karthaus, aber auch Jusos aus der zweiten Reihe wie Matthias Beckereidt, Udo Rösler und Stefan Gleichen sowie nicht zuletzt Kritiker der Linken wie Detlef Lesczak und Martin Rellingen infrage. Letzterer hatte sich inzwischen gut gelaunt und braun gebrannt von Mallorca zurückgemeldet ...

„Also, ich fasse noch mal zusammen, dass der Kapitalismus dem Feudalismus ökonomisch überlegen war und ihn deshalb abgelöst hat. Der Lohnarbeiter ist besitzlos in dem Sinne, dass er über keine Produktionsmittel verfügt. Also ist der Verkauf seiner Arbeitskraft für ihn lebensnotwendig. Der Kapitalist wiederum ist frei, sich seine Lohnarbeiter auszusuchen. Er ist ebenso frei darin, die Höhe des Lohnes zu bestimmen, die er seinen Arbeitern zahlt. Der Kapitalist stellt die Produktionsmittel, der Lohnarbeiter seine Arbeitskraft. Karl Marx hat wissenschaftlich nachgewiesen, dass durch die Arbeit des Lohnarbeiters ein Mehrwert entsteht, der natürlich höher ist, als der Lohn, den der Arbeiter vom Kapitalisten erhält. Diese Differenz steckt sich der Kapitalist in die eigene Tasche. Salopp gesagt, finanziert der Lohnarbeiter mit seiner Arbeit das Leben des Kapitalisten. Der Kapitalist ist in diesem Sinne also ein Schmarotzer. Wissenschaftlich ausgedrückt, ist das die Ausbeutung des Menschen durch den Menschen, nämlich des Lohnarbeiters durch den Kapitalisten. Das führt zu einer

Anhäufung, zur Akkumulation des Kapitals. Während der Lohnarbeiter in der Regel nur gerade so viel Lohn bekommt, um seinen Lebensunterhalt zu bestreiten, vergrößert sich das Kapital im Kapitalismus durch die Schaffung von Mehrwert, also durch das Ergebnis der Ausbeutung, ständig. Das Resultat ist, dass der Kapitalist immer reicher wird, dadurch noch mehr Lohnarbeiter einstellen kann, die einen noch höheren Mehrwert erwirtschaften, wodurch der Kapitalist letztlich eine immer größere ökonomische Macht über die arbeitende Klasse gewinnt ..."

„So, das war es für heute. Demnächst wollen wir uns mit den Konsequenzen aus der Erkenntnis von heute näher beschäftigen. Es geht dann um die Fragen, in welche Richtung sich der Kapitalismus entwickelt, und wie Marx und Engels ihn überwinden wollen."

„Vielen Dank, Genosse Berghahn", erwiderte der Juso-Vorsitzende Jürgen Schlegel. „Hat noch jemand eine Frage?" Rund ein Dutzend Anwesende saßen um einen länglichen Tisch in einem kleinen Raum im ersten Stock des Frohnauer Jugendheims an der Schönfließer Straße. Einige machten einen etwas müden Eindruck nach diesem Seminar. Andere schauten beseelt mit leuchtenden Augen in Richtung des Referenten und des Vorsitzenden, als hätten sie gerade vom Baum der Erkenntnis genascht.

Udo Rösler, ein untersetzter, vollbärtiger Langzeitstudent Anfang dreißig, hob langsam die Rechte. „Udo, schieß los", ermunterte ihn Schlegel.

„Was ich nicht so ganz verstehe, lieber Genosse Berghahn, ist, dass die so bemitleidenswerten, mittellosen Arbeiter, sich bei uns bisweilen sogar ein eigenes Häuschen leisten können, während die gleiche Klasse ein paar Kilometer weiter, im Paradies der Arbeiter und Bauern in Sachen Eigentum doch ziemlich auf dem Schlauch stehen."

„Das ist natürlich eine Frage, die immer wieder gestellt wird. Also, zum einen befindet sich der Sozialismus in der Deutschen Demokratischen Republik noch im Aufbau und ist andererseits natürlich nicht isoliert zu betrachten, sondern immer auch im Umfeld der nichtsozialistischen Länder. Der US-amerikanische Imperialismus und Militarismus zwingt die

sozialistische Staatengemeinschaft zur Wachsamkeit und führt letztendlich zu einem ziemlich kostspieligen Rüstungswettlauf, der wertvolle Ressourcen bindet. Der Sozialismus muss bewaffnet sein, sonst würde er nicht mehr lange existieren. Es ist die Arbeiterklasse in der DDR und den anderen Länder des Warschauer Vertrages, die diese Zeche bezahlen muss. Hinzu kommen die strukturellen Krisen in den kapitalistischen Ländern wie Arbeitslosigkeit, Inflation und so weiter, die natürlich, wenn auch in abgeschwächter Form, die sozialistischen Länder beeinflussen."
„Bisher habe ich immer gehört, dass es im Sozialismus keine Arbeitslosigkeit gibt. War diese Aussage jetzt falsch? Im Übrigen fragt man sich natürlich, warum die sozialistischen Länder mit dem Erzfeind Geschäfte machen und ihn dabei auch noch stützen", platzte Rösler in den Vortrag.
„Lieber Genosse Rösler, deine Fragen sind sehr wohl berechtigt", antwortete Berghahn. „Was die Arbeitslosigkeit angeht, so kann ich dich beruhigen, denn in der DDR gibt es sie nicht. Aber das dürfte doch allgemein bekannt sein. Was die Wirtschaftsbeziehungen zum nichtsozialistischen Ausland betrifft, so muss man diese gar nicht in Abrede stellen. Auch hier haben schon Marx und Engels die entsprechende wissenschaftliche Erklärung gefunden. Natürlich gibt es Handel zwischen den Systemen, solange diese unterschiedlichen Systeme nebeneinander existieren. In erster Linie dient dieser Handel der Stärkung des Sozialismus. Und an dieser Stelle darf ich noch ein Wort des ersten Sekretärs der SED und Staatsratsvorsitzenden der DDR, Walter Ulbricht, anfügen: „Dieser Handel dient vor allem dem Weltfrieden und der sozialistischen Staatengemeinschaft". Schließlich möchte ich dir gern noch etwas zu den angeblich so sozialen Errungenschaften der Arbeiterklasse in der BRD sagen. Wir dürfen die Verhältnisse in der BRD und in West-Berlin nicht mit dem Zustand des Kapitalismus in anderen Ländern vergleichen. Denn über Jahrzehnte hat doch der US-amerikanische Imperialismus, gestützt von der revanchistischen westdeutschen Adenauer-Regierung, die BRD und West-Berlin als Bollwerk gegen den Kommunismus betrachtet und entsprechend mit Kapital ausgestattet. Dies ist, da will ich gar nicht drum

herum reden, zum Teil auch in gesellschaftliche Bereiche geflossen, sogar bis in die Arbeiterklasse gedrungen. Hintergedanke war natürlich die Korrumpierung einer klassenbewussten, kritischen und fortschrittsorientierten Arbeiterschaft in der BRD. Und das ist ja wohl auch ziemlich gut gelungen, oder? Das Paradies, wie du es eben genannt hast, ist erst mit der kommunistischen Gesellschaft erreicht. Das ist das Ziel des Sozialismus, aber wir befinden uns noch auf dem Weg dorthin. Schon heute aber ist die Ausbeutung des Menschen durch den Menschen in der Deutschen Demokratischen Republik und der sozialistischen Staatengemeinschaft systembedingt überwunden. So verfügt die Arbeiterklasse in der DDR über gesellschaftlich-soziale Errungenschaften, die es im Kapitalismus nicht gibt, beispielsweise in Sachen Gleichberechtigung der Frau, in Sachen Kindererziehung, Bildung und so weiter. Da kann sich die Bilanz der DDR absolut sehen lassen. Im Übrigen bist du, lieber Genosse, offensichtlich einem weit verbreiteten Irrtum erlegen. Sozialismus bedeutet nicht, dass es kein Privateigentum mehr gibt. Es gibt nur kein Privateigentum an Produktionsmitteln. Das ist etwas ganz anderes als ein eigenes Auto oder ein Häuschen im Grünen zu besitzen. Dagegen sind die Produktionsmittel in der DDR vergesellschaftet, und auch der Besitz von Grund und Boden ist im ersten Arbeiter- und Bauernstaat auf deutschem Boden so geregelt, dass er nicht mehr als Unterdrückungswerkzeug dienen kann. Die Konsequenzen aus diesen Tatsachen habe ich vorhin zu erläutern versucht. Wo es kein Privateigentum an Produktionsmitteln gibt, kann schon theoretisch keine Ausbeutung stattfinden, weil ja der gesamte durch die Produktion erschaffene Mehrwert den Eigentümern der Produktionsmittel zugute kommt, und das ist in der DDR das Volk. Daher der Name „Volkseigene Betriebe". Ist jetzt alles klar, Genosse Rösler?"
„Ja, ja, hab ich verstanden", antwortete dieser mürrisch.
„Gibt es noch weitere Fragen?", wollte Schlegel wissen und schaute sich langsam um. Keine Reaktion. Müde stützten sich einige Anwesenden mit beiden Ellbogen auf der Tischplatte ab. Andere schauten zum Fenster hinaus oder raschelten in vorgeblicher Geschäftigkeit mit irgend welchen Papieren.

„Gut, dann entlasse ich jetzt den Genossen Berghahn mit sozialistischen Grüßen und der Erwartung, bei unserem nächsten Bildungsseminar in vier Wochen wieder viel Neues und Spannendes von unseren Vordenkern zu erfahren." Der Referent hatte inzwischen seine schwarze Kunstleder-Kollegtasche mit dem knallroten Aufkleber einer sozialistisch geballten Faust darauf gepackt und unter den Arm geklemmt. Schlegel reichte ihm die Hand und geleitete ihn bis zu Tür.

Mein Gott, mit was für einem gequirlten Schwachsinn die sich beschäftigen, dachte Manteuffel. Beeindruckend auch die enorme Leidensfähigkeit des Sozi-Nachwuchses. Wenn man mir so etwas vorgesetzt hätte, wäre ich wahrscheinlich nach fünf Minuten eingeschlafen oder hätte fluchtartig den Raum verlassen. Nun aber kam der interessantere Teil der Sitzung …

„So, lasst uns jetzt mal zum praktischen Teil des Abends kommen", setzte Schlegel die Sitzung fort. „Wir müssen uns langsam mal mit den Parteiwahlen beschäftigen. Die beginnen zwar erst im Herbst, die Jahreshauptversammlung unserer Abteilung ist auch noch nicht terminiert. Aber die Abteilung und der Kreis erwarten natürlich unsere Stellungnahmen in Sachen Nominierungen. Da sich unsere Gruppe in den letzten beiden Jahren erfreulich vergrößert hat, sind unter uns also einige Genossen, die noch nie Parteiwahlen erlebt haben. Denen möchte ich hier erst mal einiges Grundsätzliches erklären. Also, gewählt werden in der Jahreshauptversammlung der Abteilung der geschäftsführende Abteilungsvorstand, bestehend aus dem Vorsitzenden, seinem Stellvertreter, dem Schriftführer und dem Abteilungskassierer. Zum erweiterten Vorstand gehören dann noch die Beisitzer für bestimmte Sachthemen wie Öffentlichkeitsarbeit, Wahlkampf, Arbeitnehmerfragen, Veranstaltungen und so weiter. In der Regel sind das bei uns sechs Beisitzer. Das ist aber noch nicht alles. Gewählt werden außerdem zwölf Kreisdelegierte. Schließlich müssen zwei Landesparteitagsdelegierte nominiert werden. Die zwölf Frohnauer Kreisdelegierten ihrerseits bestimmen zusammen mit den Delegierten der anderen Reinickendorfer Abteilungen auf einer Kreisdelegiertenversammlung den Kreisvorstand der SPD. Außerdem stellt die KDV vor den allgemeinen Wahlen Listen für die Direktkandidaten der Wahlkreise sowie die Landesliste der Partei auf. Und nicht zu vergessen, bestimmt die KDV, wer von der SPD Reinickendorf als Bezirksverordneter für das Kommunalparlament, die BVV, kandidieren darf. Ihr seht also, dass die Parteiwahlen ein äußerst wichtiges Instrument sind. Als Teil der Linken haben wir natürlich auch eine gewisse Verantwortung für die weitere Entwicklung unserer Partei in Frohnau, im Bezirk und in der Stadt.

Schon wieder meldete sich Rösler: „Wie darf ich denn das verstehen, als Linke eine gewisse Verantwortung für die Partei ...? Ich bin hier in die SPD eingetreten, kann mich aber nicht entsinnen, für eine Gruppierung namens Linke unterschrieben zu haben."

„Du hast völlig Recht. Wir sind alle zunächst einmal Sozialdemokraten. Wobei sich die Jusos, also die SPD-Mitglieder unter 35, traditionell der Linken in der Partei verbunden fühlen. Ich wollte dich jetzt nicht für irgend eine Gruppierung oder einen Parteiflügel reklamieren. Jeder muss selbst wissen, wem er sich zugehörig fühlt."

„Genosse Schlegel, vielleicht bin ich ja ein bisschen naiv. Ich habe zwar gewusst, dass es in der SPD Leute gibt, die eher linke und solche, die eher rechte Ansichten vertreten. Aber dass die ganz offiziell firmieren, womöglich mit eigenen Statuten, Vereinswappen und Lokalen, das wusste ich nicht. Und bevor ich mich irgend einer Gruppe anschließe, möchte ich wissen, mit was für Leuten ich mich da zusammentue."

„Dit is in meen Oogen ne ziemlich komische Diskussjon", rief Stefan Gleichen, ein verpickelter 16jähriger Oberschüler mit leicht fettigen, schulterlangen Zotteln dazwischen. Gleichen hätte seine Äußerung genauso gut in Hochdeutsch von sich geben können. Doch er verstand sein schnoddriges Berlinern als Teil des Kampfes gegen das sogenannte Establishment. „Wer jetze in de Partei eintritt, sollte dat mit nem jewissen Klassnbewusstsein tun, liebe Jenossen. Ihr habt ja wohl jehöat, woran dit System krankt, nämlich an da Ausbeutung des Menschen durchn Menschn. Die SPD, so hab ick schon vor meenem Eintritt jelernt, is die Partei des demokratischen

Sozialismus. Den wolln wa doch wohl alle, oda bin ick hia uff de falsche Vaanstaltunk? Jrade in diesen Tagen, wo sich unsre Partei jeballter Angriffe vom Revanchismus und den ewich Jestrigen awehrn muss, is Solidarität jefordat."
„Jungs, bitte jetzt keine Grundsatzdiskussion", ging Schlegel dazwischen. Jeder hat das Recht, in dieser Partei frei und offen seine Überzeugungen zu äußern, und da ist es ganz egal, welcher Seite er sich zugehörig fühlt."
„Du meinst also, jeder darf hier nach seiner Fasson selig werden?", hakte Rösler nach.
„Besser hätte ich es nicht ausdrücken können."
„Dass du, Genosse Schlegel, mal mit Friedrich dem Großen einer Meinung sein würdest, hätte ich bis eben nicht gedacht", feixte Rösler und hatte die Lacher auf seiner Seite.
„Lasst uns lieber zum Thema Parteiwahlen zurückkommen. Ich möchte von euch wissen, wie wir uns am besten darauf vorbereiten können. Ich denke, dass wir auf jeden Fall eigene Kandidaten vorschlagen sollten. Schließlich wollen wir uns doch an der innerparteilichen Meinungsbildung beteiligen!"
„Na kla sollten wia eijene Kandidaten uffstelln. Aba dit müssn Kandidatn sein, bei denen wa sicha sein könn, dat se inhaltlich unsre jemeinsame Übazeujung vatretn".
„Wie darf ich denn das wieder verstehen?", erwiderte Rösler. „Gibt es überhaupt gemeinsame Überzeugungen?"
„Die solltet unta Jenossn allerdings jebn. Bei dia hab ick da aba ooch so meene Zweifl."
„Nicht schon wieder, Genossen", versuchte Schlegel die aufkommenden Wogen zu glätten. „Wenn alle einverstanden sind, werden wir eine Vorschlagsliste beschließen. Aber natürlich nicht heute. Das bedarf gewisser Vorbereitungen. Und es wird eine ausgewogene Liste sein, die die Vielfalt der Überzeugungen der Frohnauer Jusos widerspiegelt. Was haltet ihr davon? Wer dafür ist, den bitte ich um das Handzeichen." Zögernd streckten sich die ersten Hände in die Höhe. Schlegel wartete lange, um feststellen zu können, dass sein Vorschlag einstimmig angenommen worden war.
Beim anschließenden Tagesordnungspunkt „Verschiedenes" meldete sich der Genosse Udo Rösler erneut.
„Ich war neulich mal wieder in der Redaktion des Nord–

Berliner, um einen Leserbrief abzugeben. Da erzählte mir die Chefredakteurin etwas von einer geplanten Bebauung des Frohnauer Waldes. Wenn das stimmt, soll dort ein ganz neuer Ortsteil entstehen, fast noch mal so groß wie Frohnau. Stellt euch nur mal die Verkehrsprobleme vor. Wegen des Entenschnabels, diesem Wurmfortsatz von DDR-Gebiet, der die Bundesstraße 96 zwischen Frohnau und Hermsdorf blockiert, würde sich der gesamte zusätzliche Autoverkehr über Zeltinger Straße, Zeltinger Platz und weiter zur Burgfrauenstraße oder aber als einzige Alternative die Bahnhofsbrücke, Ludolfingerplatz, Welfenallee und Frohnauer Straße in Richtung Hermsdorf wälzen. Aber wer weiß, vielleicht denken die Stadtplaner ja viel großzügiger und lassen den Straßenzug Schönfließer- und Neubrücker Straße sowie Am Eichenhain bis zur Franzosenchaussee vierspurig ausbauen. Das wäre doch der glatte Wahnsinn für Frohnau. Oder sehe ich das völlig falsch?"
„Weißt du noch mehr, zum Beispiel wer dort bauen will? Und wie viele Wohnungen oder Häuser dort entstehen sollen?", fragte Schlegel.
„Genaues weiß ich noch nicht. Aber es ist die Rede von rund 5.000 neuen Bewohnern. Damit würde die Bevölkerung von Frohnau mit einem Schlage um mehr als 30 Prozent steigen."
„Wir müssen auf jeden Fall mehr darüber in Erfahrung bringen", schaltete sich Angelika Rumrich ein, eine zierliche blonde Studentin der Pädagogischen Hochschule, die zu den aktivsten Mitgliedern der Juso-Gruppe zählte. „Sollten sich diese Informationen erhärten, wäre das genau das richtige Sachthema, auf das wir schon lange gewartet haben."
„Dat könnte in da Tat 'n Knüller wearn. Sobald wia nähere Informatzjoon ham, solltn wa de jesamte Abteilung im Kampf jejen Immobilienhaie und Bauspekulanten aktivian", meinte Stefan Gleichen, der sich selbst als Linksaußen sah und gern öffentlich mit seiner vermeintlichen Radikalität kokettierte. „Den Frohnaua Wald dürfn wa nich so einfach preisjebn."
„Ich bin ganz eurer Meinung, Genossen. Wir werden alle versuchen, über die Kanäle, die uns zur Verfügung stehen, an weitere Informationen zu kommen. Ich möchte darüber hinaus Udo bitten, noch einmal bei der Lokalpresse nachzu-

haken. Udo, lass deinen Charme ordentlich spielen. Und was die Partei angeht, sollten wir strategisch vorgehen. Ich denke, es wäre besser, nicht gleich den Abteilungsvorstand auf die Sache zu stoßen. Erst mal machen wir das Thema „Frohnauer Wald" auf unserer Sitzung am kommenden Dienstag zum TOP 1. Und damit schließe ich die heutige Versammlung", verabschiedete sich Schlegel.

Die Frohnauer-Wald-Geschichte war jetzt heraus. Eine Büchse der Pandora? Manteuffel erinnerte sich noch genau an die ersten Gespräche mit Rösler. Der Junge war irgendwie gewitzt, hatte ihr die Würmer aus der Nase gezogen. Denn eigentlich rückt man nicht mit einer vermeintlich großen Geschichte heraus, bevor sie im eigenen Blatt steht. Manteuffel hatte damals Glück. Ihre Unachtsamkeit hatte sie nicht die Exklusivgeschichte gekostet. Im Gegenteil. Die Jusos waren so dankbar für die Information, dass sie Manteuffel in den folgenden Wochen nach Kräften unter die Arme griffen. Denn so eine Story zu veröffentlichen, war für die Verantwortliche einer kleinen Lokalzeitung nicht ohne Risiko. Wie schnell konnte man dabei irgendwelchen übergeordneten Interessen in die Quere kommen. Und das wiederum konnte mit schwerwiegenden wirtschaftlichen Nachteilen für die Zeitung verbunden sein. Vor allem wusste man nicht, ob der Verleger hinter einem stand oder bei massiver Kritik von außen einknickte und die eigene Redaktionsleitung im Regen stehen ließ.
Jedenfalls war der Geist aus der Flasche. Frohnau, Reinikkendorf, Berlin, die ganze Welt schien auf diese Information gewartet zu haben. Der Bienenstock war von da an ein einziges Summen. Das merkte man schon bei der nächsten Juso-Sitzung eine Woche später. Seltene Gäste traten da auf …

Im ersten Moment machte Jürgen Schlegel ein ziemlich irritiertes Gesicht. Gerade hatte er gut gelaunt das Jugendheim an der Schönfließer Straße betreten, noch ein paar Worte mit dem Heimleiter gewechselt und ihn zu einer Partie Kickern nach der Sitzung herausgefordert. Dann betrat er das Sitzungszimmer und sah neben den üblichen Verdächtigen wie Angelika, Stefan, Udo, Andreas und Matthias noch zwei Personen, mit denen er überhaupt nicht gerechnet hatte. Es handelte sich um Ralf Schiederkorn und Martin Rellingen.

„Ich hoffe, ich komme nicht ungelegen, Jürgen. Ich hatte einfach Sehnsucht nach den Genossen," sagte Schiederkorn.

„Das finde ich ganz prima. Seit du dich aus beruflichen Gründen zurückgezogen hast, ist hier einiges passiert. Schau dich also ruhig um. Wir verfügen inzwischen über einen sehr jungen, sehr engagierten Nachwuchs. Nur werden wir dir heute keine Revolutionen bieten können. Bei unserer Versammlung handelt es sich eher um einen Routinetermin".

„Nun stell mal unser Licht nicht unter den Scheffel", mischte sich Angelika Rumrich vorlaut ein. „Immerhin wollen wir uns heute mit ziemlich wichtigen Dingen befassen."

„Das hört sich sehr interessant an", wandte sich Schiederkorn in väterlichem Unterton an sie.

„Es geht darum, dass irgend ein Immobilienhai den Frohnauer Wald zupflastern möchte. Das werden wir uns natürlich nicht bieten lassen", platzte es empört aus Angelika heraus.

„Ich wäre auch aufgebracht, wenn ich persönlich betroffen wäre. Du wohnst doch da direkt um die Ecke, oder?"

„Du scheinst ja ziemlich gut über die Sache informiert zu sein, Genosse Schiederkorn", gab Rumrich zurück.

„Gerüchte, alles Gerüchte", wiegelte dieser ab.

„Aber wenn du meinst, dass ich nur deshalb gegen ein solches Projekt protestiere, weil ich auch persönlich betroffen bin, dann irrst du dich gewaltig. Es geht hier auch um künftige Generationen. Die haben ein Recht darauf, in einer intakten Umgebung aufzuwachsen. Ich möchte mein Kind später auch aus dem Haus gehen lassen können, ohne Angst haben zu müssen, es könnte beim Überqueren unserer Wohnstraße überfahren werden. Großstadtverkehr, wie er jetzt droht, würde doch den Charakter der Gartenstadt völlig zerstören."

„Da magst du Recht haben. Dein Standpunkt als junge Mutter ist verständlich. Ich hätte nicht gedacht, dass du dich derart stark mit Frohnau identifizierst. Ich kann mich noch erinnern, dass bei den Jusos ständig die sogenannten Frohnauer Privilegien gegeißelt wurden", meinte Schiederkorn.

„Das bedeutet doch aber nicht, dass wir uns die Gartenstadt zerstören lassen müssen, um diese Privilegien abzuschaffen, oder?", antwortete Rumrich.
„Mit den Privilegien ist das so eine Sache", erwiderte Schiederkorn. „Die meisten von euch kennen sicherlich die Gegend um den Hubertussee, oder? Habt ihr euch mal gefragt, warum es dort mitten im Wald gepflasterte Straßen gibt?"
„Vülleicht, damit sich de Jäule von de Jroßkapitalistn vom Poloplatz nich de Hufe schmutzich machen", mischte sich Gleichen ein.
„Das wäre eine recht einfache Erklärung. Aber im Ernst, das Land, auf dem Frohnau heute liegt, war einst Teil der Stolper Heide und wurde 1907 durch den Fürsten Donnersmarck von Baron von Veltheim gekauft und parzelliert. Die Eröffnung der Gartenstadt fand dann im Jahre 1910 statt, wobei die ganze Gegend nordöstlich des Poloplatzes und rund um den Hubertussee, die man heute den Frohnauer Wald nennt, ebenfalls bebaut werden sollte. Doch für diesen Bereich gab es damals praktisch keine Interessenten. Es war den Leuten wohl einfach zu abgelegen, zu weit entfernt vom Bahnhof. Deshalb blieb der Wald einfach stehen."
„Ditt hieße ja, dassit schon früha Vasuche von Kapitalistn jejebn hat, die Jejend zu vahökern. Dis is aba keen Jrund, dit heute noch mal probiern dsu dürfn, oda?"
„Ich glaube, liebe Genossen, für eine so emotionale Diskussion ist es noch ein wenig früh", mischte sich jetzt Schlegel ein. „Lasst uns doch bitte zuerst einmal die Sitzung eröffnen und zusammentragen, was es bisher an Informationen gibt."
Die Gruppe setzte sich um den rechteckigen Konferenztisch.
„Liebe Genossen, ich freue mich heute ganz besonders über unsere Gäste, die nicht unbedingt mit den Jusos in Verbindung gebracht werden. Streng genommen, ist es aber der Eine von beiden noch. Und der Andere hat sich vor einigen Jahren von uns als Juso verabschiedet und ist inzwischen dem Juso-Alter entwachsen. Ich will allerdings nicht verhehlen, dass das Hauptaugenmerk des Genossen Schiederkorn, den einige von uns vielleicht noch gar nicht kennen, schon immer auf der Gesamtpartei lag. Zu seinem Werdegang in der Partei sollte ich noch erwähnen, dass er in außergewöhnlich jungen

Jahren Vorsitzender der Abteilung Frohnau war. Er ist nach längerem beruflichen Auslandsaufenthalt zurückgekehrt, und ich freue mich über deinen Besuch, Ralf."

„Vielen Dank für die Blumen", antwortete Schiederkorn. „Zur Erklärung will ich hier nur ergänzen, dass ich fünf Jahre lang in den USA gelebt und gearbeitet habe und erst vor kurzem zurückgekehrt bin. Bisher wissen nur wenige von meiner Rückkehr. Ich wollte auch keinen besonderen Anlass wählen, sondern einfach nur mal wieder „Hallo" sagen. Jetzt arbeite ich wieder in Berlin, bin nach wie vor Parteimitglied und will in die ehrenamtliche politische Arbeit wieder einsteigen. Dazu muss man doch wissen, was läuft. Aber ich will euch im normalen Ablauf nicht stören und werde mich nachher dezent zurückziehen."

„Danke, Genosse Schiederkorn. Last, not least haben wir heute noch einen zweiten prominenten Gast. Der Genosse Martin Rellingen war schon jahrelang in unserer Abteilung aktiv. Zuletzt musste er seine Aktivitäten allerdings ebenfalls aus beruflichen Gründen zurückfahren. Schuld daran war wohl die Vorbereitung auf seine Promotion. Wie ich höre, soll seine Doktorarbeit schon kurz nach Erscheinen Legendenstatus an der FU erlangt haben. Nun haben wir einen jungen, offensichtlich sehr talentierten Akademiker zurück bekommen. Ein herzliches Willkommen, lieber Genosse Rellingen", beendete Schlegel die Vorstellungen.

„Danke, Jürgen. Ja, die jüngste Zeit war kein Zuckerschlecken. Aber jetzt bin ich, wie offensichtlich auch der Genosse Schiederkorn bereit, mich wieder in den Dienst der Partei zu stellen. Ich melde mich also heute zurück."

„Danke, Genosse Rellingen. Heute haben wir, wie bereits erwähnt, eigentlich nichts auf der Pfanne", sagte Schlegel.

„Lasst uns doch noch mal über das Thema Frohnauer Wald sprechen", warf der vollbärtige Udo Rösler ein. „Ihr habt doch schon vorhin heiß darüber diskutiert. Und ich kann vielleicht noch einige frische Informationen beisteuern."

„Wir sollten hier keinen Sturm im Wasserglas erzeugen. Ich glaube, das Thema ist über den Status eines Gerüchts noch gar nicht hinaus. Also lasst uns nicht über ungelegte Eier

sprechen", versuchte Schlegel das Thema abzubiegen.
„Wenn du dich da mal nicht täuschst, Jürgen. Ich habe gemäß deines Auftrags bei unserer Heimatzeitung noch einmal nachgehakt und folgendes erfahren. Das Projekt wird von einem Unternehmen namens Treu + Oovschlag Realisierungsgesellschaft mbh & Co KG betrieben, vertreten durch eine Frau Linda Kurheim–Nöll, mit Sitz in irgend einem hessischen Kaff, dessen Namen mir im Moment entfallen ist. Aber die Firma hat auch ein Büro in Steglitz. Das Projekt „Frohnauer Wald" läuft firmenintern unter dem Titel „Wohnen im grünen Frohnau, der Perle des Berliner Nordens". Die NB-Chefredakteurin hat Architekturskizzen gesehen, die sie aber nicht behalten durfte. Frau Kurheim–Nöll war selbst in der Redaktion und hat erklärt, dass bald ein Prospekt für Interessenten erscheinen werde. Eine Bauvoranfrage sei beim Bezirksamt gestellt worden, die Unterlagen würden dort liegen."
„Das hört sich nicht nach Gerüchten an", meinte Angelika Rumrich. „Aber warum stand noch nichts in der Zeitung?"
„Ich bin ziemlich sicher, dass der Nord–Berliner die Geschichte groß heraus bringen wird. Die Manteuffel hat entsprechende Andeutungen gemacht", antwortete Rösler.
„Dann sollten wir diese Veröffentlichung erst einmal abwarten", meinte Schlegel.
„Nein", antwortete Rösler, „wir sollten so früh wie möglich Stellung beziehen. Wenn die Geschichte erst mal in der Zeitung stand, will sowieso jeder seinen Senf dazu geben. Da würde dann eine Stellungnahme der Frohnauer Jusos eher untergehen. Und noch etwas, Genossen: Die Leute von unserer kleinen Regionalzeitung hängen sich mit einem solchen Artikel ganz weit aus dem Fenster. Die werden dankbar sein, wenn sie von uns dazu eine Stellungnahme bekommen. Das ist ihre Legitimation für die Veröffentlichung. Eine Meinung werden wir ja wohl dazu haben, oder?"
„Klar, das kriegen wir doch wohl hin. Wir wollen hier keine Immobilienhaie. Frohnau steht nicht zum Verkauf!", pflichtete Matthias Beckereidt bei.
Während sich alle die Köpfe zerbrachen, hatte Jürgen Schlegel die Idee, den anwesenden Anwalt Schiederkorn nach einem Formulierungsvorschlag zu fragen.

„Ich wäre da an eurer Stelle sehr vorsichtig. Ich finde, um eine Stellungnahme abzugeben, fehlt es noch an harten Fakten. Am besten, man reagiert, wenn wirklich etwas in der Presse gestanden hat. Etwas, auf das man sich berufen kann. Außerdem gebe ich zu bedenken, dass die Frohnauer Jusos Teil der Abteilung sind. Ihr wisst ja, dass es ein Parteistatut gibt. Offiziell Stellung nehmen zu solchen Dingen sollte nach dem Statut die Partei. Mein Vorschlag lautet daher, auf Nummer sicher zu gehen und die Sache erst mit dem Abteilungsvorstand zu besprechen. Ihr könntet euch sonst eine Menge Ärger einhandeln. Aber ich will euch nicht reinreden. Muss jetzt leider sowieso weiter."
„Bist du mit dem Wagen da, Ralf", wollte Angelika wissen. „Dann könntest du mich mitnehmen. Ich muss heute leider früher gehen, weil mein Babysitter weg muss."
„Klar Angelika, ich fahr dich gern nach Hause." Im Nu waren die beiden aus dem Raum und hinterließen eine leicht irritierte Resttruppe.

„Hier rechts um die Ecke, dann kannst du stoppen", gab Angelika in zurückhaltendem Ton Anweisung. Der rote Audi 100 stoppte vor einem Sechsfamilienhaus. „Das war wirklich lieb von dir, mich nach Hause zu fahren."
„Du musst dich wirklich nicht bedanken. Erstens lag das sowieso auf meinem Weg, und zweitens kann ich mir nichts Besseres vorstellen als ein schönes Mädchen auf meinem Beifahrersitz", antwortete Schiederkorn. Zuvor waren während der Fahrt seine verstohlenen Blicke von den zwischen Knien und Saum des schwarzen Faltenrocks hervor blitzenden schlanken Oberschenkel Angelikas angezogen worden.
„Das hast du nett gesagt. Ich habe da übrigens mal eine Frage an dich als Anwalt." Sie erzählte ihm, dass sich der Vater ihres Sohnes Jimi aus dem Staub gemacht hatte. Finanziell war es jetzt eng für sie, weil sie ja noch studierte. Das Studium aufzugeben kam ein Jahr vor dem Examen nicht in Frage.
„Der Vater ist unterhaltspflichtig", erklärte Schiederkorn.
„Das nützt mir wenig, wenn ich nicht weiß, wo er steckt. Aber das Thema ist, glaube ich, zu kompliziert, um es zwischen Tür und Angel zu besprechen. Ich muss jetzt auch rein, denn der

Babysitter wartet. Und überhaupt kann ich mir keinen Anwalt leisten", meinte sie zerknirscht.

„Ich mach dir einen Vorschlag. Hier ist meine Karte, ruf mich in der Kanzlei an. Wenn du Zeit hast, besprechen wir das alles ganz in Ruhe."

„Vielen Dank", antwortete Angelika sichtlich erleichtert, beugte sich rasch zu Schiederkorn hinüber und hauchte ihm einen zarten Kuss auf die Wange. Noch bevor Schiederkorn reagieren konnte, hatte sie die Beifahrertür aufgerissen und war aus dem Wagen gesprungen. Dann drehte sie sich noch einmal zu ihm um. Schiederkorn winkte und wartete, bis Angelika im Haus verschwunden war.

Für Manteuffel wurde es Zeit, sich mit dem frischgebackenen Stellvertreter Adelmanns, Dr. Martin Rellingen, näher zu beschäftigen. Es war immerhin sehr wahrscheinlich, dass der Germanist demnächst das politische Erbe des Mordopfers antreten würde ...

Martin Rellingen war sauer. Vor wenigen Monaten erst hatte er sein Referendariat an seinem geliebten Gymnasium Reinickendorf mit Bravour beendet, hatte letztlich auch sein zweites Staatsexamen summa cum laude bestanden. Er war sich sicher, an „seine" Schule berufen zu werden. Er hatte täglich mit einem Brief der Schulbehörde gerechnet. Doch es kam nichts. Schließlich hatte er sich unter seinen potenziellen Kollegen umgehört. Unter ihnen galt er als brillanter Germanist, ja, beinahe schon als jugendlicher Philosoph. Dieser Mann musste einfach ihr neuer Kollege werden. Genau das hatte auch Schulleiter Hans–Günther Strenge gedacht. Er hatte Rellingen aufgefordert, sich zu bewerben und sich sehr gefreut, als sein Zögling der Aufforderung nachkam. Er hatte sich selbstverständlich bei der Schulbehörde für Rellingen eingesetzt. Mit ihm wollte Strenge nicht nur einen hoffnungsvollen Nachwuchspädagogen mit respektablem wissenschaftlichen Hintergrund an die Schule holen. Er dachte vielmehr auch an die Wiederbelebung des einst legendären Rufes seiner Schule als Reformgymnasium. „Es wird eine Zeit kommen, in der die Schulen um den Schülernachwuchs kämpfen müssen. Ein Wettbewerb entsteht, in dem sich vor allem die Gymnasien spezialisieren und profilieren müssen. Wir wollen versuchen, diesen Wettbewerb mit zeitgemäßer Pädagogik und vielen attraktiven Angeboten für die Schüler wieder aufzunehmen", hatte Strenge einmal vor dem Kollegium verkündet. Jetzt war auch noch eine neue Stelle als Unterstufen-Koordinator für Deutsch und Geschichte am Gymnasium Reinickendorf ausgeschrieben worden. Natürlich hatte Rellingen das erfahren. Konsequenterweise ließ er sich daraufhin einen Termin bei Schulrat Hendrik Kisczak geben. Doch das Gespräch unter Genossen war alles andere als erfreulich verlaufen. „Da musst du dir keine Illusionen machen, Martin. Diese Stelle kommt für dich als Berufsanfänger noch viel zu früh." Dabei hatte Strenge das Anforderungsprofil genau auf Rellingen zugeschnitten.

„Ich verstehe, ehrlich gesagt, die Arbeitsweise deiner Behörde überhaupt nicht, Hendrik", entgegnete Rellingen. „Du weißt, wann ich mein Referendariat beendet habe. Ich habe mich bei dir beworben, sitze aber seit Monaten zu Hause rum und drehe Däumchen. Ich dachte eigentlich, an den Schulen herrschte Lehrermangel." Eigentlich war es ihm fürchterlich unangenehm, den Schulrat duzen zu müssen. Denn Kisczak, ehemaliger Mathematik- und Physiklehrer an seiner geliebten Schule, war ihm herzlich unsympathisch. Kisczak war in Rellingens Augen ein humorloser, reaktionärer Kerl. Ein Mann, der seinen Beruf verfehlt hatte oder 30 Jahre zu spät geboren worden war. Ein Fanatiker von Recht und Gesetz, Befehl und Gehorsam. Ein Mann, der keinen Widerspruch duldete und jeden Schüler mit gnadenloser Rache überzog, der es wagte, vor Dritten eine von ihm abweichende Meinung zu vertreten. Derartige Verhaltensweisen setzte Kisczak mit Blasphemie gleich. Nur stille Angepasste und schleimige Streber, erinnerte sich Rellingen, waren mit ihm als Lehrer zurechtgekommen. Unter allen anderen Schülern hatte Kisczak Angst und Schrecken, sogar Hass verbreitet.

Nun saß Rellingen also dem ehemaligen Studienrat gegenüber. Allerdings war Rellingen kein Schüler mehr und Kisczak als Schulrat sein Vorgesetzter. Als solcher hatte er über Wohl und Wehe seiner beruflichen Karriere zu entscheiden. Zu allem Überfluss war er auch noch langjähriger Genosse. Und unter Genossen duzte man sich nun mal, zumindest dann, wenn man sich auf einer Parteiveranstaltung befand oder unter vier Augen miteinander sprach.

„Du machst es dir etwas einfach. Es gibt einen Lehrermangel, aber an anderen Schulen und vor allem in den naturwissenschaftlichen Fächern. Wahrscheinlich wärst du schon längst in Lohn und Brot, wenn du dich nicht auf das Gymnasium Reinickendorf kaprizieren würdest. Und ich muss dir ja wohl nicht erklären, dass es in Berlin noch elf weitere Bezirke gibt, an deren Schulen du dich bewerben kannst. Eine bevorzugte Behandlung kannst du von mir nicht erwarten. Jeder Lehrer im Bezirk, der halbwegs auf dem Laufenden ist, weiß doch, dass wir Mitglieder ein und derselben Partei sind. Wenn du jetzt schneller zum Zuge kämst als andere Bewerber, würde das sofort entsprechend kolportiert. Von den zu erwartenden Einsprüchen der Nichtberücksichtigten mal ganz zu schweigen."

„Ich erwarte keine persönliche Bevorzugung, aber benachteiligt werden will ich auch nicht."

„Bei aller Freundschaft, Martin, ich kann dir nur raten, nicht auf so hohem Ross zu sitzen."

„Vielleicht sollte ich mich doch eher in Süddeutschland bewerben, schließlich würde ich als Protestant dort zumindest ein Minderheitenkriterium erfüllen."

„Ich empfinde solche Äußerungen als völlig unangebrachten Zynismus."

Einmal in Fahrt, setzte Rellingen noch einen drauf: „Und meine Parteimitgliedschaft wird mir von dir auch noch zum Nachteil ausgelegt. Das ist doch absurd."

Diesem Vorwurf musste Kisczak natürlich vehement widersprechen. Ein Wort gab das andere. Schließlich musste Rellingen unverrichteter Dinge den Rückzug antreten.

Das Projekt „Frohnauer Wald" war wie ein Torpedo, den man nicht sehen konnte. Man wusste von seiner Existenz, man wusste von der Explosivität, man wusste sogar, dass er unterwegs war. Die Frage war nur noch, wann und wo er einschlagen würde ...

„Krüger hier, hallo Horst", schallte es aus dem Lautsprecher der Telefonanlage. Adelmann war den ganzen Vormittag unterwegs gewesen und hatte gerade mit einer Tasse Kaffee am Schreibtisch den Feierabend eingeläutet. Als er hörte, wer am Apparat war, zog er kurz die Stirn in Falten und konnte sich ein verschmitztes Lächeln nicht verkneifen. Dann griff er zum Hörer, der Lautsprecher schaltete sich ab. „Michael, welch seltenes Vergnügen. Was kann ich für dich tun?"
„Wenn ich da einen leisen Vorwurf heraus höre, muss ich dir Recht geben. Wir sprechen wirklich zu selten miteinander. Das sollten wir ändern. Aber den Anlass meines Anrufes kannst du dir sicherlich denken – der Aufmacher im aktuellen Nord-Berliner."
„Siehst du, Michael. Das ist der Vorteil eines Schreibtisches im Reinickendorfer Rathaus. Da hat man einen Referenten, der einem am Freitag gleich die druckfrische Lokalpostille auf den Tisch legt. Da ich aber in Charlottenburg arbeite und kein politischer Beamter bin, sitze ich nicht so nah an der Quelle. Du wirst mir aber sicherlich gleich sagen, wo es brennt."
„Der Nord-Berliner titelt mit folgender Geschichte: „Wird der Frohnauer Wald abgeholzt?" Die Unterzeile lautet: „Hessischer Baukonzern will mehr als 1.000 Wohnungen errichten."
„Waaaas? Lies vor", befahl Adelmann.
„Die Tage des beschaulichen Grenzwaldes im Norden Frohnaus sind offensichtlich gezählt. Der Neu-Isenburger Baukonzern Treu + Oovschlag Realisierungsgesellschaft mbH & Co. KG plant den Bau von mehr als 1.000 Wohnungen im Bereich des Frohnauer Waldes rund um den Hubertussee. Etwa die Hälfte des Bauvolumens soll nach den noch vorläufigen Plänen in Form von Mehrfamilienhäusern errichtet werden, der Rest als Doppel- und Reihenhäuser. Insgesamt sollen innerhalb der kommenden fünf Jahre bis zu 5.000 Neu-Frohnauer entlang der Bundesstraße 96 angesiedelt werden, erklärte die Ge-

schäftsführerin des Unternehmens, Linda Kurheim–Nöll (47), auf Anfrage. Nach ihren Angaben hat das Unternehmen bereits eine Bauvoranfrage beim Bezirksamt gestellt. Kurheim–Nöll wörtlich: „Dem Bezirksamt liegen unsere Pläne vor, und nach meinem Eindruck stößt das Projekt dort auf Wohlwollen. Und so weiter, und so weiter."
„Warum weiß ich von dieser Bauvoranfrage nichts?", wollte Adelmann verärgert wissen.
„Das kann ich dir sagen, weil ich es auch erst seit heute weiß. Die Dame hat da nämlich ein bisschen übertrieben. Die angebliche Bauvoranfrage mit den Plänen bestand bislang lediglich aus einem einzigen Anruf dieser Frau. Und dieser Anruf erreichte vorgestern den Hochbau–Abteilungsleiter des Baustadtrates. Er hielt die Sache wohl für nicht so wichtig. Das änderte sich dann heute Morgen, nachdem er in die Zeitung geschaut hatte. Daraufhin ist der Mann sofort zu mir gerannt und hat mir die Geschichte von dem Anruf aufgetischt. Von Wohlwollen des Bezirksamtes kann hier überhaupt keine Rede sein, denn offiziell wissen wir von dem Vorhaben überhaupt noch nichts."
„Vorgestern sagst du? Es scheint mir beinahe, du hast deine Leute nicht richtig im Griff, mein lieber Michael", gab Adelmann mit kaum unterdrücktem süffisanten Tonfall zurück.
Ein bisschen halbherzig versuchte Krüger das Handeln des Mitarbeiters zu rechtfertigen. Dann las er Adelmann vor, was in einem kleinen Kasten auf Seite zwei stand. Als Fortsetzung des Aufmachers war dort zu lesen, dass die Jusos gegen die Bebauung des Frohnauer Waldes protestierten. Adelmann schnaubte, und forderte Krüger auf, weiter zu lesen.
„Gut informiert in kommunalpolitischen Dingen zeigt sich dieser Tage die örtliche Nachwuchsorganisation der SPD. Kurz vor Redaktionsschluss erreichte uns eine erste Stellungnahme der Jungsozialisten zu dem geplanten Bauprojekt: Die Frohnauer Jusos lehnen den vom Neu–Isenburger Baukonzern geplanten Kahlschlag am Frohnauer Wald rundweg ab. Dabei handelt es sich um ein wichtiges Naherholungsgebiet, das in der eingemauerten Stadt für alle Bürger von unschätzbarem Wert ist. Darüber hinaus würde die Ansiedlung von mehreren tausend Menschen unlösbare Verkehrs-

probleme aufwerfen. Der Juso-Vorsitzende Jürgen Schlegel: „Die Infrastruktur Frohnaus ist nicht auf einen derartigen Zuwachs ausgelegt. Die Realisierung der Bebauung würde zweimal täglich einen Riesenstau auf den Plätzen und in den Zufahrtsstraßen nach sich ziehen. Von Gartenstadt könnte dann keine Rede mehr sein. Die Jusos appellieren deshalb an das Bezirksamt Reinickendorf, den aberwitzigen Plänen der Neu-Isenburger einen Riegel vorzuschieben. Wir jedenfalls sagen hiermit auch in Frohnau der Profitgier von Maklern und Baukonzernen den Kampf an."
„Da wird doch der Hund in der Pfanne verrückt. Wie kommt der Kerl an diese Informationen?", fragte Adelmann ungehalten. Wütend, wie er war, unterstellte er dem Genossen Krüger gleich, einen Maulwurf in seinem Amt zu haben. Die Tatsache, dass diese roten Bengel besser Bescheid wüssten als das Bezirksamt und er, sei unerträglich. „Und wenn wir dieses Leck gefunden und gestopft haben, dann, lieber Genosse Krüger, dann werden wir uns mal ganz intensiv über die Zusammenarbeit zwischen Bezirksamt und Partei unterhalten müssen. So kann es jedenfalls nicht weitergehen", blaffte Adelmann und warf den Hörer auf die Gabel.
Adelmann schwante nichts Gutes. Zunächst war es wohl nicht mehr als ein Bauchgefühl. Er glaubte, die Alarmglocke seines politischen Gespürs leise klingeln gehört zu haben. Die Geschichte mit dem Frohnauer Wald aber klang nicht nach leise, sondern verdammt nach Alarmstufe Rot. Mit dieser Titelgeschichte im Nord-Berliner wird ein Sturm der Entrüstung losbrechen, den die Partei gleich beim nächsten Infostand am Frohnauer Markt zu spüren bekommt. Die Bürger werden sich empören. Die sehen nicht nur Riesenstaus auf die Gartenstadt zurollen. Vor allem sehen sie die Grundstückspreise in den Keller rauschen, was die meisten natürlich nicht so offen zugeben werden. Für viele Frohnauer war ihre Immobilie das Sparschwein fürs Alter oder die nachfolgende Generation. Ende der fünfziger Jahre, spätestens aber seit dem Mauerbau 1961 hatte der grüne Vorort noch unter bürgerlicher Auszehrung gelitten. Für viele aus der Mittelschicht stand doch ohne Frage der Russe direkt vor der Tür. Und so war es ja auch. Von Frohnau aus gesehen,

standen die Russen – in Form von DDR-Grenzern – am westlichen, nördlichen, östlichen und südöstlichen Ortsrand. Und für viele war es nur eine Frage der Zeit, wann die Roten nach der Blockade von 1948/49 einen erneuten Anlauf unternehmen würden, West-Berlin zu überrennen. Handwerker und Mittelständler hatten in den unruhigen Zeiten vor und nach dem Mauerbau Immobilien und andere Werte verkauft und waren ins vermeintlich sichere Westdeutschland gezogen, um sich dort eine neue Existenz aufzubauen. Als Folge brachen die Grundstückspreise in dieser Gegend ein. Nur einige wenige notorische Optimisten wollten und konnten in jenen Monaten um den August '61 das Immobilienschnäppchen ihres Lebens machen. Die saßen nun hoch und trocken am Priesterberg, im Karmeliterweg, am Knappenpfad und im Dinkelsbühler Steig, im Schwarzkittelweg, an Sigismund- oder Maximiliankorso und freuten sich über Immobilienpreise, die nur noch eine Richtung kannten: steil nach oben.
Im Moment richtete sich der Bürgerzorn offensichtlich gegen den Investor. Aber das würde sich ändern, wusste Adelmann. Spätestens dann, wenn das Bezirksamt den Plänen dieser Frau Kurheim-Nöll zustimmen würde. Das Bezirksamt war an den entscheidenden Stellen von der SPD besetzt. Sicher schon bald würde die Partei pauschal ins Visier der Kritiker geraten. Dass das Bezirksamt unter normalen Umständen nicht anders konnte, als die Pläne zu genehmigen, war Adelmann glasklar. Auf Verwaltungsebene war die Bebauung des Frohnauer Waldes also kaum aufzuhalten, zumal der Grundeigentümer offensichtlich mit Treu + Oovschlag schon so eine Art Vorvertrag über den Verkauf des Geländes geschlossen hatte. Erst jetzt, wo es ernst wurde, erfuhr die Öffentlichkeit, dass das besagte Gelände nach der Erstbebauung Frohnaus nie in eine Waldfläche umgewidmet worden war. Es war in den entsprechenden Flächennutzungsplänen noch immer als Wohngebiet gekennzeichnet. Der einzige Ansatz, das Projekt noch auszuhebeln, bestand offensichtlich darin, den geplanten Verkauf zu stoppen, denn noch befand sich das potenzielle Baugelände quasi in öffentlichem Besitz. Die Politik würde letztlich über den Verkauf zu entscheiden haben. Für Manteuffel gab es weitere Baustellen. Eine davon hieß Ralf Schiederkorn.

Der ehemalige Lehrmeister Adelmanns schien sich zu dessen Gegenspieler und Herausforderer aufzuschwingen. Manteuffel musste herausfinden, welche Rolle dieser Schiederkorn in dem letztlich tödlichen Drama gespielt hatte. Anknüpfungspunkt war dabei die hübsche Angelika Rumrich. Schiederkorn hatte ihr versprochen, sich um ihre juristischen Probleme zu kümmern. Und Schiederkorn erwies sich als ein Mann des Wortes. Unerwartet ergab sich die Gelegenheit für einen noch intensiveren Kontakt. So kam die in politischen Dingen unerfahrene Angelika Rumrich zu einem hochkarätigen Beschützer und Berater ...

Eigentlich stand er ja mehr auf dicken Titten. Aber die Gelegenheit war da und günstig und würde vielleicht so bald nicht wieder kommen. Schiederkorn war es gelungen, die junge Genossin in sein ebenso großes wie düsteres Einfamilienhaus an der Alemannenstraße zu locken. Das Haus hatte er von seinem viel zu früh verstorbenen Vater geerbt. Und Schiederkorn hatte seitdem nicht allzu viel verändert. Noch immer strahlte es eine Atmosphäre aus, in der man edles Leder und gediegene Hölzer förmlich zu riechen glaubte. Mit konservativ-komfortablem Arbeitszimmer, einer riesigen Sammlung an juristischer Fachliteratur und einem großen Garten, dessen Rasenflächen er zwischen April und Oktober wöchentlich von einem Gymnasiasten aus der Nachbarschaft mähen ließ. Schiederkorn hatte einen Frontalangriff auf Angelika gefahren, hatte sich scheinbar rührend um die Aufarbeitung ihrer juristischen Probleme gekümmert und sie schließlich zu einer Abschlussbesprechung in sein Reich gebeten. Am Tag zuvor hatte die Putzfrau in seiner Lotterwirtschaft Schwerstarbeit leisten müssen. Nun also, nach Beendigung des offiziellen Teils, saßen sie sich in schweren Polstersesseln gegenüber. Auf dem kleinen Beistelltisch standen halb gefüllte Cognac-Gläser. Angelika war drauf und dran, ihn wahnsinnig zu machen. Sie hatte wieder einen ihrer kurzen Röcke an und lümmelte sich mit leicht gespreizten Beinen in Vaters einstigem Lieblingssessel. In der lockeren Konversation, die von der Juristerei, über die Partei bis zu Lieblingsessen und Lieblingsmusik abgeschweift war, hatte es unvermittelt eine klei-

ne Pause gegeben, die bereits unangenehm zu werden drohte, als Angelika den entscheidenden Satz sprach: „Ich weiß gar nicht, wie ich mich bei dir revanchieren könnte." Dabei öffnete sie fast unmerklich ihre Beine noch etwas mehr. Eine Szene wie aus einem schlechten Pornofilm, dachte Schiederkorn. Kann es wirklich so einfach sein? Ist Angelika zu etwas bereit, wozu ich bislang nur allzu selten Gelegenheit hatte? Dass er bis in sein schon recht fortgeschrittenes Alter so wenige Sex-Erlebnisse gehabt hatte, schob Schiederkorn selbst auf sein wenig vorteilhaftes Äußeres. Ich bin eben kein Frauentyp, hatte er sich schließlich resigniert getröstet. Aber jetzt saß ihm die schlanke, blonde Angelika gegenüber und schien es ihm leicht machen zu wollen. Sei kein Idiot, dachte Schiederkorn. Spiel mit in dem schlechten Porno! Vielleicht wird ja noch ein guter draus.
„Komm her, ich zeig dir, wie du dich revanchieren kannst", hörte er sich antworten. Angelika setzte ihr süßestes Lächeln auf und begann, sich zu erheben. Dabei spannte sich ihr artiges weißes Hemd derart, dass sich einen Moment lang die Konturen ihrer Brüste abzeichneten. Mit zierlichen Schritten tippelte sie vorsichtig um den rechteckigen, schweren Beistelltisch herum, achtete sorgfältig darauf, ihre Nylons nicht an einer Ecke aufzuschlitzen und baute sich provozierend vor ihm auf, wobei sie seine Knie mit ihren auseinander zu schieben begann. „Was wolltest du mir zeigen?", fragte sie in einem Tonfall, der einer Marilyn Monroe alle Ehre gemacht hätte. Schiederkorn war einen Moment perplex, öffnete seinen Mund, ohne etwas zu sagen. Dann hatte er sich wieder im Griff, und während sich seine helle Leinenhose sichtbar zu spannen begann, griff er mit der Linken so vorsichtig wie möglich an ihr rechtes Knie. Als sie nicht zurück zuckte, konnte er sicher sein. „Ich glaube fast, ich brauche dir nichts mehr zu zeigen." Dabei ließ er seine linke Hand langsam höher gleiten und erreichte bald den Saum ihres Minirocks. „Doooch", hauchte sie lang gezogen und machte sich an seinem Reißverschluss zu schaffen.
Zärtlich streichelte er über ihre kleinen Brüste. Angelika zog die Bettdecke hoch, legte ihren Kopf auf seinen Bauch, kuschelte sich ganz fest an ihn und griff mit ihrer Rechten

spielerisch nach seinem linken Oberarm. „Mein großer, starker Parteibär", seufzte sie.

„Parteibär ist gut", kicherte Schiederkorn wie ein kleines Kind und ließ sein Doppelkinn beben. Mit dem linken Arm holte er weit aus und tastete nach seinem Sektglas auf dem Nachttisch.

„Doch, doch. Das meine ich ernst. Ich bin ganz stolz auf dich. Bestimmt bringst du es noch zum Bundeskanzler", kicherte sie, „oder zumindest bis zum Regierenden Bürgermeister. Darauf sollten wir anstoßen. Prost. Auf deine Parteikarriere."

„Prost! Ich trinke lieber auf mein kuscheliges, süßes Schneckchen. Ich weiß doch gar nicht, ob eine Parteikarriere so erstrebenswert ist. Da gibt es doch so viele Kandidaten und Konkurrenten, Schneckchen. Und um in der Partei richtig nach vorn zu kommen, muss man gelegentlich auch mal härtere Bandagen anlegen", gab Schiederkorn zu bedenken.

„Ja, ja, das weiß ich doch. Bestimmt hältst du mich für eine Parteiromantikerin. Aber ich bin nicht dumm. Natürlich muss man hart kämpfen. Aber das kannst du doch, oder?"

„Wenn es sich zu kämpfen lohnt. Auf jeden Fall braucht man alle Unterstützung, die man kriegen kann."

„Meine Unterstützung hast du jedenfalls", erwiderte Angelika und verlegte ihren rechten Arm wieder unter die Bettdecke. „Du bist mein stolzer Reiter. Und ich bin dein wildes Pferd, das geritten werden möchte."

Schiederkorn war in Gedanken schon wieder bei der Partei. „Wie stellst du dir denn vor, mich zu unterstützen?", fragte er. Ihre Spielchen unter der Decke wurden ihm lästig.

„Nun, ich sorge für deine gute Laune und deine Entspannung. Das ist doch schon eine ganze Menge, oder?"

„Du bist wirklich süß, Schneckchen. Aber für die große Parteikarriere wird das allein nicht reichen. Die Partei ist ein Haifischbecken. Da bist du umzingelt von Räubern, die dich fressen wollen."

„Und an dir gäbe es wohl genug zu knabbern, nicht wahr", meinte Angelika und zwickte ihn in den Bauchspeck.

„Nein, im Ernst. Adelmann zum Beispiel, den ich vor Jahren nach Kräften gefördert habe – wie dankt er es mir? Er lässt mich im Regen stehen. Findest du das fair?"

„Ich hatte gedacht, ihr beide seid ganz dicke miteinander."
„Das war einmal. Jetzt ist Seine Durchlaucht groß und hat eigene Pläne. Und die darf man nicht stören. Adelmann hat einen Pakt mit den Linken geschlossen und alle Posten schon verteilt. So einer ist das."
„Das hätte ich dem gar nicht zugetraut."
„Adelmann hat es faustdick hinter den Ohren."
„Du musst es ja wissen", kicherte Angelika. „Aber warum nur hat sich mein armer Parteibär mit so einem eingelassen?"
„Man kann sich seine Verbündeten nicht immer aussuchen. Sonst kommt man überhaupt nicht vorwärts".
„Wir beide zusammen können viel bewegen in dieser Partei. Ich bei den Linken, und du bei den ... ja, bei wem eigentlich?"
„Ich versuche, die liberalen Kräfte der Mitte zu bündeln. Die Partei gehört nicht allein den großen Klubs. Was ich brauche, sind Informationen. Alles ist wichtig, um gegen Adelmann und Co. zu bestehen."
„Apropos Informationen. Neulich hat mich so ein Typ angerufen und mich wegen meiner Kandidatur als Bürgerdeputierte befragt. Ich weiß gar nicht mehr, was genau der von mir wollte", berichtete Angelika.
„Wie hieß denn der Typ", fragte Schiederkorn.
„Ich glaube, Hetzer."
„Paul Hetzer?"
„Ja, so hieß er wohl. Der sagte mir, er wolle selbst als Bürgerdeputierter kandidieren. Und dann hat er mir erklärt, wie viel Arbeit an diesem Posten hängt. Da ist mir ganz anders geworden. Ich habe doch mit meinem kleinen Jimi und dem Studium wirklich genug zu tun. Und Jimi soll nicht unter meinem politischen Ehrgeiz leiden."
„Also, dieser Paul Hetzer ist der neue Polit–Jungstar aus der Abteilung Reinickendorf–West. Ich glaube, der kandidiert eher für den Kreisvorstand. Ich denke, er möchte einem Günstling diesen Posten zuschanzen. Und da bist du im Wege, weil nicht jede Abteilung einen Bürgerdeputierten stellen kann. Noch ist ja deine Kandidatur nicht offiziell. Das ist nur ein Vorschlag aus deiner Juso–Gruppe, nicht wahr? Im Übrigen wird man als Bürgerdeputierter nicht von seiner Partei gewählt, sondern von der BVV–Fraktion nominiert."

„Sag mal, mein schlauer Parteibär, was ist eigentlich der genaue Unterschied zwischen einem Bürgerdeputierten und einem Bezirksverordneten?"
Schiederkorn lächelte. Bei solchen Fragen war er in seinem Element und hub zu einem längeren politisch-juristischen Exkurs an. Am Ende schmunzelte Angelika und meinte: „Wunderbar! Nur weiß ich jetzt immer noch nicht, wie ich mich verhalten soll, falls dieser Hetzer noch mal anruft."
„Eben hast du doch noch versichert, dass du mich unterstützen willst, oder? Hier haben wir den klassischen Fall. Bleib dran an dem Kerl. Wenn er wieder anruft, kannst du dich ja mal mit ihm verabreden. Vielleicht erzählt er dir, was er vorhat. Da der Kerl ja offensichtlich großen Ehrgeiz entwickelt, kommen wir über ihn bestimmt auch an unseren Freund Adelmann heran. Verstehst du, Schneckchen?"
„Absolut. Das finde ich toll. Ach, Parteipolitik ist ja richtig aufregend. Wenn ich diesen Hetzer aber wirklich treffe, weiß ich nicht, ob ich mir alles wichtige merken kann."
„Notfalls stecken wir dir noch ein unauffälliges Mikrophon an. Aber als erstes installieren wir mal einen Kassettenrecorder an deinem Telefon. Wenn Hetzer wieder anruft, können wir damit das ganze Gespräch aufzeichnen."
„Und was sage ich dem Typen, wenn er sich wieder meldet?"
„Wenn du dem jetzt sagst, dass du auf den Bürgerdeputierten verzichtest, hat er erreicht, was er will. Deshalb sei lieber unschlüssig. Er soll dich erst mal davon überzeugen, dass dieser Posten nichts für dich ist."
„Das klingt gut. Ich werde ihn hinhalten und versuchen, ihn ein bisschen auszuhorchen."
„Genau!"
„Ja, mein Parteibär, so machen wir das. Aber jetzt denk nicht immer nur an die Politik. Es gibt noch aufregenderes ..."

So, so Schiederkorn und die kleine Rumrich. Wenn man die beiden auf Parteiveranstaltungen sieht, hält man das nicht für möglich, dachte Manteuffel. Allerdings bringt mich diese süße Parteiromanze im Moment keinen Schritt näher an den Mörder Adelmanns. Von der Polizei kommt noch immer nichts. Gar nichts! Absolute Funkstille! Das war in den ersten Tagen nach der Tat noch ganz anders. Zunächst wurde mit großem Brimborium eine riesige Sonderkommission unter der Leitung von Kriminalrat Karlheinz Zehrenknecht gebildet, die kurzfristig auf einer Etage im neuen Tegel-Center untergebracht werden konnte. Zehrenknecht hatte in den ersten Tagen nach dem Mord täglich eine Pressekonferenz gegeben, denn das Interesse an dem Fall war riesig. Sämtliche West-Berliner Tageszeitungen sowie Hörfunk- und Fernsehsender schickten Reporter und Techniker, dazu kamen die großen Tageszeitungen, Wochenblätter und Magazine Westdeutschlands wie FAZ, Frankfurter Rundschau, Süddeutsche Zeitung, Der Spiegel und Stern mit ihren Berlin-Korrespondenten. Die großen Agenturen waren komplett vertreten. Sogar einige ausländische Journalisten, die beispielsweise für die BBC und den Figaro berichteten, waren für einige Tage von Bonn herüber gekommen, um das Neueste über den Fall Adelmann zu erfahren. Auch das Neue Deutschland hatte eigens einen Mitarbeiter aus Ost-Berlin nach Tegel geschickt. Der hatte mutmaßlich den Auftrag, ein Horrorgemälde über den mafiösen Zustand der „revisionistischen Westberliner Sozialdemokratie" zu zeichnen, was angesichts der dünnen Faktenlage im Zusammenspiel mit etwas Kreativität und Phantasie der Ost-Berliner Schreiberlinge kein Problem darstellen sollte. Doch das allgemeine Interesse der Medien ließ im gleichen Maße nach wie der Eifer der Ermittlungsbehörden, über ihre frisch gewonnenen Erkenntnisse zu berichten. Zunächst verfolgten alle die „Spur Uta Schulze", wie sich der Chefermittler einmal ebenso ungelenk wie skandalös ausdrückte. Uta Schulze war ja, wie Manteuffel persönlich miterlebt hatte, am Morgen nach dem Mord direkt aus dem SPD-Kreisbüro ins Polizeipräsidium verfrachtet worden. Zur Befragung, wie es hieß. Daraus wurde bald ein Verhör. Uta Schulze soll Adelmann zusammen mit weiteren Frauen und Männern am Hubertussee aufgelauert haben, sickerte durch. Es sei zu einem Handgemenge gekommen, in dessen Verlauf der Kreisvorsitzende Verletzungen erlitten habe. Aber damit war die Polizei auch schon am Ende mit ihrem Latein. Uta Schulze wurde nicht verhaftet, und von der „Spur" konnte nach einigen mehrstündigen Befragungen des Mädchens keine Rede mehr sein. Die Presse erhielt keine genauen Informationen über die wieteren Beteiligten des Handgemenges. Es wurde lediglich von insgesamt sechs Personen gesprochen, inklusive Uta Schulze. Auch über die Art und Schwere der Verletzungen Adelmanns drückte sich die Polizei eher nebulös aus. Erst war von erheblichen Verletzungen die Rede. In einigen Boulevardblättern wurde jedoch bald spekuliert, die in besagtem Handgemenge erlittenen Verletzungen seien keinesfalls für den Tod Adelmanns verantwortlich gewesen. Adelmann sei von einer Gruppe junger SPD-Mitglieder am Hubertussee verprügelt und liegen gelassen worden. Erst danach sei der Mörder aufgetaucht, schrieb die BZ und berief sich auf rechtsmedizinische Erkenntnisse. Manteuffel hielt diese Version für ziemlich glaubwürdig und bedauerte, nicht über einen entsprechend gutem Draht zur Gerichtsmedizin zu verfügen. Bei den tagesaktuellen Ermittlungen hatte sie als Quasi-Alleinunterhalterin ihres Blattes gegen die Redaktionen der großen Tageszeitungen keine Chance, das wusste Manteuffel. Und auch zur Polizeiführung verband sie nicht der Draht, der in dieser Situation notwendig und hilfreich gewesen wäre. Das lag sicherlich zum Teil daran, dass der NB als regionale Wochenzeitung nur äußerst selten mit spektakulären Verbrechen konfrontiert wurde, somit Kontakte auf höchster Ebene kaum zustande kamen. Manteuffel vermutete darüber hinaus, dass der Nord-Berliner von der Polizeiführung nicht allzu ernst genommen wurde. Dennoch blieb sie optimistisch, einen wichtigen Beitrag beisteuern zu können. Und je mehr sich der Fall von den vorderen Seiten der Tagespresse in Richtung Meldungsspalte zurück zog, desto größer wurde ihr Optimismus.

Ulrike Manteuffel ließ nicht nach, dicke Bretter zu bohren. Das dauerte aber seine Zeit. Manteuffel hatte Zeit, sie brauchte aber noch mehr. Da war die Geschichte um den Frohnauer Wald. War es denn Zufall, dass Adelmann ausgerechnet im geografischen Zentrum dieser geplanten Bebauung, dieser so umstrittenen Bebauung, zu Tode gekommen war? Manteuffel konnte nicht an einen Zufall glauben. War es vielleicht eine

demonstrative Hinrichtung gewesen? Dramaturgisch hätte ihr das gefallen, es hätte gepasst. Aus einem fahrenden Auto von Kugeln durchsiebt, so stellte sie sich eine richtige Hinrichtung nach Art der Mafia vor. Aber das hier war nicht die Mafia. Und es war weder Sizilien noch Hollywood. Wir dürfen also munter weiter spekulieren, tröstete sie sich.
Die Geschichte mit dem Frohnauer Wald waberte durch Parteigremien und -zirkel. Doch die Zeit der Entscheidung war noch nicht gekommen. Zunächst begaben sich die Akteure in die Startlöcher und arbeiteten den Status quo auf. Sie mussten alle Kräfte sammeln für die große Abrechnung ...

„Wie ich höre, ist das Echo auf unsere kurze Stellungnahme im Nord-Berliner sehr ermutigend. Wir sollten deshalb sofort nachlegen, damit uns niemand mehr das Thema wegnehmen kann", meinte Andreas Karthaus. Er hatte das Wohnzimmer seiner Eltern für eine „Dringlichkeitssitzung" mit den Genossen Schlegel und Rellingen zur Verfügung gestellt.
Jürgens Begeisterung hielt sich dagegen in Grenzen. „Ich habe eine ganze Menge Rückmeldungen bekommen. Aber das waren einzelne Genossen, also eher private Äußerungen. Von offizieller Seite ist bislang wenig gekommen. Natürlich haben die anderen Zeitungen mit der Geschichte sofort nachgezogen und auch versucht, sie weiter zu drehen. Aber herausgekommen ist dabei wenig. Krüger musste für das Bezirksamt einräumen, dass es so etwas wie eine Bauvoranfrage gegeben hat. Er bestreitet aber, dass ein offizieller Bauantrag existiert. Im Übrigen habe sich das Bezirksamt gegenüber dem potenziellen Investor mit keinen Wort inhaltlich zu dem Projekt geäußert. Das Unternehmen, so wird Bezirksbürgermeister Krüger in einem Blatt zitiert, könne also keineswegs behaupten, das Bezirksamt Reinickendorf stehe dem Bauvorhaben positiv gegenüber. Über die Firma haben die Journalisten offensichtlich nur wenig herausfinden können. Und in der Partei herrscht Funkstille. Das macht mich stutzig."
Rellingen vermutete, dass sich die führenden Genossen in einer Art Schockstarre befänden.
Schlegel hielt dagegen: „Man könnte aber auch den Standpunkt vertreten, dass das Bauprojekt keine Parteiangele-

genheit ist, und es daher auch keinen Grund zu einer offiziellen Stellungnahme, etwa durch den Kreisvorstand, gibt".
In diesem Moment klingelte im Nebenraum das Telefon. Nur widerwillig stand Karthaus vom Sofa auf und verließ den Raum. Jürgen nippte an seiner Cola, da erschien Andreas wieder in der Tür. „Es der große Vorsitzende – für dich." Beflissen sprang Jürgen Schlegel auf.
„Woher weiß der, dass du hier bist?", fragte Andreas.
„Ich habe zu Hause deine Telefonnummer hinterlassen", antwortete Jürgen und verließ den Raum. „Ja, Schlegel", hörte man durch zwei angelehnte Türen hindurch. „Ach du bist es Berthold. Ja, wir sitzen gerade zusammen und besprechen die Lage. Mmmm, ... ja, ... ja. Das tut mir leid. Wir mussten sofort handeln. Habe versucht ... ja,... ja ... Soll bestimmt nicht wieder vorkommen ... Genau, so haben wir das auch gesehen ... Hmmm ...ach! ... Was?? Das kann doch nicht wahr sein. Hmmm ... Hat der sie noch alle? ... Genau ... Da müssen wir was tun ... Natürlich, geht klar. Machen wir ... Bis bald."
Mit ernster Miene kam Jürgen zurück. „Das hörte sich nach einem kräftigen Rüffel an", platzte Andreas heraus.
„Mmmm", antwortete Jürgen nachdenklich. „Der Genosse Gessler ist der Meinung, dass wir uns mit der Wald-Geschichte erst mal an ihn hätten wenden müssen, bevor wir etwas in die Öffentlichkeit hinaus posaunen. Genau das, was ich erwartet hatte. Vielleicht erinnert ihr euch, dass ich lieber etwas vorsichtiger gewesen wäre."
„Er hat dir aber doch wohl nicht den Kopf abgerissen, oder?", wollte Andreas wissen.
Jetzt mischte sich Rellingen ein: „Wo die Sache nun mal passiert ist, müssen wir am Ball bleiben, hat er bestimmt gesagt."
„Hast du vielleicht mitgehört? Genau das waren seine Worte", antwortete Jürgen verblüfft.
„Gessler ist ja nicht doof, diese einmalige Chance verstreichen zu lassen. Er will das Thema am Kochen halten. Aber er will sicher auch auf dem Laufenden gehalten werden", ergänzte Rellingen grinsend.
„Du bist womöglich Gesslers Medium", nahm es Jürgen schon humorvoll. „Gessler meint, dies wäre eine günstige Gelegenheit, in der Öffentlichkeit mal ein deutliches Zeichen gegen

Spekulanten und Baulöwen im Zeitalter des staatsmonopolistischen Kapitalismus zu setzen."
„Ach je, da hat sich Gessler im Stile eines Chefideologen für einen alltäglichen Vorgang den entsprechenden theoretischen Überbau gebastelt. Was mich wundert, denn ich kenne Gessler eher als gradlinigen Pragmatiker. Vielleicht hat er diese populäre Vokabel irgendwo aufgeschnappt und plappert sie nun in seiner unnachahmlichen Art nach", ätzte Rellingen. „Aber da war noch etwas", fuhr er fort. „Etwas, über das du dich ziemlich aufgeregt zu haben schienst."
„Ich dachte schon, das hättet ihr nicht mitbekommen", murmelte Schlegel.
„Na, du warst ja laut genug", meinte Karthaus.
„Also, es gibt reichlich neue Entwicklungen. Wir hatten ja schon den Verdacht, dass Schiederkorn sein parteiliches Comeback plant. Gessler weiß schon, wie. Schiederkorn soll bei Adelmann seine Ansprüche auf den stellvertretenden Kreisvorsitzenden angemeldet haben. Das Blöde dabei ist, dass dieser Posten von Rechts wegen Gessler versprochen ist. Und wir werden es uns nicht gefallen lassen, kurz vor Toresschluss abgebürstet zu werden."
„Nun mal langsam, Jürgen", griff Rellingen ein. „Es besteht doch ein Unterschied zwischen dem Anmelden eines Wunsches und seiner Umsetzung. Wer sagt denn Herrn Schiederkorn, dass er das auch bekommt, was er gern möchte?"
„Da stehen die Chancen für ihn wohl ziemlich gut. Denn wie bekannt sein dürfte, ist Adelmann sein Ziehsohn. Adelmann ist also Schiederkorn verpflichtet."
„Böse Geschichte. Aber da spielen wir nicht mit. Uns gegenüber hat der Genosse Schiederkorn nicht die Spur eines Anspruchs", meinte Karthaus ernst.
„Jürgen, deine Argumentation ist schlüssig. Aber ich bin noch nicht ganz überzeugt, ob die Mechanismen in diesem Fall auch so funktionieren. Adelmann will den Kreisvorsitz, und er will in das Bezirksamt aufrücken. Dann würde er seinem Spitznamen – der Fürst – alle Ehre machen und ihn rechtfertigen. Denn als Kreisvorsitzender wäre er einer von zwölf Berliner Parteifürsten. Diesen Leuten stehen alle Türen offen. Wer an dieser Schwelle steht, braucht eine verlässliche Mehr-

heit in der Kreisdelegiertenversammlung. Und die hat er sich doch durch seine Vereinbarung mit der Linken gesichert, oder? Das würde ich an seiner Stelle aus schlichter Dankbarkeit nicht aufs Spiel setzen."

„Mag sein, Martin. Adelmann muss der Linken ein deutliches Zeichen geben, dass er noch zu seiner Vereinbarung steht, meint Gessler. Aber der Knüller kommt ja noch. Gessler hat mir erzählt, dass Schiederkorn ein enger Vertrauter von dieser Kurheim-Nöll ist."

„Kurheim-Nöll? Hilf mir doch schnell mal auf die Sprünge", bat ihn Karthaus.

„Mensch Andreas, das ist die Tante von dieser Immobiliengesellschaft, die unseren Frohnauer Wald plattmachen will", antwortete Schlegel leicht genervt.

„Da hat sich der Genosse Schiederkorn aber ein dickes Ei ins Nest gelegt", meinte Karthaus.

„Wie eng ist denn dieses Verhältnis, und woher weiß Gessler davon", fragte Rellingen.

„Der Genosse Gessler hat mich noch nicht in alle Details eingeweiht", antwortete Schlegel. „Aber ich hatte den Eindruck, dass das auch noch nicht ganz durchrecherchiert ist."

„Nun, wenn das tatsächlich so ist, können wir Schiederkorn fertigmachen. Wenn das bekannt wird, kriegt der hier in Frohnau kein Bein mehr auf den Boden."

„Ich wäre da vorsichtig. Wir haben hier bisher keine Beweise für die Verstrickung Schiederkorns in die Frohnauer-Wald-Affäre. Und ich gebe zu Bedenken, dass er ein raffinierter Anwalt ist. Der würde uns derartige Behauptungen ganz schön um die Ohren hauen", warf Rellingen ein.

„Hältst du uns für blöd? Wir würden nie behaupten, dass Schiederkorn hinter dieser ominösen Firma von Frau Kurheim-Nöll steckt. Das müssten schon andere für uns tun."

„So? Wer denn?", fragte Karthaus mit einem ziemlich dummen Gesicht. Schlegel antwortete wortlos mit einem gespielten Schulterzucken.

Politik fand nicht nur in verräucherten Hinterzimmern statt, erfuhr Manteuffel. Auch eine Disco konnte ein adäquater Ort für intensive Verhandlungen sein. Wenn man bei lauter Rock-Musik nur die Hälfte hörte, musste sich das nicht unbedingt nachteilig auswirken. Am Ende stand eine alte sozialistische Weisheit: Jugend siegt!

Lesczak entdeckte sie in einer Nische der Diskothek „Countdown", zupfte Kitschke an der Motorradkutte und zeigte auf ein schlankes Mädchen mit pechschwarzen langen Haaren.
„Was is denn das für 'ne heiße Braut?"
„Das ist Uta Schulze. Die kenn ich aus der Partei", brüllte Lesczak Kitschke ins Ohr. „Lass uns mal hingehen."
„Von mir aus", meinte Kitschke grinsend.
„Hallo Uta. Hältst du hier Plätze frei, oder warum sitzt du so einsam herum?", wollte Lesczak wissen.
„Hallo Detlef. Ich warte auf ein paar Freunde, die sich offensichtlich etwas verspätet haben. Dabei weiß doch jeder, dass man hier pünktlich sein sollte, wenn man an einem Sonnabend noch einen Platz bekommen möchte."
„Wohl wahr. Da bin ich mal gespannt, wie lange du die Plätze noch verteidigen kannst."
„Ihr dürft euch gerne setzen, wenn ihr mir versprecht wieder abzuhauen, sobald meine Freunde kommen."
„Danke, gern", antwortete Lesczak. „Das ist übrigens mein Klassenkamerad Harald."
„Hallo Harald. Ne tolle Lederkutte trägst du da. Ist die Tarnung, oder fährst du wirklich eine Maschine?"
„Die ist schon echt. Ich fahre jetzt eine Vierer von Maico, aber gestartet bin ich mit einer Miele."
„Einer Waschmaschine?", fragte Uta ungläubig.
„So reagieren die meisten. Aber Miele hat früher auch Mopeds gebaut."

Nun erzählten die Jungs die Geschichte ihrer Moped-Karrieren. Haralds erste „Mühle" war eine Fünfer von Miele gewesen. Die tauschte er später gegen ein gebrauchtes Moped vom Typ Herkules – bei ihm hieß sie Herakles. Harald und Detlef hatten sich praktisch identische Maschinen auf einer

Postversteigerung besorgt, besaßen also zwei knallgelbe Post–„Mühlen". Harald nannte seine auch gern in nostalgischer Anspielung an sein erstes Moped „Postmiele". Die gemeinsame „Mühlen"-Zeit näherte sich nun aber ihrem Ende, denn Detlef hatte inzwischen den „Dreier" gemacht und wollte demnächst den VW eines Freundes übernehmen.
„Da dröhnt mir ja der Kopf von Mielen, Postmielen und Heraklessen. Ihr seid sprachschöpferisch ja echt kreativ."
„Gut beobachtet", grinste Harald.
„Und untereinander? Gibt's da vielleicht auch Sprachschöpfungen?", bohrte Uta nach.
„Nun ja ...", gab sich Lesczak zurückhaltend.
„Klar. Detlef heißt eigentlich Kackvogel", erklärte Kitschke.
„Wie kommt er denn zu so einem schönen Spitznamen?", fragte Uta lachend.
„Erst hieß er Habicht wegen seines stechenden Blicks und seiner Hakennase. Daraus wurde irgendwann Kackvogel."
„Hast du denn auch einen Spitznamen?", wollte Uta wissen.
„Natürlich", nahm Lesczak den Faden auf. „Harald hat sogar mehrere Spitznamen: Wichser, Flachwichser, Grobwichser oder Schlechtwichser – je nach Situation und Laune."
„Ich frage jetzt mal besser nicht nach dem Grund für diese Titulierungen."
„Deine Freunde kommen wohl nicht mehr?", lenkte Kitschke vom Thema ab.
„Ich weiß auch nicht, wo die bleiben. Vielleicht haben sie den Bus verpasst."
„Wo kommen die denn her?"
„Aus Lübars. Da fährt der Bus nur selten."
„So, so. Landeier also", neckte Lesczak.
„Wenn du es so siehst, war ich auch ein Landei", konterte sie.
„Dafür machst du aber auf den Parteiveranstaltungen eine echt gute Figur", versuchte Lesczak zu punkten.
„Ja, das macht mir auch Spaß."
„Und was sagt Ansorge dazu? Ist der nicht eifersüchtig?", wollte Lesczak wissen.
„Wieso sollte Ansorge eifersüchtig sein?"
„Na ... ja, fing Lesczak an zu stottern.
„Nun mal raus mit der Sprache", bohrte Uta.

„In der Partei kursiert das Gerücht, du wärst mit Ansorge schon so gut wie verlobt."
„So ein Quatsch. Ich habe nichts mit Ansorge. Diese Beziehung besteht – wenn überhaupt – nur in der Phantasie meines Vaters", platzte es aus Uta heraus, die dabei sogar unter der flackernden Discobeleuchtung erkennbar errötete.
„Hallo, hallo, nun mal langsam. Ich verstehe hier gar nichts mehr", mischte sich Kitschke ein. „Wer ist dieser Ansorge?"
„Der Genosse Ansorge ist Stellvertreter im Abteilungsvorstand von Lübars," erklärte Lesczak.
„Stimmt, Detlef", erklärte Uta. „Und mein Vater, der dort ebenfalls aktiv ist, würde es liebend gern sehen, wenn ich mit dem Ansorge was hätte. Aber der ist so ekelhaft, wenn man dem die Hand gibt, denkt man, man berührt eine Qualle."
Uta erzählte weiter, dass sie einen Job im SPD-Kreisbüro habe. Sie brauche das Geld, um so schnell wie möglich bei ihren Eltern ausziehen zu können. Die Arbeit für die Partei mache ihr Spaß. Viel Schreibarbeit und Telefondienste im Büro, das Verteilen und Versenden von Infomaterial, und dann die Highlights, die Kreisdelegiertenversammlungen. Da ging es um Anträge vervielfältigen, Stimmzettel verteilen und einsammeln, Aufträge für die Vorstandsmitglieder erledigen und so weiter. „Da lernt man viele interessante Menschen kennen, aber eben auch solche wie Ansorge".
„Was ist mit diesem Ansorge?", hakte Kitschke nach.
„Der hat wenig Hirn. Darauf steh ich nicht."
„Was findet denn dann dein Vater an dem so toll?"
„Mein Vater geht auch in der Partei auf und gefällt sich in der Rolle des Abteilungsvorsitzenden. Diesen Posten würde er mit Zähnen und Klauen verteidigen. Er fürchtet, Ansorge könnte an seinem Stuhl sägen. Ich halte das zwar für Quatsch, weil der viel zu blöd ist. Aber mein Vater geht da doch lieber auf Nummer sicher und möchte mich am liebsten als eine Art Spion bei Ansorge einschleusen, um rechtzeitig gewarnt zu sein, wenn was im Busch ist."
„Wer da bei wem was einzuschleusen hätte, bliebe noch abzuwarten. Aber echt, ich kann gar nicht glauben, dass dein Alter eine so heiße Braut wie dich für so einen schnöden Job missbrauchen will", flötete er. Plötzlich stutzte Kitschke. Er

hatte in der Menge der Tänzer eine Bekannte entdeckt, entschuldigte sich knapp bei Detlef und Uta und kämpfte sich in Richtung Tanzfläche durch.
„Du musst ihn nicht so ernst nehmen", hatte Lesczak inzwischen die Sprache wiedergefunden und lächelte Uta an. „Kitschke haut gern mal ein bisschen auf die Kacke. Besonders natürlich vor Mädchen."
"Und du bist offensichtlich genau das Gegenteil. Kriegst den Mund nicht auf, wenn eine Genossin provoziert wird."
„Ich hatte bisher echt nicht den Eindruck, dass du dich nicht hättest wehren können", konterte Lesczak.
„Stimmt eigentlich. Mein Vater jedenfalls hat es schon längst aufgegeben, mit mir zu diskutieren."
„Sag mal, was ganz anderes. Findest du diese Musik nicht auch ziemlich nervig hier?", fragte Lesczak. Gerade lief „Hey Tonight" von CCR.
„Ja, warum spielen die nicht gleich Middle of the Road? Lass uns in die Stadt fahren. Vielleicht in den Folk Pub", schlug Uta vor. „Was ist mit Kitschke – kommt der mit?"
„Ne, glaub ich nicht. Guck mal, der ist gerade anderweitig beschäftigt", meinte Lesczak und zeigte in Richtung Tanzfläche, auf der sich Kitschke gerade vor einer langbeinigen Blondine als temperamentvoller Tänzer präsentierte.

Ulrike Manteuffel hatte gerade mal wieder einen aktuellen „Adelmann-Artikel" fertiggestellt. Aber ihr fehlte noch etwas. Kurzentschlossen griff sie zum Hörer und wählte die Durchwahlnummer von Linda Kurheim-Nöll. Als sich die Unternehmerin meldete, überfiel Manteuffel sie mit der direkten Frage: „In welchem Verhältnis standen Sie zu Horst Adelmann?" Kurheim-Nöll schien hörbar verblüfft, zögerte einen Moment, atmete tief durch und antwortete: „Horst Adelmann war ein Gentleman alter Schule. Man konnte mit ihm Vereinbarungen treffen und sicher sein, dass sie eingehalten wurden. Aber natürlich war er auch ein Machtmensch, wie er im Buche steht. Er bekam eigentlich immer, was er wollte. Und schließlich ...", sie zögerte erneut.

„Und schließlich?", wollte Manteuffel ihr auf die Sprünge helfen.
„Ach, vergessen Sie's", antwortete Kurheim-Nöll ruppig und legte einfach auf.
Mist, dachte Manteuffel. Ich war wieder mal zu ungeduldig. Die wäre bestimmt noch mit der Wahrheit rausgerückt, wenn ich sie noch ein bisschen verbal gestreichelt hätte. Aber wie auch immer: Auch Schweigen kann sehr beredt sein. Und eine solche Reaktion erst recht ...
Adelmann war überrascht, als ihn der Anruf des Genossen Volker Rüssen aus Steglitz erreichte. Dieser wollte im Auftrag seines Parteifreundes Zuchtmeister wissen, was dran sei an der Geschichte mit der Bebauung des Frohnauer Waldes.
„Hat sich das schon bis nach Steglitz herum gesprochen? Schade, dass der Genosse Zuchtmeister offensichtlich zu beschäftigt ist, um mal selbst zum Telefonhörer zu greifen", ätzte Adelmann. Er gab sich gar keine Mühe, seine Antipathie gegenüber dem Steglitzer Spitzenduo zu verbergen. Bis heute konnte er Zuchtmeister nicht verzeihen, dass der vor Jahren gegen ihn einen halb Debilen für einen Beisitzerposten im Landesvorstand durchgedrückt hatte. Seitdem stand er mit Zuchtmeister und Rüssen, eigentlich sogar mit der SPD-Steglitz insgesamt, auf Kriegsfuß. Das war in der Berliner SPD bekannt. Dem heißen Krieg um Posten, in dem Adelmann zunächst unterlegen gewesen war, folgte ein Kalter Krieg der Worte, der inzwischen beinahe eingeschlafen war.
Adelmann hatte die Konsequenzen aus dem gestörten Verhältnis gezogen und sich entsprechend für einen möglichen nächsten Zusammenstoß gewappnet. Dieser würde so sicher kommen wie das Amen in der Kirche.
„Vielleicht ist es dir entgangen, dass der Genosse Zuchtmeister zur Zeit mit einer Delegation der Sozialistischen Internationalen auf der Insel Kuba weilt. Er wird sich natürlich nach seiner Rückkehr sofort persönlich mit dir in Verbindung setzen", versuchte Rüssen abzuwiegeln.
„Leider habe ich gestern diese entsprechenden Infos in der Berliner Tagespresse übersehen. Sonst hätte ich mir sicher Sorgen gemacht", konterte Adelmann.
„Sorgen, wieso?"

„Du bist wohl nicht ganz auf dem Laufenden, was? Im Moment ist dort drüben Hurrikan-Saison", schwindelte Adelmann. „Da könnten aufgeblasene Typen ins Trudeln geraten."
„Ich merke schon. Du hast deinen eigenwilligen Humor nicht eingebüßt. Aber zurück zum Thema. Was läuft da mit dem Projekt "Wohnen im grünen Frohnau"?", versuchte Rüssen wieder die Oberhand zu gewinnen.
„Oh, mir scheint, du kennst schon den Prospekt der Firma Treu + Oovschlag. Hier oben im Norden läuft das unter „Projekt Frohnauer Wald". Und ich kann dir sagen, die Menschen sind nicht gerade begeistert davon."
„Das ist immer so bei Kleinbürgern. Die erwarten eine Exklusivität, die sie sich gar nicht leisten können."
„Oder wolltest du sagen, eine Exklusivität, die ihnen nicht zusteht?", hakte Adelmann nach.
„Man kann die Sache auch anders sehen. Bautätigkeit ist Fortschritt. Mehr Wohnungen bedeuten mehr Arbeitsplätze und eine Entlastung des Wohnungsmarktes, bedeuten somit Entspannung an der Mieterfront. Damit hilft man den kleinen Leuten, unseren Wählern", widersprach Rüssen. „Außerdem hört sich das Ganze nach einer positiven wirtschaftlichen Entwicklung an. Zu diesem Aufschwung kann man den Frohnauern doch eigentlich nur gratulieren. Bisher war es dort doch so ruhig, dass man denken konnte, Reinickendorf läge jenseits der Grenze. Uns interessiert im Moment nur die politische Seite der Medaille, also die Frage, wie die Partei zu dem Projekt steht."
„Ich bin mir nicht sicher, ob man das so einfach trennen kann. Die Bevölkerung ist strikt dagegen. In der Partei selbst ist die Meinungsbildung noch nicht abgeschlossen. Eines scheint allerdings schon klar. Jubelstürme gibt es bei uns nicht. Wir können uns wohl schlecht gegen den expliziten Willen der Bürger stellen. Und im Übrigen, lieber Genosse Rüssen, erklär mir doch bitte mal das Interesse der Steglitzer an diesen Vorgängen. Ich wusste gar nicht, dass ihr Südberliner so rührend um unser Wohl besorgt seid", revanchierte sich Adelmann.
„Du brauchst gar nicht ironisch zu werden. Es geht uns weniger um das Wohl des Frohnauer Bürgertums als vielmehr

um das Gesamtwohl der Partei. Wir betrachten mit zunehmender Sorge, wie sich die Linke versucht, mit diesem Thema auf Kosten der Mehrheitsfraktion zu profilieren. Der Frohnauer Wald rauscht seit Wochen durch den gesamten Berliner Blätterwald. Dass sich die Gartenstädter keine neuen Nachbarn wünschen, womöglich auch noch popelige Arbeiter und kleine Angestellten, das ist allen längst klar. Aber vielleicht fragen die Herrschaften auch mal nach der Stimmung im Rest der Stadt. Und außerdem, lieber Genosse Adelmann, falls es dir noch nicht aufgefallen sein sollte. Wir stehen kurz vor den Parteiwahlen, und in absehbarer Zeit finden die Wahlen zum Abgeordnetenhaus und den BVVs statt. Da wäre es wenig hilfreich, wenn sich die SPD in der Öffentlichkeit als eine Partei darstellt, die die berechtigten Interessen der kleinen Leute zugunsten des Großbürgertums verrät und sich neue parteiinterne Flügelkämpfe leistet."

„Mein lieber Volker. Den Arbeiter möchte ich erst mal sehen, der sich bei Frau Kurheim-Nöll ein neues Eigenheim in Frohnau leisten kann. Und was die Flügelkämpfe betrifft, da scheint bei dir eine ziemliche Fehleinschätzung vorzuliegen, denn es handelt sich hier keinesfalls um ein per se linkes Thema. Vielleicht sollte ich dich daran erinnern, dass für unsere Partei die bürgerliche Mitte ebenfalls zu den relevanten Wählergruppen zählt. Zumindest in Reinickendorf. Steglitz dagegen wird offensichtlich mehrheitlich von Arbeitern bewohnt, wenn ich dich richtig verstanden habe. Und schließlich: Mach dir mal keine Sorgen um die Reinickendorfer Linke. Mit denen werde ich schon fertig."

„Dann frag ich mich aber, wieso die Jusos plötzlich einen Stand am Frohnauer Bahnhof haben und Unterschriften gegen das Bauprojekt sammeln", antworte Rüssen.

„Die Jungsozialisten sind eine auf Bundesebene organisierte Arbeitsgemeinschaft der Partei. Sie sind dem jeweiligen Abteilungsvorstand keinerlei Rechenschaft schuldig. Aber um auf den Frohnauer Wald zurück zu kommen. Der Abteilungsvorstand erwägt, sich an einer Unterschriftenaktion zu beteiligen. Die Bürger werden uns diese Initiative danken."

„Die Spießbürger, die schon über Grund und Boden verfügen, bestimmt. Aber was ist mit den Leuten, die auch gern draußen

im Grünen wohnen möchten."
„Oh, Genosse Rüssen, diese soziale Ader kannte ich bislang an dir überhaupt nicht. Erst sorgst du dich um die Linke, jetzt äußerst du dich abfällig gegenüber der bürgerlichen Mitte. Dir ist wohl gar kein Wähler Recht. Pass nur auf, dass dir diese Stimmen nicht bei der nächsten Wahl fehlen."
„Du verstehst mich falsch. Ich wollte keine Wählerschelte betreiben", korrigierte Rüssen.
„Jedenfalls keine öffentliche", assistierte Adelmann, „aber nun mal raus mit der Sprache. Welches Interesse hast du an diesem Projekt?"
„Ich kann mich nur wiederholen. Es geht einzig und allein um den innerparteilichen Frieden. Und der muss vor den Wahlen strikt gewahrt bleiben. Zuchtmeister wird dir dazu nächste Woche auch noch ein paar Takte sagen."
„Glaubt ihr da unten im Süden eigentlich, wir Reinickendorfer wären mit dem Klammerbeutel gepudert? Du willst mir also allen Ernstes weismachen, der Frohnauer Wald könnte bei der SPD Steglitz gefährliche Flügelkämpfe auslösen? Wenn dem so wäre, würde ich den Zustand bei euch für sehr bedenklich halten. Du musst dir schon eine bessere Geschichte ausdenken, um mich aus der Reserve zu locken." Wütend beendete Adelmann das Gespräch mit dem Satz: „Und eines noch, bestell deinem Herrn und Meister, ich stehe ihm gern jederzeit für eine Aussprache zur Verfügung."

Eine gewisse Spannung lag über dem Saal. Jahreshauptversammlung der Frohnauer Jusos im Jugendheim an der Schönfließer Straße. Das Gebäude, ein nüchterner, langgestreckter heller Putzbau, dessen einziger Schmuck aus roten, hölzernen Fensterläden bestand, die dem Gebäude etwas bayerisch-ländliches verliehen. Ansonsten konnte, wer an ihm vorbei fuhr oder lief, nicht ahnen, dass hinter seinen Mauern hohe, gesellschaftsverändernde Politik betrieben wurde. Denn genau gegenüber, hinter einer grünen Hecke, grüßte die rote Aschenbahn des Sportplatzes, umkreiste den Rasenplatz des Frohnauer SC. Auf höherem Niveau dahinter der eigentliche Poloplatz, ein für den Frohnauer identifikationsstiftender, weitläufiger ovaler Wiesenplatz, der von einem etwas erhöhten Spazierweg wie ein Deich umrundet und von einer Doppelreihe knorriger Kastanien eingerahmt wurde. Dort ritten zu allen Tageszeiten stolze Reiter mit ihren meist glänzend gestriegelten Pferden Figuren und trainierten die Gangarten, vom Schritt, über den versammelten Trab, bis zum starken Galopp. Hier also junge Sozialisten beim Aufbruch in die Welt von Morgen, dort drüben satte, selbstzufriedene, bisweilen auch feist-arrogante Herrenreiter auf edlen Rössern. Ein Idyll. Nirgends, nicht mal an den Plätzen westlich und östlich des Bahnhofs, war mehr Frohnau als am Poloplatz. Zum Bild der Idylle gehörten Spitzgiebel und Fachwerk des alten Restaurantgebäudes ebenso wie der dicke Reitstallbesitzer, immer in hellen Reithosen und schwarzen Stiefeln, die Gerte in der Hand. Mochte manch Anhänger des edlen Sports im Gedenken an herrlichere Zeiten verharren, als man auf dem Poloplatz noch zu Pferde mit langen Schlägern einer steinharten Kugel nachjagte. Das Elitäre herrschte eigentlich nur noch in Köpfen. Einige der Anwesenden im Jugendheim sahen das sicherlich anders. Wo sonst ein kleiner Besprechungsraum ausgereicht hätte, war diesmal der große Saal reserviert. Wo sich Freitag abends die bürgerliche Jugend um Bar und Billardtisch versammelte, drängelte sich jetzt junges- und etwas älteres Jungvolk in Nietenhosen und braunem Kord mit kurzem- bis schulterlangem Haar.

„Nebenan gibt es noch Stühle," reagierte Juso-Vorsitzender Jürgen Schlegel merklich nervös auf den Andrang. Ein Gewusel, Stühlerücken und geschwätziges Murmeln.

„Ich möchte euch bitten, jetzt Platz zu nehmen. Wir wollen anfangen, denn wir haben eine ziemlich lange Tagesordnung vor uns." Schlegel stand hinter dem Vorstandstisch, links neben ihm ein offenkundig schon aus dem Juso-Alter entwachsener Mann, rechts neben ihm Andreas Karthaus. „Genossen, ich freue mich, dass ihr so zahlreich erschienen seid. Heute kann niemand behaupten, die Frohnauer Jusos wären keine schlagkräftige Truppe. Ihr beweist das Gegenteil. Es wäre aber schön, wenn ich mehr von euch auch bei den wöchentlichen Arbeitssitzungen sehen würde. Unsere Arbeit, Genossen, endet nicht mit der Jahreshauptversammlung,

nein, da beginnt sie gerade erst. Und sie zieht sich durchs ganze Jahr. Ihr seid die junge Linke und damit die politische Zukunft unseres Landes. Bitte denkt dran. Heute liegt unser Land in den gestalterischen Händen der Sozialdemokratie. Und so soll es auch bleiben. Der Frieden steht überall und immer auf dem Spiel. Und der Fortschritt muss ein umfassender sein. Wir, die Kräfte von Frieden und gesellschaftlichem Fortschritt, müssen überall an- und zupacken, müssen überall helfen und den Fortschritt erkämpfen. Im Kleinen wie im Großen. In Frohnau wie in Reinickendorf. In Reinickendorf wie in Berlin. In Berlin wie in Deutschland und Europa, diesem von zwei Weltkriegen gefurchten Kontinent, in dem wir nun auf eine schon über ein Vierteljahrhundert währende Friedensperiode zurück blicken dürfen – nicht zuletzt Dank des Kampfes der Sozialdemokratie um Frieden und Völkerverständigung. Kämpfen wir also gemeinsam für die nächsten 25 Friedensjahre. Wir bekommen sie sicherlich nicht geschenkt. Ich danke euch."
Heftiger Applaus und dumpfes Auf-die-Tische-Klopfen folgten dem Ende der Rede. Schlegel blieb stehen und nahm nach kurzer Pause erneut das Wort. „Ich freue mich, an meiner Seite den Sprecher der Reinickendorfer Linken, Berthold Gessler, begrüßen zu können. Er besucht im Vorfeld der Parteiwahlen alle Abteilungen und will sich einen eigenen Eindruck von der Lebendigkeit und Stärke der Linken machen. Ganz klar, dass er auch bei uns vorbei schauen musste. Genosse Gessler, du hast das Wort."
„Liebe Genossen. Vielen Dank für eure freundliche Aufnahme. Deine Rede, Jürgen, hat mich mächtig beeindruckt. Und ich denke, nicht nur mich. Ihr könnt wirklich stolz auf Jürgen sein. Aber ich bin heute nicht hier, um lange Reden zu schwingen. Vielmehr will ich euch kennen lernen und natürlich die Themen und Probleme, mit denen ihr euch beschäftigt. Und ich möchte, dass ihr mich als Vertrauensmann innerhalb der Linken kennen lernt. Wer von euch also Sorgen, Wünsche oder Anregungen für unsere Arbeit hat, der kann sich an Jürgen, aber auch jederzeit an mich wenden. Das war's eigentlich schon. Weiter geht es mit dem Genossen Schlegel."
„Danke, Berthold. Wir haben eine ganz dichte Tagesordnung.

Der wichtigste Punkt dabei sind die Nominierungen für die Parteiwahlen. Mit eurer Erlaubnis möchte ich diesen Punkt vorziehen, denn die Leitung des Hauses hat mich darum gebeten, dass wir Punkt zehn Uhr raus sind. Gibt es von euch Vorschläge, wie wir bei den Nominierungen verfahren sollen."
Der vollbärtige Udo Rösler meldete sich: „Was soll daran so kompliziert sein? Du solltest uns darüber aufklären, welche Posten zu vergeben sind. Und dann sollten sich diejenigen melden, die sich für eine Kandidatur interessieren."
„Das können wir so machen", ging Schlegel darauf ein. „In jeder Abteilung wird ein geschäftsführender und erweiterter Vorstand gewählt. Ganz wichtig aber ist auch die Wahl der Kreisdelegierten. Die Parteiwahlen spiegeln die aktuellen Kräfteverhältnisse zwischen den jeweiligen Gruppen in der Partei wider, also, vereinfacht gesagt, zwischen der Linken und der Rechten. Für uns Linke ist es wichtig, möglichst viel von unseren Vorstellungen in der Partei durchzusetzen. Inzwischen sind viele junge Leute in die SPD eingetreten. Das gibt uns die Chance, aus dem Schatten der bisherigen konservativen Mehrheit heraus zu treten."
„Sach uns jetz einfach mal, wofüa wia kandidiern solln. Dann jeht dit schon klar", platzte Stefan Gleichen dazwischen.
„Im Prinzip habe ich euch schon gesagt, welche Positionen zur Wahl stehen, nämlich vier Vorstandspositionen, vier Beisitzer für die Abteilung und zwölf Kreisdelegierte."
„Wer möchte denn für eine Position im Abteilungsvorstand kandidieren?", fragte Schlegel. Sofort meldete sich Gleichen.
„Oh, Genosse Gleichen. Welcher Posten schwebt dir vor?"
„Ick bin ja bescheidn und begnüje mich mit dem stellvatretndn Voasitzndn. Den Scheff machst du, Jürjen, und ick werd dein Vatreta."
„Aber wir sollten daran denken, dass nicht die Jusos allein den Abteilungsvorstand wählen und stellen. Da gibt es auch noch ein paar ältere Mitglieder. Und die könnten sich allein schon an deiner Frisur stören", gab Schlegel zu bedenken.
„Is irjend wat jejn meene Frisua dzu sagn?", wollte Gleichen wissen. „Kannet wirklich sein, dat sich Politik an solch beknackt unwichtijn Äußalichkeitn wie 'n bisschen längeren Haaren orjentiat?"

„Ja Stefan. Mit solchen Reaktionen muss man in einer bürgerlichen Gesellschaft nun mal rechnen."

„Könntet ihr mal euren haarigen Dialog beenden. Wir wollen doch weiterkommen, oder?", ging Udo Rösler dazwischen.

„Sehe ich ähnlich, Genosse Rösler. Um mindestens einen Gleichstand im Abteilungsvorstand zu erzielen, was für die alltägliche Arbeit von Vorteil wäre, müsste die Linke zwei Positionen im geschäftsführenden Vorstand, sowie zwei Beisitzer stellen. Ich meine die Linke. Die Jusos verstehen sich als Teil der Linken. Das bedeutet in der Praxis, dass natürlich nicht alle linken Kandidaten aus dem Bereich der Jungsozialisten kommen sollten. Wir haben durchaus auch in unserer Abteilung verdiente linke Genossen, die dem Juso-Alter bereits entwachsen sind. Ich denke da beispielsweise an den Genossen Thomas Chemnitz. Bei den Beisitzern sollten die Jusos auf jeden Fall einen Kandidaten stellen. Und für die Liste der Kreisdelegierten sollten wir ruhig sechs Jusos nominieren. Natürlich werden nicht alle durchkommen. Wenn ihr einverstanden seid, schlage ich den Genossen Gleichen als Beisitzer vor. Als Kreisdelegierte aus unseren Reihen könnten die Genossen Karthaus, Rösler, Gleichen, Rellingen, Beckereidt, Rumrich und ich kandidieren."

„Dat sin ja schon siebn. Da muss dann wohl eener vazichtn."

„Ich würde sagen, du. Sonst wärst du ja unser neuer Multifunktionär", hatte Beckereidt die Lacher auf seiner Seite.

„Hab ick nich voa. Ick bin ja 'n bisschen länga dabei wie du, Matthias. Un hab ooch schon einiget jeleistet füa de Partei."

„Das stimmt. Mit deinem Mundwerk jedenfalls kann ich nicht mithalten", erwiderte Beckereidt.

„Hallo, hallo. Wollen wir uns doch nicht wegen der Parteiwahlen untereinander in die Haare kriegen, oder? Ich denke, es gibt genügend Positionen und Betätigungsfelder für alle. Und wir sollten auch so viele Kandidaten wie möglich aufstellen, denn wir wissen ja heute noch nicht, welches Kräfteverhältnis in der Jahreshauptversammlung der Abteilung bestehen wird. Wenn die Rechte zu schwach ist, benötigen wir eventuell mehr Kandidaten als kalkuliert", so Schlegel.

„Trotzdem solltn wa nua Kandidatn uffstelln, die die Jusos ooch mit jutm Jewissn vatretn können."

„Was meinst du denn damit?", fragte Beckereidt.
„Ick meene, wia müssn die Kandidatn vorher befragn. Wat se dsum Beispiel vom Vietnam-Kriech haltn, vom Intanatsjonalismus oda von dn Jenossn hinta de Maua und so."
„Soll das so eine Art Gewissensprüfung werden", fragte Rellingen scharf dazwischen.
„Wenn de so willst, klar. Ick fänd et nich in Ordnung, wenn wa irgend welche Wald-und-Wiesen-Jusos int Renn schickn."
„Was meinst du denn mit Wald-und-Wiesen-Jusos", wollte Rellingen wissen.
„Dsum Beispiel Jusos, die man nie uffn Platz am Infostand dsu Jesicht bekommt, wenn sich die Annern da de Beene inn Bauch stehn."
„Das kann ja jetzt eigentlich nur auf mich gemünzt sein. Es ist zwar allgemein bekannt, dass ich wegen meines Referendariats und der Doktorarbeit in den letzten zwei Jahren praktisch keine freie Minute hatte. Aber so etwas wird ja von einigen hier offensichtlich nicht zur Kenntnis genommen. Besonders von solchen, deren Horizont über die letzten zwei Jahre nicht hinaus reicht", konterte Rellingen.
„Ick meene, man muss ebn Prioritätn setzn. Hält mans mit de Partei, oda is de Karrjere wichtja."
„Genossen", versuchte Schlegel einzugreifen.
„Ne, ne, jetz nich abwiejeln", war Gleichen schneller. „Et jeht natüalich ooch um dat persönliche Angaschmang jedes Einzelnen. Es wird ja wohl noch alaubt sein, danach dsu fragn, wenn ma schon kandidiat. Ick möchte jetz von jedm Kandidatn Antworten dsu den Fragn höan, die ick vorhin jestellt habe. Wer is dafüa?"
Sofort schnellten im Raum eine Menge Hände in die Höhe.
„Das ist die Mehrheit", gab Schlegel bekannt.
„Das könnt ihr gerne tun. Aber ohne mich. Ich werde mich für diese Art der Gesinnungsschnüffelei nicht hergeben", antwortete Rellingen. „Hier geht es ja offensichtlich schon zu wie im Politbüro. Politoffiziere schmieden Kader für die sogenannte Avantgarde der Arbeiterklasse. Leute, damit werdet ihr Schiffbruch erleiden, das verspreche ich euch", schnaubte Rellingen, schnappte sich seine Tasche und stand mit hörbarem Stuhlscharren auf.

„Ich sehe das genauso wie der Genosse Rellingen", fiel Rösler sichtbar erbost ein und erhob sich ebenfalls. „Es ist ein Skandal, der mich an die Gepflogenheiten in einer gewissen Einheitspartei erinnert. Stromlinienförmige Ja-Sager werden hier offensichtlich bevorzugt. Aber nicht mit mir. Vielleicht denkt ihr mal über einen schlauen Satz einer großen Frau nach, der da lautet: Freiheit ist immer die Freiheit der Andersdenkenden."
Rellingen und Rösler, gefolgt von Beckereidt und fünf, sechs weiteren Genossen, schoben sich durch die dichten Stuhlreihen. „Spalter", „Revisionisten", „Idiotenpack", „Haut bloß ab!", „Eine Schande seid ihr", „Rechte Schweine, raus mit euch!", tönte es aus der Menge.
An der Tür angekommen, drehte sich Rösler noch einmal um. „Ihr könnt euch beruhigen, ihr Einheitssozialisten. Der Satz stammt übrigens von Rosa Luxemburg, falls euch der Name etwas sagt." Dann schloss Rösler mit Wucht die Tür.

Die Genossen waren zwar wütend und beleidigt, aber nach Hause wollten sie noch nicht gehen. Dafür waren sie viel zu aufgewühlt. „Zu Tränensack", gab Rellingen die Parole aus. Fünf Minuten später fuhren drei Mittelklasse-Limousinen bei einem zweistöckigen, schmucklosen Haus in der Nähe des Zeltinger Platzes vor. Es sah aus, wie Dutzende anderer Frohnauer Einfamilienhäuser auch. Nur ein kleines Messingschild an der Gartenpforte wies darauf hin, dass sich in diesem Haus eine Nachtbar befand. Den Spitznamen „Tränensack" verdankte die Bar seinem etwa 60 Jahre alten, immer übernächtigt wirkenden Besitzer, der selbst hinter dem Tresen stand. Seinen wirklichen Namen kannte niemand. Anscheinend wollte Tränensack gerade schließen, als neun Jusos den leeren Gastraum stürmten. Man verschob einige Stühle, gruppierte sich um den größten Tisch in dem nicht allzu großen, rechteckigen Raum mit einem Eichentresen neben der Tür. Die Gruppe beschäftigte sich kurz mit den Getränkekarten, bevor sich Tränensack, wie immer mit schleichend-diskretem Schritt näherte. „Wünsche einen schönen guten Abend",

begrüßte er mit schmeichelnd-lasziver Stimme die Gäste.
In bester Laune bestellte sich Rellingen einen schottischen Whisky, wobei er kurz mit Tränensack um die beste Marke rang, von der aber die anderen Anwesenden keine Ahnung zu haben schienen. Rösler entschied sich für ein großes Bier, während Beckereidt bei seiner üblichen Cola blieb.
Während Rösler in aller Ruhe seine Pfeifenutensilien auspackte und anschließend genießerisch mit dem Stopfen begann, konnte sich Beckereidt nicht mehr zurückhalten. „Ich kann dich gar nicht verstehen. Wir sind zwar freiwillig gegangen, aber wer weiß, ob das richtig war. Eigentlich haben die uns ja rausgeschmissen. Jedenfalls können wir uns jetzt unsere Kandidaturen sonst wohin schieben."

„Lieber Matthias ...", wollte Rellingen gerade ansetzen, als Tränensack mit einer Zigarrenkiste erschien, sie feierlich öffnete und Rellingen unter die Nase hielt. Der warf Tränensack zunächst einen dankbaren Blick zu, vertiefte sich anschließend in den Inhalt der Kiste und fischte eine mit Zellophan versiegelte Zigarre heraus. Tränensack nahm sie ihm ab, riss vorsichtig die Versiegelung auf, fischte mit sicherem Griff den an einer silbernen Kette hängenden Zigarrenschneider aus seiner Hosentasche hervor und schnitt mit gekonnter, kurzer Handbewegung das Mundstück. Darauf reichte er Rellingen die Zigarre zurück, womit das Schauspiel aber noch nicht sein Ende gefunden hatte. Rellingen nahm die Zigarre zwischen rechten Daumen und Zeigefinger, rollte sie leicht und hielt sie sich zunächst an das rechte Ohr, anschließend unter die Nase. Nun gab er ein mit zufriedenem Brummen untermaltes leichtes Nicken von sich und steckte sich die Zigarre in den Mund. Tränensack schien auf seinen Einsatz gewartet zu haben, denn im selben Moment hielt er schon ein überlanges, brennendes Streichholz derart parat, dass das obere Ende der Flamme nicht ganz an die Zigarrenspitze heran reichte. Rellingen saugte die Flamme in die Spitze hinein und stieß eine dicke Rauchwolke aus. Nach einem Kopfnicken in Richtung Tränensack konzentrierte er sich wieder auf den Gesprächsgegenstand, während der Wirt lautlos abging. „Du hast Recht, Matthias, und doch wieder nicht. Ich glaube, die

Geschichte mit der Befragung war geplant. Sonst hätte ja Schlegel die Sache einfach unterbinden können."

„Kann sein", stimmte Rösler nachdenklich zu.

„Das erklärt mir aber nicht deine ausnehmend gute Laune", hakte Beckereidt nach.

„Dann muss man sich fragen, warum diese Befragung geplant war. Doch wohl nicht deshalb, weil die Genossen an unserer politischen Meinung interessiert waren."

„Wenn ich mich recht an meine ersten Monate Parteiarbeit erinnere, dann hat die persönliche politische Meinung bislang eine auffallend geringe Rolle gespielt", antwortete Beckereidt.

„Du bist zwar erst sehr kurz dabei. Aber das hast du eben sehr gut charakterisiert", meinte Rellingen. „Politische Meinungen finden in der Partei eher in Form von Kampagnen statt. Und die werden meist von oben initiiert. Als einfaches Parteimitglied hat man dann im Grunde nur zwei Möglichkeiten. Man schließt sich der Kampagne an, oder man lässt es bleiben. Je nach individueller Reaktion wird man schnell in das entsprechende Kästchen – links oder rechts – gesteckt. Ich finde das ziemlich bedenklich. Aber jetzt greife ich vor. Lasst uns noch mal zum Thema der Befragung zurück kommen. Wir haben also festgestellt, dass es dabei gar nicht wirklich um die eigene politische Meinung ging. Wozu sollte diese Befragung dann aber dienen, frage ich euch?"

„Vielleicht hatte es etwas mit diesem Gessler zu tun. Den habe ich bei uns noch nie gesehen. Also mich hat der gestört, weil er ja nicht zu uns Frohnauern gehört."

„Möglich", warf Rellingen ein.

„Also dieser Gessler ist ja wohl der Chef der Reinickendorfer Linken", setzte Beckereidt fort. „Warum kommt so einer zu uns, und dann noch im Vorfeld der Parteiwahlen? Da gibt es ja wohl nur eine Antwort: Der wollte sehen, wie viele Linke die Frohnauer Jusos auf die Beine stellen können. Der kam zum Schäfchenzählen, oder?"

„Genau so sehe ich das auch", stimmte Rellingen zu.

„Vielleicht wollte der eine ehrliche Zahl", nahm Beckereidt den Faden wieder auf.

„Was meinst du denn damit?", fragte Rösler.

„Er wollte wissen, wie viele echte Linke es gibt. Unter echten

Linken versteht der vielleicht nur solche, die der Führung ohne Wenn und Aber folgen. Eben ihre persönliche politische Meinung hintanstellen."

„Was sind wir denn dann für welche, die wir unter Protest den Saal verlassen haben?", wollte Rösler nun wissen.

„Für Gessler nur Bürgersöhnchen, oder?", fragte Rellingen.

„Also ich bin Frohnauer, und dazu bekenne ich mich auch. Und wenn ich ehrlich bin, stamme ich auch aus einem gutbürgerlichen Hause", gab Rösler zu. „Und ich stehe dazu. Kann man denn nicht aus bürgerlichem Hause kommen und sich dennoch als Linker fühlen?"

„Ich denke, das kann man", antwortete Rellingen. „Warum müssen wir uns jetzt rechtfertigen? Müssen wir links sein, um uns mit dieser Partei identifizieren zu können? Ging es wirklich darum herauszufinden, wer Linker ist und wer nicht? Das glaube ich nicht."

„Wenn du mich nach meinem politischen Selbstverständnis fragst, Genosse Rellingen, dann kann ich dir nur antworten. Mein Herz schlägt für den Fortschritt, für eine Politik der friedlichen Koexistenz, gegen Kriegstreiber, Alt- und Neonazis und gegen den Muff von tausend Jahren. Also bin ich ein Linker", bekannte sich Beckereidt flammend.

„Aber du bist auch für Meinungsfreiheit, oder?", hakte Martin Rellingen nach.

„Das gehört doch unweigerlich zusammen", antwortete Beckereidt.

„Niemand bestreitet deine ehrlichen politischen Absichten. Du bist im Herzen ein Linker, und du sollst auch einer bleiben. Umso bedenklicher empfinde ich das Vorgehen vorhin in der Versammlung. Die interessierten sich gar nicht für deine ehrliche politische Meinung. Die wollten nur wissen, ob du ihnen gehorchst."

„Aber das war es wohl nicht allein. Ich vermute, sie wollten auch noch die Zahl der Kandidaten übersichtlich halten", meinte Rösler.

„Das ist es!", rief Rellingen laut und zeigte auf Rösler. „Gessler hat hier unsichtbar Regie geführt. Schlegel hatte doch an einer Stelle eingreifen wollen. Aber er durfte nicht. Gessler will keine unsicheren Kantonisten wie uns auf seinem linken

Ticket kandidieren lassen."

„Das Ganze war also von hinten bis vorne eine abgekartete Sache?", empörte sich Beckereidt.

„Genau das", antwortete Rellingen. „Ich amüsiere mich gerade über meine falsche Einschätzung des Genossen Gessler. Den hatte ich bislang für eine ziemliche Flachpfeife gehalten. Da habe ich mich wohl getäuscht", bekannte Rellingen. „Die Aktion war diskret und erfolgreich. Alle Achtung!"

„Unter diskret verstehe ich etwas anderes."

„Aber Matthias, diskret meinte ich in dem Sinne, dass die jetzt als Unschuldslämmer und wir als die beleidigten Leberwürste dastehen", erklärte Rellingen.

„Es ist ja schön, dass du das so sportlich sehen kannst, Martin. Fakt ist aber, dass wir aus der Kandidatur raus sind. Dabei hatte ich vor, Willy zu unterstützen und dabei zu helfen, dass solche Typen wie dieser Gessler oder Fürst Adelmann nicht die Partei beherrschen", beschwerte sich Rösler.

„Deine Motive in allen Ehren. Aber Willy kannst du natürlich auch ohne Posten helfen, als einfaches Mitglied. Und außerdem hat hier niemand behauptet, wir wären aus dem Rennen", antwortete Rellingen.

„Wie denn das?", wollte Beckereidt erstaunt wissen. „Die haben uns doch praktisch aus ihrem Verein rausgeschmissen. Und ich glaube nicht, dass sie uns großmütig wieder aufnehmen werden. Überhaupt käme das für mich nicht in Frage", antwortete Beckereidt.

„Du hast völlig Recht, Matthias. Bei den Linken sind wir draußen. Aber es gibt Alternativen", erwiderte Rellingen.

„Meinst du etwa, wir sollten bei diesem widerlichen Adelmann unterkommen? Aber ohne mich", wurde Rösler strikt.

„Das kommt auch für mich nicht in Frage. Adelmann ist in meinen Augen dubios. Und erst sein Spezi Schiederkorn, dieser feiste Widerling. Wenn ich den sehe, wird mir schlecht. Schlimm genug, dass der jetzt wieder auftritt", erklärte Beckereidt.

„Hab ich gesagt, wir sollten uns den Rechten anschließen? Ich habe etwas ganz anderes gemeint. Wir machen unseren eigenen Club auf. Und zwar nicht nur in Frohnau, sondern in ganz Reinickendorf. Denn ich selbst werde jetzt das tun, was ich schon längst hätte tun sollen. Da ich in Hermsdorf wohne, kann ich auch gleich die Abteilung wechseln", ließ Rellingen die Katze aus dem Sack und schaute sich amüsiert in einem höchst erstaunten Kreis um.

Was die Linke vor hatte, wusste der Gegner längst vor den eigenen Anhängern. Für Adelmann lag die Parteiwelt wie ein offenes Buch vor ihm. Er analysierte kühl und zog seine Schlüsse, schmiedete Pläne. Und wer bot sich als Hilfe besser an als seine Frau Eva. Die konnte bekanntlich jeden um den Finger wickeln. Seine Eva würde für ihn sicher alle Informationen sammeln können, die er brauchte. Die Frage war nur, auf wen er Eva zuerst ansetzen sollte. Aber das sollte sie vielleicht selbst entscheiden. Außerdem gab es ja auch noch die Manteuffel vom Nord-Berliner. Die musste Adelmann nur mit kleinen Informationsbrocken füttern, und schon würde ein Artikel nach seinem Gusto erscheinen. Dazu noch diese Spaltungstendenzen bei den Frohnauer Linken. Schon beim Gedanken daran rieb sich Adelmann die Hände.

Den Weg vom Parkplatz am Hermsdorfer Damm zur Waldhütte hatte Hansjörg Heinrich schon ziemlich häufig zurückgelegt. Dennoch blieben ihm die rund 500 Meter etwas unheimlich. Jetzt schon erst recht, da es zu dämmern anfing und dicke Gewitterwolken über dem Tegeler Forst hingen. Der Weg begann breit am Parkplatz, wurde jedoch schnell schmaler, führte in leichten Kurven an Birken, mittelhohen Kiefern und immer mächtiger werdenden Buchen vorbei. Die Fahrzeuggeräusche vom viel befahrenen Hermsdorfer Damm waren längst verstummt. Von Ferne hörte Heinrich eine S-Bahn in Richtung Heiligensee rasen. Nach etwa 300 Metern bog links ein unauffälliger Trampelpfad ab. Man musste die Stelle schon kennen, sonst wäre man bei diesen Lichtverhältnissen glatt daran vorbei gelaufen. Über weichen Moosboden wand sich der Pfad durch eine Schonung von dürren Stangenfichten immer tiefer in den Wald. Am Ende öffnete sich die überraschende Weite einer Lichtung. Am Rand einer Waldwiese entdeckte Heinrich ein dünnes Licht und marschierte darauf zu. Beim Näherkommen schälte sich aus dem Dunkel eine massive Hütte mit Wänden aus groben Stammhälften, wie man sie eher in der Kanadischen Wildnis vermutet hätte. Drei knarrende Holzstufen führten auf den überdachten Vorbau. Dann hatte Heinrich die Tür erreicht und klopfte. Von drinnen hörte er ein energisches „Herein!". Heinrich drückte die leicht klemmende Tür kräftig auf und stand in einem von Kerzen und einem Kaminfeuer warm erleuchteten Raum. In einem rustikalen Schaukelstuhl saß Horst Adelmann, leger gekleidet, vor dem Kamin. In seinem hellblauen Pullover und den dunkelblauen Jeans wirkte er ein wenig wie eine andere Person, denn normalerweise kannte man Adelmann nur in Anzügen. „Gut, dass du kommst, Hansjörg. Heinrich hängte seine Jacke an eine aus dem Geweih eines kapitalen Hirschs gefertigte Garderobe, wandte sich einem kleinen Fenster links neben der Eingangstür zu und zog mit zwei schnellen Bewegungen die kurzen roten Vorhänge zu. Dann griff er sich mit einer Hand einen der Holzstühle aus der Essecke und stellte ihn dem Schaukelstuhl Adelmanns gegenüber vor den Kamin. „Tut mir leid. Ein Bus ist ausgefallen. Ich musste deshalb 20 Minuten warten."

„Kauf dir doch endlich mal ein Auto", brummte Adelmann. Das Kaminfeuer knisterte und verbreitete eine wohlig-warme Atmosphäre in der Hütte. Adelmann hatte sie von seinem Vater, einem leidenschaftlichen Jäger geerbt, konnte aber zunächst nicht viel damit anfangen. Die Forstbehörde behauptete, die Hütte sei vor dem Krieg ohne Genehmigung errichtet worden und wollte sie abreißen. Adelmann versuchte erst, gerichtlich dagegen vorzugehen. Aber die Sache zog sich hin. Schließlich lernte er den Leiter der zuständigen Behörde persönlich kennen. Der war nämlich langjähriges SPD-Mitglied und mit seiner Familie gerade nach Frohnau gezogen. Adelmann zog seine Klage zurück, und das Forstamt verlor sein Interesse am Abriss der Hütte. Im Gegenteil. Offiziell avancierte sie zum forstlichen Gerätelager und wurde auf Kosten der Verwaltung aufwändig saniert. Dabei waren die Besitzverhältnisse nach wie vor ungeklärt. Adelmann jedenfalls ging weiterhin davon aus, dass der Bau ihm gehörte. Schlüssel zur Hütte besaßen nur er und der Forstamtsleiter.

Auf der Rückseite des rustikalen Gebäudes fand sich ein Schuppenanbau, in dem die behördlich registrierten forstwirtschaftlichen Geräte standen. Adelmann störten sie nicht weiter. Er nutzte das Haus als persönliches Rückzugsgebiet. Nur sehr wenige Vertraute wussten von dieser Hütte. Eine Einladung dorthin war die größte Ehrerbietung, die Adelmann aussprechen konnte. Heinrich hielt Adelmanns geheime Treffen in der Jagdhütte für einen Spleen, äußerte sich jedoch nicht darüber. Adelmann war schließlich mit ihm verwandt und durfte so viele Spleene haben, wie er wollte.
„Die Situation ist ein bisschen unübersichtlich geworden. Der Pakt mit Gessler steht. Das war eine mühsame Geschichte. Und da kommt dieser Trampel von Schiederkorn und meldet ganz unverfroren irgend welche Ansprüche an. Aber das weißt du ja schon."
„Ja, Horst", erwiderte Heinrich nüchtern.
„Leider hat sich die Sache schon herumgesprochen. Und das bedeutet, dass die Leute nervös werden. Nicht nur Gessler, der um seinen fein aus tarierten Vertrag bangt, der seinen Leuten einige Posten mehr einbringt, als sie bisher hatten. Gessler kann man sicherlich erst mal beruhigen. Aber die Jungen scharren mit den Hufen. Aus allen Ecken werden neue Forderungen laut. Natürlich von denjenigen, die sich in unserem schönen Vertrag nicht ausreichend berücksichtigt sehen. Einzelne Leute, Gruppen oder Abteilungen fordern zusätzliche, möglichst öffentliche Posten. Hier noch ein Bürgerdeputierter, dort noch ein Bezirksverordneter. Demnächst bekommen wir sicher noch ein paar Möchtegern–Abgeordnete. Dabei ist das alles noch viel zu früh. Aber wart mal ab, wie die erst schreien werden, wenn sie sich durch die Ergebnisse der Parteiwahlen bestätigt fühlen können."
„Ich sehe das nicht so, Horst. Unzufriedene gibt es immer vor Wahlen. Und erst recht danach."
„Das hat mir noch nie Sorgen bereitet, wenn die Mehrheitsverhältnisse klar sind. Aber diesmal liegt die Sache anders. Die Rechte ist schwach, das weißt du. Wir haben einfach zu viele faule Schweine in unseren Reihen. Die denken, Politik macht sich von allein. Und es reicht, gelegentlich die Visage zu zeigen und verbal den forschen Salon–Bolschewiken zu

geben, damit sich alles findet. Hof halten und jovial grüßen. Das allein ist doch keine Politik. Wen hab ich denn von unseren Damen und Herren Abteilungsvorständen zuletzt mal an einem Infostand gesehen? Sonnabends, 10 Uhr, ist den Herrschaften zu früh. Wenn es dann aber ums Verteilen von Posten geht, da sind sie alle schnell dabei, sag ich dir. Das sind keine Vorbilder mehr. Da werden auch keine neuen Genossen mehr geworben. Und die Jugend, die bleibt ganz weg oder geht gleich zu den Linken. Und wenn die Linke plötzlich ein Wahlkampfthema bekommt, mit dem sie auch bei der Mitte punkten kann, na dann Prost Mahlzeit! Wenn die plötzlich auf die Idee kämen, sie bräuchten unseren Vertrag gar nicht. Dann wird in den Abteilungen gewählt, und Reinickendorf ist plötzlich links. Dann sägen sie Gessler ab, weil der ja sein Wort nicht brechen kann und nicht brechen würde. Und dann haben die eine neue Leitung und sagen uns: Vertrag? April, April! Den hast du mit Gessler gemacht. Aber wir haben mit Gessler nichts am Hut. Denn Gessler ist nicht mehr aktuell. Wir gehen einfach mal nach der Mehrheit und wählen durch ... Dann sind wir am Arsch, mein Lieber. Und ich kann mir den Bezirksbürgermeister in den Schornstein schreiben."
Adelmann hatte sich richtig in Rage geredet. Jetzt entstand ein Moment Stille, bevor Heinrich vorsichtig antwortete.
„Mein Gott, Horst. Ich kann mich gut erinnern, dass du immer vor Parteiwahlen solches Muffensausen hattest. Aber meistens geht dieser Moment auch schnell wieder vorüber."
„Da magst du prinzipiell Recht haben. Aber jetzt irrst du dich. Vor den letzten Wahlen war die Ausgangslage eine ganz andere. Ich wollte nur Abteilungsvorsitzender bleiben und stellvertretender Kreisvorsitzender werden. Diesmal geht es um sehr viel mehr, wie du weißt. Und Krieckelstein war damals noch voll auf dem Posten und absolut zuverlässig. Der konnte mit einer flammenden Rede eine ganze Versammlung auf seine Seite ziehen. Aber du weißt selbst, wie er sich verändert hat. Er hat gesundheitliche Probleme, ist frustriert und demotiviert. Er ist nur noch ein Schatten seiner selbst."
„Wozu du ja nicht unmaßgeblich beigetragen hast", bemerkte Heinrich süffisant. „Ich wundere mich überhaupt, dass du ihn auf seinem Posten belassen hast."

„Das kann ich dir ganz genau sagen. Du weißt doch, wie knapp das Abstimmungsergebnis war, als es um den neuen Kreisgeschäftsführer ging. Ich hatte eigentlich mit einer größeren Mehrheit für Marianne Schmidt gerechnet. Das tatsächliche Ergebnis ließ mich ein wenig stutzig werden. Einige Genossen hatten sich wieder einmal als nicht sehr zuverlässig präsentiert. Mit denen musste ich erst mal Tacheles reden. Krieckelstein hat das zum Glück nicht mitgekriegt. Der war am Boden zerstört. Wenn der gewusst hätte, wie wacklig meine Mehrheit war, wäre vielleicht alles anders gelaufen. Ich kann mich an Zeiten erinnern, da war Krieckelstein ein Orkan. Aber nach dieser Niederlage hat er es endgültig aufgegeben, mit den Linken zu liebäugeln. Natürlich hätte ich nachtreten können. Aber du weißt, Hansjörg, ich bin ein friedlicher Mensch, auf Harmonie bedacht. Und Loyalität ist mir ein sehr hohes Gut. Ohne Loyalität könnte die Partei überhaupt nicht funktionieren. Also habe ich ihn dazu überreden lassen, auf seinem Posten zu bleiben. Denn, was wäre passiert, wenn er jetzt zurückgetreten wäre? Es hätte um diesen Posten zur Unzeit eine Diskussion gegeben. Nein, nein, Hansjörg. Ich muss unsere Leute erst mal wieder sammeln und einigen die Hosen stramm ziehen, damit sie wieder spuren und mitziehen."
„Manchmal verstehe ich deine Taktik wirklich nicht, Horst. Erst startest du deine Kreiskarriere auf Krieckelsteins Ticket. Dann überwerft ihr euch und niemand weiß, warum. Du erklärst mir sogar, Krieckelstein sei drauf und dran, uns an die Linken zu verraten. Und jetzt, wo Krieckelstein echt am Ende ist, da lässt du ihn im Amt."
„Krieckelstein hat ja nicht bewusst Verrat begangen. Er war von der fixen Idee infiziert, die Partei müsse die Flügel überwinden, und das könne man nur, wenn man dem politischen Gegner in Sachen Vertrauen entgegen komme. Gessler hat diesen Spleen schnell mitbekommen und ist immer wieder darauf herumgeritten. Natürlich nur unter vier Augen mit Krieckelstein. Er hat nur auf den Moment gelauert, an dem ihm Krieckelstein die Friedenspfeife anbieten würde – und damit gleich den ganzen Kreisvorstand dazu. Plötzlich bestand die Gefahr, dass die Linke auf kaltem Wege die Mehr-

heit im Kreisvorstand übernimmt. Und wenn sie so in die Parteiwahlen gegangen wäre, hätte sie die Bedingungen diktiert, nicht ich, verstehst du?"
„Du hast ja Recht."
„Nun ist die Zeit der Ablösung aber bald gekommen. Und bis dahin wird sich Krieckelstein keine Eigenmächtigkeiten mehr leisten. Da sei die Genossin Schmidt vor."
„So kenne ich dich, Horst. So wollen wir dich sehen."
„Und von wegen Fracksausen. Ich wollte nur mal die Unke spielen, um auch den Negativfall durchdacht zu haben. Man sollte auf alles vorbereitet sein, um keine unliebsamen Überraschungen zu erleben."
„Aber es gibt doch keinen Grund für deine heutige Unkerei."
„Das sehe ich ganz anders. Unsere Partei ist seit Monaten einem regelrechten Andrang junger Leute ausgesetzt. Angefangen hat das mit der heftigen Diskussion über die Ostverträge. Und durch diesen schmierigen CDU–Barzel, der unserem Willy ans Leder will. Du kannst darauf wetten, dass ein Großteil dieser jungen Neumitglieder bei der Linken unterschlüpfen. Das Kräfteverhältnis ändert sich derzeit laufend zu unseren Ungunsten. Was meinst du wohl, warum ich diesen blöden Gessler schon seit Monaten verbal nur noch streichele. Der merkt jetzt erst, dass sein Verein viel stärker ist, als noch vor Jahresfrist. Aber diese Junglinken sind mit den Gepflogenheiten der Partei noch nicht so vertraut."
„Genau! Die haben noch keine Erfahrung und kennen auch die kleinen Kunstkniffe der Parteiarbeit noch nicht. Also, ich sehe da keine große Gefahr."
„Ich glaube, du bist völlig auf dem Holzweg. Die werden uns mit ihrer Euphorie und Naivität einfach überrollen. Ganz ohne Skrupel. Wie eine kleine Kulturrevolution. Und eine Parole haben sie auch schon. Die ist gleichzeitig Programm und so schlicht und klar, dass sie mir Angst macht."
„Und wie lautet diese Parole?"
„Wer Frohnau kippt, kippt Reinickendorf. Und wer Reinickendorf kippt, kippt Berlin."
„ ...und morgen die ganze Welt", grinste Heinrich.
„Denk mal über diesen Satz nach. Das ist nichts anderes als die Ankündigung eines politischen Massakers", schob Adel-

mann nach. „Und jetzt sage ich dir noch etwas. Diese Frohnauer-Wald-Geschichte schmeckt mir gar nicht, weil das ein Thema ist, das man sowohl links als auch bürgerlich angehen kann. Es besteht also die akute Gefahr, dass die Linke damit auch bei der Mitte punktet. Wenn sich sogar schon die Steglitzer Genossen darüber Sorgen machen ..."
„Und was sollen wir deiner Meinung nach machen? Auf das Thema aufspringen oder es bekämpfen?"
„Das Aufspringen würde man uns vielleicht nicht abkaufen. Und wenn wir das Thema ablehnen, besteht die Gefahr, dass wir auf das falsche Pferd setzen. Wir sollten hier am besten die Aktivisten wohlwollend unterstützen, ohne uns selbst zu weit aus dem Fenster zu lehnen. Dann kriegen wir nichts ab, wenn die Linke mit dem Thema auf dem Bauch landet."
„Das würde aber an der Gesamtsituation nichts ändern."
„Da hast du völlig Recht. Deshalb entwickeln wir jetzt Plan B. Und Plan B heißt, dass wir selbst durchziehen. Wir fangen mal an zu ackern und versuchen, so viele Abteilungen wie möglich zu gewinnen. Wir brauchen Unterstützung. Wir brauchen Leute, die uns Abteilungen bringen. Dabei können wir nicht besonders wählerisch vorgehen."
„Hast Du da an bestimmte Personen gedacht. Was ist mit Koppler? Der hat lange nichts mehr für uns getan."
„Um Gottes Willen! Den versuche ich gerade aus der Schusslinie zu ziehen. Koppler ist spiel- und alkoholsüchtig. Außerdem ist seine Ehe am Ende. Bisher hatte ich den Mann immer unter Kontrolle. Aber seine Ausfälle werden immer schlimmer. Der Mann kommt nicht in Frage."
„Sonst fällt mir erst mal keiner ein."
„Wie wäre es mit diesem Hetzer aus der Abteilung Reinikkendorf-West. Der ist kein Linker. Dafür umso ehrgeiziger und abgebrühter. Wie der den alten Trauenfells als stellvertretenden Abteilungsvorsitzenden abgebürstet hat, das war schon was. Den schnappen wir uns."
„Aber der hat doch neulich im Kreisvorstand ziemlich viel Dresche gekriegt, oder?", gab Heinrich zu bedenken.
„Das hatte aber einen ganz anderen Hintergrund. Schiederkorn, der doch jetzt diese kleine blonde Jusa vögelt, hat sich beschwert, dass Hetzer dauernd sein Mädel telefonisch belä-

stigt, weil der ihr den versprochenen Bürgerdeputierten abschwatzen will. Das geht natürlich so nicht. Da mussten wir ihn im Kreisvorstand auf den Pott setzen. Das passte mir übrigens sehr gut ins Konzept. Dadurch haben wir den Genossen Hetzer gleich mal vom hohen Ross geholt. Der wird jetzt mehr Respekt haben vor den natürlichen Autoritäten, denke ich."
„Sonst kriegt er eine vor den Latz", meinte Heinrich, der Hetzer nicht mochte.
„Leider wird uns der allein nicht weiter helfen. Wir brauchen mehr von dieser Sorte. Du musst dich in den Abteilungen nach Talenten umsehen. Natürlich nur Leute mit anständiger Gesinnung, guten Manieren und Rückgrat. Leute, die noch was werden wollen. Solche Leute brauchen wir."
„Das schaffe ich nicht allein. Ich brauche Unterstützung."
„Ist mir völlig klar."
„Außerdem wird das nicht umsonst gehen, das weißt du."
„Na sicher. Alle, die uns voll unterstützt haben, bekommen einen Posten."
„Das bedeutet dann aber auch eine neue Politik gegenüber Schiederkorn."
„Ich finde ihn zu forsch, beinahe schon anmaßend. Er erkennt meine Autorität einfach nicht an. Aber wenn er zeigt, dass er dazu bereit ist, können wir ihn gut gebrauchen. Der Mann ist schließlich mit allen Wassern gewaschen", meinte Adelmann. „Ich möchte erst einmal wissen, was der Kerl vor hat."
„Und was hältst du von der Geschichte bei den Frohnauer Jusos?", schnitt Heinrich ein neues Thema an.
„Das sieht doch glatt so aus, als ob die sich kurz vor den Parteiwahlen heillos zerstreiten. Was Besseres könnte uns gar nicht passieren. Wenn ich es nicht genau wüsste, würde ich glatt vermuten, die bösen Rechten hätten da wieder die Hand im Spiel", freute sich Adelmann und drohte spielerisch mit dem Zeigefinger in Richtung Heinrich.
„Ich bin unschuldig, Chef. Wirklich! Aber du bringst mich glatt auf eine Idee. Das Spielchen ließe sich doch vielleicht in der einen oder anderen Abteilung wiederholen, oder?"
„Du hast Recht. Lass uns noch ein bisschen Zwietracht sähen."

Aus scheinbar allen Himmelsrichtungen waren sie zusammengekommen und drängten sich in das Hinterzimmer der Kneipe „Zur Feuerwehr" nahe der Tegeler Feuerwache. Die Örtlichkeit war namensprägend, weil die Gruppe, die an diesem denkwürdigen Abend gebildet wurde, künftig innerparteilich nur noch als „die Feuerwehrleute" bezeichnet werden sollte. Aber das wusste an diesem Abend noch niemand. Viele Gesichter, die man bereits kannte, aber auch viele neue mischten sich unter die Gäste. Gegen 19 Uhr 30 platzte der Saal, ursprünglich für rund 50 Personen vorgesehen, aus allen Nähten. Aus Nebenräumen wurden weitere Stühle geholt, eine provisorische Garderobe eingerichtet – letztlich landeten Mäntel, Kutten, Jacken, Schals und Mützen auf einem großen Haufen in einer Ecke des Raumes. Am Vorstandstisch saßen Martin Rellingen und Udo Rösler. Als schließlich niemand mehr kam und der Kellner die erste Bestellrunde abgeschlossen hatte, erhob sich Rellingen mit einem Lächeln. „Liebe Genossen, wir haben zu diesem heutigen Termin eingeladen, um unsere Unzufriedenheit mit den politischen Kräfte- und Ränkespielchen zum Ausdruck zu bringen. Ich hätte niemals, wirklich niemals gedacht, dass unser kleiner Aufruf so einen Widerhall findet. Das zeigt uns, wie berechtigt unser Anliegen ist. Es zeigt eben auch eindrucksvoll die große Unzufriedenheit der Genossen mit ihrer Partei. Ich sehe, dass praktisch alle Reinickendorfer Abteilungen hier vertreten sind. Das ist sehr erfreulich und wird uns die Arbeit erleichtern. Am heutigen Abend wollen wir endlich mal zum Ausdruck bringen, was uns stinkt. Und dann wollen wir eine wie auch immer geartete Arbeitsgruppe auf die Beine stellen, die die Defizite und Probleme auflistet und uns beim Kreisvorstand Gehör zu verschaffen hilft. Sollten wir allerdings über die Gründung einer solchen Arbeitsgruppe keinen Konsens finden, dann beenden wir die Sache auch mit dem heutigen Abend wieder. Dann bleibt der Abend ein Ereignis, auf dem ausnahmsweise einmal Tacheles geredet werden konnte. Auch das ist schon etwas wert in einer Partei der stromlinienförmigen Statements. Bevor wir mit einer hoffentlich lebhaften Diskussion beginnen, möchte ich noch mal an den Auslöser für die heutige Einladung erinnern. Das war die Jahreshauptversammlung der Frohnauer Jusos. Dort war gefordert worden, dass diejenigen, die auf einer Juso-Liste für bestimmte Positionen nominiert werden, sich vorher einer politischen Befragung zu unterziehen hätten. Diese Forderung wurde von einigen als Gesinnungsschnüffelei zurückgewiesen. Es kam deshalb zu einem spektakulären Auszug aus der Versammlung. Viele von denen, die damals dabei waren, sind heute hier im Saal. Wir haben regelrecht die Schnauze voll von politischer Bevormundung und von der seit Jahren üblichen Schwarzweißmalerei – hier Linke, dort Rechte. Wir wollen unsere politische Meinung in der Partei ungefiltert einbringen, ohne zuvor unseren Clubausweis zücken zu müssen. Und diese Meinung soll sich auch schon mal von der offiziellen Linie unterscheiden dürfen. Eine Partei, in der nicht mehr offen diskutiert, in der nicht ehrlich um die besseren politischen Ideen gerungen wird, liebe Genossen, eine solche Partei ist tot. Wir aber fühlen uns viel zu lebendig und hätten auch keine Freude an der Rolle des Totengräbers", schloss Rellingen. Der Saal reagierte mit heftigem Applaus.

„Lieber Genosse Rellingen", meldete sich Jörg Mellert zu Worte. „Ich bin gerade vor wenigen Monaten in die SPD eingetreten. Nicht zuletzt deshalb, weil ich dachte, eine Partei sei genau die richtige Institution, um über Politik zu diskutieren und sich mit eigenen Ideen einzubringen. Jede Generation hat ihre eigenen Ideen und Vorstellungen, sollte auch ihren Beitrag zum gesellschaftlichen Fortschritt leisten. Das hat in der Vergangenheit freilich nicht immer so geklappt. Aber umso wichtiger ist es, dass man sich in der Demokratie engagiert. Von diesen hehren Vorsätzen bin ich inzwischen ziemlich runter. Ich hoffe, wir schaffen hier die Wende."
„Danke, Genosse", antwortete Martin Rellingen. „Wer möchte dazu etwas sagen?"
„Ich sehe das ähnlich. Was mir auf den Geist geht, ist dieses Links-Rechts-Gezerre. Wenn man mal nachfragt, steckt meist inhaltlich nichts dahinter. Die Leute wissen gar nicht, warum sie links oder rechts sind", schimpfte Rösler und machte eine provozierende Bewegung mit seiner halb geöffneten rechten Hand, was große Belustigung im Saal hervor rief.

„Lieber Genosse Rösler. Ich weiß ja, dass du gern provozierst. Aber ich glaube, das innerparteiliche Sexualleben sollte vielleicht nicht Gegenstand unserer Betrachtungen sein", tadelte Rellingen mit einem Grinsen. Im Übrigen weise ich darauf hin, dass wir natürlich davon ausgehen müssen, dass alles, was hier heute Abend zur Sprache kommt, spätestens morgen bei den führenden Genossen von Links und Rechts angekommen sein wird. Jeder muss hier selbst wissen, was er verantworten kann, um ein eventuell geplantes Fortkommen in der Partei nicht zu gefährden", erklärte Rellingen.
„Ich lass mir von niemanden den Mund verbieten. Jetzt nicht mehr", platzte es aus einem etwa 25 Jahre alten Mann heraus, der in seiner grünen Kutte in der dritten Reihe saß. Von seinem Umkreis erntete er dafür heftige Zustimmung.

Der Raum war inzwischen so verqualmt, dass man vom Podium aus die hinteren Reihen nur noch schemenhaft erkennen konnte. „Kann nicht mal jemand ein Fenster aufmachen. Wir ersticken hier bald", forderte Rellingen. Auf beiden Seiten des Saales wurden Fenster halb geöffnet. Als sich die Szene wieder beruhigt hatte, stand ganz hinten eine zierliche brünette Genossin auf und begann mit weicher Stimme zu reden: „Das ist ja ganz schön und gut mit dieser neuen Gruppe. Aber, Genossen, glaubt ihr wirklich, dass der Kreisvorstand, mit unserer Gruppe reden wird? Die werden uns einfach ignorieren. Dann haben wir hier zwar einen tollen Debattierzirkel, aber ändern wird sich gar nichts."
„Ich finde deinen Einwand sehr berechtigt", sagte Rellingen.
In der ersten Reihe meldet sich Detlef Lesczak: „Ich meine, dass diese Versammlung nur dann einen Wert hat, wenn wir Konsequenzen ziehen. Wir brauchen etwas Dauerhaftes, eine eigene Gruppe, eine eigene politische Heimat, die weder links noch rechts ist. Wir sind die neue Mitte der SPD, und wir lassen uns nicht mehr von Links oder Rechts herumschubsen, benutzen und als Mehrheitsbeschaffer missbrauchen. Schluss damit!", beendete Lesczak eine flammende Rede, die von starkem Applaus abgelöst wurde.

Alles Wichtige, das den Anwesenden auf den Nägeln ge-

brannt hatte, war gesagt. Nach einer dreistündigen turbulenten Sitzung fasste Rellingen die Ergebnisse zusammen. „Wenn wir heute Abend diese Gruppe per Akklamation und nahezu einstimmig gegründet haben, dann dazu, weder links noch rechts zu sein. Wir können mit einiger Berechtigung behaupten, die neue Mitte zu sein, die sich den Mund nicht verbieten lässt und den Geist nicht vor jeder Parteiversammlung an der Garderobe abgibt. Die neue Mitte, die die starren Fronten aufbricht und für frischen Wind sorgt. Und diese neue Mitte wird gehört, wenn sie Gewicht hat. Und wie bekommen wir Gewicht? Durch Stimmen natürlich – wenn die Partei unsere Kandidaten wählt. Also werbt für die neue Mitte, stellt Kandidaten auf und tut alles, damit sie gewählt werden. Wir treffen uns dann zum Bilanzieren wieder, wenn die Parteiwahlen in den Abteilungen durch sind."
Manteuffel war unwillig und lustlos. Sie wusste inzwischen fast alles über die kleine Palastrevolution, die sich vor der letzten Parteiwahl in der Reinickendorfer SPD ereignet hatte. Recht interessant. Sollte man mal in einem Kreis von Politologen, Historikern und Psychologen wissenschaftlich untersuchen und die Ergebnisse publizieren, etwa unter „Die Tegeler Kulturrevolution von 1971 und ihre Auswirkungen auf die europäische Arbeiterbewegung". Aber mit meinem eigentlichen Thema hatte das Ganze doch wohl wenig zu tun, dachte sie. Manteuffel war unsicher, wie sie weiter verfahren sollte. Die Partei und ihre Mitglieder stellten sich im Zuge ihrer Recherchen als ein sehr komplexes und vielfältiges Gebilde heraus, und auf ihre Fragen hin sprudelte es aus vielen Mitgliedern nur so heraus wie aus einer frisch angebohrten Ölquelle. Dem Wust an Informationen konnte Manteuffel nur mit Galgenhumor und dem Ausweichen ins Spekulative begegnen. Statt eine sehr lange und vielleicht auch etwas dröge Geschichte nach Faktenlage zu notieren, hatte man ja schließlich die Möglichkeit, die Geschichte so zu erzählen, wie man sie selbst am liebsten gehört hätte.
Mit einigem Erstaunen registrierte Ulrike Manteuffel, dass auch Eva Adelmann an dieser legendären Versammlung teilgenommen hatte. Mehr noch: Sie hatte anschließend sozusagen eine Privataudienz beim neuen Politstar Dr. Martin

Rellingen bekommen. Näheres darüber war zunächst nicht in Erfahrung zu bringen. War Eva Adelmann lediglich als Spionin unterwegs gewesen, oder hegte die Frau etwa echte Sympathien für Rellingen und die neue Mitte ...?

Die Bushaltestelle an der Heiligenseestraße lag mitten im Wald. Kolonnen von Autos zogen an Hetzer vorbei. Er war allein. An dieser Haltestelle steht normalerweise niemand, dachte er. Es sei denn, ein Fahrgast will von Konradshöhe nach Heiligensee fahren. Dann müsste er an dieser Ecke umsteigen. Aber wer will schon ohne Auto von Konradshöhe nach Heiligensee oder umgekehrt? Adelmann hatte ihn angerufen und ihn ausnehmend freundlich um ein Gespräch gebeten. Es war eine große Ehre, als Nachwuchsmann mit seiner kurzen Parteimitgliedschaft überhaupt vom „Fürsten" zur Kenntnis genommen zu werden. Aber hätte man sich nicht in einem Lokal treffen können oder bei ihm zu Hause? Plötzlich hielt ein nagelneuer schwarzer Mercedes 300 SE vor ihm. Surrend senkte sich das Spiegelglas der Beifahrertür, und Adelmann schaute durch die entstandene Lücke. Er forderte ihn auf einzusteigen. Als dieser die Tür geschlossen hatte, fragte Adelmann, ob Hetzer lange hatte warten müssen.

„Nein, Genosse Adelmann. Sie sind ja auch sehr pünktlich", antwortete dieser.

„Das ist Gewohnheit, Paul. Ich habe festgestellt, dass es gelegentlich ausreicht, nur fünf Minuten zu spät zu kommen, um das Wichtigste zu verpassen. Das ist eine Erfahrung, die man in der Partei macht. Ich komme seitdem nie zu spät. Und übrigens – in der Partei duzt man sich. Ich heiße Horst."

„Danke Genosse. Das ist etwas, an das ich mich teilweise noch gewöhnen muss."

„Du gehst noch zur Schule, nicht wahr?

„Ja. Ich gehe aufs Gymnasium Reinickendorf und will im kommenden Frühjahr mein Abitur machen. Es sieht ganz gut aus. Anschließend möchte ich Jura studieren, denn nichts ist wichtiger auf dieser Welt als Gerechtigkeit."

Dem konnte Adelmann nur zustimmen. Er nickte anerkennend und lobte Hetzer für dessen Pläne. Denn ein Jurastu-

dium, ließ er durchblicken, sei auch gut für die Parteikarriere. Was die Parteikarriere betraf, gab sich Hetzer zurückhaltend. Er müsse zunächst noch Eindrücke und Erfahrungen sammeln, bevor er sich dazu entscheiden könne, meinte er.
„Das ist gut und richtig. Erfahrung kann man in der Politik nie genug haben. Aber du musst hier dein Licht nicht unter den Scheffel stellen. Kein Jahr dabei, und schon bist du stellvertretender Abteilungsvorsitzender. Du weißt sicher, dass das nicht so oft vorkommt."
„Ja, das habe ich gehört. Ich bin aber nur zufällig zu dem Amt gekommen. Bei uns in der Abteilung gibt es kaum Aktive."
„Politik hängt immer von den handelnden Personen ab. Die Wahrheit sieht nämlich ein wenig anders aus, als sie sich Marx seinerzeit pseudowissenschaftlich zurechtgebogen hat. Der behauptete nämlich, das Sein bestimme das Bewusstsein. Und jetzt merken wir, dass es genau umgekehrt ist. Politik, also richtige Politik, entsteht aus Parteiarbeit – da steckt das Wort Arbeit drin. Und Arbeit wird von Menschen geleistet, von Individuen. Das muss man erst mal begreifen."
„Ja, das habe ich schon gemerkt. In meiner Abteilung bleibt fast alles an mir hängen."
„Siehst du, Paul. So geht es eben nicht. Du musst lernen, andere mit in die Verantwortung zu nehmen."
„Leichter gesagt als getan."
„Du musst ihnen etwas in Aussicht stellen. Natürlich kannst du deine Helfer nicht bar bezahlen. Denn was wir tun, ist ja ein Ehrenamt. Du kannst ihnen nur die Aussicht vermitteln, an deinem – auch durch ihre Arbeit – wachsenden Einfluss teilzuhaben. Und Paul, das sage ich dir gleich, du solltest auf keinen Fall geizig sein deinen Helfern gegenüber. So etwas rächt sich meistens."
„Das sehe ich genauso. Ich habe aber schon ein Problem."
„Ich weiß genau, was du meinst. Lass uns doch bei mir zu Hause zu diesem Thema kommen. Wir sind auch gleich da."
Nach einem längeren Abschnitt auf einer teils kurvigen Betonpiste durch den Wald, der sogenannten Franzosenchaussee, war Adelmann inzwischen nach Frohnau hinein gefahren, hatte die westliche Hälfte der Gartenstadt durchquert, war über die beiden Plätze gerollt und vom Zeltinger

Platz nach rechts in den von hohen Straßenbäumen beschatteten Edelhofdamm eingebogen. Jetzt verlangsamte er das Tempo und bog mit Schrittgeschwindigkeit in eine Auffahrt ein. Ein doppelflügeliges Gartentor stand bereits offen, so dass Adelmann nicht anhalten musste. Dahinter senkte sich die Zufahrt zum Kellergeschoss einer zweistöckigen weiß und ocker abgesetzten Villa hinab, wo bereits eine große Öffnung auf eine Doppelgarage hinwies. Vorsichtig steuerte Adelmann die Limousine hinein und stoppte neben einem dunkelblauen Volkswagen kurz vor der weiß gekalkten Rückwand. „Wir sind da", rief er gut gelaunt, stieg aus und betätigte einen Schalter an der Seitenwand. Im selben Moment glitt das Rolltor der Doppelgarage langsam herab, und die Deckenbeleuchtung schaltete sich ein. Adelmann öffnete eine Tür neben dem Schalter und winkte Hetzer, der noch auf der anderen Seite des Wagens stand. Dieser folgte Adelmann durch einen Kellergang, der an einer Treppe endete. Schließlich öffnete Adelmann eine Tür, die offensichtlich direkt in den Flur neben der Eingangstür der Villa mündete. „Leg ab", forderte Adelmann. Jetzt öffnete er eine weitere Tür, die ins Wohnzimmer führte. Ein großes Fenster gab den Blick auf einen äußerst gepflegten Garten frei. In einer Ecke entdeckte Hetzer einen liebevoll gedeckten Esstisch. „Unser Kaffee ist gleich fertig", forderte ihn Adelmann zum Platz nehmen auf. „Du trinkst doch Kaffee? Was hältst du von einem Stück Apfelstrudel dazu? Selbst gebacken von meiner Frau."
Hetzer willigte begeistert ein.
Nachdem alles aufgebaut war, wartete Adelmann darauf, dass Hetzer zugriff. Sobald er den ersten Bissen im Mund hatte, startete Adelmann seinen Überfall. „Was denkst du Paul, warum ich dich heute zu mir gebeten habe?"
„Nun, vielleicht hast du ja von meinen Personalproblemen gehört. Ich bin froh, dass du dich selbst darum kümmerst."
„Ich glaube nicht, dass das bei meinen Überlegungen im Mittelpunkt stand. Aber gut, was sind das für Probleme?"
„Ich schaffe die Arbeit nicht mehr. Mein Vorsitzender ist eine faule Socke. Der hat mich nur in die Position seines Stellvertreters gehievt, um jetzt die Beine hoch legen zu können. Vorher hat er wenig getan, jetzt tut er gar nichts mehr."

„Hmm, du sprichst vom Genossen Josef Strickler. Ich schreibe das deiner Unerfahrenheit zu. Aber Josef Strickler ist ein langjähriger, sehr verdienter Genosse. Ihm muss man auch mal eine kleine schöpferische Pause zugestehen."
„Diese schöpferische Pause hält jetzt aber schon ziemlich lange an."
„Was hat jetzt der Genosse Strickler mit deinem konkreten Problem zu tun?", fragte Adelmann.
„Du hast ja vorhin selbst gesagt, dass sich nichts von allein macht in der Partei. Man kann nicht alles selbst erledigen. Man braucht Helfer, und die Helfer wollen Verantwortung tragen. Also habe ich einige sehr engagierte Genossen sozusagen verpflichtet. Und für die brauche ich natürlich entsprechende Positionen."
„Ja, leuchtet mir ein."
„Den einen wollte ich zum Beispiel Erfahrungen als Bürgerdeputierten sammeln lassen, damit wir ihn später für die BVV nominieren können. Aber angeblich steht unserer Abteilung kein Bürgerdeputierter zu, sagt Strickler. Begründen konnte er dies allerdings nicht."
„Nun, wenn der Genosse Strickler das sagt, dann wird das schon seine Richtigkeit haben. Denn der Genosse Strickler mag aus deiner Sicht vielleicht ein wenig amtsmüde sein, schlecht informiert ist er gewiss nicht. Und zur Erklärung kann ich dir nur sagen: die Partei besteht nicht nur aus deiner Abteilung, lieber Paul. Posten bedeuten Einfluss. Und Einfluss will verteilt sein, das hast du schon richtig erkannt. Einfluss ist das Gut mit dem wir arbeiten, bisweilen auch handeln. Du kannst dir sicherlich vorstellen, dass viele in der Partei nach Einfluss und Verantwortung streben. Aber man muss mit diesem wertvollen Gut sorgfältig umgehen. Die Verteilung von Einfluss gehört zur hohen Kunst der Politik. Und so, wie man diese Kunst erst erlernen muss, so muss man sich den Einfluss auch verdienen". Adelmanns Stimme wurde nachdrücklich. Er setzte fort. „Einfluss ist an Personen gekoppelt. Wer teilhaben möchte, muss sich mit denen auseinandersetzen, die darüber verfügen. Das kann man auf unterschiedliche Art und Weise tun. Man kann sich zum Beispiel einen feuchten Kehricht um solche Theorien scheren und einfach drauflos agieren. Oder man ist klug, holt sich die nö-

tigen Informationen und spricht mit den betreffenden Personen. Ich meine, das gebietet der Respekt vor diesen Personen. Verstehst du, was ich meine, Paul?"
„Ich denke schon", antwortete Hetzer vorsichtig. „Aber bisweilen klafft zwischen Theorie und Praxis eine Lücke."
„Richtig. Machen wir doch einfach mal ein kleines Frage- und Antwort-Spiel. Ein Abteilungsvorsitzender oder ein Stellvertreter sucht für einen Mitarbeiter eine Position auf Kreisebene. Ich meine, es ist schon sehr gut, dass diese Person überhaupt so handelt. Wenn man an seine Freunde denkt, ist das eine hervorragende Voraussetzung für ein Weiterkommen. Nur, der gute Wille allein genügt aber nicht. Man muss es auch richtig machen. Was soll er also tun, unser fiktiver Vorsitzender? Antwort A: Er spricht den zuständigen Genossen im Kreisvorstand an und handelt mit ihm das Gewünschte aus. Antwort B: Er versucht auf eigene Faust Genossen aus anderen Abteilungen eine Kandidatur für den gewünschten Posten auszureden, um seinem eigenen Kandidaten die Chancen zu verbessern. Nun Paul, was meinst du – welche wäre denn wohl die richtige Antwort?", fragte Adelmann mit leiser Schärfe im Unterton.

Sein Blick schien Hetzer zu durchbohren. Das war, merkte Hetzer, kein lustiges Frage-und-Antwort-Spiel, sondern die Gretchenfrage, die über seinen weiteren Weg in der Partei entscheiden konnte. Natürlich wusste er die Antwort, die Adelmann erwartete. Doch der erwartete viel mehr als eine einfache Antwort auf eine einfache Frage. Er erwartete die Unterwerfung. Er erwartete Hetzers Bekenntnis zum System von Befehl und Gehorsam und seinen Eintritt in die Gruppe. Hetzer wusste, dass er sich an dieser Stelle nicht mehr mit einer flapsigen Bemerkung aus der Affäre ziehen konnte. Sein Bekenntnis musste echt, wahrhaftig und ehrlich sein. Adelmann würde ihn sonst fallen lassen.
„Genosse Adelmann, der beschriebene Genosse muss auf jeden Fall mit den zuständigen Genossen über den Fall sprechen. Und ich denke, dass sich dann auch eine für alle befriedigende Lösung findet."
„Du hast völlig Recht. Und ich bin sehr froh, dass du nicht den

anderen Weg gehen würdest. So habe ich dich doch eben richtig verstanden, oder?", fragte Adelmann jetzt mit einem leichten Lächeln im Mundwinkel nach.
„So habe ich es gemeint. Wenn es in der Praxis nicht immer in der beschriebenen Weise funktioniert, denke ich, könnte es daran liegen, dass die Handelnden vielleicht nicht über ausreichende Erfahrung in der Parteiarbeit verfügen."
„Das wäre eine logische und entschuldbare Erklärung. Manchmal müssen junge Genossen sich erst ein blaues Auge holen, um zu erkennen, wie es richtig funktioniert. Kannst du mir jetzt vielleicht noch eine weitere Frage beantworten?"
„Natürlich!"
„Gut, Paul. Lass uns doch ein wenig von der Theorie zur Praxis übergehen, wobei unser fiktiver Fall weiterhin die Grundlage bleiben soll. Was denkst du, wer wäre denn der geeignete Genosse im Kreis, den man mit einer solchen Problematik behelligen sollte?"
„Genosse Adelmann, das ist ja wohl ganz klar. In Reinickendorf würde ich mich mit einer solchen Problematik erst mal an dich wenden", erwiderte Hetzer lächelnd.
„Ich sehe, wir kommen voran. Jetzt will ich dir etwas vom Instrument der Abstimmung sagen. Demokratie bedeutet Herrschaft der Mehrheit. Mit Mehrheiten gewinnt man Abstimmungen. Diese sind dazu da, Dinge, die man durchsetzen will, zu fixieren. Wenn über etwas abgestimmt ist, ist das von allen Beteiligten zu akzeptieren. Man lässt abstimmen, damit etwas im eigenen Sinne geschieht. Dass also beispielsweise ein bestimmter Streitpunkt geregelt wird, dass bestimmte Personen bestimmte Positionen erlangen, und so weiter. Man arbeitet also auf eine Abstimmung hin, weil man sie gewinnen will. Wenn ich im Voraus weiß, dass ich die Abstimmung nicht gewinnen kann, dann wäre ich schön blöd, eine Abstimmung zu fordern. Im Gegenteil, ich würde Himmel und Hölle in Bewegung setzen, diese Abstimmung zu verhindern. Merke dir: Abstimmungen selbst kann man kaum beeinflussen. Die Arbeit für eine Abstimmung passiert im Vorfeld. Ich arbeite auf eine Abstimmung hin, versuche sie zu vermeiden oder fördere sie. So funktioniert Demokratie", schloss Adelmann seinen Vortrag mit einem beinahe gütigen Lächeln, um gleich

nochmals anzuheben. „Was meinst du, woran es liegen könnte, wenn man in einer Abstimmung von seinen Freunden nicht unterstützt wird?"
„Die Sache ist klar. Wer sich nicht an die Regeln der Gruppe hält, wird von ihr zur Ordnung gerufen", antwortete Hetzer.
Jetzt zeigte Adelmann ein breites Lächeln. „Ich sehe, du kennst dich aus", sagte er und klopfte Hetzer anerkennend auf die Schulter.

Doch Horst Adelmann war nicht der Einzige, der sich um den Nachwuchs kümmerte. Nachdem seine Frau Eva bereits ganz dezent an der Gründungsversammlung der „Feuerwehrleute" teilgenommen und sich anschließend mit Martin Rellingen getroffen hatte, schien ihr Interesse an dem jungen Akademiker weiter zu wachsen. Schon Tage später trafen sich die beiden auf Evas Wunsch zu einem Meinungsaustausch in einem Lokal in der berüchtigten Bleibtreustraße. Die Örtlichkeit biete die Gewähr, dort nicht von irgend welchen Genossen belästigt zu werden, hatte Eva erklärt. Es wurde ein sehr vergnüglicher Abend bei gutem Essen, noch besserem Wein und einer anregenden politischen Diskussion über die „neue Mitte" und das „System Adelmann". Eva gab sich charmant, fröhlich und zufrieden. Sie genoss die Gesellschaft des ebenso jugendlich-charmanten wie intellektuell brillanten Germanisten sichtlich. Und Rellingen fand diese Frau einfach unglaublich – schön, mutig, aber auch in hohem Maße undurchsichtig. Dummerweise war sie mit seinem politischen Erzfeind verheiratet. Ein Spiel mit dem Feuer. Seine politischen Eroberungen sollte Rellingen jedoch üblicherweise in seiner Hermsdorfer Villa machen. Das Haus avancierte zur Revolutionszentrale ...

Bewundernd betrachtete Detlef Lesczak das imposante Bücher- und Plattenregal. „Nach der Anzahl der Platten zu urteilen, bist du sicherlich eingefleischter Beatles-Fans. Da musst du jetzt wohl Trauer tragen, wo sich die Herren offiziell getrennt haben", provozierte Lesczak seinen Gastgeber. Martin Rellingen hatte Lesczak zu sich nach Hermsdorf eingeladen. Er hielt eine ganze Menge von dem jungen Tegeler, wollte ihn nicht nur als Gleichgesinnten und Verbündeten gewinnen, sondern auch zu seinem Vertrauten machen.

„Ja, das ist wirklich schade. Aber wer weiß, ob das letzte Wort schon gesprochen ist. Zu welcher Fraktion gehörst du denn?", wollte er von Lesczak wissen.

„Zur anderen. Ich habe mich auf dem Schulhof mit Beatles-Fans geprügelt."

„Soll heißen, Mick Jagger ist der Allergrößte für dich?"

„Mein unumstrittenes Idol. Zu meinem zwölften Geburtstag habe ich die erste Stones-Single von einem Klassenkameraden geschenkt bekommen – „Get off of My Cloud". Ich kannte damals nur „Satisfaction" und war sogar ein bisschen enttäuscht, dass ich nicht diese Platte bekommen hatte. Ein anderer Klassenkamerad schenkte mir „Wooly Bully" von „Sham The Sham and The Pharaohs" Das war damals – neben „Satisfaction" so eine Art Hymne von uns. Wir saugten alles auf, was wir über Beat und die Stones kriegen konnten, von Zeitungsartikeln bis zu irgend welchen Fernsehsendungen. Verwöhnt wurden wir dabei von den Medien nicht. Nur zweimal wöchentlich gab's eine Stunde Beat im Radio, ansonsten dudelten die fast nur Tanzmusik, deutsche Schlager und natürlich Klassik. Aber das weißt du ja auch. Und dass das Fernsehen bis auf den Beat-Club so gut wie nie was brachte, muss ich dir eigentlich auch nicht erzählen. Einmal, erinnere ich mich, war eine kurze Sequenz über die Stones im Dritten Programm. Es ging dabei, glaube ich, um die Vorbereitungen zu einer Plattenaufnahme im Studio. Vielleicht war es auch ein Ausschnitt aus „Ready Steady Go". In einer Szene jonglierte Mick mit einem Mikrophon. Also, der warf sich das Mikro von einer Hand in die andere – rasend schnell, so etwa wie ein Jongleur, der mit fünf Bällen gleichzeitig arbeitet. Ich erinnere mich noch genau, wie uns diese Szene faszinierte. Wir spielten selbst in einer Schülerband, und ein Mikrophon war für uns eine absolute Kostbarkeit. Heute ist mir diese Faszination, diese fanatische Anhängerschaft ein Rätsel, ja beinahe schon peinlich. Und auch Musik spielt für mich längst nicht mehr die gleiche Rolle wie damals. Aber über die Stones geht auch heute nichts."

„Gab es denn noch andere Idole außer den Rolling Stones?"
„Na ja, vielleicht die Birds, Beach Boys, Hollies, Manfred Mann und Dave Dee. Als eingefleischter Stones-Fan konnte man das aber nicht so einfach zugeben. Offiziell gab es nur Schwarz oder Weiß. Alles andere war grau und somit von minderer Qualität. Nur einmal geriet mein musikalisches Weltbild kurzzeitig ins Wanken. Da brachte der Beat-Club einen Film von einem Konzert in England. Eine riesige Halle, proppevoll, eine gigantische Bühne, darauf ein paar winzige Menschen – das Ganze wirkte in seinen Dimensionen wie ein Flugzeughangar. Die Halle tobte, die Band spielte einen Song, den ich noch nicht kannte. Die Gruppe hieß „Spencer Davis Group", und die Halle spielte verrückt. Einer dieser kleinen Männer auf der Riesenbühne trug eine weiße Gitarre. Aber das, was wirklich von den Sitzen riss, war die Musik – der Bass, das verzerrte Gitarrenmotiv und die Stimme eines gewissen Steve Winwood „Keep on Running". Härter, intensiver als alles, was ich bis dahin von den Stones gehört hatte. Ich dachte, die können tatsächlich den Stones das Wasser reichen. Aber kaum war Spencer Davis aus dem Nichts auf der Weltbühne des Beat erschienen, da verschwand die Gruppe auch schon wieder in der Versenkung." Mit verträumter Miene stöberte Lesczak in Rellingens riesigem Bücherregal. „Bei dir scheint ja der Schwerpunkt mehr auf der Literatur zu liegen", stellte er fest.
„Die deutsche Sprache ist meine Leidenschaft und meine Berufung. Demnächst wohl auch mein Beruf. Kaum zu glauben, dass ich als Jugendlicher fast nur Micky Maus gelesen habe. Aber dann machte ich im Bücherregal meines Vaters eine Entdeckung. Das einzige Buch, dessen Titelseite etwas comikhaftes hatte, ein echter Wälzer und schrecklich kompliziert. Ich glaube, ich brauchte ein halbes Dutzend Anläufe, bis ich es endlich durchgeackert hatte. Und das gab mir das bislang unbekannte Gefühl, etwas geleistet zu haben. Ein großartiges Buch, das mein Lieblingsbuch geblieben ist. Für mein Leben war und ist es ein Schlüsselbuch", sagte Rellingen lächelnd und zog mit sicherem Blick ein dickes Taschenbuch aus dem Regal. Die Blechtrommel.
„Ah, Grass. Ich muss zugeben, dass ich die Blechtrommel nicht kenne. Immerhin haben wir in der Schule „Katz und

Maus" gelesen. Das fanden wir alle recht amüsant. Aber ich würde mir deshalb noch kein Urteil über Grass anmaßen. Manche vergleichen ihn ja bereits mit Thomas Mann."

„So wie Mick mit Mikrophonen jongliert, so jongliert Grass mit Worten. Eigentlich jongliert er nicht, er zaubert mit ihnen. Er lässt sie verschwinden und wieder auftauchen. Er reißt sie auseinander und setzt sie wieder zusammen. Es ist wie Magie. Thomas Mann ist ein erstklassiger Erzähler aber kein Jongleur, kein Zauberer, wenn du verstehst, was ich meine", beendete Rellingen das Thema.

Dann fragte Lesczak seinen Gastgeber, wie dieser eigentlich Mitglied der Frohnauer SPD sein könne, obwohl er doch in Hermsdorf wohne. Rellingen grinste nur und erklärte, er habe früher in Frohnau gewohnt. Aber dann sei sein Vater gestorben und seine Mutter plötzlich ganz allein in diesem riesigen Haus gewesen. Das sei auf die Dauer nicht gegangen, und deshalb habe er umziehen müssen. Da er bei den letzten Parteiwahlen vor zwei Jahren Kreisdelegierter in Frohnau geworden war, durfte er als Funktionsträger in Frohnau bleiben. „Nach unserem Auszug bei den Jusos neulich habe ich allerdings die Konsequenzen gezogen, mich bei der Abteilung Frohnau ab- und hier in Hermsdorf angemeldet."

„Ach so ist das"

„Womit wir beim Thema wären, Detlef. Ich war schwer beeindruckt von deiner Rede auf unserer Gründungsversammlung. Wie schätzt du die Sache ein?"

„Das Tegeler Treffen war ein Riesenerfolg."

„Ja, und ein unerwarteter dazu", antwortete Rellingen. „Ich jedenfalls hatte nicht damit gerechnet, dass so viele Genossen kommen würden. Aber unter den Anwesenden waren sicherlich auch Spione."

„Ganz bestimmt. Aber die meisten sind wohl aus eigenem Interesse gekommen. Es macht doch keinen Sinn, Spione gleich im Dutzend zu schicken, oder? Kann es übrigens sein, dass Eva Adelmann auch da war? Ich glaube, sie saß ganz hinten in einer Ecke, wo man sie kaum wahrnahm", meinte Lesczak.

„Ja, ich habe sie auch gesehen. Aber ich würde das jetzt nicht groß verbreiten. So etwas erzeugt nur unnötige Unruhe unter den Genossen. Ich denke auch, es macht keinen Sinn, sich

über die Motive einzelner Gedanken zu machen. Wir wollen eine offene Arbeit, genau das, was Links und Rechts eben bislang nicht tun. Wir nehmen also jeden so auf, wie er ist und versuchen, das Beste daraus zu machen. Und deine Rede, um noch mal darauf zurück zu kommen, hat den Erfolg dieses Abends gesichert. "
"Ich fühle mich geschmeichelt, Martin. Aber das, was ich gesagt habe, war das, was ich dachte. Es war ehrlich gemeint."
„Das weiß ich, Detlef. Und es war genau das Richtige an dieser Stelle. Es traf den Nerv der Leute. Deshalb hat es so gewirkt. Wir wollen ja gerade ehrlich und authentisch sein."
„Ehrlich und authentisch ist gut. Aber es wird nicht reichen. Wir brauchen eine Strategie."
„Du sagst es. Wir brauchen eine Strategie, und wir brauchen gute Leute. Solange die Leute mich wollen, kann ich die Sache voranbringen. Aber ich will dich an meiner Seite."
„Oh, das kommt jetzt echt überraschend. Aber ich glaube, das würde mir Spaß machen", antwortete Lesczak. „Aber wir müssen uns legitimieren lassen, denke ich."
„Richtig und dann brauchen wir eine möglichst breite Basis. Alle Abteilungen müssen vertreten sein, damit die Informationen über unsere Gruppe auch entsprechend ankommen."
„Vielleicht sollten wir regelmäßig ein Infoblatt herausgeben, um ganz offen in der Partei über uns zu berichten", schlug Lesczak vor.
„Prima Idee, damit heben wir uns ganz bewusst von diesen anderen Vereinen ab, die das Meiste in kleinen Zirkeln und geheimen Kämmerlein abhandeln", nahm Rellingen den Vorschlag begeistert auf.
„Sollte es nicht Vertraute in den Abteilungen geben, die dann als Delegierte auf unseren Versammlungen fungieren?"
„Nein, unsere Treffen sollten offen für alle bleiben. Vertraute werden nur dann benötigt, wenn es beispielsweise um die Besprechung und Vermittlung unserer Strategie geht. Und natürlich sind diese Vertrauten auch erste Kandidaten auf unseren Listen für die Parteiwahlen.

Der schnelle Aufstieg der „Feuerwehrleute" löste bei Links und Rechts „Alarmstufe rot" aus. Einigen ging der Arsch sofort auf Grundeis, während besonnene Kräfte ihren Anhang zu mobilisieren versuchten und zur Mitarbeit aufforderten. Die Einzige, die die Entwicklung ganz entspannt sah, war Eva Adelmann. Die attraktive Frau Adelmann hatte ihren jugendlichen Parteifreund mittlerweile zu Hause besucht. Erst hatten sie – wie jedes Mal – ihre politischen Ansichten ausgetauscht. Und Eva Adelmann musste zugeben, dass sie sich mit den Feuerwehrleuten durchaus identifizieren konnte. Das durfte ihr Mann natürlich nicht erfahren. Auch von den Treffen sollte der Gatte besser nichts wissen. Er neigte nämlich zu Eifersuchtsanfällen. Dabei bestand dazu doch eigentlich überhaupt kein Grund. Eva und Martin plauderten, hielten Händchen und zum Abschied gab es ein harmlosromantisches Küsschen. Mehr nicht. Eva war darüber zwar ein bisschen enttäuscht. Doch sie musste zugeben, dass allein das Diskutieren mit Rellingen hundertmal erfrischender und ergiebiger war, als die Teilnahme an einer Sitzung der Adelmann-Runde. Die Typen, die sie dort antraf, fand Eva nur zum Weglaufen ...

Es wird Zeit, die Getreuen zu versammeln, dachte Adelmann. Gleichzeitig war ihm nicht ganz wohl bei dem Gedanken. Sie waren nicht gerade ein Verein von Idealisten und Gleichgesinnten, den man mit einer feurigen Rede und einem Appell an einstige Schwüre wieder auf Trab bringen konnte. Adelmann gab sich keinerlei Illusionen hin. Gleichgesinnt waren sie in gewissem Sinne schon, aber Idealisten? Alle wollten sie mehr oder weniger an der Partei partizipieren. Sie hielten sich und ihre spezielle Weltsicht für wichtig. Vor allem wollten sie etwas werden. Etwas, was ihnen in ihren Berufen, in ihrem sonstigen Leben nicht gelungen war. Sie wollten ein kleines Stückchen teilhaben an etwas, was Macht genannt wurde. Aber was war das eigentlich? Für die meisten doch nur ein Posten über anderen, von dem aus sie Weisheiten von sich und Weisungen an jemanden geben konnten. Da gab es Möchtegern-Bundeskanzler und Parteichefs, Volkstribune und Demagogen. Aber vor allem Verklemmte, Einfältige,

Rücksichtslose, Dumpfe und solche, die sich vom Leben nicht genügend gewürdigt sahen. Die meisten von ihnen hörten sich gern selbst zu. Wenn er an so aufgeblasene Frösche wie Karl Friedrich Diercker dachte, den schmierigen Autohändler und Wittenauer Abteilungsvorsitzenden, der seine Midlife Crisis nicht mehr nur auf sein Privatleben, sondern inzwischen auch auf die Partei projizierte. Es war anstrengend, wenn Diercker mit seinem Sprachfehler anhub, einen ganzen Saal in seinen Bann zu ziehen. Gelungen war es ihm noch nie. Ja, er würde mit Diercker, den alle nur noch „KiFi" nannten, reden müssen. Ursprünglich hatte Diercker bei den Genossen unter dem Kürzel „KaFri" – für Karl Friedrich – firmiert. Seine Umbenennung verdankte Diercker diversen Affären mit jungen Mädchen. Der 44jährige war glühender Elvis-Fan und dokumentierte dies auch im privatem Bereich mit entsprechender Frisur und Kleidung. Außerdem war er nicht nur von Berufs wegen ein Autonarr. Bei jeder Gelegenheit fuhr er mit Sportwagen seines Lieblingstyps Chevrolet Corvette durch die Gegend. Sein Autohandel lag in unmittelbarer Nähe einer Realschule. Dort rekrutierte Diercker vorzugsweise und immer wieder erfolgreich seine Bettgespielinnen, indem er mit einer Corvette und entsprechendem Getöse vorfuhr. Dierckers private Aktivitäten blieben natürlich auch den Parteimitgliedern nicht verborgen und verleiteten einen Genossen bei einer Sitzung zu der trockenen Bemerkung, der Genosse Diercker müsse wegen seiner Vorlieben von „KaFri" in „KiFi" umbenannt werden, wobei „KiFi" für „Kinderficker" stehe. Mit dieser Bemerkung hatte der Genosse nicht nur die Lacher auf seiner Seite. Die Wortschöpfung machte sofort die Runde und setzte sich fest. Mit der Zeit verselbständigte sich der Spitzname und ging in den allgemeinen Sprachgebrauch zahlreicher Genossen über, ohne dass sie noch genau wussten, was er eigentlich bedeutete. Seine Parteikarriere hatte KiFi mit einer großzügigen Spende in die Abteilungskasse gestartet. Diese Großzügigkeit hielt bis heute an. Wenn irgendwo ein Auto, vielleicht noch mit Fahrer benötigt wurde, genügte ein Anruf bei Diercker, und die Sache war geritzt.
Sprechen musste Adelmann auch mit Sarah Rupprecht, der „Grande Dame" der Reinickendorfer SPD. Sie hatte es einst

von der kleinen Sekretariatsmaus bis in den Deutschen Bundestag geschafft, was ihr die Bewunderung sämtlicher Genossinnen einbrachte. Davon zehrte sie mit Mitte 60 noch immer. Sarah Rupprechts hervorstechende Eigenschaft war die eines Schwammes. Alles, was ihr während ihrer langen und erfolgreichen Parteikarriere widerfahren war, hatte sie aufgesaugt und gespeichert. Dazu gehörten sowohl die offenen und geheimen Regeln der Parteiarbeit, die kleinen bis hinterfotzigen Tricks, aber auch sämtliche Kontakte, die sie im Laufe der Jahrzehnte knüpfen konnte. Sie verfügte über ein phänomenales Personengedächtnis und eine ebenso umfangreiche Kartei, in der hilfreiche Kontakte wie auch sämtliche in Reinickendorf und ein ganzes Stück darüber hinaus jemals entsorgte Karteileichen in Kopie abgelegt sein mochten, kurz: Sarah Rupprecht war eine mit allen Wassern gewaschene Frau. Mit ihren Fähigkeiten und ihrem legendären Charme hätte sie es noch mindestens eine Stufe höher bringen können. Allerdings hatte die Frau eine Schwäche für ihre große, weitläufige Familie. Irgendwann auf der Karriereleiter muss sie von einem Familienvirus befallen worden sein. Jedenfalls fing sie plötzlich an, Jobs und Posten für Kinder, Schwiegersöhne und Schwiegertöchter zu sammeln. Zunächst vermuteten die Genossen, Sarah Rupprecht hole zum ganz großen Coup aus und platziere die bucklige Verwandtschaft an den Schaltstellen, um den eigenen finalen Aufstieg abzusichern. Doch in dem Maße, wie sie Posten für die Angehörigen ergatterte, wurde sie zusehends angreifbar. Zunächst nur hinter vorgehaltener Hand keimte die Kritik an der „Rupprecht-Mafia" immer stärker auf. Erst ließ sich die „böse Sarah", wie sie zwischenzeitlich von Kritikern tituliert worden war, von den Anfeindungen nicht aus der Bahn werfen. Doch als sich die erklärten Rupprecht-Gegner schließlich zu einer richtiggehenden Fraktion zusammenschlossen und das rechte Lager zu sprengen drohten, griffen „unabhängige" Kräfte um Ralf Schiederkorn, Manfred Krieckelstein und Michael Krüger ein. Es gelang ihnen, Sarah Rupprecht in ihrer Postenjagd zugunsten der Familie zu bremsen und den Frieden im rechten Lager wieder herzustellen. Welche Zusagen dabei gemacht wurden, kam nie offiziell heraus und war monatelang Gegenstand heißer Spekulationen innerhalb der Berliner SPD. Sarah Rupprecht hielt sich an die Friedensvereinbarungen und im Kampf um die Posten nun sehr zurück. Bald sprach auch niemand mehr von der „bösen Sarah". Vielmehr begann sich die Aura einer weisen alten Dame um sie zu verbreiten, und unter den Genossen kursierte nun ein hochachtungsvolles „Lady Sarah". Zuletzt hatten die Genossen eine gewisse Parteimüdigkeit bei ihr festgestellt. Nach und nach gab sie einen Posten nach dem anderen ab und versuchte nur noch diese eigenen Positionen innerhalb des Clans zu verschieben, was aber nicht immer gelang. Schließlich war sie wieder an der Parteibasis angekommen, strahlte gegenüber den jungen, ehrgeizigen Genossen eine Art parteiliche Altersmilde aus, förderte vermeintliche politische Talente nach Kräften und vermittelte Kontakte „nach oben". Den Rest ihres Ehrgeizes projizierte sie auf ihren jüngsten Sohn Rüdiger, einen in jeder Hinsicht blässlichen Typen. In der Partei hieß er nur „Knecht Rupprecht". Der sollte nun ihre letzte wichtige Position, den Abteilungsvorsitz in Reinickendorf-Ost übernehmen.

Manteuffel hatte jetzt eine kleinen Überblick über die möglichen Täter. Im Prinzip hatte jeder in der Partei, oder fast jeder einen Grund, Horst Adelmann zu hassen. Aber gleich umzubringen? „Lady Sarah" war eine solche Tat noch am wenigsten zuzutrauen. Eine Frau ihres Kalibers würde niemanden erstechen. Von ihrem Sohn wusste Manteuffel nur, dass er ein Muttersöhnchen war. Was die Linken anging, war sich die Redakteurin nicht sicher, und die „Feuerwehrleute" waren ihr zwar von der Sache her sympathisch, aber irgendwie ein Buch mit sieben Siegeln. Die Recherche musste also weitergehen. Sie hatte neben der täglichen Redaktionsarbeit schon viel Freizeit in die Adelmann-Geschichte investiert. Ihr Mann Gerhard zeigte sich zunehmend genervt, sprach sie – bei guter Laune – scherzhaft mit „Holmes" an. Bei schlechter Laune maulte er herum, diese Partei-Mischpoke sei den Aufwand nicht wert, und sie solle sich nicht einbilden, das deutsche Parteiensystem durch ihre Enthüllungen erneuern zu können. In stillen Stunden gestand sich Manteuffel ein, ihren Mann und den Freundeskreis wegen Adelmann tatsächlich zu vernachlässigen. Es wurde also höchste Zeit, die Sache in einem überschaubaren Zeitrahmen zu Ende zu bringen ...

Ein lauer Frühlingsabend neigte sich seinem Ende entgegen. Der Anger lag friedlich unter voll in Blüte stehenden Kastanien. Von Ferne hörte man das typische Singen eines beschleunigenden S-Bahnzuges, der gerade den Bahnhof Alt-Reinickendorf verlassen hatte, um am gepflegten Rasenplatz der Reinickendorfer Füchse vorbei in Richtung Schönholz zu eilen. Dagegen drang der Verkehrslärm von der anderen Seite nur gedämpft unter tief hängenden Zweigen hindurch. Erste Lichter wurden in den flachen Kätner- und Bauernhäusern entzündet, wie sie so typisch waren für einen brandenburgischen Dorfanger. Einige wenige dieser Gebäude hatten alle Zeiten überlebt. Sie zeigten typische Gelb- und Rotklinkermauern, andere, die aus dem 18. Jahrhundert stammen mochten, waren verputzt und mit farblich abgesetzten Stuckelementen versehen. Ihr Überleben mochten diese Häuser wohl der Tatsache verdanken, in einem toten Winkel des Großstadtverkehrs zu liegen. Nur wenige Meter weiter toste der Großstadtverkehr auf Lindauer Allee und Roedernallee, die einen rechten Winkel um den Dorfanger bildeten, so dass hier die Zeit einfach stehen bleiben konnte. Auch der nahe S-Bahnhof mit seinen einseitig andockenden ocker-roten Zügen – das zweite Gleis hatten die Russen mitgenommen – lag längst abseits der Moderne.
In einem der größeren Häuser des Dorfangers erloschen die letzten Lichter, registriert von einer Gestalt, die seit einer Viertelstunde auf einer Parkbank gegenüber der kleinen grauen Feldsteinkirche aus dem 15. Jahrhundert saß. Der Mann drehte leicht den Kopf in Richtung des dreistöckigen, Hauses. Im Erdgeschoss war eine Polizeirevierwache untergebracht, die über einen separaten Eingang verfügte. Im Stockwerk darüber lag das Kreisbüro der SPD. Er sah, wie eine blonde Frau mittleren Alters die hohe Eingangstür von innen öffnete, mit einer bunten Einkaufstasche über der rechten Armbeuge hinaustrat, sich umdrehte, die schwere hölzerne

Tür zuzog und abschloss. Dann lief sie durch den Vorgarten hinaus auf den Bürgersteig und ging eilig auf einen giftgrünen Opel Rekord zu, der direkt vor dem Haus parkte. Ohne sich umzublicken betrat sie die Fahrbahn, zückte einen Schlüssel und öffnete die Fahrertür. Mit schnellem Griff legte sie die Rückenlehne des Fahrersitzes um und warf ihre Tasche auf die Rückbank. Dann klappte sie den Sitz wieder nach vorn, stieg ein, zog die Tür schwungvoll zu und startete den Motor. Röhrend setzte sich der Wagen in Bewegung und verschwand Richtung Klemkestraße. Jetzt löste sich der Mann von der Parkbank, schritt direkt auf das Gebäude zu, betrat den Vorgarten und hatte in dem Moment, in dem er vor der Eingangstür stand, einen Schlüssel in der rechten Hand.

Am nächsten Morgen rief Nadine Volkhardt aufgeregt in Adelmanns Büro an: „Du musst schnell mal herkommen. Bei uns ist eingebrochen worden."
„Ich komme jetzt hier ganz schlecht weg", antwortete dieser. „Hast du Krieckelstein Bescheid gesagt?"
„Der Genosse Krieckelstein ist seit gestern zur Kur", antwortete Volkhardt lapidar.
„Stimmt, das hatte ich ganz vergessen. Hast du denn schon die Polizei informiert?"
„Nein, noch nicht. Ich wollte erst mit dir sprechen."
„Das ist gut. Ist denn etwas gestohlen worden?"
„Es ist alles durchwühlt und verwüstet worden. Ich werde Tage brauchen, um das wieder in Ordnung zu bringen. Nach einem ersten Überblick kann ich nur sagen, dass die Einbrecher wohl die AWO-Spendenkasse und die Portokasse haben mitgehen lassen – zusammen vielleicht 250 Mark. Der Tresor ist aber unbeschädigt."
„Dann ist es ja nur halb so schlimm."
„Wie man's nimmt. Hier haben offensichtlich die Vandalen gehaust. Im Moment ist die Kreisgeschäftsstelle auf keinen Fall arbeitsfähig, und ich kann nur darum bitten, mich einige Tage mit Publikumsverkehr und zusätzlichen Aufgaben zu verschonen, um dieses Chaos zu lichten."
„Ich werde das in die Wege leiten. Hast du denn genug Hilfe?"
„Nein, der Genosse Klaus Albertshäuser hat seinen Schreib-

tisch schon geräumt, und die Genossin Schmidt soll ja laut Vertrag erst in einem Monat anfangen."

„Ich werde mal mit der Genossin Schmidt sprechen. Geh du auf jeden Fall runter ins Polizeirevier und zeig den Einbruch an. Aber bitte noch nicht aufräumen, ich will mir das auch noch anschauen. Ich komme sofort nach Dienstschluss", erklärte Adelmann und legte auf.

Adelmann traf gegen 17 Uhr ein und beschäftigte sich zunächst einmal ausgiebig mit der Eingangstür zum Treppenhaus, bevor er sie mit seinem eigenen Schlüssel öffnete. Dann ging er die Treppe hinauf in das Kreisbüro und traf dort auf zwei Polizeibeamte, die sich gerade mit Nadine Volkhardt unterhielten.

Er grüßte die Sekretärin und die Polizisten. Im Gegenzug tippte Hauptkommissar Jürgen Schäfer kurz an seinen Mützenschirm.

„Haben Sie schon Erkenntnisse, Herr Hauptkommissar?"

„Nun, leider nicht viel. Wir können sagen, dass der oder die Täter nach 18 Uhr 35 gekommen sein müssen. Zu diesem Zeitpunkt hatte Frau Volkhardt gestern das Haus verlassen. Es gibt aber keine Zeugen. Es wurde kein Verdächtiger gesehen. Die Eingangstür wurde nicht aufgebrochen, sondern offensichtlich mit einem Schlüssel geöffnet. Die Tür wurde von uns bereits auf Fingerabdrücke untersucht. Aber das wird wohl kaum zu weiteren Erkenntnissen führen bei einem solchen Haus mit so viel Publikumsverkehr. Außerdem habe ich Frau Volkhardt um eine Liste derjenigen gebeten, die einen Schlüssel haben."

„Ist das schon geschehen?", wollte Adelmann wissen.

„Ja, die Liste ist bereits im Besitz der Polizei", mischte sich Nadine Volkhardt ein.

„Danke für die schnelle Arbeit, Genossin Volkhardt. Aber auch diese Liste, fürchte ich, wird die Polizei nicht weiter bringen. Denn natürlich gibt es hier Zweit- und Drittschlüssel. Und wir haben hier ein Schlüsselbrett, das hinter dem Tresen hängt. Aber bei dem Betrieb, der hier täglich herrscht, kommt praktisch jeder unkontrolliert heran. Das habe ich schon öfter kritisiert. Ist es nicht so, Genossin Volkhardt?"

„Nicht ganz, Genosse Adelmann. Offen an diesem Schlüsselbrett hängt eigentlich nur der Schlüssel zum Keller, wo wir unser Infomaterial lagern. Den Hausschlüssel habe ich in meiner Hosentasche", antwortete Volkhardt.

„Aber natürlich muss der Schlüssel auch mal herausgegeben werden, wenn Parteimitglieder etwas liefern oder abholen. Wer könnte hier einbrechen? Hier gibt es doch keine Schätze, auf die man es absehen könnte."

„Zum möglichen Motiv des oder der Täter fehlen uns noch die Erkenntnisse", warf Hauptkommissar Schäfer ein. „Wäre die Tür mit Gewalt aufgebrochen worden, hätte man erst mal auf einen Drogensüchtigen tippen können. Also bisher tappen wir im Dunkeln. Was ist eigentlich in dem Tresor?"

„Da gibt es keine Geheimnisse. Das Wertvollste da drin ist wohl die Mitgliederliste. Aber ich glaube nicht, dass ein Einbrecher die zu Geld machen könnte. Sollten Sie mit der Spurensicherung fertig sein, schlage ich vor, dass wir erst mal eine genaue Sichtung vornehmen. Vielleicht hilft uns das ja weiter", meinte Adelmann.

Nachdem sich die Beamten verabschiedet hatten, wandte sich Adelmann seiner Mitarbeiterin zu. „Bist du sicher, dass die Mitgliederliste im Tresor lag?"

„Das habe ich gleich geprüft. Die ist da. Allerdings..."

„Was allerdings?"

„Wir haben gestern die Postverteilung eines Infoblattes vorbereitet."

„Du meinst diese Jubelbroschüre „Unsere Bilanz stimmt", über die wir uns monatelang die Köpfe heiß geredet haben?"

„Für die haben wir gestern Adressaufkleber gedruckt...."

„Das verstehe ich nicht. Das ist doch eine Broschüre des Landesverbandes. Da müssten die doch die Adressen drucken."

„Der Landesverband hat aber die Verteilung aus Kostengründen den Kreisen aufs Auge gedrückt", erklärte Volkhardt.

„Also, was ist nun mit den Adressaufklebern? Du willst mir doch nicht damit sagen, dass die hier offen herum lagen?"

„Doch leider, der Karton mit den Aufklebern sollte noch gestern in die Müllerstraße gebracht werden. Aber der Genosse, der sich dazu bereit erklärt hatte, ist leider nicht gekommen. So blieb der Karton hier unter dem Tresen stehen", antwortete Volkhardt und zeigte auf ein offenes Regal auf der

Rückseite des Bürotresens.

„Der Karton steht immer noch an der gleichen Stelle."

„Aber niemand kann sagen, ob die Täter nicht sämtliche Adressen aller Reinickendorfer SPD-Mitglieder gestern Abend hier im Büro kopiert haben. Willst du mir das sagen?"

„Genau das."

„Kann man das nicht feststellen? Der Kopierer hat doch ein Zählwerk, oder?"

„Ich schau gleich mal nach", antwortete Volkhardt, ging um den Tresen herum in den Nebenraum.

Inzwischen hatte Adelmann begonnen, in dem vorherrschenden Chaos zu stöbern. Er nahm Papiere in die Hand und legte sie wieder zur Seite. Plötzlich stutzte er, nahm ein Blatt Papier auf und betrachtete es längere Zeit. Es entpuppte sich als Kontoauszug. Der Saldo belief sich auf 127.000 Mark. Adelmann traute seinen Augen nicht. Ein Auszug von einem Konto, das er nicht kannte, dazu mit einer so hohen Summe.

Im nächsten Moment kam Nadine Volkhardt mit einem rechteckigen grauen Plastikkästchen zurück. „Nein, das sieht nicht so aus, als ob der Einbrecher unseren Kopierer benutzt hätte. Ich überprüfe das mal anhand des Kopierbuches." Volkhardt blieb hinter dem Tresen stehen und schnappte sich mit einem Griff ein grünliches DIN A 4-Kontobuch mit der Aufschrift „Kopierer". Sie blätterte es auf, warf einen forschenden Blick auf die letzten Eintragungen. „Nein, wie vermutet, das Zählwerk steht genau auf dem letzten Stand", erklärte sie.

„Vielleicht haben wir ja Glück gehabt. Aber der Einbrecher könnte natürlich ebenso gut sämtliche Aufkleber fotografiert haben", gab Adelmann zu bedenken. Dann nahm er noch einmal den Kontoauszug in die Hand und hielt ihn Volkhardt unter die Nase. „Kannst du mir das mal erklären, Nadine?"

„Ach Horst, das sind olle Kamellen. Wo hast du das denn her."

„Das lag hier in diesem Chaos."

„Das gehört eigentlich in unser Archiv. Im Keller gibt es noch mehr von dem Zeug. Du weißt ja, als Parteiorganisation muss man praktisch alle Akten seit Adam und Eva aufheben."

„Seit wann verfügen wir denn über so viel Geld?"

„Also, nachdem, was mir Koppler mal erzählt hat, handelte es sich um eine Art Reptilienfonds. Aber das war vor meiner

Zeit. Falls dich der Vorgang interessiert, musst du nur im Keller nachwühlen."

„Danke, Nadine. das mache ich bei Gelegenheit", antwortete Adelmann, steckte den Kontoauszug in seine Jackettasche und wandte sich wieder dem eigentlichen Thema zu.

„Gib mir bitte noch die Schlüsselliste, Nadine." Volkhardt reichte sie ihm wortlos. Adelmann nahm auf einem der Stühle der Sitzgruppe vor dem Tresen Platz. Auf dem Blatt waren einige wenige Namen notiert: Adelmann, Albertshäuser, Koppler, Krieckelstein, Schmidt, Schulze, Volkhardt – ein Ersatzschlüssel im Tresor.

„Gehen wir die mal durch", forderte Adelmann. „Hast du geprüft, ob der Ersatzschlüssel da ist?"

„Ja, der lag im Tresor."

„Jetzt sehe ich hier aber einige Ungereimtheiten auf dieser Liste. Was hat denn der Name Koppler hier zu suchen?"

„Ja", räumte sie mit einem tiefen Seufzer ein, „Koppler hat seinen Schlüssel nie abgegeben, obwohl ich mit sehr viel Nachdruck die Herausgabe gefordert habe. Zu seinem großen Bedauern habe er ihn verloren, hat er mir mit treuherzigen Augen erklärt. Und wie du ja selbst weißt, war er eines Tages wie vom Erdboden verschluckt."

„Dann frage ich mich allerdings, warum nicht anschließend das Schloss ausgetauscht worden ist."

„Das hatten wir vor. Da Koppler aber versichert hatte, dass ihm der Schlüssel bei einer Dampferfahrt in Höhe der Pfaueninsel über Bord gefallen sei, haben wir darauf verzichtet."

„Was ist mit Albertshäuser. Der ist doch schon seit einigen Wochen nicht mehr hier aktiv, oder irre ich mich?"

„Acht Wochen genau. Albertshäuser hat immer wieder versprochen, seinen Schlüssel zurück zu geben. Bisher ist das aber nicht passiert. Ich hatte noch keinen Anlass, ihn allzu dringlich zu mahnen. Denn erstens hatte er sich ja bereit erklärt, mich über sein Vertragsende hinaus zu unterstützen. Und zweitens war ja bis vor Kurzem unklar, ob er nicht vielleicht weiter als Kreisgeschäftsführer fungieren würde."

„Okay, weiter", reagierte Adelmann hörbar gereizt. „Wer ist denn dieser Schulze?"

„Schulze ist Uta Schulze, die Tochter des Abteilungsvor-

sitzenden von Waidmannslust. Die ist Studentin, hilft mir hier regelmäßig und hat deshalb auch einen eigenen Schlüssel."
„Ich habe das Gefühl, mit den Schlüsseln kommen wir auch nicht weiter", meinte Adelmann. „Wir können wohl nicht viel mehr tun als hoffen, dass sich der Einbrecher nicht an unserer Mitgliederliste vergriffen hat."
Der Einbruch ins Kreisbüro beschäftigte Adelmann auch in einem anschließenden Telefonat mit Hansjörg Heinrich. „Das waren diese Feuerwehrleute, da kannst du Gift drauf nehmen", rief Adelmann.
„Wie kommst du darauf?", fragte Heinrich.
„Weil ich eins und eins zusammenzählen kann. Wer sollte im Kreisbüro einbrechen, noch dazu in dieser Nacht. Wenn es kein Drogensüchtiger war, kann es nur ein Idiot gewesen sein. Denn finanziell gab es nichts zu holen außer der Kaffeekasse."
„Nehmen wir nur mal an, es wäre wirklich einer aus der Partei, der wusste, dass die Mitgliederkartei da offen herum liegt. Warum wühlt der Kerl alles durch? Ich an seiner Stelle hätte nur Mäuschen gespielt, wäre mit dem Schlüssel rein, hätte die Aufkleber fotografiert, und ab. Kein Mensch hätte den Einbruch überhaupt bemerkt. Was soll das alles?"
„Du hast Recht. Darüber habe ich mir auch schon den Kopf zerbrochen. Der Täter wollte, dass wir sein Treiben entdecken."
„Aber warum?"
„Das müssen wir schleunigst rauskriegen."

Während die Partei noch über den dubiosen Einbruch in ihr Kreisbüro rätselte, ließ das offensichtliche Ergebnis dieses Raubzuges nicht lange auf sich warten. Die Gegner des Partei-Establishments griffen nun zu ziemlich rigorosen Mitteln. Ihnen ging es offensichtlich darum, bislang unter der Decke gehaltene innere Kämpfe öffentlich zu machen und Neuigkeiten in Sachen Frohnauer Wald zu lancieren. Und dafür eignete sich nicht nur der Nord-Berliner. Eva Adelmann versuchte es parallel auf eigene Faust. Sie nutzte ihre neuen, intensiven Kontakte und horchte Martin Rellingen aus. Oder besser, sie versuchte es. Denn Rellingen traute seiner neuen

Bekannten nicht so recht und ließ sich nur ein paar Würmer aus der Nase ziehen. Die ganze Aktion verlief im Sande. Eva Adelmann war wütend, weil ihre Talente bei Rellingen offensichtlich nicht griffen.

Adelmann öffnete den in einem neutralen Umschlag steckenden Brief. Einen Moment lang starrte er auf das Blatt, um dann kurzzeitig den rechten Mundwinkel zu einem schmalen Grinsen zu verziehen. Was ihn zu amüsieren schien, war unter dem Titel „SPD Extra-Info" zu lesen:
„Die Reinickendorfer SPD steht vor einer Zerreißprobe. Noch vor Monaten schien man die über Jahre andauernden Flügelkämpfe zwischen Linken und Rechten in den Griff bekommen zu haben. Man hatte sich sogar auf eine einheitliche Liste zu den Parteiwahlen durchgerungen. Doch dieser „Friede" hielt nicht lange. Mit der Rückkehr des einstigen rechten Scharfmachers Ralf Schiederkorn ist die neu gewonnene Harmonie dahin. Denn Schiederkorn fordert für sich ein hohes Parteiamt und bringt damit das zuvor fein austarierte Gleichgewicht zwischen den Flügeln ins Wanken. Die Linke, die seit den letzten Parteiwahlen vor zwei Jahren erheblich an Gewicht gewinnen konnte, ist mehr als verschnupft. Schon kursiert in linken Abteilungen die Forderung rücksichtslos durchzuwählen, falls Schiederkorn wirklich kandidieren sollte. Dies kann der Rechten nicht gleichgültig sein, denn für sie bestünde die Gefahr, nach den Wahlen mit leeren Händen dazustehen. Schiederkorn scheint aber nicht nur das innerparteiliche Gleichgewicht empfindlich zu stören. Gerade erst hat die dubiose hessische Firma Treu + Oovschlag Realisierungsgesellschaft mbH & Co. KG im Berliner Norden durch ihr Projekt „Wohnen im Frohnauer Wald" für mächtig Unruhe gesorgt. Da sickert durch, dass Schiederkorn offensichtlich mit diesen Immobilienhaien unter einer Decke steckt. Der SPD-Mann jedenfalls geht im Hause Kurheim-Nöll ein und aus und hat Heribert Freiherr zu Tunklbach, Ex-Ehemann der Oovschlag-Geschäftsführerin Linda Kurheim-Nöll, bereits vor Gericht bei einem Unterschlagungsprozess vertreten. Um eine spezielle Art von Unterschlagung geht es auch jetzt wieder. Denn die genannten und weitere Fakten, die Ralf Schie-

derkorn im Sinne ehrlicher und bürgernaher Politik auf das Schwerste belasten, werden den einfachen SPD-Mitgliedern und der Öffentlichkeit bislang wissentlich vorenthalten, also unterschlagen."

Adelmann faltete das Blatt bedächtig zusammen, blieb einen Moment lang Gedanken versunken stehen. Dieses Pamphlet musste Konsequenzen haben. Die erste sichtbare war eine „Krisensitzung" der Rechten. Sie fand bereits am kommenden Tag in der pompösen Konradshöher Villa von Karl Friedrich Diercker statt. Adelmann hatte seine engsten Gefolgsleute versammelt. Die saßen nun in wuchtigen dunkelroten Ledersesseln und Sofas in KiFis weitläufigem Wohnzimmer. Adelmann war nicht zum ersten Mal bei Diercker zu Gast, stieß sich aber immer wieder an den Geschmacklosigkeiten des Hauses. An einer Längswand hing eine üppige Nackte von der Art eines Rubens-Verschnitts. Ihr gegenüber sah man einen weiteren Ölschinken, der Diercker in der Pose des erfolgreichen Großwildjägers zeigte. Mit dem rechten Fuß stolz auf einem dahingestreckten Löwen, gruppierten sich um ihn ein halbes Dutzend leicht bekleideter schwarzer Jagdhelfer. Der Schöpfer dieses Schinkens hatte es zumindest vermocht, Diercker unverwechselbar darzustellen. Adelmann musste beim Betreten des Wohnzimmers unwillkürlich davor stehen bleiben und wurde sofort von Diercker eingeholt. „Ja, Horst, da staunste, wa? Dit bin ick. War vor drei Jahren in Kenia. Dit Bild is janz neu, un zwar nachm Orjinalfoto von Meistahand jemalt. Dieset Tier, auf dem ick da stehe, hatte ick vorher mit eigener Hand höchstselbst erlecht. Dat war 'ne ziemlich kitzlige Sache. Hätte auch jut sein können, dat der Löwe am Ende auf mir jestandn hätte", erklärte er stolz.
„Du meinst wohl eher mit eigenem Gewehr. Oder hast du den Löwen per Handkantenschlag erledigt?" Adelmann kannte die dramatische Geschichte von KiFis erster Großwildjagd bereits. Dieser hatte sie nach besagtem Kenia-Urlaub bei jeder Gelegenheit in Parteikreisen zum Besten gegeben, was Adelmann überhaupt nicht schmeckte. Großwildjagd passte so gar nicht in das Bild eines aufrechten Sozialdemokraten. Man musste ständig damit rechnen, dass derart feudales Gehabe

bei der Linken genüsslich kolportiert und als Waffe zur Gewinnung neutraler Genossen eingesetzt wurde. Aber KiFi hatte für derlei Feinheiten keinerlei Verständnis. Der war einfach zu blöd und hatte seine gesamte Intelligenz zwischen den Beinen, musste Adelmann immer wieder mit Bedauern feststellen. Diercker versperrte sich mit solchen Verhaltensmustern natürlich jegliche politischen Karrieremöglichkeiten. Doch darauf hatte er es offensichtlich nicht angelegt. KiFi hatte sein Geld und seine Mädels, konnte in der Partei protzen wie kein Zweiter. Viele suchten den Kontakt zu dem meist umgänglichen und kumpelhaften Typen nicht zuletzt deshalb, weil sie sich Vorteile in Form von Rabatten beim Autokauf versprachen. Nur Puristen und Moralapostel rümpften die Nase. KiFi war – was ihn eigentlich beinahe sympathisch machte – ein Genosse ohne Ambitionen und damit grundsätzlich auch ein Mann nach Adelmanns Geschmack. Von KiFi würde ihm jedenfalls nie eine Gefahr drohen.

Adelmann betrachtete leicht angewidert den restlichen Jägerstolz Dierckers, der über die Wände des Wohnzimmers verteilt war. Da gab es Geweihe en masse, von denen Adelmann überhaupt nicht wusste, an welcher Sorte Tier sie einst gehangen haben mochten. Am übelsten aber stieß ihm ein kleiner grauer Hocker in einer Ecke auf. Er war aus einem echten Elefantenfuß gearbeitet, einer weiteren Jagdtrophäe des Hausherren. Adelmann machte immer einen großen Bogen um das Möbelstück. Er hätte sich viel lieber woanders getroffen. Aber so kurzfristig hatte er keine geeignete Lokalität gefunden. KiFi dagegen hatte sich – wie immer – äußerst zuvorkommend und gastfreundlich gezeigt. „Wenn die Partei mich braucht, bin ick zur Stelle", hatte er gesagt. Nun kam auch noch seine Haushälterin mit einem Silbertablett voller Schnittchen ins Wohnzimmer und bot sie den erfreuten Gästen an. Auf mehreren mit weißem Leinen eingedeckten Tischen standen ganze Flaschenbatterien von Säften, Wässern, Brausen und Bieren sowie Kannen mit Kaffee und Tee. Das Ganze wirkte eher wie ein professioneller Stehempfang in einem Kongresszentrum als die „Krisensitzung" einer überschaubaren privaten Kungelgruppe. Was wollte man mehr? Zu all den Annehmlichkeiten weit über Parteistandard bot

KiFis Villa außerdem die Gewähr, ungestört zu bleiben.
„Vielen Dank, liebe Freunde, dass ihr euch so kurzfristig zur Verfügung gestellt habt. Ihr wisst sehr gut, dass ich Parteiereignisse in der Regel eher niedriger zu hängen pflege. Aber in diesem Falle war eine Dringlichkeitssitzung wirklich fällig. Worum es geht, wisst ihr ja. Ihr habt schließlich die gleiche Post bekommen wie ich. Und ihr wisst auch, dass alles, was bisher in Sachen Wahlen vereinbart war, durch dieses Pamphlet auf dem Spiel steht. Ohne dramatisieren zu wollen, muss ich sagen, es besteht die ernste Gefahr, dass die Arbeit von Jahren zunichte gemacht wird. In einer solchen Situation ist es besonders wichtig, zusammen zu halten. Deshalb sind wir heute hier."
Sarah Rupprecht ergriff das Wort: „Lieber Horst. Dein Vorgehen war völlig richtig. Wir müssen erst einmal einen Überblick über den angerichteten Schaden bekommen. Wie es scheint, haben wohl alle Mitglieder dieses Schreiben erhalten. Wir werden die Lachnummer des Landesverbandes."
„Du hast Recht, Sarah, das Pamphlet dürfte mit dem Einbruch in die Kreisgeschäftsstelle zusammenhängen."
„Es tut mir sehr leid, dass diese Schlamperei in der Kreisgeschäftsstelle passiert ist. Sobald ich dort das Kommando übernehme, wird ein anderer Wind wehen, das kann ich euch versprechen", meinte die frisch gewählte Kreisgeschäftsführerin Marianne Schmidt."
„Das hört man gern, hilft uns jetzt aber nicht weiter. Die Sache ist passiert. Ich glaube im Übrigen nicht, dass ein solcher Diebstahl zu verhindern ist, wenn es jemand ernsthaft drauf anlegt", mischte sich Paul Hetzer ein.
„Ach, das habe ich ganz vergessen. Das ist Paul Hetzer, eine große Nachwuchshoffnung unserer Partei. Da Josef Strickler verhindert ist, vertritt Paul erstmals die Abteilung Reinikkendorf–West in unserer Runde."
„Danke, Genosse Adelmann. Die wichtigste Frage ist doch jetzt, ob die Vereinbarung mit den Linken noch halten kann, oder ob wir uns neu orientieren müssen."
„Wi–hier sollten erst mal rauskriejn, wwo–her dieses Schmierenblatt kommt", meinte Diercker, der immer dann zu stottern begann, wenn er sich über etwas aufregte.

„Das ist doch wohl klar", mischte sich Sarah Rupprecht ein. „Die Linke fühlt sich stark und will uns in die Pfanne hauen. Sie braucht einen Anlass, um die getroffene Vereinbarung zu brechen. Da kommt ihr Schiederkorn gerade Recht."

„Woher wissen die Linken eigentlich, was Schiederkorn will? Wer hat ihnen denn das geflüstert? Und stimmt das überhaupt?", wollte Karsten Schulze wissen.

„Diese Fragen sind berechtigt, und ich mache mir auch meine Gedanken darüber. Es stimmt, Schiederkorn war kürzlich bei mir und hat mich gefragt, ob ich etwas für ihn tun könne. Allerdings habe ich ihm nichts zugesagt. Und von einer konkreten Position war schon gar nicht die Rede."

„Gut, das wir das auch schon erfahren", wandte Schulze säuerlich ein.

„Du musst gar nicht diesen vorwurfsvollen Ton anschlagen. Sollte ich jedes Mal, wenn irgend ein Genosse mich anspricht, eine Sitzung anberaumen, dann kämen wir nicht mehr zu unserer eigentlichen Arbeit", konterte Adelmann.

„Schon gut, Horst. War nicht so gemeint."

„Aber dann ist ja wohl klar, wie sich diese Neuigkeit verbreitet hat", mischte sich Hetzer ein. „Wenn nämlich nur die Genossen Adelmann und Schiederkorn von dieser Zusammenkunft wussten, hat offensichtlich Schiederkorn geplaudert und dabei vielleicht etwas dazu gedichtet."

„Das klingt einleuchtend. Wie ich gehört habe, tingelt Schiederkorn durch den ganzen Bezirk, zeigt sich sogar bei den Jusos. Was soll das eigentlich?", fragte Marianne Schmidt.

Nun meldete sich Karsten Schulze zu Wort: „Wir werden uns den Genossen Schiederkorn vornehmen. Ich schlage vor, ihn zu unserer nächsten Sitzung einzuladen. Außerdem habe ich meine Leute, die seinen Aktivitäten auf die Spur kommen."

„Ich muss hier mal feststellen, dass sich der Tonfall gegenüber dem Genossen Schiederkorn seit seiner Rückkehr ziemlich verändert hat", warf Sarah Rupprecht ein. „Von Hause aus gehört er ja eigentlich zu unserem Kreis, und ich kann mich noch sehr gut erinnern, dass über ihn früher ganz anders gesprochen wurde, nämlich mit Hochachtung. Was hat er eigentlich getan, dass man jetzt so über ihn spricht?"

„Man kann doch nicht einfach nach fünf Jahren plötzlich auf-

tauchen und Forderungen stellen", antwortet Adelmann.
„Hat er nun Forderungen gestellt oder nicht? Du solltest uns schon genauer informieren, Horst", meinte Schulze.
„Ich finde es auch nicht unverschämt, wenn ein verdienter Genosse nach einem längeren Auslandsaufenthalt wieder in die Heimat kommt und Anschluss an die Gruppe sucht, für die er früher sehr viel getan hat", setzte Rupprecht nach. Das „sehr viel" betonte sie dabei besonders. „Ich darf euch daran erinnern, dass Reinickendorf einst ein tiefroter Kreis war. Und nicht zuletzt der Genosse Schiederkorn hat zusammen mit Leuten wie Krüger und Krieckelstein, später auch dem Genossen Adelmann dafür gesorgt, dass hier aufgeräumt wurde. Wo sind Krüger und Krieckelstein eigentlich?"
„Der Genosse Krieckelstein ist nach seinem Schwächeanfall noch immer zur Kur. Und den Genossen Krüger haben wichtige Amtsgeschäfte verhindert", antwortete Adelmann. „Und im Übrigen, Sarah, ist es alles richtig, was du sagst. Und ich habe dem Genossen Schiederkorn keineswegs barsch abgesagt. Aber die Situation ist nun einmal die, dass das Paket geschnürt ist und eigentlich schon zur Versendung bereit stand. Da kann niemand kommen und erklären, dass alles wieder aufgerissen und neu gepackt werden muss. Schiederkorn ist viel zu erfahren, als dass er nicht wüsste, wie er uns mit seinem derzeitigen Verhalten in Teufels Küche bringt. Vielleicht hätte er nur mal rechtzeitig seine Rückkehr bekannt geben sollen, und alles wäre viel einfacher gegangen."
Jetzt schaltete sich Hetzer ein: „Die Verdienste des Genossen Schiederkorn sind ja gut und schön. Wir sollten aber das Augenmerk auch auf eine weitere Information richten, die in diesem Schmierenpamphlet enthalten ist. Und ich wundere mich wirklich, dass das heute noch nicht zur Sprache gekommen ist. Nämlich die Verstrickung Schiederkorns in diese Frohnauer- Wald-Affäre. Was haltet ihr denn davon?"
„Ich halte das für eine bösartige Verleumdung", antwortete Rupprecht knapp.
„Ich fürchte, damit machen wir es uns zu einfach", entgegnete Adelmann. „Rein rechtlich soll sich der Genosse Schiederkorn selbst damit auseinandersetzen. Aber wenn die Behauptung stimmt, dann ist höchste Vorsicht ihm gegen-

über geboten. Dann färbt nämlich der Unmut der Frohnauer von ihm gleich auf die ganze Partei ab. Die Sache riecht doch verdammt nach Filz."

„Und den Bürgern ist es dabei ganz schnuppe, ob es sich um linke oder rechte Sozialdemokraten handelt", sekundierte Hetzer. „Schiederkorn muss selbst wissen, ob er sich durch ein Engagement bei der Familie Kurheim-Nöll in die Nesseln setzen will. Was aber nicht sein darf, ist doch der Anschein, dass Sozialdemokraten in Amt und Würden in dieses riesige Immobiliengeschäft involviert sein könnten. Insofern wäre es schon sehr nützlich gewesen, wenn sich der Genosse Krüger heute hier zu diesem Thema hätte äußern können."

„Lieber Paul. Du hast im Prinzip völlig Recht. Du kannst sicher sein, dass ich den Genossen Bezirksbürgermeister von den Beschlüssen dieser Runde unverzüglich in Kenntnis setzen werde", antwortete Adelmann.

„Über die Motive von Schiederkorn und dieser Schmierfinken könnten wir jetzt noch stundenlang philosophieren. Das bringt uns nur nicht weiter", versuchte Rupprecht das Gespräch in eine andere Richtung zu lenken. „Wir müssen erst mal feststellen, ob unser Vertrag mit Links gescheitert ist oder nicht? Ich will schließlich wissen, ob ich mit gutem Gewissen mein Amt abgeben kann. Ich werde ganz sicher nicht zurücktreten, wenn auch nur die leiseste Gefahr besteht, dass künftig eines dieser Kommunistenschweine auf meinem Stuhl sitzt. Ihr wisst ja, dass ich meine Nachfolge schon geregelt habe. Mit dem Wechsel im Abteilungsvorsitz erfüllt sich für mich ein Lebenstraum. Ich kann dann erklären, dass mit Rüdiger wieder ein junger Atlantiker dabei ist, in der Partei Verantwortung zu übernehmen." Ihr Sohn Rüdiger saß derweil stumm neben ihr auf dem Sofa und stierte vor sich hin.

„Was, um Gottes Willen, ist denn ein Atlantiker?", fragte Hetzer und verzog dabei amüsiert das Gesicht.

„Lieber Genosse Hetzer", antwortete Sarah Rupprecht spitz. „Ich will dir zugute halten, dass du noch nicht so lange dabei bist. Ein Atlantiker ist ein Mensch, der grenzübergreifend denkt und die politischen, kulturellen und sozialen Beziehungen über den Atlantik hinweg aktiv fördert. Solche Förderer brauchen wir dieser Tage, da man unsere alliierten

Freunde auf offener Straße und ungestraft des Völkermordes und der Kriegstreiberei bezichtigen darf, dringender denn je. Rüdiger hat bereits das Repräsentantenhaus in Washington besucht, und wir beide waren sehr glücklich, den amerikanischen Abgeordneten eine offizielle Grußbotschaft unseres Regierenden Bürgermeisters überbringen zu dürfen."

„Wir befinden uns nicht auf der Jahreshauptversammlung deiner Abteilung. Und deshalb musst du hier auch keine Wahlrede halten", konterte Hetzer nicht ohne Schärfe. Einen Moment lang war Sarah Rupprecht stumm vor Verblüffung über so viel Dreistigkeit eines jungen Genossen.

„Lasst uns bitte zum Thema zurückkommen. Ich bin der Ansicht, dass man in dieser Situation noch keinesfalls den Stab über unserer Vereinbarung mit Links brechen sollte. Bislang gingen offensichtlich alle davon aus, dass der Linken die Urheberschaft für diese üble Schmiererei zukommt. Vielleicht liegen wir da ganz falsch. Wer könnte ein besonders großes Interesse daran haben, diese Vereinbarung zu torpedieren? Jemand, der nicht will, dass dadurch die Kräfte gebündelt werden", beendete Adelmann sein Statement. Er schaute erwartungsvoll in die Runde, bekam aber keine Resonanz. „So schwer ist das doch nicht, oder? Genosse Hetzer, du kennst doch die Antwort!"

„Ja, Genosse Adelmann. Ich vermute, dass diese neue Gruppierung dahinter steckt, diese Feuerwehrleute. Die würden nämlich am meisten davon profitieren, wenn sich die Kräfte zersplittern. Dann hätten sie die besten Chancen, bei den Wahlen möglichst viele Posten abzukriegen."

„Genau. Es spricht einiges dafür, dass sowohl der Einbruch in die Kreisgeschäftsstelle als auch diese Hetzschrift auf das Konto der Feuerwehrleute geht. Und wenn dem so ist, dann müssen wir uns auf was gefasst machen, denn offensichtlich kämpfen diese Feuerwehrleute mit harten Bandagen."

Jetzt mischte sich Karsten Schulze ein: „Dieses Schweinepack. Aber die sollen sich nicht zu früh freuen. Lasst uns die Ärmel hoch krempeln und ihnen eine Lektion erteilen, die sie so schnell nicht vergessen werden."

„Lieber Genosse Schulze", antwortete Adelmann mit einem grimmigen Gesicht, „lass den Worten Taten folgen."

Auch bei den Linken war das Pamphlet natürlich ein Thema. Zahlreiche Telefonate, Analysen und Mutmaßungen folgten. Wer steckte hinter dem Papier? Was sollte es bewirken? Welche Rolle spielte Schiederkorn nun wirklich? Fragen über Fragen. Aber schlüssige Antworten hatten die Linken auch nicht. Sie befürchteten, dass Adelmann das Wahlpaket wieder aufschnüren könnte. Das wäre ein Schlag, dessen Konsequenzen sich eigentlich noch niemand im Ernst vorstellen wollte. Oder sollte etwa nur ihre Bündnistreue getestet werden? Eines stand für die Linken auf jeden Fall fest: Adelmann war ein Schwein!

Muss ich mir diesen ganzen Mist eigentlich antun?, fragte sich Manteuffel. Sie hasste Aktenstudium. Und nichts anderes waren diese Berichte aus den Abteilungen. Wie viele Delegierte? Wie viel Rot- und wie viel Schwarzhaarige? Wie oft wurde der Tapeziertisch aufgeklappt, wie viele Flugblätter verteilt, welcher Genosse hat zu welchem Thema wie viel Bla-bla referiert? Aus solchen Berichten würde sie sicher nicht herauslesen, wer dieses ominöse Pamphlet verfasst und verschickt hatte, davon war Manteuffel überzeugt. Die Frage war dennoch von Interesse, weil die Schrift für ziemlich viel Unruhe gesorgt hatte, und die Urheberschaft Hinweise auf den Einbrecher geben konnte. Denn auch in dieser Sache war von der Polizei nichts zu erfahren. Andererseits sollte man den Einbruch vielleicht nicht überbewerten, denn zwischen einem Einbruch und einem Mord war doch ein himmelweiter Unterschied. Auf jeden Fall wollte sich Manteuffel nun intensiver mit der jungen Garde beschäftigen, die sich fast ausschließlich aus Adelmann-Gegnern rekrutierte. Und die „tagte" häufig im Tegeler „Miraculix" ...

Es war Maibockzeit und die Kneipe schon kurz nach 21 Uhr voll bis zur Halskrause. Fast alle großen runden Tische waren besetzt. An einem Tisch nahe der Eingangstür ihrer Tegeler Stammkneipe saßen die Gymnasiasten Matthias Beckereidt, Jörg Mellert und Harald Kitschke vor braunen Halben, als Detlef Lesczak mit einer Sporttasche hereinkam.

„Hey Kackvogel, du siehst ja aus, als hättest du dir frische Pomade ins Haar geschmiert", begrüßte ihn Kitschke.
„Ich wüsste nicht, dass ich mir je die Haare pomadisiert hätte. Die sind nur frisch gewaschen, im Gegensatz zu deinen."
„Ach ja, du bist ja großer Sportler", meinte Kitschke.
„Spielst du beim SC Tegel?", wollte Beckereidt wissen.
„Ja, ist ein guter Verein. Und vor allem hier um die Ecke."
„Du glaubst gar nicht, wie ich dich beneide. Ich muss Tennis spielen, weil meine Eltern mir verboten haben, in einen Fußball-Verein einzutreten."
„Echt verboten? Wieso das denn?", fragte Lesczak.
„Die meinen, Fußball wäre was für Proleten."
„Ja, das sind die üblichen Vorurteile. Aber glaub mir, der Proleten-Anteil ist gar nicht mehr so hoch. Heute wird ein Spielertyp gebraucht – wie heißt es doch so schön in Brennpunkt Brooklyn über Fernando Rey. Der hat's nicht nur hier", wobei sich Lesczak zwischen die Beine griff, „sondern auch hier", sich an die Stirn tippend.
„Mich musst du nicht überzeugen. Aber für eine Fußballkarriere ist es jetzt zu spät."
„Wo hast du eigentlich deine Braut gelassen?", erkundigte sich Kitschke.
„Was, Kackvogel hat 'ne Freundin. Wusste ich noch gar nicht. Kenn ich die?", wurde Mellert plötzlich lebhaft.
„Von wem sprichst du eigentlich?", stellte Lesczak die Gegenfrage.
„Stell dich doch nicht so blöd. Ich meine die Schwarzhaarige neulich im Countdown", antwortete Kitschke.
„Nun mal langsam. Es handelt sich nur um eine Genossin, die ich zufällig kenne", erklärte Lesczak.
„Das sah aber neulich nach mehr aus", grinste Kitschke.
„Woher kennst du die denn, Harald? Wie sieht die denn aus?", richtete sich Mellert an Kitschke.
„Kennen wäre zu viel gesagt. Aber so vom ersten Eindruck her eine ganz heiße Braut. Tiefschwarze Haare, glutäugig, mit ordentlichem Vorbau", erklärte er und hielt dabei seine Pranken zur Demonstration in einigem Abstand vor seine Brust.
„Könnte durchaus sein, dass Kackvogel mit ihr ein wenig Mathe gemacht hat."

„Mathe? Spinnst du? Da käme mir aber anderes in den Sinn", warf Beckereidt verwirrt ein.
„Du hast ja echt keine Ahnung. Kein Wunder bei 'ner Sechs in Mathe. Hast du schon mal was von der Stechiometrischen Rechnung gehört?", erwiderte Kitschke, und der ganze Tisch brüllte vor Lachen.
„Du bis ein echt blöder Wichser, Harald", quittierte Lesczak den Lacher säuerlich. „Kannst mir glauben, wir haben uns über Politik unterhalten."
„Dann muss deine Pegelanzeige ja schon im roten Bereich sein", meinte Kitschke. „Vielleicht kannste ja bei Moni mal einen wegstecken", meinte Kitschke und zeigte auf eine langbeinige Blondine mit einem ziemlich kurzen Minirock, die eng umschlungen mit einem Kerl zu den Klängen von „Je t'aime" tanzte. Fleischer-Tochter Moni arbeitete gelegentlich als Aushilfskellnerin im "Miraculix". Alle Blicke des Tisches richteten sich jetzt auf sie und ihren mit einer schwarzen Lacklederhose bekleideten Tanzpartner, der in der Szene den Spitznamen „Spritzi" führte.
„Boh, äih! Jetzt hat sich Spritzi auch noch 'ne Lederhose aus Elefantenvorhaut zugelegt", frotzelte Beckereidt.
„Da geht dir wohl einer ab, oder?", erwiderte Kitschke in seiner typisch direkten Art.
„Mach dir keine Sorgen um mich. Ich mach mir eher welche um Spritzi. Das wird eng in der Hose. Guck mal, sie hat schon 'ne Beule. Und wenn das stimmt, was man so über ihn erzählt, macht er sich gleich nass."
„Jetzt kommt auch noch Stößer dazu", sagte Kitschke.
„Oh Gott, Stößer. Der perverseste Typ von ganz Tegel", stimmte Beckereidt ein.
„Der lädt immer gerne Gäste zu sich ein. Am liebsten hat er junge Pärchen. Naiv wie wir waren, sind Susanne und ich auch mal bei ihm gewesen. Da saßen wir dann um den großen Wohnzimmertisch. Und direkt daneben stand ein Bett. Ich dachte, ist ja komisch, so ein Bett im Wohnzimmer. Hat der arme Kerl vielleicht kein Schlafzimmer? Nach und nach kamen immer mehr Gäste, und dann meinte Stößer, Susanne und ich könnten uns ja mal ausziehen und 'ne Nummer schieben. Die anderen waren natürlich Feuer und Flamme. Ich

dachte echt, ich bin im falschen Film. Wir haben dann gemacht, dass wir wegkommen. Im Rausgehen hab ich noch mitgekriegt, dass Moni als Ersatz eingesprungen ist und sich Spritzi ins Bett geholt hat."

„Diese Moni hat einen schweren Schaden", warf Lesczak ein.

In dem Moment betrat Uta Schulze den Gastraum. Kitschke bemerkte es zuerst: „Aaah, die Sonne geht auf", rief er laut durch den Saal.

Lesczak drehte sich um und errötete leicht. Uta kam direkt auf ihn zu und gab ihm einen leidenschaftlichen Kuss.

„Von wegen, über Politik unterhalten. Ich geh mal davon aus, Harald, dass das die Dunkelhaarige aus dem Countdown ist", wandte sich Beckereidt leise an Kitschke.

„Was für eine tolle Überraschung. Setz dich doch zu uns", sagte Lesczak, schob einen freien Stuhl vom Nachbartisch neben seinen und orderte eine Runde Bockbier für alle.

Derweil hatte sich die Tanzfläche gefüllt. Musikalisch war man inzwischen beim „Brown Sugar" angekommen, aber Moni und Spritzi tanzten immer noch eine Art langsamen Tango. Jetzt fing Spritzi an affektiert zu stöhnen.

„Ich sag doch, dem kommt's immer zu früh", kicherte Beckereidt. Jetzt erschien auch noch Paul Hetzer in der Tür.

„Oh man, schau mal, wer da gerade reinschneit", raunte Beckereidt Lesczak zu. Und auch Kitschke hatte seinen speziellen Freund sofort im Blick: „Ach nee, unser Bundeskanzler in spe."

Hetzer hatte den Tisch entdeckt und war schon auf dem Weg zu ihnen.

„Das ist gar nicht schlecht, dass Hetzer jetzt kommt. Da können wir ihn wegen der Sitzung der Rechten aushorchen."

„Wie willst du das denn anstellen?", wollte Beckereidt wissen.

„Lass das mal meine Sorge sein", gab Lesczak zurück.

Kitschke schien die gleiche Idee zu haben, denn er hielt Moni, die gerade am Tisch vorbei eilen wollte, am linken Arm fest.

„Hey, Moni. Bist du heute fürs Abspritzen oder die Drinks zuständig?"

„Ich besorg dir gern einen Gespritzten, Harald. So oder so."

„Für mich bitte ein Wasser", bestellte Hetzer.

„Wasser? Du spinnst wohl. An unserem Tisch wird kein Wasser getrunken. Wir wollen ja nicht unseren guten Ruf verlieren", meinte Kitschke und wandte sich an Moni. „Also ein großes Bock für den Kleinen hier. Und wenn ich es mir recht überlege, kannst du uns nachher noch 'ne Runde bringen. Die geht auf mich", zeigte sich Kitschke spendabel.

„Was ist denn mit dir los? Du lebst doch immer nach dem Prinzip Känguru, also große Sprünge, aber nichts im Beutel. Und heute so großzügig. Hast du geerbt?", fragte Mellert.

„Ne, ne, aber ich habe heute für einen Kumpel 'ne Mühle gewinnbringend verkaufen können. Da blieb eben was hängen", erklärte Kitschke.

Moni brachte derweil das Bier für Hetzer und setzte sich anschließend provozierend auf Lesczaks Schoß: „Na, bist du auch so'n Schneller wie Spritzi?"

„Du kleines Flittchen, hau bloß ab und lass es dir von Spritzi besorgen", fauchte Uta, sprang auf und wollte Moni an die Gurgel. Lesczak konnte gerade noch dazwischen gehen. Er sprang wie von der Tarantel gestochen auf, wobei sein Stuhl lärmend zu Boden polterte und die Blicke der Nachbartische auf sich zog. Mit erstaunlicher Behändigkeit schob er sich zwischen die beiden Mädchen, griff nach Utas Rechten und schlang sie sich um die eigene Hüfte. Anschließend gab er ihr einen intensiven Kuss, der sofort versöhnlich zu wirken schien. Uta jedenfalls ließ von Moni ab und sich von Lesczak ganz brav zu ihrem Stuhl zurück geleiten. Moni knurrte noch etwas wie „blöde Schlampe" und räumte das Feld.

„Nichts passiert, ihr könnt jetzt weitersaufen", erklärte Lesczak in Richtung auf den Nachbartisch und setzte sich anschließend mit einem Schnaufer wieder hin.

Auch seine Freunde widmeten sich nun wieder internen Angelegenheiten.

„Für einen Wassertrinker hast du aber einen guten Zug am Leib, Paul", meinte Kitschke, nachdem Hetzer innerhalb weniger Minuten den ersten Halben geleert hatte.

„Das schmeckt ja auch richtig gut", bemerkte dieser.

„Dann brauchen wir wohl Nachschub, bemerkte Kitschke und gab Moni, die inzwischen wieder hinter dem Tresen stand, mit einem kreisenden Fingerzeig zu verstehen, dass die näch-

ste Runde fällig sei. Aus den Lautsprechern dröhnte gerade „All Together Now" von den Beatles.
„Mein Gott, diese ollen Kamellen. Und dann auch noch eine Gruppe, für die sich heute kein Schwein mehr interessiert", ätzte Beckereidt, der in der Gruppe nicht gerade als Beatles-Fan verschrien war.
„Was hast du gegen Beatles", kam Hetzer aus dem Mustopf.
„Weißt du was, du kannst mich mal mit deinen Beatles", reagierte Beckereidt unwirsch.
In diesem Moment dröhnten zuckersüß die Archies aus den Lautsprechern.
„Oh nein, was is das denn für ein Sud? Was legt denn Freddi da heute für einen Mist auf?", maulte Beckereidt, inzwischen schon angetrunken wirkend, und begann, den Song auf Deutsch nachzuäffen: „Zucker, dadadidadida; Honig, Honig, dadadidadida. Du bist mein Süßigkeiten-Mädchen. Und du machst mich dich wollend ... Hee Freddi, stell doch mal diesen Scheiß ab und leg was Anständiges auf", polterte er durch den Gastraum und bekam dafür von den Nachbartischen Applaus.
„Hey, warum singst du nicht weiter?", lachte Hetzer mit zunehmender Lautstärke.
„Tschuldige Matthias. Is das falsche Band reingerutscht. Wird sofort abgestellt", rief Freddi vom Tresen herüber.
„Ja, ja, schon gut. Ich wollte ja nur nicht, dass wir gleich bei Middle of the Road landen", rief Matthias schon wieder versöhnlich.
Sogleich verstummten die Archies, und stattdessen starteten die Stones mit stählernem Rhythmus und Kreissägen-Klängen von „Street Fighting Man".
„Viel besser, viel besser! Na, geht doch, Freddi", kommentierte Matthias Beckereidt hoch zufrieden.
Lesczak hatte sich inzwischen zu Hetzer herübergebeugt. „Na, und wie geht's unserem Fürsten? Hat er schon das Pamphlet verdaut?"
„Dem Fürsten geht's gut. Von so einem blöden Wisch lässt der sich doch nicht aus der Ruhe bringen", antwortete Hetzer gut gelaunt.
„Na, prima! Dann lasst uns mal einen Schluck auf ihn trinken", schlug Lesczak vor und hob seinen Bierkrug. „Liebe

Genossen, aus gegebenem Anlass sollten wir eines Mannes gedenken, der die Gutherzigkeit und Großzügigkeit in Person ist, auch Sanftmut, Ehrlichkeit und Ritterlichkeit zu seinen Tugenden zählen kann. Ein stattlicher Mann edlen Geblüts und ebensolcher Gesinnung. Ein Mann, dem die Menschen vertrauen. Ein Mann, ein Wort, sozusagen. Trinken wir also auf den größten Regenten, den Reinickendorf im 20. Jahrhundert hervorgebracht hat, seine Durchschlaucht Fürst Horst von Adelmann Sozi Graf zur frohen Aue."
„Das hört sich so an, als ob der Kerl schon tot wäre", bemerkte Kitschke.
„Das wäre unser aller Unglück", tat Lesczak verzweifelt.
„Du bist ja betrunken", maulte Uta dazwischen. Den anderen schien die kurze Lobrede eher gefallen zu haben.
„Prostata. Onanie so'n Bier getrunken", krähte Beckereidt heiser und streckte so schwungvoll seinen Krug in Richtung Tischmitte, dass der gegenübersitzende Hetzer einige Spritzer ins Gesicht bekam.
„Hoppla. Schmeckt dir dein Bier nicht mehr, oder warum verschüttest du es?", fragte Hetzer. Ich finde, nach einer so eindrucksvollen Rede ist es Zeit für ein kleines Liedchen."
„Hört, hört, mein Freund kommt ja richtig in Fahrt. Das ist wohl der segensreichen Wirkung des Alkohols zu verdanken", lachte Kitschke.
„Ja, ein Lied", stimmte Beckereidt zu und begann leicht schleppend mit "Brüder zur Sonne, zur Freiheit ..."
„Halt, halt, halt!", quakte Lesczak dazwischen. „Da hab ich was Besseres" und fing zu brummen an: „Die Partei, die Partei, die hat immer Recht ..."
„Hör bloß auf mit diesem Kommunistengekrächze", intervenierte Hetzer. „Wie wäre es denn mit einem Loblied auf eine hoffnungsvolle neue politische Gruppierung diesseits der SED. Kennt ihr vielleicht noch nicht eure neue Vereinshymne?", setzte er kichernd fort. In der Runde wurde es still, als Hetzer nun anhob. „Das ganze Scha...heißhaus steht in Flammen, sogar der Arsch ist in Gefahr. Wir sind die Männer mit den Schläuchen, hurra die Feuerwehr ist da."
„Pass mal auf, Paul. Wenn du das noch mal singst, steht gleich was anderes in Flammen, kann ich dir versprechen", funkelte

ihn Beckereidt an.

„Was ist plötzlich los mit dir. War doch ein nettes Liedchen", entgegnete Kitschke völlig verständnislos. Dann beruhigte sich die Szene, als Moni mit einer frischen Runde kam.

Kurz darauf verabschiedeten sich Lesczak und Uta, nicht ohne noch einige anzügliche Bemerkungen, insbesondere von Kitschke mit auf den Weg zu bekommen: „He, Detlef, ist jetzt noch ein bisschen Mathe-Nachhilfe angesagt?"

„Ja, ja, ich weiß, von wegen Stechiometrische Rechnung. Mensch Harald, der hat doch schon sooooon Bart", antwortete Lesczak und schwenkte dabei zur Demonstration seine Rechte vom Kinn bis fast zum Boden. Anschließend half er Uta wie selbstverständlich und galant in die Jacke. Sie drehte sich noch einmal um, warf ein unschuldiges Lächeln in die Runde und verabschiedete sich winkend.

Nachdem die Kneipentür hörbar zugefallen war, drehten sich die beiden noch auf der Eingangstreppe zueinander und gaben sich einen schier endlosen Kuss.

Schließlich fragte Lesczak: „Sehen wir uns am Wochenende?"

„Das kann ich noch nicht sagen, Detlef. Du weißt doch, dass für meinen Alten das Wochenende so eine Art heiliges Familienfest ist, bei dem alle dabei sein sollen. Ich finde das ja ziemlich daneben, aber so ein bisschen Rücksicht muss ich auf ihn noch nehmen. Sonst kommt wieder die alte Leier von wegen: Solange du deine Füße unter unseren Tisch stellst ..."

„Ja, ja, weiß ich schon. Fehlt nur noch, dass ihr am Sonntag Morgen in die Kirche geht. Verstehen kann ich das sowieso nicht. Du bist volljährig, dein Alter kann dir nichts mehr ..."

„Das ist die Theorie. Die Praxis sieht anders aus. Vor allem für eine Tochter und besonders, wenn sie noch Einzelkind ist."

„Ich finde ihn schon in der Partei abartig und muss mich dann eigentlich nicht wundern, wenn er privat genauso ist."

„An diesem Wochenende kommt noch Besuch hinzu."

„Und? Ist das wichtig?"

„Es ist Papas alter Schulfreund mit seiner Familie. Du müsstest den übrigens kennen."

„Seit wann verkehre ich mit den Schulfreunden deines Vaters? Da kann ich mir wirklich spannenderes vorstellen."

„Sagt dir der Name Zuchtmeister etwas?"

„Du meinst doch nicht diese rechte Sau aus Steglitz? Das ist der Schulfreund von deinem Vater? Hätte ich mir denken können, dass dein Vater mit solchen Typen befreundet ist."
„Genau um den handelt es sich. Und ich fürchte, der bringt auch noch seinen debilen Sohn Norbert mit. Der ist genauso alt wie du, aber ein echter Kotzbrocken."
„Von wem er das wohl hat? Vielleicht sollst du ja mit Zuchtmeister junior verkuppelt werden, nachdem das mit Ansorge nicht geklappt hat."
„Es ist wirklich erstaunlich, wie du dich in die Denkweise meines Vaters versetzen kannst."
„Und ich soll also am Wochenende mit Kitschke einen saufen gehen und dabei die ganze Zeit daran denken müssen, dass Zuchtmeister junior dir gerade auf die Pelle rückt?"
„Du wolltest doch sowieso mit Beckereidt zu Hertha gehen, oder? Und um mich musst du dir keine Sorgen machen. Wenn Norbert zudringlich werden sollte, kriegt er von mir eine gelangt. Aber ich glaube, ich habe da nichts zu befürchten. Norbert hat nämlich von der Bauernschläue und Skrupellosigkeit seines Vaters nichts abbekommen. Und außerdem steh ich auf dich", meinte Uta und drückte Detlef noch einen dicken Kuss auf die Wange.
Im „Miraculix" war man inzwischen eine Runde weiter. Neben einer Batterie von Halbliter-Krügen Bockbier standen nun auch noch kleine Schnapsgläser, gefüllt mit Persiko, den Beckereidt nur „Perversiko" nannte. Hetzer war aufgerückt und saß nun genau zwischen Beckereidt und Kitschke. Alle drei hatten reichlich intus.
„Die beiden scheinen es ja wild zu treiben", meinte Hetzer.
„Bist wohl neidisch, was?", erwiderte Beckereidt. „Musst du aber nicht. Du hast ja deinen Adelmann."
„Sei nicht albern, Matthias, ich bin doch nicht schwul."
„Es reicht ja, wenn du's politisch mit ihm treibst. Vielleicht noch mit dem fetten Wabbel Schiederkorn dazu."
„Ich leide doch nicht an Geschmacksverirrung. Mit Schiederkorn haben wir gar nichts am Hut."
„Erzähl mir nichts. Der hat doch immer zu eurer Bande gehört. Und jetzt soll er auch noch stellvertretender Kreisvorsitzender werden, oder?"

„Du musst nicht jede Scheißhausparole glauben, die in der Partei kursiert. Jetzt verrate ich dir mal was, Matthias. Adelmann hasst Schiederkorn. Deshalb wird der Schiederkorn gar nichts kriegen bei den Wahlen, das kann ich dir versichern."
„Das ist eine wundervolle Nachricht, Paul. Darauf stoßen wir an. Und wenn wir schon bei Bekenntnissen sind, verrate ich dir jetzt auch mal was, Paul. Das Anti-Schiederkorn-Papier, das gerade in der Partei für Unruhe sorgt, ist von uns", eröffnete Beckereidt und tippte sich dabei mehrfach auf die eigene Brust. „Ich hab selbst an der redaktionellen Ausarbeitung mitgewirkt. Da staunste, was?"

Jetzt haben sie ihn unter die Erde gebracht. Endlich! Manteuffel war richtiggehend froh darüber, dass Trauerfeier und Beerdigung Adelmanns über die Bühne gebracht waren. Seit dem Tod Adelmanns war sich Manteuffel wie in einem Irrenhaus vorgekommen. Sie hatte fast nur noch mit Anrufen trauernder Sozis, wüsten Spekulationen, täglich neuen innerparteilichen Gerüchten und haarsträubenden Bezichtigungen zu tun. Dazu die Erwartungen der Leser. Nichts weniger als wöchentliche Sensationen schienen sie von ihr zu verlangen. Gut, sie hatte die Leser verwöhnt, hatte alles rausgehauen, was sie in Erfahrung bringen konnte. Und das war eine ganze Menge gewesen. Mehr jedenfalls, als ihre Kollegen bei den Tageszeitungen zustande gebracht hatten. Deren Interesse schien bereits eine Woche nach dem Mord spürbar abgeebbt zu sein. Der „NB" dagegen stand glänzend da. Die Auflage hatte sich seit dem Tod Adelmanns um zehn Prozent erhöht. Ein Fakt, mit dem Manteuffel nicht hausieren ging. Ihr war es regelrecht peinlich, derart vom Tode eines Menschen zu profitieren. Indirekt und ungewollt, versteht sich. Aber die Mehreinnahmen hatte der Verlag auch dringend nötig, denn durch Manteuffels Bindung an die Adelmann-Geschichte hatte man viel mehr Texte von Freien einkaufen und drucken müssen als üblich, um die Zeitung zu füllen.
Nun hatten Adelmann und seine Geschichte noch einmal einen großen Tag. Die Trauerfeier fand im Ernst-Reuter-Saal

statt, der mit mehr als 600 Personen proppevoll war. Praktisch die gesamte Landesspitze der SPD war angetreten, dazu Abordnungen von Senat, Bezirken, Parteien, das komplette Reinickendorfer Bezirksamt, Vertreter der SPD-Abteilungen, von Arbeitsgemeinschaften, Gewerkschaften und so weiter. An der Stirnwand der Bühne hinter dem Rednerpult prangte ein überdimensionales Foto mit einem selten milde lächelnden Antlitz des Verstorbenen. Ein Trauerflor verlief schräg über eine Ecke des Bildes. Viele fühlten sich verpflichtet zu reden und posthum die edelsten Gesinnungen und Qualitäten aus dem Verstorbenen heraus zu kitzeln. Für Personen, die Adelmann näher gekannt hatten, entbehrte die Veranstaltung nicht eines gewissen satirischen Elements. Manteuffel krallte sich mit zunehmender Verkrampfung in ihren Stuhl in der zweiten Reihe, musste an sich halten, um nicht mitten in einer Rede aufzuspringen und hinaus zu laufen. Nach zwei Stunden schließlich war es überstanden. Zum größeren Teil zerstreute sich die Trauergemeinde, ein kleinerer Teil fuhr zum Frohnauer Friedhof, wo die Beisetzung stattfinden sollte. Der schwere Eichensarg wurde von vier Männern und zwei Frauen, alle von kräftiger Statur und Mitglieder des Reinikkendorfer SPD-Kreisvorstandes, getragen. Ansonsten waren die jeweiligen Abordnungen zu dieser „Feier im Kreise der Familie" nur mehr durch eine oder höchstens zwei Personen zusammengeschmolzen. Es sprach der evangelische Gemeindepastor, und rund um das offene Grab türmten sich Kränze und Blumenschmuck. Friedhofsmitarbeiter mussten den Schmuck zum Teil auf einer angrenzenden Wiese deponieren, um eine Gasse zum Grab frei zu halten.
Womit Manteuffel nicht gerechnet hatte, war das Verhalten von Eva Adelmann. Die Witwe stand regungslos am Sarg, warf anschließend etwas Sand ins Grab und ging. Weder brach sie in Tränen aus, noch ließ sie sich kondolieren. Das war schon merkwürdig. Auf einer Länge von bald einem Kilometer war die Hainbuchenstraße von der Zonengrenze bis fast zum Maximiliankorso von Wagen der Trauergäste zugeparkt, und vor dem Friedhofszaun hatten sich Dutzende Neugierige versammelt, um einen Blick auf die mehr oder weniger prominente Trauergemeinde zu erhaschen. Nach einer knappen

Stunde löste sich alles in einem Riesenstau auf, den die Polizeibeamten mit Mühe und Geduld schließlich bewältigten.

Nun endlich würde sie wieder mehr Zeit für seriöse Recherchen im Fall Adelmann haben, dachte Manteuffel. Noch dröhnten ihr die lobhudelnden Reden der Trauerfeier in den Ohren. War das alles gelogen und geheuchelt? Erst jetzt merkte Manteuffel, dass sie bislang viel mehr in Adelmanns Umfeld als über ihn selbst recherchiert hatte. Wie tickte dieser Adelmann? Wie war er wirklich? Auf diese Fragen konnte sie noch keine abschließenden Antworten geben …

„Bist du mal wieder am Grübeln?", fragte Eva Adelmann, setzte sich auf die Lehne des breiten Wohnzimmersessels und begann spielerisch, ihrem Mann die Schläfen zu kraulen. „Ich finde, du denkst zu viel nach. Immer musst du dir Sorgen machen. Früher warst du fröhlich und spontan. Jetzt gibt es nur noch die Partei. Körperlich bist du kaum noch anwesend und geistig erst recht nicht."
Adelmann drehte seinen Kopf und blickte sie von unten an. Langsam verlor sein Blick die Leere. Meist fühlte er sich in solchen Situationen von seiner Frau eher gestört. Heute einmal nicht.
„Ja, Eva, du hast Recht. Ich sollte mehr zuhause sein und hier nach dem Rechten sehen. Was ist das eigentlich für eine Geschichte mit den Feuerwehrleuten und diesem Rellingen?", fragte er sie auf den Kopf zu.
„Oh, bist du etwa eifersüchtig? Du glaubst doch nicht, ich hätte was mit diesem Rellingen? Dabei hast du mir doch selbst geraten, ich solle Augen und Ohren offen halten und mich in der Partei umhören. Genau das habe ich getan, mehr nicht", erwiderte Eva mit dem süßesten Lächeln, während sie weiterhin sehr zärtlich die Schläfen ihres Mannes kraulte.
Horst sagte nichts, schaute aber Eva zweifelnd in die Augen.
„Es läuft doch alles wunderbar. Du wirst Kreisvorsitzender, Stadtrat und vielleicht auch bald Bezirksbürgermeister. Was willst du mehr?"
Adelmann lachte kurz: „Wenn es mal so einfach wäre. Aber unsere Leute entpuppen sich mal wieder als träge. Und dann

noch das Problem mit den Feuerwehrleuten. Jetzt fehlt noch, dass diese neue Gruppe der Linken ein Angebot macht, und schon steht unsere Kooperation mit denen auf der Kippe."

„Horst, ich habe volles Vertrauen in dich. Außerdem glaube ich nicht, dass die Feuerwehrleute ein Problem darstellen. Nach allem, was ich von Rellingen gehört habe, ist das ein ziemlich zusammengewürfelter Haufen von Idealisten."

„Stimmt genau. Aber Idealisten sind gefährlich."

„Ach was. Das sind doch Politamateure. Ich bin sicher, du wirst die Probleme lösen, so wie du sie bisher immer lösen konntest. Es wird wohl Zeit, den eigenen Genossen mal wieder kräftig Dampf zu machen. Wir werden uns doch nicht so kurz vor dem Ziel abfangen lassen. Das, was du bisher geleistet hast, wird von der Partei leider als eine Selbstverständlichkeit angesehen. Aber ich erwarte jetzt von der Partei, dass sie dir materielle Sicherheit durch eine angesehene Position in dieser Gesellschaft verschafft."

„Liebling, wir werden diese Position erreichen, das verspreche ich dir."

„Das will ich hoffen", beendete Eva die kurze Diskussion und zog sich in die Küche zurück. Adelmann verfiel wieder ins Grübeln. Eva hatte Recht. Die Partei war ihm etwas schuldig. Aber die Situation wurde immer komplizierter, unübersichtlicher. Wenn sich all seine politischen Feinde konsolidieren und ihre eigene riesige Chance erkennen würden, dann könnte das von ihm so langfristig aufgebaute Machtgefüge wie ein Kartenhaus in sich zusammenfallen. Das allein wäre halb so schlimm gewesen. Denn aus Trümmern ließe sich immer wieder etwas Neues errichten. Dieser Zusammenbruch aber durfte um Gottes Willen nicht vor den Parteiwahlen stattfinden. Was danach kam, war ihm zunächst mal ziemlich schnuppe. Aber es waren nicht nur die Feuerwehrleute, die ihm ernste Sorgen bereiteten. Dieser Schiederkorn wird sich nicht so einfach abbürsten lassen, das wusste Adelmann. Lass den jetzt mal auf die Idee kommen, sich an Krüger ranzumachen. Was konnten die beiden zusammen aushecken? Adelmann mochte Krüger nicht sonderlich. Aber er respektierte ihn. Und er hatte mit Krüger so eine Art Stillhalteabkommen. Adelmann würde Krüger dessen Amt lassen, und Krüger würde mithel-

fen, Adelmann einen Stadtratsposten zu verschaffen. Und später irgendwann würde Adelmann Krüger beerben. Als Gegenleistung hatte Adelmann versprochen, Krüger nach oben wegzuloben. Ihn lockte der Bundestag. So hatten sie es sich ausgedacht. Dieser Deal war für beide von Vorteil. Krüger bliebe noch Bezirksbürgermeister, und Adelmann würde in das Stadtratskollegium aufrücken, würde endlich eine Entschädigung von der Partei in Form eines gut dotierten Postens erhalten. Aber da gab es auch noch den Baustadtrat Siegfried Lentscheider. Ein Mann mit recht kleiner Lobby innerhalb der Partei aber mit großen Sympathien im Wahlvolk. Lentscheider, von Beruf Ingenieur, stand in dem Ruf, dem Bezirk in den letzten Jahren eine moderne Verkehrsinfrastruktur und noch das ein oder andere repräsentative Gebäude verpasst zu haben. Einst als schüchtern-zurückhaltender Technokrat ins Amt gewählt, gab sich Lentscheider inzwischen jovial-volksnah und kostete seine gestiegene Popularität aus. Adelmann mochte den Genossen Lentscheider nicht. Zugegeben, der Mann hatte frischen Wind in das zuvor über Jahre leicht verstaubte Amt gebracht. Aber er wurde ihm langsam zu selbstbewusst. So etwas kann auf die Dauer nicht gut gehen, das wusste Adelmann aus Erfahrung. Auch Lentscheider war von den Rechten gekommen, hatte sich aber jüngst in Sachen Parteipolitik auffallend zurückgehalten. Das ärgerte Adelmann. Glaubte Lentscheider vielleicht, er habe wegen seiner Sympathien in der Bevölkerung die Unterstützung einer innerparteilichen Gruppe nicht mehr nötig? Dass er sich da mal nicht irrte! Schließlich waren immer noch diese Gruppen für die Aufstellung der Kandidaten zuständig. Vielleicht muss ich den selbstsicheren Herrn einfach mal an seine Verpflichtungen der Partei gegenüber erinnern, dass er seiner Gruppe Stimmen zu bringen hatte. Was aber, wenn Lentscheider sich von der Rechten abwandte? Konnte er vielleicht zur Linken oder gar zu den Feuerwehrleuten überlaufen? Konnte er sich neue Bündnispartner suchen? Gessler etwa, oder Schiederkorn, oder gar Rellingen?
Plötzlich hatte Adelmann eine Idee und musste unwillkürlich grinsen. Lentscheider wird den Teufel tun. Er wird bald angekrochen kommen und bei mir Abbitte leisten, dachte Adel-

mann. Dank der Frohnauer-Wald-Affäre. In dieser Sache steht der Baustadtrat mitten im Kreuzfeuer. Lentscheider wird den entscheidenden Fehler machen, für den man ihn anschließend schlachten kann. Er, Adelmann, wird schon dafür sorgen, dass Lentscheider diesen Fehler begeht.

Ja, Adelmann war heimtückisch. Das stand für Ulrike Manteuffel inzwischen außer Frage. Heimtückisch, diese Vokabel war freilich während der Trauerfeier nicht gefallen. Natürlich nicht! Höchstens in einem Vier-Augen-Gespräch mit einem Genossen, der schon mal von Adelmann abgebürstet worden war. Aber „der Fürst" war viel mehr als nur heimtückisch. Er war auch raffiniert, er war schlau, und zwar nicht nur bauernschlau. Er war ein Stratege, der mehrere Schritte voraus zu denken vermochte, etwa so wie Bobby Fischer im Schach. Beim Schach ein Muss, war solcherlei Begabung in der Politik alles andere als alltäglich. Und er hatte Phantasie. Das war die eigentliche Gefahr für seine Gegner. Adelmann baute strategische Fallen mit Phantasie und Tücke. Die konnte niemand sehen oder ahnen. Und das Ganze – Heimtücke, Raffinesse, Schlauheit und Phantasie – verbarg Adelmann hinter der Allerweltsmaske des gepflegten Biedermannes mit scheinbar verbindlicher Freundlichkeit. Wer ihn nicht kannte, hielt Horst Adelmann für einen netten, freundlichen, unscheinbaren Menschen, der sich vielleicht mit seinem Nachbarn über herüber wachsende Unkräuter streiten mochte, aber sonst nichts Böses im Schilde führte. Adelmann besaß die perfekte Polittarnung. Aber warum hatte Adelmann so gelassen auf Evas Annäherungsversuche bei Rellingen reagiert? Seine schöne Gattin und der attraktive junge Akademiker. Schlau war er ja selbst, aber so gebildet wie Rellingen sicher nicht. Da war ihm der promovierte Germanist eindeutig überlegen. Aber Schläue allein reichte in der Partei noch lange nicht zum Sieg. Man musste auch über spezielles Wissen verfügen. Man musste auch die unumstößlichen Fakten kennen.

„Oh Ralf, welch seltenes Ereignis. Es ist schön, dass du dich auch mal wieder im Büro sehen lässt", gab sich Linda Kurheim-Nöll begeistert, als Schiederkorn ihr Büro betrat. Ihr breiter Schreibtisch stand über Eck vor einer zweiseitigen Fensterfront im 18. Stockwerk eines Hochhauses mit herrlichem Blick über den Südwesten der Stadt. Nur wenige Gegenstände standen auf dem Schreibtisch. Den Mittelpunkt bildete eine groß dimensionierte Telefonanlage.
„Linda, du siehst phantastisch aus", entgegnete Schiederkorn. „Du bist nach wie vor die Königin unter Berlins Unternehmerinnen."
„Wenn du so ankommst, plagt dich dein Gewissen, oder du hast schlechte Nachrichten."
„Warum so bärbeißig. Von einem schlechten Gewissen weiß ich nichts, und schlechte Nachrichten habe ich auch nicht. Es gibt wenig Neuigkeiten. Eigentlich wollte ich nur mal wieder reinschauen."
„Du solltest schon deshalb ein schlechtes Gewissen haben, weil du dich in letzter Zeit ziemlich rar gemacht hast. Und wenn es keine Neuigkeiten gibt, bedeutet das ja wohl, dass unser Frohnauer-Wald-Projekt nicht vorankommt."
„Das finde ich jetzt ein wenig ungerecht. Du hast mich genau deshalb engagiert, um Wege zu ebenen, zu antichambrieren und Kontakte zu knüpfen. Das macht man aber nicht vom Schreibtisch. Man muss vor Ort sein, ständig. Da kannst du nicht von mir verlangen, den ganzen Tag im Büro zu hocken."
„Du kannst so viel rumscharwenzeln wie du willst. Aber ich will Ergebnisse sehen. Was hast du mir also zu berichten?"
„Ich habe dir von Anfang an gesagt, dass es sich hier um ein Projekt handelt, das nicht von heute auf morgen zu realisieren ist. Hier müssen gleich auf mehreren Ebenen politische Mehrheiten gewonnen werden. Das braucht Monate. Und erst dann, wenn wir diese Mehrheiten sicher haben, kann der eigentliche bürokratische Prozess in Gang gesetzt werden mit der öffentlichen Vorstellung der Entwürfe, der politischen Diskussion, der Aufstellung eines Bebauungsplans und der Entscheidung darüber in den zuständigen Gremien und Behörden."
„Du erzählst mir nichts Neues. Tu nicht so, als wäre das mein

erstes größeres Bauprojekt. Du kannst mir glauben, dass die architektonisch-technischen Dinge sofort bereit stehen, sobald wir von der politischen Ebene grünes Licht bekommen. Du brauchst dir also um meinen Part keine Sorgen zu machen. Aber ich mache mir langsam Sorgen um deinen Beitrag."
„Da lass dir mal keine grauen Haare wachsen, Linda."
„Wie sieht es denn nun mit den politischen Mehrheiten aus, mein Lieber?"
„Auch das geht nicht so schnell. Es handelt sich ja schließlich nicht um eine einfach anzuwendende Zauberformel. Einmal den Stab geschwenkt, Simsalabim und fertig ist die Mehrheit. So funktioniert das nicht in der SPD. Ich habe mich erst mal bei den entscheidenden Leuten vorgestellt, habe alte Verbindungen wieder aufgenommen und neue Kontakte geknüpft. Ich kann dir schon so viel sagen, dass die Partei dem Projekt sehr positiv gegenüber steht."
„Na, dann können wir ja loslegen. Wann, denkst du, können wir unseren Bauantrag einreichen?"
„Ich an deiner Stelle würde keinesfalls vor den Parteiwahlen aktiv werden. Bis dahin sind es nur noch wenige Monate."
„Wenige Monate? Soll ich hier vielleicht über Monate meine Arbeit einstellen? Du weißt, dass wir dieses Projekt dringend brauchen, nachdem mir diese Einfamilienhaussiedlung in Rüs-selsheim durch die Lappen gegangen ist. Ralf, du musst Druck machen. Ich kann nicht noch ein halbes Jahr warten. Außerdem, wer sagt uns, dass die Mehrheitsverhältnisse nach der Wahl günstiger für uns ausfallen? Wer sagt mir überhaupt, dass deine wichtigen Leute, mit denen du jetzt Kontakte geknüpft hast, dann noch am Ruder sind? Vielleicht kippt der ganze Kreisverband. Und was dann?"
„Nein, das wird nicht passieren. Da kannst du sicher sein."
„Verkauf mich nicht für dumm. Es gibt nichts, was in einer Partei nicht passieren kann. Da hab ich schon einiges erlebt. Vergiss nicht, mein Exgatte war auch so ein Parteihengst."
„Der sich aber etwas blöd angestellt hat ..."
„Ich kann dir nur raten, mehr Einsatz zu zeigen, sonst bist du deinen Job bei mir schneller los, als du denkst."
„Du solltest nicht mit mir wie mit einen Sklaven sprechen."
„Ich rede so mit dir, wie ich es für richtig halte. Erinnere dich

doch mal daran, wer dir kürzlich den Arsch gerettet hat, als du mit einem riesigen Schuldenberg aus Amerika zurückgekommen bist, du Börsenprofi. Denk bitte daran, dass bei Abschluss des Frohnauer Projektes eine stattliche Erfolgsprämie winkt, die du sicher schon mit eingerechnet hast, um das geerbte Anwesen halten zu können."
„Hast du dich jetzt genug ausgetobt? Wenn mir ein Mann so etwas um die Ohren gehauen hätte, hätte ich auf Ärger mit dessen Vorgesetzten getippt. Bei dir glaube ich eher, du hast gerade keinen Kerl ..."
„Oh, das ist doch wieder mal typisch. Wenn ein Mann gegenüber einer Frau in Erklärungsnot ist, greift er gern mal auf Chauvi-Sprüche zurück. Ich warne dich, Ralf, übertreib es nicht. Ich bin ziemlich sicher, dass du in unserer Sache schon viel weiter wärst, wenn du nicht in der Partei auch noch eigene Interessen verfolgen würdest."
„Was meinst du damit?"
„Ich meine deine Ambitionen auf den stellvertretenden Kreisvorsitzenden."
„Wer hat dir denn den Schwachsinn erzählt?"
„Das pfeifen schon die Spatzen von den Dächern. Lass es dir ein für allemal gesagt sein, deine Aufgabe besteht nicht darin, dir irgendein Pöstchen zu erschachern."
„Was heißt hier Pöstchen?"
„Ein Pöstchen ist in meinen Augen jedes Parteiamt, das viel Zeit und Arbeit kostet und dafür kein Geld einbringt."
„Ich würde nicht so viel auf das Gezwitscher geben. Und wenn es so wäre, dass ich mich wieder persönlich engagiere, wäre das doch ein großer Vorteil für unser Projekt."
„Wo läge denn dabei der Vorteil für unser Vorhaben?"
„Ich würde mich sicherlich nicht mit einem Pöstchen zufrieden geben. Ralf Schiederkorns Gewicht ist ein anderes."
„So, so. Unser strahlender Polit-Held. Ich kann mich an eine noch gar nicht so lange zurückliegende Zeit erinnern, als du hier auf Knien angerutscht kamst und um einen Job gebettelt hast. Wenn du glaubst, in der Partei stehen sie alle Spalier, um deine Rückkehr gebührend zu bejubeln, dann täuschst du dich gewaltig. Parteibonzen und solche, die es werden wollen, gibt es auch ohne dich genug. Und mittelmäßige Winkeladvo-

katen erst recht. Aber dank meiner Großzügigkeit bist du sehr schnell ins warme Nest gefallen."
„Mit deiner Einschätzung der Bedeutung des stellvertretenden Kreisvorsitzenden liegst du leider absolut daneben."
„Du gibst also zu, stellvertretender Kreisvorsitzender werden zu wollen. Warum nicht gleich Kreisvorsitzender?"
„Will ich doch gar nicht. Ich will doch nur etwas Unruhe stiften, und das scheint gut zu gelingen."
„Leg dich aber nicht mit Adelmann an."
„Ich bin doch nicht lebensmüde. Adelmann steigt doch jetzt zum Kreisvorsitzenden auf, außerdem zum Stadtrat."
„Im Grunde genommen habe ich wenig Lust, mich jetzt auch noch in den Parteikram einzumischen. Ich erwarte von dir, dass die Sache zügig verfolgt wird. Ich sehe ein, dass wir die Parteiwahlen abwarten müssen. Ich will aber schon davor die offizielle Bauvoranfrage einreichen, damit wir hier Fakten schaffen. Falls die Linke dann die Mehrheit bekommt, kann sie sich nur noch schwer herausziehen, wenn ich vom Bezirksamt schon einen positiven Bescheid habe. Und mit diesem Bescheid kriege ich auch wieder Geld von der Bank."

Manteuffel hatte sich schon gewundert, dass der politische Gegner im Kalkül der Sozis praktisch nie auftauchte. Von Adelmann hieß es, er hätte über beste Kontakte zur CDU verfügt. Aber das konnte natürlich auch eine „Sch... haus-Parole" der SPD-Linken gewesen sein. Fakt blieb, dass sich die Bezirksamtsmitglieder der CDU auffallend zurückhaltend zum Thema „Frohnauer Wald" äußerten. Vielleicht wollten sie erst einmal den SPD-internen Klärungsprozess abwarten oder genüsslich zuschauen, wie sich die Flügel der Sozis gegenseitig vor die Schienbeine traten. Nun aber schien für die Christdemokraten die Zeit gekommen, um in Sachen Wald-Bebauung Pflöcke einzuschlagen.

Der Zeitpunkt war geschickt gewählt, an einem Sonnabend Vormittag, sechs Tage vor der Jahreshauptversammlung der Frohnauer SPD, zog ein bunter Korso von Menschen, bewaffnet mit Rasseln, Trillerpfeifen und Protestplakaten vom Donnersmarckplatz, über den Sigismundkorso, um den Ludolfingerplatz, anschließend über die Bahnhofsbrücke zu einer Art Schlusskundgebung auf dem Zeltinger Platz. Begleitet wurde der Zug von drei uniformierten Polizeibeamten – zwei am Kopf und der dritte am Ende des Zuges. Außerdem versuchte rund ein Dutzend „Weißer Mäuse" den Verkehr an den Zufahrtsstraßen zu regeln. Aufgerufen zur Demonstration haten der Grundbesitzerverein sowie die CDU Frohnau. Die protestierende Klientel reichte von der jungen Familie bis zum Rentner, vom kleinen Angestellten bis zum Unternehmer und Villenbesitzer. Halblaut, eher schüchtern wurden gelegentlich Parolen skandiert. Die meiste Zeit aber glich der Zug einem Schweigemarsch. Zu diesem Eindruck trug nicht zuletzt ein aus Karton gebastelter schwarzer Sarg bei, der am Kopf des Zuges getragen wurde. Auf den Seiten des Sarges war mit großen gelben Lettern das Wort „Frohnau" gemalt. Gekrönt wurde der von zwei schwarz gekleideten Männern geschulterte Kasten von einem ebenfalls schwarzen Kreuz. Insgesamt mochten sich wohl mehr als 1.000 Menschen gegen zehn Uhr im Sigismundkorso aufgereiht und praktisch den gesamten Vormittagsverkehr im Ortsteil zum Erliegen gebracht haben. Auf den selbst gemalten Plakaten waren Parolen zu lesen wie: „Stoppt den Ausverkauf Frohnaus", „Frohnau muss Gartenstadt bleiben" oder „Die SPD verkauft unsere Gartenstadt". Was für West-Berliner Verhältnisse in der Zeit der Studentenunruhen vielleicht als Miniaufstand belächelt worden wäre, war für Frohnau geradezu eine Ungeheuerlichkeit. Noch nie hatte es nach dem Krieg, soweit sich die Bewohner zurück erinnern konnten, eine so große politische Demonstration in der Gartenstadt gegeben. Als die Spitze des Zuges die Bahnhofsbrücke erreichte, waren Jürgen Schlegel, Andreas Karthaus und weitere Mitglieder gerade dabei, den SPD-Infostand am Markteingang aufzubauen. Auch Horst Adelmann hatte sich eingefunden, „um Flagge zu zeigen", wie er unter den Mitgliedern angekündigt hatte. „Wir dürfen der CDU Thema und Straße nicht allein überlassen", hatte Adelmann die SPD-Mitglieder aufgefordert, in möglichst großer Zahl zu erscheinen und „mit dem Bürger" zu diskutieren. Zum diskutieren kam man jedoch zunächst nicht, denn aus

dem Zug heraus wurden sie mit Buhrufen, Schmähungen und einem gellenden Pfeifkonzert bedacht. Vereinzelt flogen aus Flugblättern zusammengeknüllte Papierkugeln in Richtung SPD-Stand. Einer der Polizisten, die den Zug angeführt hatten, stellte sich nun demonstrativ vor den Infostand, gab Adelmann und Schlegel die Hand und versicherte ihnen, dass die Staatsgewalt Übergriffe der Demonstranten auf die Partei nicht dulden werde. Nach einer Viertelstunde hatte der Zug die Brücke vollständig passiert und sich auf dem Zeltinger Platz versammelt. Über Lautsprecher gaben die Vertreter von Grundbesitzerverein und CDU verabredungsgemäß kurze Verlautbarungen von sich und forderten die Menge auf, sich anschließend zu Fahrgemeinschaften zusammenzuschließen und in etwa einer Stunde vor dem Rathaus Reinickendorf zur Fortsetzung der Demonstration einzufinden. Darauf zerstreute sich die Menge rasch, hinterließ jedoch weiterhin einen riesigen Fahrzeugstau, der von der Burgfrauenstraße bis über die beiden Plätze zurückreichte. Während sich der Verkehr langsam normalisierte, trafen immer mehr Frohnauer am SPD-Infostand direkt neben dem Eingang zum Wochenmarkt ein. Rund ein Dutzend Mitglieder standen schließlich um den Tapeziertisch herum, hatten sich tapfer rote SPD-Buttons an die Revers geheftet, um für die Bürger als Sozialdemokraten erkennbar zu sein. Im Laufe der nun einsetzenden Diskussionen kam es zu teilweise hitzigen Wortgefechten. Handgreiflichkeiten jedoch konnten vermieden werden, wohl nicht zuletzt deshalb, weil der Polizeibeamte stur stehen geblieben war und die Szenerie aufmerksam verfolgte. Erst als die SPD-Mitglieder zum Marktschluss gegen 13 Uhr ihr Infomaterial einsammelten und den Tapeziertisch zusammenklappten, zerstreute sich die Menge, und der Beamte verabschiedete sich mit Handschlag bei Adelmann.
"Man, man, die Leute waren ganz schön sauer auf uns. Gut, dass der Polizist die ganze Zeit dabeigeblieben ist. Ich weiß nicht, ob ich sonst mit heiler Haut davongekommen wäre", erklärte Schlegel Adelmann.
Der grinste und erwiderte: "Die Leute werden sich schon wieder beruhigen. Ich habe ihnen versichert, dass die SPD alles tun wird, um die Bebauung des Frohnauer Waldes zu ver-

hindern. Und was den Beamten anbetrifft, den habe ich im Voraus angefordert, weil ich mir schon denken konnte, dass es hier zu hitzigen Debatten kommen würde."
„Dennoch war ich überrascht, denn üblicherweise sagen die Beamten nur mal guten Tag und verschwinden wieder."
„Hier lag der Fall anders, denn es handelte sich um einen Genossen aus unserer Abteilung. Der wusste schon, was er seiner Partei schuldig ist", antwortete Adelmann.

Es ist schon erstaunlich, was man in quasi hilflosem Zustand so alles aufgetischt bekommt. Endlich hatte Ulrike Manteuffel ihrem seit Tagen verspürten Drang nachgegeben, sich mal wieder von ihrer Kosmetikerin Yvonne verwöhnen zu lassen. Das hatte sie seit Wochen nicht mehr getan, natürlich wegen der Sache Adelmann. Einerseits hatte sie unglaubliche Lust auf solchen Luxus. Andererseits wollte sie aber vermeiden, dort Eva Adelmann zu begegnen. Wie auch immer, Ulrike Manteuffel wähnte sich in schlimmem Zustand. "Ich sehe aus wie zerrissen Plümo", lautete ihr Standardspruch, was natürlich maßlos übertrieben war. Also erst mal zum Friseur und dann zur Kosmetik. Und weil die Praxis zwei Ecken von der Redaktion entfernt war, rief Manteuffel kurzentschlossen an und bekam überraschenderweise sofort einen Termin. Zunächst musste sie sich Vorwürfe von Yvonne gefallen lassen, sie vernachlässige sich seit Monaten. Doch es kam noch besser. Yvonne wartete mit ihrem Überfall, bis die Gurkenmaske aufgelegt war. Dann aber schoss sie eine Frage nach der anderen ab. Ob sie immer noch in der Mordsache Adelmann recherchiere? Was sie persönlich von Eva Adelmann hielte? Ob die Polizei ihren Liebhaber ermittelt hätte?, und so weiter. Erst nach einer ganzen Weile merkte Manteuffel, dass es ihrer Kosmetikerin gar nicht um exklusive Informationen ging. Sie hatte selbst einiges los zu werden.
"Also, da kann man mir erzählen, was man will. Und ich will ja auch nicht über eine gute Kundin herziehen. Aber eine trauernde Witwe ist die Adelmann sicher nicht. Die kommt jetzt doppelt so oft wie früher. Hat offensichtlich viel Zeit. Und Geld ja sowieso. Die hat ja selbst geerbt, noch vor Kurzem. Die Villa, und Bargeld soll auch einiges dabei gewesen

sein. Jetzt kommt noch die Witwenrente dazu. Hat sie eigentlich gar nicht nötig. Könnte sie doch stiften. Aber trotzdem. Trauern tut die nicht, dass sag ich dir, Ulrike. Ich glaub sogar, die hat 'nen Kerl, und zwar nicht erst seit dem Tod ihres Mannes. Ne, ne, schon länger. Wurde ja auch mal Zeit. Ihr Alter hat sie doch nach Strich und Faden betrogen. Das weiß hier jeder. Und anfangs hat sie das gar nicht gut verdaut. Ich hab das immer gleich gemerkt, den Frust und so. Würde mich gar nicht wundern, wenn die's ihrem Mann gezeigt hat. Du weißt schon, mit dem Messer am Hubertussee. Ist zwar nicht gerade üblich bei Frauen. Aber sportlich genug ist die auf jeden Fall. Und kräftig, auch wenn die so zierlich wirkt. Hat mir hier mal geholfen, so eine fette Wachtel auf die Liege zu wuchten. Ich sage dir, Ulrike, die Adelmann kann ganz schön austeilen, wenn's drauf an kommt. Und zwar nicht nur mit dem Mundwerk. Haare auf den Zähnen hat die ja sowieso. Immer hat sie ihren Alten angetrieben, von wegen der Karriere, und so. Hat sich schon als Reinickendorfs First Lady, als Frau Bezirksbürgermeisterin gesehen, echt. Vielleicht hat ihr Alter das einfach falsch verstanden. Oder der brauchte einen Ausgleich. Wer weiß. Aber mit dem Messer? Wer weiß. Also ich hätte den vergiftet." Nach diesem Monolog schwor sich Manteuffel, vor Ende der Adelmann-Geschichte einen großen Bogen um ihre Kosmetikerin zu machen. Dennoch war sie froh über die Informationen, die sie von Yvonne bekommen hatte.

Nun ging es endlich ans Eingemachte. Die Jahreshauptversammlung der SPD-Frohnau stand unmittelbar bevor. Der gewitzte Schlegel hatte nicht vor, die Macht in der Abteilung mit seinem Widersacher Adelmann zu teilen ...

Andreas Karthaus und Jürgen Schlegel hatten sich gründlich vorbereitet. Sie hatten das Büro von Andreas' Mutter in eine Art Wahlkampfzentrale umfunktioniert. An den Wänden hingen mehrere mit bunten Stecknadeln gespickte Frohnau-Pläne. Ein Telefon und ein Kopierer standen zur Verfügung. Die Kerntruppe von rund 15 Genossen befand sich – wie Schlegel es ausdrückt – in Alarmzustand. Die meisten von

ihnen saßen noch zu Hause vor ihren Telefonen und warteten auf Anweisungen, während die „Zentrale" nahe des Zeltinger Platzes von Schlegel, Karthaus, Gleichen und Chemnitz besetzt war, die außerdem noch Unterstützung von den beiden Nachwuchs-Jusos Klaus und Petra sowie Schlegels Freundin Birte erhielten. „Genossen, je besser alles funktioniert, desto erfolgreicher wird der Abend für uns. Vor euch hängt eine Karte mit vielen roten, schwarzen und grünen Stecknadeln. Jede Stecknadel steht für ein Parteimitglied. Bei den meisten von ihnen können wir einschätzen, ob es sich um Linke oder Rechte handelt. Die sind entsprechend rot oder schwarz gekennzeichnet. Die Grünen, das sind die Neutralen, also Leute, von denen wir nicht wissen, wie sie wählen werden. Einer von uns wird nachher unsere „Zentrale" führen müssen. Denn alle Stimmberechtigten von uns sollen natürlich zur Jahreshauptversammlung gehen. Da bleibt nur noch Birte übrig, die später noch Verstärkung bekommt. Andreas oder ich werden ihr nachher aus der Versammlung heraus die Namen derjenigen durchgeben, die im Saal sitzen. Das gleicht Birte mit der Karte sowie mit einer extra erstellten Liste ab. Wir brauchen einen genauen Überblick, denn wir wollen schließlich keine unangenehmen Überraschungen erleben."
„Wat meenste denn mit unanjenehm Übaraschungn?", fragte Gleichen.
„Ich meine damit, dass wir gern rechtzeitig wissen wollen, ob wir mit einer Mehrheit rechnen können. Um die zu sichern, werden wir gleich noch einmal alle unsere Leute anrufen, um sie daran zu erinnern, zur Wahl zu gehen. Auch für diese Anrufe haben wir die entsprechende Liste vorbereitet."
„Wie willste denn im Kasino unjestöat telefonian? Wenn ick mich recht ahinnere, hängt da dit Telefon vorm Jastraum – janz unjünstich."
„Das ist sehr gut beobachtet. Ich weiß außerdem, dass der Wirt ein sehr guter Bekannter des Fürsten ist. Insofern dürfen wir überhaupt nicht davon ausgehen, dass wir im Kasino unbelauscht telefonieren können. Ich habe deshalb meine Kontakte zur Reichsbahn spielen lassen. Da gibt es in den Katakomben des S-Bahnhofes einen Raum mit einem Anschluss an das öffentliche Telefonnetz. Und diesen Anschluss werde ich

während der Sitzung nutzen. Ich brauche das Kasino nur unauffällig durch den Seitenausgang zu verlassen, gehe in Richtung Postparkplatz und bin schon im Seitenflügel des Bahnhofs. Von dort aus kann ich unsere „Zentrale" jederzeit anrufen. Bei der kurzen Entfernung zu Birte können wir im Notfall auch Boten hin- und herschicken."
„Das hört sich ja alles ziemlich perfekt an. Aber an welche Art von Notfall ist denn zu denken?", wollte Klaus wissen.
„Im Grunde geht es nur um den Anfang der Sitzung. Wir müssen wissen, ob die von uns mobilisierten Genossen auch gekommen sind. Nur dann können wir in etwa abschätzen, ob es für uns reicht", erklärte Andreas. „Eventuell müssen wir spontan bei dem ein oder anderen noch mal jemanden vorbeischicken, ihn einladen und zum Kasino kutschieren."
„Ein gutes Stichwort, Andreas. Wir haben ja einen Abholdienst organisiert, für ältere und behinderte Genossen sowie für solche, die relativ weit weg wohnen. Die holen wir dann mit dem Auto ab", erklärte Schlegel.

„Die Rechten wern ja wohl wat ähnlichet vaanschtaltn."
„Davon kannst du ausgehen, Stefan."
„Ick globe alladings, dat die Rechten in diesn Dingen mehr Afahrung ham als wia. Habta euch ooch ma übalecht, ob die nich nochn paa schmutzje Tricks uff Laga ham?"
„Darüber machen wir uns ständig Gedanken. Es bringt allerdings nichts, wie das Kaninchen auf die Schlange zu starren. Wir sollten uns auf unsere eigenen Stärken konzentrieren", erwiderte Schlegel. „Lasst uns jetzt mal das Ganze durchspielen. Die Abteilung hat genau 183 Mitglieder. Das bedeutet, dass die absolute Mehrheit theoretisch bei 92 liegt. Wer also 92 Stimmen aufbringen kann, der hat die Abteilung mit absoluter Sicherheit im Sack. Jetzt schauen wir uns mal diese Karte genau an. Gesteckt sind 60 rote, 52 schwarze und 71 grüne Nadeln. Wenn wir die absolute Mehrheit anstreben und die Rechten in die Pfanne hauen wollen, brauchen wir also zu unseren 60 roten Stecknadeln noch 32 weitere. Da wir nicht damit rechnen können, von Rechten unterstützt zu werden, müssen wir diese 32 Stimmen also bei den Neutralen holen, beziehungsweise bei den Feuerwehrleuten. Inzwischen gibt es

ja einige von ihnen. Die Bekanntesten dürften die Genossen Rösler und Beckereidt sein, die ja bis vor nicht allzu langer Zeit noch zu Links gezählt wurden. Ich weiß, es gibt unter uns einige Vorbehalte gegenüber diesen Genossen. Aber ich fürchte, wir sind auf ihre Unterstützung angewiesen."
„Kriegen wir denn ihre Unterstützung?", wollte Petra wissen.
„Ich habe mit den beiden Genossen gesprochen. Sie mögen uns zwar nicht, aber die Rechten mögen sie noch weniger", erwiderte Schlegel.
„Aber wir haben vorgebaut", griff Andreas Karthaus ein. „Wir haben uns im Wahlkampf auf die grünen Stecknadeln konzentriert. Sie sind alle von unseren Leuten besucht worden. Wir wollten wissen, wie sie die allgemeine Lage sehen, welche Gruppierung ihnen sympathisch ist, und ob sie zur Jahreshauptversammlung kommen. Dabei sind wir sehr vorsichtig vorgegangen. Nur vertrauenswürdigen Genossen haben wir unsere Kandidatenliste gegeben und sie offen um Unterstützung gebeten. Es handelt sich hierbei also um Personen, bei denen wir annehmen, dass sie unsere Leute wählen werden. Um das zu verdeutlichen, haben wir hier einen zweiten Plan aufgehängt. Ihr seht, dieser Plan weist viel weniger Nadeln auf, nämlich 71. Das sind genau die 71 Nadeln, die auf dem ersten Plan grün gekennzeichnet waren. Nur sind sie hier wieder aufgesplittet in rot, schwarz und grün. Das sind also Grüne, von denen wir annehmen, dass sie uns unterstützen, solche, die vermutlich Rechts wählen und solche, die gar nicht einzuschätzen sind oder sich offen als Feuerwehrleute bekennen. Hier ist das Ergebnis: zehn rote, 22 schwarze und 39 grüne Nadeln. Das bedeutet, dass wir mit einiger Sicherheit zu unseren 60 roten noch zehn hinzufügen dürfen. Die Schwarzen allerdings kommen nach dieser Rechnung auf 74 Stimmen. Es reicht also für beide Gruppen allein nicht zur absoluten Mehrheit. Die Grünen sind entscheidend."
„Aber doch nur, wenn alle Mitglieder kommen, oder?", wandte Klaus ein.
„Stimmt! Von den 183 Mitgliedern wissen wir zuverlässig, dass neun nicht kommen werden. Die sind entweder krank, verreist oder sonst wie verhindert. Also liegt die Höchstzahl der Wählenden bei 174, die absolute Mehrheit sinkt dann auf

87. Nach diesen Korrekturen liegt unsere Netto-Stimmenzahl bei 58, die der Rechten bei 49 und die von Mitte/Feuerwehr bei 67. Rechnet man mit den angenommen identifizierten Mitte-Leuten, so ergibt sich folgende Stimmenzahl: Links 67, Rechts 69, Feuerwehr 38. Ihr seht also, es wird verdammt knapp. Aber auch diese Zahl ist mehr oder weniger theoretisch. Denn die letzten Abteilungsversammlungen haben gezeigt, dass die tatsächliche Zahl der Anwesenden in der Regel rund zehn Prozent unter den Schätzungen lag. Lasst uns deshalb realistisch von rund 150 stimmberechtigten Anwesenden ausgehen. Die absolute Mehrheit läge dann bei 75 Stimmen. Bei dem angenommenen Kräfteverhältnis würden uns also rund 15 zusätzliche neutrale Stimmen reichen. Für die Rechten gilt das allerdings ebenso. Wir haben deshalb den Feuerwehrleuten für den Fall, dass unsere Spitzenkandidaten mitgewählt werden, versprochen, dass wir natürlich im Gegenzug auch einige von ihren Kandidaten unterstützen."
„Heißt dat, dat Leute von uns vazichtn müssn?"
„Keine Angst, Stefan. Ich habe mit den eventuell Betroffenen schon gesprochen", beruhigte ihn Schlegel. „Bei so einer Wahl muss man flexibel sein, sonst geht man unter."
„Aber wie soll denn das funktionieren?", fragte Petra.
„Wie können wir mitten in der Versammlung erfahren, welche Kandidaten wir denn nun eigentlich wählen sollen?"
„Unsere Leute bekommen vor Beginn der Versammlung die offizielle Liste. Sollte sich später herausstellen, dass uns die Feuerwehrleute zuverlässig unterstützen, und das wissen wir spätestens mit der Wahl des Abteilungsvorstandes, dann werden wir eine Pause beantragen und treffen uns vor dem Nebenausgang. Wir verteilen dann eine aktualisierte Liste mit den Kreis- und Landesdelegierten."
„Aber sagt mal, Genossen. Wir reden hier dauernd von uns. Glaubt ihr vielleicht, die Rechten schlafen? Ich könnte mir durchaus vorstellen, dass die den Feuerwehrleuten ebenfalls entsprechende Angebote machen", warf Petra ein.
„Theoretisch muss man davon ausgehen. Aber merkwürdigerweise haben wir nur wenige Aktivitäten der Rechten feststellen können. Und glaubt mir, wenn die aktiv geworden wären, dann wüssten wir das", erklärte Thomas Chemnitz.

„Jibbs dafüa 'ne Aklärung?"
„Entweder sind sich die Rechten zu sicher, nachdem sie jahrelang diese Abteilung beherrscht haben. Oder sie haben einfach nicht mehr genügend Aktive, um Hausbesuche zu machen", vermutete Schlegel.
„Na, die Aklärungen widasprechn sich ja total."
„Es gibt noch eine dritte", warf Chemnitz ein. „Die Rechten haben sich was ausgedacht, und wir wissen nichts davon."

Der Anruf an Birte kam um 19 Uhr 25. „Schau doch mal auf deine Liste. Da gibt es eine Familie Schmidt im Laurinsteig. Ruf bitte dort an, und wenn du niemanden erreichst, schick einen deiner Boten direkt dorthin", bat Andreas.
„Was ist denn mit der Familie Schmidt?", wollte Birte wissen.
„Die sind bisher nicht erschienen. Das sind eigentlich zuverlässige Genossen, Vater, Mutter und Tochter. Alle drei traditionelle Linke, die früher sehr aktiv in der Abteilung waren. Ich habe noch vor wenigen Wochen mit dem Genossen Günther Schmidt gesprochen. Der hatte mir versichert, dass die ganze Familie heute kommt."
„Gleiches gilt für Hansholts im Knappenpfad. Das ist ein Ehepaar, langjährige Mitglieder, die wir ebenfalls bei Links gezählt haben. Fünf Stimmen mehr oder weniger können heute Abend vielleicht entscheidend sein."
„Wie sieht es denn überhaupt aus?", fragte Birte.
„Nicht gut", antwortete Andreas, „denn es sind doch einige Genossen nicht gekommen. Dabei hat es eigentlich gut angefangen. Unsere linke Stammcrew war frühzeitig vor Ort. Dann kamen auch viele Leute, die wir aktiviert hatten. Es lief wunderbar. Natürlich haben die Rechten wieder ihre Altersheime geplündert, das war absehbar. Aber seit einer Viertelstunde kommen fast nur noch Leute in den Saal, die wir hier noch nie gesehen haben. Chemnitz hat das sofort Jürgen gesteckt, denn der kennt ja praktisch jeden in der Abteilung. Daraufhin kam Jürgen raus und hat Alarm gegeben."
„Okay. Ich rufe sofort bei Schmidts und den anderen an und schicke denen einen Wagen."
Die Versammlung begann mit viertelstündiger Verspätung. Horst Adelmann saß in der Mitte eines in Längsrichtung des

Saales ausgerichteten Tisches vor einer zurückgeschobenen Falttür, mit der man den Saal bei kleineren Veranstaltungen in zwei Hälften teilen konnte. Links neben ihm saß seine Frau Eva in ihrer Eigenschaft als Abteilungsschriftführerin, rechts von ihm hatte Schatzmeister Heino Kürten Platz genommen.
„Genossen, ich freue mich sehr, dass so viele von euch heute zur Jahreshauptversammlung erschienen sind ..."
„Das ist ein gutes Stichwort, lieber Genosse Adelmann", grätschte Jürgen Schlegel gleich dazwischen. „Es sind heute Genossen unter uns, die ich hier noch nie gesehen habe. Vielleicht können diejenigen sich mal vorstellen."
„Das hörte sich beinahe wie ein Vorwurf an", entgegnete Adelmann lächelnd. „Wir sollten uns freuen, wenn zur Jahreshauptversammlung auch Genossen zu uns kommen, die ansonsten vielleicht keine Zeit haben. Und vielleicht sind auch Genossen darunter, die sich künftig stärker für die Abteilungsarbeit interessieren und engagieren werden. Aber wenn deine Äußerung als Zweifel an der Stimmberechtigung einiger Anwesender zu verstehen sein sollte, werden wir das prüfen." Adelmann richtete seinen Blick auf seine Ehefrau und lächelte ihr kurz zu. „Ich glaube Eva, jetzt bist du gefordert."
„In der Tat haben wir einige Neumitglieder aufgenommen, beziehungsweise Mitglieder aus anderen Abteilungen überwiesen bekommen. Das wären die Genossen ..." Eva Adelmann nahm einen Stapel Karteikarten in die Hand und las mehrere Namen vor.
„Für all diese Genossen liegen mir Kopien der Eintrittsformulare beziehungsweise bei Umzügen aus anderen Abteilungen die entsprechenden Ummeldungen vor. Die Unterlagen kommen direkt aus dem Kreisbüro. Allerdings muss ich sagen, dass uns die Unterlagen offensichtlich mit einiger Verzögerung erreicht haben. Im Grunde genommen hätten wir die neuen Mitglieder bereits in der letzten oder sogar vorletzten Abteilungsversammlung bekannt geben können, wenn wir die Unterlagen rechtzeitig vom Kreisbüro erhalten hätten. Auf meine Nachfrage wurde mir mitgeteilt, dass der Einbruch in das Kreisbüro daran schuld sei."
„Die neuen Mitglieder sind zum Teil bereits seit Monaten beim Kreisbüro gemeldet, die Unterlagen wurden aber erst

jetzt an uns weitergeleitet. Habe ich das richtig verstanden, Genossin Adelmann?", hakte Schlegel nach.

„Genau so ist es", antwortete Eva. „Ich habe auch mit der Landesgeschäftsstelle über den Vorgang gesprochen. Dort wurde ich mit einem verbalen Achselzucken abgespeist. Sicherlich ist die Sache unglücklich abgelaufen. Dennoch sollten wir uns über den Zuwachs in unserer Abteilung freuen. Ich habe es mir denn auch nicht nehmen lassen, alle neuen Parteimitglieder persönlich zu besuchen und dabei den Eindruck mitgenommen, dass sie einen Gewinn für die Frohnauer Sozialdemokraten darstellen. Vielleicht könnten die Genannten kurz aufstehen, damit wir sie hier noch einmal offiziell begrüßen können", fuhr Eva Adelmann fort. Stühlescharrend erhob sich rund ein halbes Dutzend Männer und Frauen.

„Ich finde, das ist einen kleinen Beifall wert", ergänzte Eva Adelmann. Es folgte ein heftiger Applaus von mutmaßlich rechten Mitgliedern, ein ziemlich dünner dagegen von linken. Die Neumitglieder nahmen wieder Platz.

Mit einem Lächeln gab Eva Adelmann zu verstehen, dass sie ihre Ausführungen beendet hatte. Nun schaute sie Heino Kürten an. Der errötete und räusperte sich, um fortzufahren.

„Aus Sicht des Abteilungskassierers kann ich feststellen, dass die eben genannten Genossen alle ihre Parteibeiträge korrekt bezahlt haben. Von meiner Seite steht der Erteilung der Stimmberechtigung nichts im Wege. Dagegen sind folgende Genossen mit ihren Beiträgen noch im Rückstand." Es folgte eine lange Namensliste, die für einzelne Lacher sorgte.

„Danke, Genosse Kürten", übernahm anschließend Adelmann wieder die Regie. „Alle, die an den Wahlen heute Abend teilnehmen möchten, müssen sich sowieso noch ihren Stimmzettelblock beim Vorstandstisch abholen. Den Stimmzettelblock gibt es allerdings nur, wenn der Mitgliedsbeitrag bezahlt ist. Also legt bitte euer Parteibuch vor, damit die Beitragsfrage schnell geklärt werden kann. Heino nimmt natürlich heute Abend auch noch Zahlungen entgegen."

Sofort begann ein Lärmen und erneutes Stühlescharren. Vor dem Tisch des Genossen Kürten bildete sich in kürzester Zeit eine Schlange von Menschen, die in Hand- und Hosentaschen wühlten, ihre Portemonnaies hervor kramten und Geldschei-

ne zückten. Heino Kürten hatte sich vorbereitet, Stempel und Stempelkissen, mehrere Blöcke Beitrags- und Bildungsmarken aus seiner Aktentasche hervorgeholt und neben sich auf den Tisch gelegt. Jürgen nutzte die Chance, den Saal zu verlassen und noch einmal vor die Tür zu gehen. Er hatte sich bereits vor Beginn der Versammlung seinen Stimmzettelblock gesichert. Schnell lief er die Treppe zum Ausgang herunter, ging rechts um den Turm herum und steuerte auf einen Seiteneingang des Bahnhofsgebäudes zu. Dort angekommen, betrat Schlegel einen dunklen Flur, bog links in einen spärlich möblierten Raum ein, ging direkt auf einen grauen Telefonapparat aus DDR-Produktion zu, der auf einer kleinen Kommode in einer Ecke des Raumes stand, und wählte die Nummer der „Wahlkampfzentrale". „Hallo Birte, wo stecken denn nun die Genossen Hansholt und Schmidt?"
„Ich habe bei denen anzurufen versucht. Es ist aber niemand rangegangen. Also habe ich Frank mit dem Wagen losgeschickt. Aber er ist noch nicht zurück. Ich habe das dumme Gefühl, dass wir ohne diese Genossen auskommen müssen."
„Hier sind sie jedenfalls nicht aufgetaucht. Es bringt auch nichts, wenn sie noch kommen. Nachdem die Stimmberechtigung festgestellt worden ist, können sie sowieso nicht mehr mitwählen. Ich habe hier gerechnet und gerechnet. Natürlich kann man nie alles genau vorhersehen, aber ich habe doch das Gefühl, dass alle drei Gruppierungen stimmenmäßig ziemlich gleichauf liegen. Trotzdem fürchte ich, die Rechten haben uns wieder mal ausgetrickst. Kommen hier mit Neumitgliedern und Ummeldungen gleich im halben Dutzend an und behaupten, das Kreisbüro wäre schuld. In Wirklichkeit wollten die wohl nicht früher mit den Namen rausrücken, damit wir uns verrechnen und die Neuen nicht mehr vor den Wahlen besuchen können."
„Das ist ja oberfies. Dann ist heute Abend alles verloren?"
„Nein, nein, es kommt jetzt alles auf das Verhalten der Feuerwehrleute an. Das wird noch ein heißer Abend."
Als Schlegel in den großen Saal zurückkehrte, hatte sich die Szene gewandelt. Alle saßen auf ihren Plätzen, hatten die Stimmzettelblöcke vor sich liegen. Adelmann, seine Frau und Kürten hatten den Vorstandstisch geräumt. Statt ihrer er-

blickte Schlegel dort den Genossen Eckart Schadebach, seinen Freund Andreas Karthaus und die Genossin Irmtraud Richter. Dann hat die Regie für den Wahlvorstand also geklappt, dachte Schlegel. Zumindest sind wir gleichberechtigt im Wahlvorstand vertreten, und Andreas wird schon dafür sorgen, dass sich die Rechten keine weiteren Schweinereien erlauben. Der dicke Schadebach war ein ebenso strammer wie unangenehmer Rechter, und von der Genossin Richter war vermutet worden, dass sie zu den Feuerwehrleuten gehört.
„He, Thomas", wandte er sich flüsternd an Chemnitz. „Wie lief die Abstimmung für den Wahlvorstand?"
„Es gab nur diese drei Kandidaten. Deshalb wurde per Handzeichen abgestimmt und wegen der Eindeutigkeit nicht mal ausgezählt. Alle drei Kandidaten erhielten eine große Mehrheit, die Richter aber mehr Stimmen als Schadebach und Karthaus", antwortete Chemnitz.
Schade, dachte Schlegel. Da muss man beim nächsten Mal im Detail noch besser werden. Hätte es vier Kandidaten geben, dann wäre ein Antrag auf schriftliche Abstimmung logisch gewesen. Und dabei hätte man viel genauere Informationen über die Mehrheitsverhältnisse im Saal erhalten. Aber Adelmann ist ja nicht dumm und hat lieber per Akklamation abstimmen lassen.
Adelmann hatte von seinem neuen Platz mitten im „Wahlvolk" aus bereits mit seinem Rechenschaftsbericht begonnen. „Der Fürst" spulte ihn mit seiner angenehm dunklen Stimme routiniert herunter.
„ ...dieser Kampf um Herz und Verstand unseres Volkes, den müssen auch wir im scheinbar idyllischen Frohnau ... dürfen nicht zurückweichen vor der Reaktion ... den Konservativen kein Handbreit Boden ... Solidarität, liebe Genossen, Solidarität ist unsere vornehmste Tugend ... bitte ich euch, uns weiterhin euer Vertrauen ..."
Adelmann setzte sich bei mäßigem Applaus. Schlegel registrierte sofort, aus welcher Ecke er kam. Die Rechten hatten offensichtlich überwiegend im rechten Flügel des Saales Platz genommen. Wunderbar, dachte er, das macht die Sache etwas übersichtlicher. Er selbst hatte seine Getreuen möglichst immer paarweise auf viele Tische verteilt. Die zuvor geübte Tak-

tik war dabei, Unentschlossene durch entsprechende Kommentare über Kandidaten und transparente Stimmenabgabe zum Nachmachen zu animieren. Dabei sollten sich die Pärchen ganz ungezwungen über Kandidaten unterhalten, wie man so von Nachbar zu Nachbar redete, etwa „Ne, den Kerl wähle ich nicht, der ist einfach unsympathisch." Auf diese Weise würden vor allem Parteimitglieder beeinflusst, die selten bis nie zu Abteilungsversammlungen kamen und somit die Kandidaten nicht kannten. Man würde sie sozusagen an die Hand nehmen und ein wenig führen.

Auf die Rede des Vorsitzenden musste nun die Antwort des Oppositionsführers folgen. Das war er selbst. Mit leichtem Bauchkribbeln erhob sich Schlegel, schob sich einige Tischreihen weiter zur Mitte, um von allen Plätzen gut gesehen und gehört werden zu können, und faltete sein vorbereitetes Manuskript auf.

„Liebe Genossen, ich danke dem Vorsitzenden für seine Worte, möchte aber dazu noch einige Anmerkungen machen. Ja, es stimmt, werter Genosse Adelmann, dass sich die Abteilung Frohnau in den vergangenen Jahren durch besondere Aktivität ausgezeichnet hat. Wir sehen es als unsere vornehmste Pflicht an, die Politik des Genossen Brandt auch auf regionaler Ebene und mit unseren bescheidenen Mitteln nach Kräften zu unterstützen. Dabei sollte es nicht nur in Wahlkampfzeiten selbstverständlich sein, zum Beispiel bei unseren regelmäßig auf der Brücke veranstalteten Infoständen Präsenz zu zeigen. Die Infrastruktur, die Basisarbeit wird dabei in der Regel von den Nachwuchskräften geleistet. Andere verstehen sich eher darin, diese Arbeit als selbstverständlich anzusehen und sich sozusagen ins warme Nest zu setzen. Das ist die eine Seite der Medaille. Die andere Seite besteht darin, ungeachtet der intensiven Arbeit, die hier regelmäßig an und von der Basis geleistet wird, dies nicht mit entsprechender Teilhabe an der Verantwortung zu honorieren. Man könnte es auch drastischer ausdrücken. Die einen dürfen die Arbeit machen, und die anderen beanspruchen die Posten. Die Zeit, in der so verfahren werden konnte, dürfte sich jetzt dem Ende zuneigen. Ich bitte darum, dass ihr den Aktiven euer besonderes Vertrauen ausspracht. Um dies in einer solidarischen und fairen

Art und Weise zu gewährleisten, habe ich zusammen mit einigen Freunden Kandidatenvorschläge für den heutigen Abend ausgearbeitet und werde diese zu den entsprechenden Wahlgängen noch einmal vortragen."

Offensichtlich fühlte sich Adelmann durch die Rede Schlegels herausgefordert. Jedenfalls stand er auf, um zu antworten: „Lieber Genosse Schlegel. Darf man deine Rede so verstehen, dass du und deine Freunde eine Art Belohnung für geleistete Parteiarbeit erwartet? Ich dachte bisher immer, dass man Parteiarbeit aus innerer Überzeugung leistet, weil man die Politik, die dahinter steht, unterstützen möchte."

Der Angesprochene errötete leicht und antwortete kurz. „Das hast du völlig falsch verstanden, Genosse Adelmann. Es geht nur darum, dass diejenigen, die die Arbeit machen, auch das Vertrauen und die Solidarität der Mitglieder spüren sollten. Ich hoffe und erwarte also, dass die Mitglieder den Aktiven den Rücken stärken. Anders ist eine fundierte und schlagkräftige Parteiarbeit nicht möglich."

„Genossen, ich erwarte mehr Disziplin", intervenierte Wahlvorstand Schadebach. „Wir wollen keine Dialoge führen. Wer etwas zu sagen hat, lässt sich auf die Rednerliste setzen. Wir arbeiten diese Liste ab. Es kommt jeder zu Worte. Aber Wortmeldungen außer der Reihe werden nicht geduldet."

„Bürokrat!", rief einer aus dem Saal.

„Wenn es keine Wortmeldungen mehr zu dem Bericht des Vorsitzenden gibt, können wir jetzt zur Wahl des Abteilungsvorsitzenden kommen. Ich bitte also um Vorschläge", fuhr Irmtraud Richter fort.

Ein älterer Genosse an einem der hinteren Tische stand umständlich und langsam auf und begann zu sprechen: „Ich denke, dass der Genosse Adelmann diese Abteilung in den vergangenen Jahren sehr umsichtig geleitet hat. Wie bereits zu hören war, waren die Mitglieder aktiv und erfolgreich. Und ich denke, dass die Frohnauer das wissen und honorieren. Nun befinden sich die Sozialdemokraten in diesem privilegierten Vorort zwar in einer Art Diaspora. Aber die letzten Abgeordnetenhauswahlen haben doch gezeigt, dass wir aufholen. Und das ist wichtig, wenn Reinickendorf weiterhin von Sozialdemokraten regiert werden soll. Ich halte den Genossen

Adelmann für fähig und geeignet, als Stadtrat in das Bezirksamt aufzurücken und vielleicht eines Tages sogar dessen Leitung als unser Bezirksbürgermeister zu übernehmen. Deshalb Genossen, lasst uns Horst Adelmann wählen und ihm zeigen, dass die Basis hinter ihm steht." Mäßiger Beifall folgte.
Von der anderen Seite meldete sich die Genossin Katrin Wolf zu Wort, Studentin, Mitte 20. „Der Abend ist ja noch jung. Ich bin heute hier, um endlich mal etwas Neues über die Bebauung des Frohnauer Waldes zu erfahren. Zumal nach dieser historischen Großdemo der CDU vor einer Woche. Es ist doch sehr bedenklich, dass die CDU dieses Thema für sich beansprucht. Oder haben die Schwarzen sogar Recht, wenn sie die SPD verantwortlich machen für die geplante Zupflasterung unserer Gartenstadt? Wie auch immer, da die SPD bekanntlich die in dieser Sache entscheidenden Posten im Bezirksamt stellt, erwarte ich von meiner Partei Antworten."
Beifall brandete auf, Unruhe kam in die Versammlung. Einzelne Unmutsäußerungen liefen durch den Saal. Schadebach ruderte heftig mit den Armen und forderte Ruhe. „Auf der Rednerliste steht jetzt der Genosse Dieter Scholz."
„Eigentlich wollte ich ja ein anderes Thema anschneiden. Aber ich stimme meiner Vorrednerin zu. Auch ich möchte wissen, ob wir demnächst mit Dauerstaus rechnen müssen. Gerade habe ich im Nord-Berliner gelesen, dass das Bezirksamt den Bauplänen aufgeschlossen gegenüber steht. Könnte vielleicht der Genosse Adelmann dazu Stellung nehmen? Er ist ja schließlich stellvertretender Kreisvorsitzender."
„Nicht alles, was im Nord-Berliner steht, muss man für bare Münze nehmen. In meiner Funktion bin ich nicht in diese Vorgänge involviert. Solche Fragen kann nur das Bezirksamt beantworten", antwortete Adelmann.
„Aber du sprichst doch wohl im Kreisvorstand mit dem Genossen Baustadtrat, oder nicht?", widersprach Scholz.
„Über amtliche Dinge darf der Genosse Lentscheider nicht mit mir sprechen, das sind amtliche Interna. Da besteht ein Vertrauensschutz zwischen Bezirksamt und den Beteiligten."
„Am Arm ist's duster", entgegnete Scholz und zog für alle sichtbar mit dem Zeigefinger das untere Lid seines linken Auges herunter, womit er die Lacher auf seiner Seite hatte.

"Mit dieser Antwort gebe ich mich aber nicht zufrieden, zumindest möchte ich vom Abteilungsvorsitzenden wissen, was er von der Sache hält, ob, und wenn ja, wie man die geplante Bebauung noch verhindern kann."
"Ich will dir gern meine Einschätzung der Dinge geben", reagierte Adelmann betont freundlich. "Die Sache befindet sich noch in einem sehr frühen Stadium. Ein Bauantrag ist von dem in Rede stehenden Unternehmen noch gar nicht eingereicht. Es ist noch nicht einmal klar, ob dieses Unternehmen überhaupt das Gelände bekommt. Wie ihr vielleicht wisst, gehört der Grund und Boden nicht der Stadt, sondern einer Wohnungsbaugesellschaft …"
"Aber einer städtischen", kam ein Zwischenruf.
"Ja, das stimmt wohl. Nach meinen Informationen gibt es zwischen der städtischen Wohnungsbaugesellschaft und dem potenziellen Bauträger einen Vorvertrag über den Verkauf des Geländes. Der endgültige Vollzug des Grunderwerbs soll aber an verschiedene Bedingungen geknüpft sein, die ich natürlich im Einzelnen nicht kenne. Ich vermute mal, dass dieser Bauträger, Treu + Oovschlag heißt er wohl, sich rückversichern und das Gelände nur dann übernehmen will, wenn er auch eine Baugenehmigung erhält. Wir müssen das also abwarten. Es gibt allerdings ein Problem, das will ich hier gar nicht verschweigen. Die Bürger dachten vermutlich jahrzehntelang, dort ist Wald, und als solcher sei das Gelände auch im Flächennutzungsplan ausgewiesen. Aber das stimmt eben nicht. Das Gelände war einst als Baugrund vorgesehen, und das ist von den zuständigen Behörden auch genehmigt. Erst jetzt, anlässlich der Anfrage von Treu + Oovschlag, haben die Entscheidungsträger der heute zuständigen Behörden bemerkt, dass an diesem Status über Jahrzehnte hinweg nie etwas geändert worden ist. Das bedeutet also, dass im Flächennutzungsplan das Gelände nach wie vor als Baugelände ausgewiesen ist. Zwar gibt es keinen aktuellen Bebauungsplan, aber unter Juristen ist es durchaus strittig, ob der Bauträger nicht sogar auf einen Bebauungsplan bestehen kann. Das Ganze steht also auf der Kippe und hängt vor allem davon ab, mit welchem Nachdruck der entsprechende Grundeigentümer vorgeht. Ich schätze mal, dass es mindestens noch ein

Jahr dauern wird, bis alle rechtlichen Fragen geklärt sind. Ich persönlich hielte eine Bebauung des Frohnauer Waldes für bedauerlich. Noch bedauerlicher aber finde ich, wie die CDU dieses Thema auf Kosten unserer Partei auszuschlachten versucht. Dagegen müssen wir uns zur Wehr setzen."

„Ich finde", meldete sich der Studienrat Rolf Herting, „eine Bebauung des Frohnauer Waldes käme nur dann in Frage, wenn der Senat in Verhandlungen mit der DDR erreichen könnte, dass die B 96 als Zufahrtsstraße von Hermsdorf aus geöffnet wird."

„Lieber Genosse Herting. Die Idee ist nicht neu. Ich weiß, dass der Senat unabhängig von der Frage einer Bebauung des Frohnauer Waldes bereits mehrfach bei der DDR-Regierung wegen des Entenschnabels vorgefühlt hat. Aber in dieser Beinahe-Exklave, die auf wenigen hundert Metern die B 96 für den Westen versperrt, auf dieser in den Westen hineinragenden DDR-Halbinsel wohnen wohl hohe Tiere des Regimes in ihren Eigenheimen. Ich sehe da auf absehbare Zeit keine Chance für einen Gebietsaustausch oder -kauf."

„Dann geht das gar nicht mit dem Projekt", schaltete sich eine Genossin in die Diskussion ein. „Ich finde, wir müssen uns als Abteilung eindeutig zum Schutz des Waldes bekennen, und zwar in einer Resolution, die wir hier beschließen sollten."

„Aber wir befinden uns im Tagesordnungspunkt Wahl des Abteilungsvorsitzenden. Können wir die Resolution nicht am Schluss verabschieden?", fragte Schadebach.

„Das stimmt nicht. Wir sind noch bei der Aussprache zum Rechenschaftsbericht des Abteilungsvorstandes", wusste es ein Genosse aus einer der hinteren Reihen besser.

„Der Genosse hat völlig Recht. Wir sollen hier wohl mal wieder mundtot gemacht werden", regte sich eine andere Genossin auf. „Am Schluss laufen doch alle auseinander. Da kriegen wir keine Resolution mehr zustande. Wir erwarten auch vom alten und neuen Abteilungsvorstand eine eindeutige Geste in dieser Angelegenheit."

„Hier soll niemand mundtot gemacht werden", antwortete Schadebach missmutig. „Wenn es denn der erklärte Wille der Abteilung ist, hier und heute eine Resolution zur Problematik Frohnauer Wald abzugeben, dann soll das geschehen."

„Ich frage jetzt die Versammlung, ob sie eine Resolution wünscht. Wer dafür ist, hebt bitte die Hand." Praktisch alle Hände gingen hoch und ein Raunen durch den Saal.
„Das ist die eindeutige Mehrheit. Wir sollten jetzt eine Kommission bilden, die einen Text entwirft. Daraufhin wurde ohne große Probleme ein dreiköpfiges Gremium gewählt. Man zog sich in einen Nebenraum zurück, um die gewünschte Resolution zu entwerfen. Schadebach rief derweil den Tagesordnungspunkt „Wahl des Abteilungsvorsitzenden" auf.
„Gibt es Vorschläge?"
„Ich schlage den Genossen Adelmann vor", rief eine Blondine mittleren Alters aus einer der hinteren Reihen. Beflissen notierte Andreas Karthaus den Namen „Adelmann".
„Weitere Vorschläge?", wollte Schadebach wissen. Die Antwort war Stille im Saal.
„Ich schlage den Genossen Schiederkorn vor", erklärte ein junger Mann mit Schnauzbart. Schiederkorn, der sich in einer Ecke des „rechten Flügels" platziert hatte, stand auf. „Ich freue mich natürlich, dass ich aus alten Zeiten noch Freunde in der Abteilung habe. Allein aus beruflichen Gründen muss ich den Vorschlag leider ablehnen."
„Das bedeutet, dass der Genosse Schiederkorn nicht zur Wahl steht. Gibt es andere Vorschläge? Nein? Dann wird das ja wohl schnell gehen", kommentierte Schadebach und fuhr fort. „Jeder von euch hat einen Stimmzettelblock vor sich liegen. Für jeden Wahlgang wird ein Stimmzettel benutzt, den ich jeweils ansage. Bitte achtet darauf, dass ihr nicht den falschen Stimmzettel ausfüllt. Üblicherweise reißen wir allerdings von oben ab. Die Blöcke und einzelnen Stimmzettel sind durchnummeriert und tragen auf der Rückseite den Stempel unserer Abteilung. Das erhöht die Fälschungssicherheit. Gibt es noch Fragen? Schadebach schaute in die Runde. „Dann beginnen wir jetzt mit der Wahl des Abteilungsvorsitzenden. Wir haben nur einen Kandidaten, den Genossen Adelmann. Bitte nehmt für die Wahl den obersten roten Stimmzettel. Da es nur einen Kandidaten gibt, reicht es, wenn ihr auf den Stimmzettel ein „Ja" schreibt, falls ihr den Genossen Adelmann wählen wollt. Wer den Kandidaten ablehnt, notiert ein „Nein", und wer sich enthalten möchte, gibt einen leeren

Stimmzettel ab. Bitte faltet den ausgefüllten Stimmzettel nur einmal, das beschleunigt später das Auszählen. Die Helfer kommen dann mit den Wahlurnen bei euch vorbei. Steckt bitte die Stimmzettel persönlich in die Wahlurnen."
Drei zuvor ausgewählte Helfer traten an den Vorstandstisch, holten sich die Wahlurnen ab und verteilten sich im Saal.
Das Gemurmel schwoll an, gleichzeitig senkten sich viele Köpfe und konzentrierten sich auf das Ausfüllen der Stimmzettel. Die drei Wahlhelfer gingen mit identisch aussehenden grauen Pappkartons, die mit rot-weißen SPD-Aufklebern an jeder Seite versehen waren und einen kleinen Schlitz auf der Oberseite aufwiesen, durch die Reihen und sammelten in aller Ruhe die ausgefüllten Stimmzettel ein. Nach rund fünf Minuten ergriff Schadebach erneut das Wort. „Haben alle abgestimmt? Auch die Kommissionsmitglieder aus dem Nebenraum? Dann ist der Wahlgang geschlossen. Unsere drei Helfer werden jetzt die Wahlurnen nach nebenan bringen, und wir zählen dort das Ergebnis aus. Wir machen deshalb etwa zehn Minuten Pause."

Fenster wurden aufgerissen, Mitglieder erhoben sich behäbig. Schlegel konnte noch vor dem großen Andrang aus dem Saal entwischen, nahm die Stufen mit großen Schritten und verließ das Haus durch den Seiteneingang. Auf dem kiesbestreuten Außengelände wartete er auf seine Gruppe. Erst kam Gleichen, dann Chemnitz und weitere Genossen.

„Stefan, ich habe einen sehr verantwortungsvollen Auftrag für dich. Andreas wird gleich nach dem Auszählen die Blase drücken. Es wäre gut, wenn du dich in der Nähe des Toiletteneingangs postierst und darauf wartest, dass Andreas austreten geht. Wenn es irgend möglich ist, lass dir an der Pissrinne das Ergebnis des ersten Wahlgangs sagen. Davon hängt nämlich unser weiteres strategisches Vorgehen ab. Und das würde ich gern noch vor dem Ende der Pause mit den Genossen besprechen. Alles klar?"
„Mach ick doch jerne, Jürgn. Kannsta uff mich valassn."
Während Gleichen verschwand, versuchte Schlegel, die Stim-

mung der Genossen zu erfassen. „Na, Thomas, was hältst du von der Sache?"
„Ich glaube, wir haben gute Chancen. Misstrauisch macht mich allerdings Schiederkorn. Ich hätte nicht gedacht, dass er überhaupt kommt. Aber so, wie er sich benimmt, hat er sogar ein paar Anhänger um sich geschart. Wenn ich bloß wüsste, was der Kerl vorhat."
„Eines kann ich dir schon jetzt versprechen. Der wird uns nicht hilfreich sein, wenn es um deine Kandidatur geht. Aber wichtiger als Schiederkorn sind auf jeden Fall die Feuerwehrleute. Da kommt übrigens der Genosse Rösler, den können wir gleich mal befragen. Hallo, Udo", hob Jürgen Schlegel seine Stimme.
„Oh, die geballte Führung der Linksfraktion. Na, ihr redet wohl wieder mit mir?"
„Unseren kleinen Zwist haben wir doch schon längst begraben, oder?", fragte Schlegel.
„Ich hatte niemals einen Zwist mit dem Genossen Rösler", brüstete sich Chemnitz.
„Das stimmt, ich sehe dich auch nicht als ideologisch verbohrt. Das kann man nicht von allen Linken sagen, stimmt's, Genosse Schlegel?"
„Damit kannst du eigentlich wohl nicht mich meinen."
„Nein. Du gehörst bestimmt nicht zu den Ideologen. Du gehörst zu den Machtmenschen. Und Machtmenschen sind immer pragmatisch."
„Ob das jetzt als Kompliment gemeint war, wage ich zu bezweifeln", erwiderte Schlegel. „Aber eigentlich interessiert mich viel mehr, welche Ziele ihr heute Abend habt. Vielleicht können wir ja ein gemeinsames Projekt daraus machen."
„Okay, Jungs, grundsätzlich waren wir uns ja bereits einig, wie mir der Genosse Rellingen berichtet hat. Ich darf hinzufügen, dass wir uns nicht – wie gewisse andere Gruppen – unter das Diktat eines Obergurus zu stellen gedenken. Aber was Rellingen sagte, hatte Hand und Fuß und wird von den meisten Frohnauer Genossen der neuen Mitte akzeptiert. Also zu unseren Zielen: Wir erwarten nur einen fairen Anteil an den Kreisdelegierten. Fair heißt meiner Ansicht nach ein Anteil, der unserem Stimmenanteil am heutigen Abend ent-

spricht. Den sehe ich bei einem Drittel. Das ist doch so, oder?", wollte Rösler wissen.

„Das ist es in der Tat. Hast du eine Liste mit den Namen derjenigen Leute, auf die ihr besonderen Wert legt?"

„Klar habe ich die", antwortete Rösler und reichte ihm unauffällig einen kleinen Zettel.

„Danke, Udo und hier ist unser Zettel", sagte Schlegel und reichte ihn Rösler."

„Für alle Fälle stehen auf der Liste einige Zusatzkandidaten. Wir möchten aber vor allem kein böses Blut und nicht in den Geruch geraten, wir hätten uns an einer Durchwähl-Aktion beteiligt", mahnte Rösler.

„Ich weiß, ihr seid die Fairen, Friedlichen, die sich an keinen innerparteilichen Kungeleien beteiligen."

„Seht mal, da kommt Gleichen. Der will doch sicher mit euch allein sprechen", sagte Rösler, dreht sich um und ging.

„Hat allet jeklappt, Jenossn. Während Andreas pissen wa, hatta mia die folljendn Zahln zujeraunt. Abjejebn wurn jenau hundatsiemunzwanzich Stümmen. Für Adelmann ham dreinsibzich jestümmt, jejen ihn einunvürrzich, bei dreizehn Enthaltungen."

„Das ist ja sensationell 73:41:13", wiederholte Schlegel. „Wenn wir berücksichtigen, dass Adelmann der Amtsinhaber und einzige Kandidat war, dann ist das ein mieses Ergebnis."

Dann begannen die Planspiele. Die linken Genossen überlegten, welche der Gruppierungen wie abgestimmt haben und was das bedeuten könnte. Zu einem eindeutigen Ergebnis kamen sie jedoch nicht. Gerade hatten sie wieder eine neue Variante am Wickel, als der Genosse Schadebach in der Tür erschien. „Genossen, kommt bitte rein. Es geht weiter."

Als sich der Saal wieder gefüllt hatte, gab Schadebach das Ergebnis bekannt, das Gleichen seinen Freunden bereits übermittelt hatte. Nachdem Adelmann mit unergründlicher Miene die Wahl angenommen hatte, fuhr Schadebach fort: „Genossen, wir kommen jetzt zur Wahl des stellvertretenden Abteilungsvorsitzenden. Gibt es Vorschläge?"

Zunächst herrschte einige Sekunden Schweigen. Dann erhob sich aus der Schiederkorn-Ecke Volker Rohahn, ein Bewag-Mitarbeiter mittleren Alters. „Ich erinnere mich an eine Zeit,

in der in Frohnau eine ebenso ruhige wie erfolgreiche Arbeit geleistet wurde. Eine Zeit, in der es nicht um Links und Rechts ging. Ich möchte wieder dahin kommen, dass nicht gefragt wird, ob man ein Linker oder ein Rechter ist. Sondern, dass wir alle wieder erst einmal nur eines sind, nämlich Sozialdemokraten. Damals, als die Welt bei uns noch in Ordnung war, hatten wir mit dem Genossen Schiederkorn einen starken Vorsitzenden, und mit Horst Adelmann einen engagierten Stellvertreter. Ein Duo, das zusammenpasste. Heute haben wir den Genossen Adelmann im Vorsitz bestätigt. Wir haben die Chance, das damals so erfolgreiche Duo wieder zu etablieren. Deshalb schlage ich den Genossen Schiederkorn für die Position des stellvertretenden Vorsitzenden vor."
Der letzte Satz sorgte für Gemurmel. Schadebach musste eingreifen: „Genossen, ich bitte um Ruhe. Gibt es weitere Vorschläge?"
Jürgen Schlegel erhob sich. „Eigentlich hatte ich nicht vor, das Wort zu ergreifen. Ich wollte nur einen Vorschlag machen. Seht es mir bitte nach, dass ich mich nach dem Beitrag des Genossen Rohahn anders entscheiden musste. Der Genosse hat hier die Vergangenheit in einer für mich unerträglichen Weise verklärt. Wahr ist allerdings, dass die Zeit, von der er sprach, ruhiger war. Aber das war auch schon das einzig Positive, was man über diese Vergangenheit sagen kann. Diese Zeit war so ruhig, dass immer mehr Mitglieder den Abteilungsversammlungen fern blieben. Es war eine Zeit, in der in Frohnau niemand von der SPD sprach, ja, viele Bürger womöglich gar nicht wussten, dass in der Gartenstadt überhaupt eine SPD-Abteilung existierte. Damals fuhr die CDU hier in der Regel Ergebnisse von mehr als 60 Prozent ein. Und das in einer Stadt, in der die SPD bei Abgeordnetenhaus-Wahlen selbst locker über die 50 Prozent hinaus kam. Diese Zeiten sind jetzt vorbei. Doch ich frage mich ernsthaft, ob es sich dabei um die – wie es der Genosse Rohahn ausdrückte – besseren Zeiten handelte. Das scheint mir wie üblich eine Frage der Sichtweise zu sein. Nimmt man nur die Wahlergebnisse für das Abgeordnetenhaus, so waren das sicher paradiesische Zeiten. Auf Frohnau bezogen, sieht die Sache schon ganz anders aus. Und das sage ich euch. Eine Zeit, in der der poli-

tische Gegner schier übermächtig war, das kann keine gute Zeit gewesen sein, jedenfalls nicht für mich. Sicher war es ruhiger. Es wurde weniger diskutiert und auch weniger gestritten. Bei genauer Betrachtung muss man sogar sagen, dass überhaupt nicht diskutiert wurde. Das war eine Art von Friedhofsruhe, in der auch die Kandidaten ohne größere Diskussion durchgewunken wurden. Innerparteiliche Wahlen stellten dann nur eine Art Vollzug des Willens der Herrschenden dar. Diese Zeiten sind zum Glück vorbei. Inzwischen sind viele junge Leute dazu gekommen. Die sind gekommen, weil sie sich angesprochen fühlen von unserer Partei und vor allem von unserem Vorsitzenden. Ich meine natürlich nicht den Abteilungsvorsitzenden, sondern den Parteivorsitzenden Willy Brandt. Mehr Demokratie wagen. Mit diesen Worten hat er die erste Sozialliberale Regierungszeit der Bundesrepublik Deutschland eingeläutet. Mehr Demokratie wagen. Das gilt nicht nur für die Regierung unseres Landes. Das gilt, wenn wir Willy Brandt richtig verstanden haben, doch für alle Ebenen unserer Gesellschaft, und ja wohl nicht zuletzt für unsere eigene Partei. Mehr Demokratie wagen, liebe Genossen, das bedeutet mehr Meinungsvielfalt, mehr Diskussion. Vielleicht ist das anstrengender als Friedhofsruhe, aber am Ende siegt die bessere Idee, am Ende siegt die Mehrheit. Das macht den politischen Wettbewerb aus. So lasst uns nicht den alten Zeiten nachtrauern, sondern mit freudiger Erwartung den Zeiten des Aufbruchs entgegensehen. Deshalb schlage ich für die Position des stellvertretenden Vorsitzenden den Genossen Thomas Chemnitz vor." Tosender Beifall brandete auf. Einige Genossen erhoben sich, eilten zu Jürgen Schlegel und schüttelten ihm demonstrativ die Hand. Und als langsam wieder Ruhe einkehrte, ergriff Schadebach das Wort und erklärte betont lapidar und ohne Betonung: „Vorgeschlagen ist also der Genosse Chemnitz. Gibt es weitere Nennungen?"
„Ich möchte den Genossen Heino Kürten vorschlagen", rief Eva Adelmann und erhob sich. „Heino ist nicht nur umgänglich, grundsolide und immer freundlich. Heino hat sich als Abteilungskassierer sehr bewährt. Als er vor zwei Jahren dieses Amt übernahm, da war ihm nicht ganz wohl bei der Sache. Nach den beiden Jahren intensiver Zusammenarbeit kann ich

nur sagen, er hat das prima gemacht. Ich denke schon, dass er bei den Meisten sehr beliebt ist. Und deshalb ist er auch der richtige Mann für das Amt des stellvertretenden Vorsitzenden. Ein Mann ohne politische Vorbehalte, ein Mann der mit allen kann, ob links oder rechts. Und das ist doch das Wichtigste." Applaus von der „rechten" Saalseite.
Wieder übernahm Schadebach das Wort. „Wir haben jetzt drei Kandidaten, aber leider ist nicht eine Frau darunter."
„Ja, ich schlage deshalb die Genossin Adelmann vor", kam eine Frauenstimme aus einer der hinteren Reihen.
Eva Adelmann stand nochmals auf. „Es ist sehr freundlich, mich vorzuschlagen. Aber ich muss leider absagen. Ihr wisst, dass ich seit langem politisch aktiv bin. Ich will mich auch weiterhin für die SPD einsetzen, ganz unabhängig davon, wer Vorsitzender ist." Dabei setzte sie ihr schönstes Lächeln auf, hielt einen Moment inne und schaute wie zufällig ihren Mann an. „Ich danke euch für das große Vertrauen. Wenn ihr mir einen Gefallen tun wollt, dann wählt den Genossen Kürten."
„Es bleibt bei drei Kandidaten. In alphabetischer Reihenfolge sind das die Genossen Chemnitz, Kürten und Schiederkorn. Wird Vorstellung gewünscht?", fragte Schadebach. Der Saal antwortete mit „Ja". Nacheinander erhoben sich die drei Kandidaten und gaben persönliche Kurzbiographien zum Besten.
Nachdem sich Ralf Schiederkorn als Letzter vorgestellt hatte, ergriff erneut Schadebach das Wort. „Gibt es Fragen an die Kandidaten?", wollte er wissen. Sofort gingen im ganzen Saal etliche Hände nach oben. „Liebe Genossen, wenn ihr alle Fragen stellen wollt, sind wir morgen noch nicht fertig", gab Schadebach zu Bedenken. Nach einigem Hickhack einigte sich die Versammlung auf einige Fragen an alle Kandidaten. So wollten die Mitglieder beispielsweise wissen, warum Thomas Chemnitz erneut kandidierte, nachdem er den Posten des stellvertretenden Vorsitzenden schon einmal freiwillig geräumt hatte. Ein anderes Mitglied wollte von den Kandidaten ihre persönliche Einschätzung zu Willy Brandts Kniefall von Warschau kennen lernen. Die meisten Fragen aber bezogen sich auf das Projekt „Frohnauer Wald" zu dem Chemnitz bemerkenswertes äußerte:
„Wir Frohnauer müssen einräumen, Privilegierte zu sein. Das

vergessen wir gelegentlich. Dieses Privileg bedeutet aber nicht, dass wir uns jeden Unsinn auftischen lassen müssen, der vorgeblich gegen dieses Privileg gerichtet ist. Der immer wieder zu hörende Hinweis auf die vielen Menschen, die auch gern in Frohnau leben möchten, greift zu kurz, denn jeder weiß, dass niemals alle Berliner in Frohnau leben könnten. Wollte man das versuchen, so würde man die Gartenstadt zerstören. Es gäbe dann zwar kein Privileg mehr, aber auch kein Frohnau, in dem man gerne leben wollte. Deshalb muss eine Weiterentwicklung Frohnaus behutsam erfolgen, also Klasse vor Masse. Vor allem sollte der Charakter des geschlossenen Ensembles – und das meine ich jetzt in rein architektonischem Sinne – gewahrt bleiben. Schon heute steht das Bezirksamt immer wieder in der Kritik, wenn es die Teilung alter Villengrundstücke gestattet, wo dann im hinteren Teil häufig gesichtslose Doppel- und Reihenhäuser entstehen, oder gar die Villen selbst, die vielfach noch aus den Gründerjahren des Ortsteils stammen, zugunsten einer dichteren Bebauung weichen müssen. Hier findet eine schleichende Verdichtung statt, die den Charakter der Gartenstadt, so wie sie einst von Fürst Donnersmarck geplant und angelegt wurde, langfristig zerstört. Bliebe aber alles im ursprünglichen Zustand, so bestünde wohl die Gefahr, dass Frohnau vergreist. Ich meine damit, dass in einigen Jahrzehnten nur noch reiche Witwen in ihren dann viel zu großen Villen und Bürgerhäusern leben und vereinsamen könnten. Auch dieses Szenario wäre nicht von Vorteil für die Gartenstadt, denn sie würde Überalterung und Bevölkerungsschwund bedeuten mit noch weiteren, heute kaum absehbaren negativen Folgen. Nein, Frohnau muss jung bleiben. Frohnau muss für junge Familien attraktiv und bezahlbar bleiben. Was aber gar nicht geht ist doch, dass die Bevölkerungszahl durch ein riesiges Neubauprogramm zu Lasten des Waldes mit einem Schlage um ein Drittel erhöht wird, ohne dass sich Bauherren, Politiker und Stadtplaner überhaupt Gedanken über die infrastrukturellen sowie sozialen Bedingungen und Auswirkungen machen. Mein Rat also: Nicht gleich Zeter und Mordio schreien, sondern einen Gesamtplan fordern. Und wenn ein solcher Plan vorliegt, und das dauert meiner Ansicht nach von heute an mindestens fünf Jahre, dann schauen wir ihn uns an und weisen gegebenenfalls auf Schwachpunkte hin. Lasst also die Leute im Bezirksamt erst einmal ihr Gehirnschmalz aktivieren. Und dann sehen wir weiter. Im Übrigen bin ich ganz gespannt, was unsere vorhin eingesetzte Kommission erarbeitet. Ich denke, es wäre ein wichtiges Signal für das Bezirksamt, aber auch den Senat, wenn die Frohnauer SPD eine ausgewogene Resolution verabschiedet, die die eben genannten Punkte in verantwortungsvoller Weise berücksichtigt."

Auch der Genosse Schiederkorn wurde zum Thema „Frohnauer Wald" sowie seine angebliche persönliche Verflechtung mit dem Investor befragt. Zu diesem Thema hörten die Mitglieder von ihm allerdings wenig Neues. Eine Interessensverflechtung mit der Firma Oovschlag bestritt Schiederkorn vehement. Der Anwalt punktete aber in Sachen Ostpolitik: „Was die Ostverträge betrifft, da bin ich als geborener West-Berliner pragmatisch und sage. Alles, was uns hilft, unsere Insellage erträglicher zu gestalten und die Wirtschaft in der Stadt zu stärken, sollte unternommen werden. Und wenn wir West-Berliner uns vielleicht eines Tages bei Fahrten nach Westdeutschland nicht mehr diesen menschenunwürdigen Kontrollen der DDR-Grenzer aussetzen müssten – diesem Kofferdurchwühlen, Rücksitzbankherausheben, Handschuhfachleeren, diesem im Tankrumstochern und den Wagenbodenspiegeln lassen und vor allem diesem stundenlangen Warten bei Ein- und Ausreise – wenn wir diese schikanösen Prozeduren beenden könnten, wäre das ein riesiger Fortschritt für unsere Stadt und die Menschen. Aber wir sind nicht blauäugig und wissen, dass die Gegenseite uns etwas abverlangen wird. Wir hoffen, die Sache mit Devisen abgelten zu können, denn die DDR krankt absolut an einem Devisenmangel. Aber die Frage der völkerrechtlichen Anerkennung der DDR liegt auf dem Tisch. Ich halte nicht viel von Stellungnahmen wie der, die wir vorhin vom Genossen Kürten gehört haben, dass es sich nämlich bei der DDR um nichts anderes als ein kommunistisches Unrechtsregime handelt. Liebe Genossen. Das mag ja stimmen, bringt uns in unserer Rolle als West-Berliner aber keinen Schritt weiter. Dazu muss man nur auf eine Landkarte schauen. Die aktuelle Frage lautet also, wie weit die Politik für die Verbesserung der Lebensverhältnisse der West-Berliner politisch gehen darf? Und da sage ich, dass man flexibel sein muss, wenn man Gutes für die Menschen in unserer Stadt tun will."

„So, liebe Genossen", übernahm Schadebach wieder die Regie, „ich glaube, nun können wir endgültig in den Wahlgang gehen. Bitte nehmt dafür den blauen Stimmzettel. Ich sage jetzt noch einmal, wie die Stimmzettel auszufüllen sind, damit es keine Missverständnisse gibt ."
Zehn Minuten später: „Sind alle Stimmzettel abgegeben? Gut, dann ist der Wahlgang geschlossen. Wir machen erneut eine Viertelstunde Pause", erklärte Schadebach.
Die Mitglieder schoben sich wieder zum Saal hinaus und verteilten sich um das Kasino. Größere und kleinere Grüppchen bildeten sich. Schlegel, Gleichen, Rumrich und Chemnitz steckten die Köpfe zusammen.
„Bisschen nervös, wa?", meinte Gleichen zu Chemnitz.
„Dazu besteht wirklich kein Grund", meinte Schlegel. „Du bist bei allen beliebt und hast eine klasse Rede gehalten."
„Stefan! Kannst du noch mal an der Pissrinne lauschen?"
„Machick doch jerne. Habick ja schon Routine drinne."
Jetzt nahm sich Schlegel Chemnitz vor. „Thomas, nur keine unnötige Aufregung. Im ersten Wahlgang wird es nicht zur absoluten Mehrheit reichen. Aber im zweiten Wahlgang mit einfacher Mehrheit schaffst du es sicher."
„Wollen wir hoffen." In diesem Moment näherte sich Stefan Gleichen. „Jetzt bin ich aber gespannt."
„Chemnitz neununfuffzich, Kürten siemundreißich und Schiederkorn fünfunzwanzich."
„59:37:25", murmelte Schlegel vor sich hin und war sich nicht sicher, ob er ein freundliches oder grimmiges Gesicht machen sollte. „So, Genossen. Wir kennen jetzt in etwa die Stimmverhältnisse im Saal. Links und Feuerwehr zusammen kommen wohl auf mindestens sechzig Stimmen, die Adelmann-Rechten im Kern auf vierzig", wiederholte er halblaut.
„Dit is doch klasse, wa?"

„Hört sich gut an", stimmte Chemnitz zu.
„Ich finde das Ergebnis immer noch etwas indifferent. Nicht so, wie ich mir das vorgestellt habe", nörgelte Schlegel.
„Wieso? Du hast das Ergebnis exakt vorausgesagt, und wir gewinnen im zweiten Wahlgang", meinte Chemnitz. Schlegel wiegte zweifelnd den Kopf.
Wenige Minuten später rief Andreas Karthaus die schwatzenden Gruppen vor dem Kasino zurück in den Saal.
Dort angekommen, traf Schlegel auf einen Schadebach mit hochrotem Gesicht. „Die Leute sind doch zu blöd, einen Stimmzettel auszufüllen", maulte er halblaut. Schlegel tat so, als wüsste er nicht, worum es ging.

„Ich bitte euch alle wieder Platz zu nehmen", forderte Schadebach die Genossen auf. „Ich gebe jetzt das Ergebnis des ersten Wahlgangs um die Position des stellvertretenden Abteilungsvorsitzenden bekannt. Abgegeben wurden 127 Stimmen, gültig waren 121 Stimmen, keine Enthaltungen. Der Genosse Chemnitz erhielt 59 Stimmen." Der Saal reagierte mit Raunen und mäßigem Beifall. „Für den Genossen Kürten stimmten 37 Mitglieder und für den Genossen Schiederkorn 25. Sechs Stimmen waren ungültig. Da keiner der Kandidaten die erforderliche absolute Mehrheit von 64 Stimmen erreicht hat, müssen wir in einen zweiten Wahlgang gehen. Hier reicht jetzt die einfache Mehrheit. Bevor wir das tun, möchte ich noch auf etwas hinweisen. Im ersten Wahlgang hatten wir sechs ungültige Stimmen. Das sind sechs verschenkte Stimmen. Ich erkläre euch jetzt noch einmal genau, wie die Stimmzettel auszufüllen sind. Wer keinen der Kandidaten wählen will, der gibt einfach einen leeren Stimmzettel ab. Also, bitte dran denken. Am Besten schreibt man nur den Namen desjenigen auf, den man wählen möchte. Das ist doch nicht so schwer, oder?" Schadebach schaute zweifelnd in die Runde. „Gut, dann nehmen wir jetzt die grünen Stimmzettel."
In diesem Moment erhob sich Ralf Schiederkorn. „Liebe Genossen. Es ist ein guter Brauch, dass sich bei drei Kandidaten der Stimmenschwächste zurückzieht. Die Genossen Kürten und Chemnitz haben wesentlich mehr Stimmen auf sich vereinen können als ich. Da kann ein dritter Bewerber im zwei-

ten Wahlgang das Ergebnis unter Umständen verzerren. Ich möchte aber, dass der wahre Wille der Abteilungsversammlung hier zum Tragen kommt. Ich halte beide Kandidaten für fähig, das angestrebte Amt auszufüllen und ziehe hiermit meine Kandidatur zurück."
Chemnitz schaute Schlegel fragend an, der ein unverbindliches Lächeln aufsetzte.
Schadebach schien der Rückzug von Schiederkorn zu irritieren, fragte noch einmal nach. „Habe ich dich richtig verstanden, Genosse Schiederkorn, du kandidierst also nicht mehr?"
„So ist es."
„Dann haben wir jetzt nur noch die Kandidaten Chemnitz und Kürten. Genossen, benutzt jetzt den grünen Stimmzettel in der beschriebenen Art und Weise. Der Wahlgang ist eröffnet."
Nach der Wahl des stellvertretenden Vorsitzenden sowie von Schriftführer, Abteilungskassierer und Beisitzern versammelte sich die Gruppe um Schlegel und Chemnitz in Siegerlaune vor dem Kasino. „Ist euch klar", sagte Schlegel, „dass wir jetzt die Mehrheit im Abteilungsvorstand haben?"
„Dit mussick erstma nachrechnen."
„Die Rechnung dürfte ganz einfach sein. Vorsitzender bleibt Adelmann, sein Stellvertreter ist jetzt unser Freund Chemnitz, Adelmanns Frau ist wieder Schriftführerin und die Genossin Liebrecht neue Abteilungskassiererin."
„Da haben wir ja wohl ein eindeutiges Übergewicht von drei zu eins für Rechts", stellte Chemnitz fest.
„So rechne ich aber nicht. Erstens glaube ich gar nicht, dass die Genossin Liebrecht sich so stark bei Rechts einbinden lässt. Und zweitens, und das ist das Entscheidende, tagt normalerweise nicht der geschäftsführende Vorstand, sondern der erweiterte. Und zu dem gehören noch vier Beisitzer, nämlich Stefan Gleichen, Links, Udo Rösler, Feuerwehr, Andreas Karthaus, Links, und Frauke Daniel, ebenfalls Links. Macht bei mir zusammen vier Linke und drei Rechte."
„Und Rösler ist das Zünglein an der Waage", stellte die Genossin Rumrich trocken fest."
„Den werden wir schon wieder in den Griff bekommen", gab sich Schlegel optimistisch. „Doch unser größter Erfolg ist natürlich der Genosse Chemnitz, dem ich hiermit noch einmal

gratulieren möchte."

„Mensch Thomas. Dit war echt klasse", rief Gleichen und wollte Chemnitz' rechten Arm gar nicht mehr loslassen.

„Danke, ich muss allerdings zugeben, dass ich vor dem zweiten Wahlgang ganz schön geschwitzt habe. Aber als Schiederkorn dann aufgegeben hat ..."

„Das war doch alles Kalkül. Klar ist doch, dass Schiederkorn gar nicht die Absicht hatte, stellvertretender Abteilungsvorsitzender zu werden. Dieser Posten wäre ihm doch viel zu popelig gewesen. Der wollte doch nur seine Stimmen teuer verkaufen", weihte Schlegel seine Parteifreund ein.

„Und wie teuer?", fragte Chemnitz.

„Der Preis war noch akzeptabel, weil Adelmann offensichtlich nicht mitgeboten hat. Adelmann will Schiederkorn nicht in der KDV sehen."

„Wie teuer?", wiederholte Chemnitz.

„Wir wählen ihn und zwei seiner Getreuen als Kreisdelegierte.

„Und wer muss zu deren Gunsten verzichten?", blieb Chemnitz hartnäckig.

„Dat würde mich ooch brennend intressian."

„Der Unterste auf unserer Liste und zwei Feuerwehrleute."

„Na hoffentlich machn die ooch mit", meinte Gleichen mit beruhigtem Unterton, nachdem er erkannt hatte, dass seine eigene Kandidatur offensichtlich nicht betroffen war.

„Das werde ich Rösler gleich mal verklickern", erklärte Schlegel und ging.

„Da bekommt aber mein Sieg einen ziemlich schalen Beigeschmack", murmelte Chemnitz.

„Findick janich. Für die Macht muss ma ooch ma bereit sein, 'n kleenet Opfa dsu bringn."

Nun kam Schlegel zurück: „Das läuft alles nicht so wie geplant", meinte er mit kummervoller Miene. „Die Feuerwehrleute weigern sich. Wir müssen das Paket neu schnüren."

„Erklär es uns bitte", forderte Chemnitz.

„Ausgemacht waren von zwölf Kreisdelegierten sechs für uns und vier für die Feuerwehrleute."

„Macht nach Adam Riese dsusamm erst zehne."

„Stimmt genau, Stefan. Zwei Posten hatte ich realistischerweise für Rechts gezählt."

„Wieso soll'n wa denen zwee abjebm? Steht den doch janich dsu, oda?"
„Ich will den Rechten nichts geben, was ihnen deiner Meinung nach nicht zusteht. Ich habe zwei Rechte eingerechnet, weil die in dieser Versammlung nicht ohne Delegierte bleiben werden. Das garantiere ich dir. Weißt du denn überhaupt, wie das Stimmenverhältnis bisher war?"
„Nee", musste Gleichen zugeben.
„Das lag nämlich bei zehn zu zwei für Rechts. Man muss auch mal den Realitäten Tribut zollen, oder glaubst du vielleicht, die Abteilung Frohnau lässt ihren Vorsitzenden und Kürten durchfallen. Nein, davon kann man wirklich nicht ausgehen. Und glaub mir, die Rechten machen eine ganz andere Rechnung auf. Die haben uns im Vorfeld vier Delegierte angeboten und wollten sich selbst mit acht begnügen. Adelmann hielt das Angebot auch noch für überaus generös."
„Dea spinnt wohl", empörte sich Gleichen.
„Ich hatte Rösler vorgeschlagen, dass wir fünf kriegen und die zwei, die Rechten zwei und Schiederkorn drei. Aber da machen sie nicht mit, und das kann ich auch verstehen. Wieso soll Schiederkorn mit seinen 20 bis 25 Piepels drei Delegierte kriegen? Da hat Rösler wirklich Recht. Wir werden jetzt was anderes vorschlagen: fünf für uns, vier für die Feuerwehr, Schiederkorn zwei und Rechts einen. Was haltet ihr davon?"
„Das hört sich besser an", meinte Chemnitz.
„Und wat würd aus unsere Parole von wejen Frohnau kippen, Reinickendorf kippen und Berlin kippen?"
„Das hängt bestimmt nicht von einem Delegierten mehr oder weniger ab. Heute gewinnen wir die Schlacht um Frohnau, Genossen. Und die Schlacht um Reinickendorf, die schlagen wir in vier Wochen. Ist das klar?", fragte Schlegel.
„Okay", gab auch Gleichen klein bei.
„Schreibt mal bitte die neue Delegiertenliste mit. Unsere fünf sind Chemnitz, Gleichen, Karthaus, Rumrich und ich. Außerdem schicken wir als Ersatzkandidatin noch Frauke Daniel ins Rennen. Die zu wählenden Feuerwehrleute sind Beckereidt, Rösler, Richter und Sentig, und bei Schiederkorn unterstützen wir Rohahn und ihn."
„Und wat is mit de Rechtn? Du hast doch ebn noch jesacht,

dat die ooch wat kriegen solln."
„Ich habe nur gesagt, dass wir einen, eigentlich eher zwei Rechte einplanen müssen. Das heißt aber nicht, dass es Adelmann und Kürten sein müssen. Ich werde jetzt diesen Vorschlag mit Rösler und Schiederkorn besprechen und das festzurren. Schiederkorn wird nicht gerade begeistert sein. Vor allem habe ich den Eindruck, kann er nicht garantieren, dass alle seine Leute uns mitwählen. Das kann noch eng werden. Wir sollten deshalb eine zusätzliche Taktik fahren. Sagt unseren Leuten Bescheid, dass sie sich möglichst zu jedem Tagesordnungspunkt zu Worte melden."
„Was soll denn das jetzt wieder?", wollte Chemnitz wissen.
„Mensch Thomas, wir müssen Zeit gewinnen. Wir ziehen die Veranstaltung in die Länge."
„Und wozu soll das gut sein?"
„Die Rechten haben mir noch zu viele Stimmen. Die müssen wir eindampfen. Schau dir mal den Altersdurchschnitt bei denen an. Einige direkt dem Altersheim entsprungen. Deren Kondition wird nachlassen, sage ich dir. Die werden irgend wann müde und gehen spätestens Mitternacht nach Hause. Darin wollen wir sie bestärken, verstehst du?"
Doch bevor es zur entscheidenden Wahl des Abends kommen sollte, meldete sich erst einmal die Frohnauer-Wald-Kommission zurück. „Genossen, unsere Kommission hat einen Text ausgearbeitet und möchte ihn jetzt kurz vorstellen. Ich möchte aber darum bitten, nicht anschließend erneut in eine Diskussion um das Projekt einzutreten, denn ich befürchte, dass wir damit dann die heutige Versammlung sprengen würden. Ich schlage deshalb vor, dass wir das Thema auf die Tagesordnung der nächsten regulären Abteilungsversammlung setzten. Seid Ihr damit einverstanden?" Schadebach schaute sich um. Gut, dann bitte ich jetzt die Kommission."
Die Genossen Wolf, Scholz und Nikolas bauten sich vor dem Vorstandstisch auf. Alle drei hielten ein DIN A 4-Blatt in Händen. Der Genosse Scholz begann vorzulesen:
In großer Sorge wendet sich die SPD Frohnau an das Bezirksamt Reinickendorf sowie an den Senat von Berlin. Das kürzlich der Öffentlichkeit vorgestellte Bauprojekt mit dem Namen „Wohnen im grünen Frohnau" ist geeignet, ein Naher-

holungsgebiet von rund zwei Millionen Quadratmetern mit wertvollem Mischwaldbestand, dem Hubertussee sowie einem naturnahen Fließgewässer zu zerstören. Die geplante Größe des Projektes sprengt alle vernünftigen Dimensionen, zerstört den Charakter der Gartenstadt auf Dauer und zieht darüber hinaus einen noch nicht überschaubaren Investitionsbedarf der öffentlichen Hand in die Infrastruktur nach sich. Insbesondere die verkehrstechnischen Auswirkungen des Großprojektes sind in den bislang vorgestellten Plänen in keiner Weise berücksichtigt. Ohne eine vernünftige Verkehrsanbindung des geplanten neuen Stadtteils ist das Projekt keinesfalls genehmigungsfähig und nicht realisierbar. Die Dimension des Projektes erfordert genaue städtebauliche, infrastrukturelle und soziale Untersuchungen im Vorfeld. Die Frohnauer SPD fordert neben diesen Untersuchungen die Durchführung eines städtebaulichen Wettbewerbes, der den Anstoß zu einer breiten öffentlichen Diskussion ermöglicht. Die SPD erwartet von Senat und Bezirksamt, dass ohne die hier geforderten Schritte keinerlei Fakten (z. B. Flächenverkauf, Aufstellung eines Bebauungsplans etc.) erfolgen darf. „So, das war unser Text. Ich hoffe, dass er euren Erwartungen entspricht", schloss der Genosse Scholz. Im Saal brandete zustimmender Beifall auf.
„Ich danke euch, Genossen. Ich denke, da steht eigentlich alles drin, was zuvor aus der Versammlung gefordert worden war", erklärte Schadebach. „Wir können diesen Text dann abstimmen. Bei Zustimmung wird er den entsprechenden Stellen zugeleitet. Wer ist für die Verabschiedung der Resolution?" Ein Meer erhobener Hände füllte die dicke Luft im Saal.
„Danke, ich glaube, da brauchen wir wohl nicht nachzuzählen. Dann kommen wir zur Wahl der Kreisdelegierten."

Schlegels Taktik sollte aufgehen. Zunächst wurden die Kandidaten ermittelt. Schließlich stellten sich 20 Genossinnen und Genossen einzeln vor. Dann gab es Nachfragen zu verschiedenen Kandidaten. Die Zeiger der großen Turmuhr näherten sich unerbittlich der Geisterstunde. Und als sich gegen 23 Uhr 30 die erste Gruppe älterer Mitglieder nicht mehr vom Aufbruch zurückhalten ließ, mahnte Versammlungsleiter Schadebach zur Eile und forderte Schluss der Debatte. Schlegel sprach sich dagegen aus, während der Genosse Chemnitz als Kompromiss das Schließen der Rednerliste beantragte, was denn auch angenommen wurde. Also setzte sich die Debatte fort, bis die Rednerliste abgearbeitet war. Daraufhin machten sich weitere Wahlberechtigte auf den Heimweg. Endlich waren die Worte des letzten Redners verklungen, und Schadebach bereitete den Wahlgang vor: „Liebe Genossen, es ist null Uhr 35. Wir kommen jetzt zur Wahl der Kreisdelegierten. Wir nehmen dazu den großen gelben Stimmzettel. Es gibt 20 Kandidaten, und ich werde die Namen gleich noch einmal langsam in alphabetischer Reihenfolge vorlesen. Zu wählen sind zwölf Kreisdelegierte. Es gibt nur einen Wahlgang. Gewählt sind dann die Kandidaten mit den zwölf besten Stimmergebnissen. Habt ihr das verstanden?" Schadebach schaute sich in der Runde um und stellte dann fest. „Die Stimmzettel müsst ihr ausnahmsweise zweimal falten, sonst passen sie nicht in die Wahlurnen. Gut! Dann lese ich jetzt die Namen der Kandidaten vor. Ihr könnt alle Namen auf den Stimmzettel schreiben. Dann müsst ihr diejenigen, die ihr wählen wollt, ankreuzen. Oder ihr schreibt gleich nur die Namen derjenigen auf, die ihr wählen wollt. Bitte beachtet, dass ihr bis zu zwölf Namen ankreuzen könnt. Wenn mehr als zwölf Namen angekreuzt sind, ist der Stimmzettel ungültig. Ist das klar?", fragte Schadebach und begann nach kurzer Pause mit der Nennung der Namen. „Adelmann, Eva, Adelmann, Horst, Beckereidt, Chemnitz, Daniel, Gleichen, Karthaus, Kürten, Liebrecht, Michels, Neumann, Richter, Rösler, Rohahn, Rumrich, Schiederkorn, Schlegel, Sentig, Schultheiss, Zoll. Der Wahlgang ist eröffnet."
Es war bereits fast ein Uhr, als nach Schließung des Wahlgangs erneut eine zwanzigminütige Pause eingeläutet wurde,

und die Versammlung wieder dem Ausgang entgegen strebte. Mitten im Aufbruch ging plötzlich das Licht im Saal aus. Zunächst herrschte einen Moment lang ungläubige Stille. Dann ein Poltern. Man hörte ein Bierglas von einem Tisch rutschen und auf dem Boden zerschellen. „Ruhig Blut", hörte man die Anweisung von Versammlungsleiter Schadebach. „Bleibt bitte ruhig sitzen. Es ist nichts passiert. Nur das Licht ist ausgegangen. Das werden wir gleich haben", versuchte er die drohende Panik abzuwenden. Der Geräuschpegel nahm ab, das Grummeln beruhigte sich. Einzelne Feuerzeuge wurden gezündet und tauchten den Saal scheinbar in eine unwirkliche Unterwasserlandschaft mit einzelnen Lichtinseln. Jürgen Schlegel hatte den Ernst der Lage sofort erkannt und sich aus dem Saal getastet, bevor der Ausgang von Umherirrenden verstopft werden konnte. Auch das Treppenhaus war dunkel. Doch Schlegel kannte sich gut aus. Er wusste, wo er den Sicherungskasten finden konnte. Nach einigen vorsichtigen Schritten stand er davor. Er knipste sein Feuerzeug an. Der Kasten war nicht verschlossen. Er öffnete die Klappe und prüfte die Reihe der Sicherungen. Bei der vierten Sicherung wurde er fündig. Sie war locker, offensichtlich heraus geschraubt. Schnell drehte er sie wieder fest. Ein kurzer Blitz, und schon leuchtete im Treppenaufgang das Licht auf. Mit schnellen Schritten war Schlegel wieder im ersten Stock, ging aber nicht in den Saal, sondern in den Nebenraum gegenüber. Schlegel öffnete die Tür und stieß mit dem Genossen Schadebach zusammen. Außerdem standen noch der Genosse Karthaus und die Genossin Richter ziemlich unschlüssig im Raum. Sie starrten auf einen übervollen Tisch.

Das darf doch nicht wahr sein, dachte Schlegel. Auf dem Tisch standen nicht drei Wahlurnen, wie sie vorhin im Saal gekreist waren. Schlegel schüttelte kurz den Kopf. „Andreas, kneif mich doch mal", sagte er, „das kann doch nicht sein."

„Das Gleiche habe ich auch gedacht", antwortete Karthaus.

„Genosse Schadebach. Hast du als Wahlvorstand eine Erklärung dafür, dass hier sechs Wahlurnen auf dem Tisch stehen?", wollte Schlegel wissen.

„Äh, nein, ehrlich", stotterte Schadebach. „Das Licht war doch aus. Ich habe mich im Dunkeln hier herüber getastet. Und in

dem Moment, als ich die Tür öffnete, sah ich das ..."
„Wer von euch war zuerst im Raum?", hakte Schlegel nach.
In diesem Moment erschien Horst Adelmann in der Tür.
„Was ist denn hier los. Warum zählt ihr nicht?"
„Horst, komm bitte rein und mach die Tür hinter dir zu. Wir müssen hier mal etwas klären", forderte Schlegel ihn auf.
Adelmann schloss die Tür. Dann erblickte er den Tisch mit den Wahlurnen.
„Was ist denn das?", entfuhr es ihm.
„Genau das", sagte Schlegel trocken. „Ein Wunder ist geschehen. Die Wahlurnen haben sich in der Dunkelheit vermehrt."
„Das ist doch nicht wahr", stammelte Adelmann.
„Wir waren bei der Frage, wer zuerst im Zählraum war."
„Ich habe mich im Dunkeln herüber getastet", setzte Schadebach seine Schilderung fort. „Und als ich die Tür öffnete, ging das Licht wieder an. Vor mir sah ich die Genossen Richter und Karthaus. Ich hatte den Eindruck, dass die nur einen Moment vor mir den Raum betreten hatten."
„So war es auch", erwiderte Karthaus. „Die Genossin Richter und ich waren gerade auf dem Weg hierher, als das Licht ausging. Dann haben wir uns an die Hand genommen und uns vorwärts getastet. Wir erreichten den Raum im Dunkeln, und als das Licht anging, sahen wir die Bescherung."
Schadebach: „Die drei Helfer hatten zuvor die Wahlurnen hier abgestellt und den Raum offensichtlich wieder verlassen."
„Das ist nicht satzungskonform", erwiderte Schlegel. „Die Wahlurnen dürfen nie unbeaufsichtigt sein. Hat man das den Wahlhelfern nicht gesagt?"
„Doch, doch, ich glaube ...", stammelte Schadebach leicht verlegen.
„Andreas, schnapp dir mal die drei und bring sie bitte her", forderte Schlegel. Andreas verschwand durch die Tür. Kurz darauf kam er mit drei Leuten im Schlepptau wieder. Alexander Beischmidt, ein Jurastudent, der den Feuerwehrleuten zugerechnet wurde, Felicitas Rohahn, sechzehnjährige Tochter des Bewag-Angestellten Volker Rohahn, und Achim Schüntorf, ehemaliger Schulkamerad von Horst Adelmann.
„Hast du eine Erklärung für das da?", fragte Adelmann Schüntorf und wies auf den Tisch mit den sechs Wahlurnen.

„Au weia", brachte Schüntorf heraus und schüttelte den Kopf.
„Liebe Genossen, könnt ihr bitte noch einmal genau schildern, was nach dem Ende des Wahlgangs passiert ist", forderte jetzt Schlegel.
Schüntorf hatte seine Stimme wiedergefunden und berichtete, was passiert war. Erst hatten die drei die Stimmzettel eingesammelt, anschließend die Wahlurnen in den Nebenraum gebracht und auf den Wahlvorstand gewartet. Dann war das Licht ausgegangen und draußen im Treppenhaus Stimmen und Rufe zu hören. Da hatten die drei die Tür geöffnet und nachgeschaut.
„Ganz wichtig ist, ob ihr den Raum verlassen habt", wollte Schlegel wissen.
„Wir wussten ja, dass vor uns die Treppe war. Wir sahen nichts, hörten aber plötzlich ein Geräusch, als ob jemand hinfiel. Es gab einen kurzen Aufschrei und ein Stöhnen. Ich habe mich dann ganz langsam vorwärts getastet, um dem Gestürzten zu helfen", berichtete Achim Schüntorf.
„Genau so war es. Ich wollte auch helfen", ergänzte Felicitas Rohahn.
„Ich fühlte mich ziemlich hilflos", gab Alexander Beischmidt zu, „und hielt mich die ganze Zeit bei Felicitas. Genauer gesagt, hielt ich mich an ihrer Strickjacke fest. Wir wollten dem Gestürzten aufhelfen, tasteten uns am Boden vorwärts, aber fanden niemanden."
„Ich stelle also fest, dass die drei Wahlhelfer den Raum verlassen haben. Die Tür blieb dabei vermutlich offen."
„Genosse Schlegel, ich halte die Schilderung der drei nicht nur für stichhaltig, sondern auch für glaubwürdig und in der Situation sehr verständlich. Ich möchte sehr darum bitten, hier keine Vorwürfe im Raum stehen zu lassen", erwiderte Adelmann.
„Versteh mich nicht falsch, Genosse Adelmann. Natürlich ist es verständlich, in einer solchen Verwirrung einmal nachschauen zu wollen, was passiert ist. Und es ist sehr lobenswert, anderen helfen zu wollen. Es war nicht meine Absicht, die Vorgehensweise der Wahlhelfer zu kritisieren. Ich stelle lediglich fest, dass die Wahlurnen einen Moment lang unbeaufsichtigt waren. Wie lange wart ihr vor der Tür?"

„Ich denke, es waren wohl doch zwei bis drei Minuten. Es ist mir auch unmöglich zu sagen, ob sich jemand in dieser Zeit an uns vorbei in den Raum geschlichen haben könnte", gab Schüntorf an.

Adelmann: „Gut, ich danke euch. Bitte geht jetzt wieder rüber. Aber kein Wort über die Wahlurnen, verstanden?"

„Geht klar", meinte Schüntorf. Seine beiden Helfer nickten stumm und verließen mit ihm den Raum.

„Was machen wir nun mit sechs Wahlurnen?", fragte Schlegel.

„Ich schätze, wir kommen um einen neuerlichen Wahlgang nicht herum", erwiderte Adelmann.

„Das wäre nicht gut. Ich kann mir vorstellen, dass sich nach diesem Chaos weitere Genossen auf den Nachhauseweg gemacht haben", warf Schlegel ein. „Man muss außerdem in Erwägung ziehen, dass ein so später Wahlgang aus verschiedenen Gründen für ungültig erklärt werden könnte."

„Aber was sollen wir denn machen? Diese sechs Wahlurnen sehen absolut identisch aus. Das gleiche Material, die gleichen Maße. Sogar an die Siegel haben die Fälscher gedacht", erklärte Schadebach und wies auf die unbeschädigten SPD-Aufkleber zwischen Kartondeckel und Boden, die nach jedem Wahlgang erneuert worden waren. Die Siegel könnten zum Beispiel aus dem Einbruch ins Kreisbüro stammen", mutmaßte Schadebach.

„Da waren offensichtlich Profis am Werk. Ich werde bei der Kreisschiedskommission beantragen, sich des Falles anzunehmen", sagte Schlegel.

„Das wird der Abteilungsvorstand ebenfalls tun", erwiderte Adelmann, „so ein unverfrorener Fälschungsversuch ist mir in meiner ganzen politischen Laufbahn noch nicht untergekommen. Aber unabhängig davon bleibt festzuhalten, dass wir nicht einwandfrei feststellen können, welche die echten und welche die falschen Wahlurnen sind. Wir sollten alle versiegelt an die Kreisschiedskommission weiterleiten."

„Nicht so eilig, Genosse Adelmann", meldete sich in dem Moment Andreas Karthaus. „Vielleicht können wir doch feststellen, welche die echten Wahlurnen sind."

„Was soll denn das bedeuten?", fragte Adelmann irritiert.

„Ich habe unsere drei Wahlurnen nach der ersten Auszählung mit jeweils einem unauffälligen Kugelschreiberstrich an der Unterseite gekennzeichnet. Ich wette, es gibt drei Wahlurnen mit je einem blauen Strich."
Noch immer schauten die Umstehenden Karthaus ungläubig an. Dann schien die Erste aus einer Art Trance aufzuwachen. Irmtraud Richter schnappte sich eine Wahlurne und schaute sich die Unterseite sorgfältig an.
„Hier ist ein Strich", rief sie triumphierend. „Schaut mal", zeigte sie mit dem rechten Zeigefinger auf eine unauffällige Kugelschreibermarkierung.
„Okay, lasst uns die anderen prüfen", gab Schadebach die Parole aus. Adelmann griff sich einen weiteren Karton und drehte ihn langsam vor seinen Augen um. Auch Schlegel und Schadebach griffen zu. Andreas Karthaus blickte ihnen grinsend über die Schulter.
„Ich habe eine Markierung", rief Schadebach, „ist die von dir, Andreas?"
„Genau, ein kurzer Strich in der Ecke. So sehen die alle aus."
Irmtraud Richter hatte die dritte Markierung entdeckt. Die entsprechenden Urnen wurden an die Seite gestellt. Auf dem Tisch verblieben drei Urnen ohne Markierung.
„Seid ihr der Meinung, dass wir den Wahlgang noch regulär beenden können?", fragte Adelmann. „Genosse Schadebach, was sagst du?"
„Ich denke, das muss der Wahlvorstand entscheiden. Ich schlage vor, dass du nachher die anderen Urnen nimmst, sie vor Zeugen in ein Behältnis, zum Beispiel eine große Plastiktüte tust, diese versiegelst und der Kreisschiedskommission übergibst. Ich möchte euch bitten, den Zählraum zu verlassen. Wir müssen uns beraten", erklärte Schadebach.
Adelmann und Schlegel trollten sich. Im Versammlungsraum hatte sich das Bild geändert. Die Mitglieder standen in Grüppchen zusammen und diskutierten und scherzten über die dunkel-geheimnisvolle Wahl. Lichtausfall und Pause hatten ihnen offensichtlich gut getan. Die Atmosphäre war wesentlich entspannter als unmittelbar nach Ende des Wahlgangs. Allerdings waren weitere Parteimitglieder nach Hause gegangen. Im Saal waren vielleicht noch 60 Mitglieder.

„Genossen, es gab eine kleine Verzögerung wegen des Stromausfalls. Aber ich denke, wir werden in Kürze vom Wahlvorstand hören", erklärte Adelmann.
Zehn Minuten später erschien der Wahlvorstand mit drei Urnen. Alle nahmen Platz, und die Spannung stieg erneut.
„Ich verkünde jetzt das Ergebnis der Wahl der Kreisdelegierten", rief Schadebach in den Raum. Nachdem sich das Stühlescharren und Gemurmel gelegt hatten, fuhr er fort: „Abgegeben wurden 103 Stimmen. Ungültig waren zwei Stimmen. Ich lese jetzt die Ergebnisse in alphabetischer Reihenfolge vor. Adelmann Eva, 78 Stimmen, gewählt; Adelmann Horst, 65 Stimmen, gewählt; Beckereidt Matthias, 67 Stimmen, gewählt; Chemnitz Thomas, 83 Stimmen, gewählt; Daniel Frauke, 60 Stimmen, nicht gewählt; Gleichen Stefan, 62 Stimmen, gewählt; Karthaus Andreas, 63 Stimmen, gewählt; Kürten Heino, 46 Stimmen, nicht gewählt; Liebrecht Helga, 49 Stimmen, nicht gewählt; Michels Bruno, 35 Stimmen, nicht gewählt; Neumann Karl, 45 Stimmen, nicht gewählt; Richter Irmtraud, 76 Stimmen, gewählt; Rösler Udo, 73 Stimmen, gewählt; Rohahn Volker, 59 Stimmen, nicht gewählt; Rumrich Angelika, 75 Stimmen, gewählt; Schiederkorn Ralf, 68 Stimmen, gewählt; Schlegel Jürgen, 75 Stimmen, gewählt; Sentig Angelika, 80 Stimmen, gewählt; Schultheiss Karl, 43 Stimmen, nicht gewählt und Zoll Friedrich, 39 Stimmen, nicht gewählt."
Applaus brandete auf. Heino Kürten schaute ziemlich belämmert in die Runde, während Horst Adelmann keine Miene verzog.

Der Lärm der Versammlung schien sich hinter einem Nebelschleier zu verziehen. Beckereidt musste erst einmal durchatmen, denn er war zum Kreisdelegierten gewählt worden. Kreisdelegierter!!! Es fühlte sich an, als seien all seine Lebensträume erfüllt worden. In diesem einem Moment. Kreisdelegierter. Was war das überhaupt? Das Wort hatte für einen großen Traum gestanden, für Bedeutung, Macht und Einfluss. Was würde er damit anfangen? Er hatte keine Zeit, darüber nachzudenken. Noch immer saß er mitten im Trubel

einer hoch spannenden und hektischen Jahreshauptversammlung, die sich nun, nachdem die Entscheidungen gefallen waren, langsam aufzulösen begann. Die Spannung fiel sichtlich ab von den Gesichtern, und nach stundenlangem diszipliniertem Sitzen war die Zeit des Resümierens, Durcheinanderlaufens, Bestellens, Schulterklopfens, Wundenleckens, des siegestrunkenen, erleichterten Lachens gekommen. War man eben noch Todfeind gewesen, so löste sich eine unsichtbare politische Barriere auf und man tat so, als hätte es diese nie gegeben. Kreisdelegierter – noch immer sinnierte Beckereidt still vor sich hin und versuchte zu ergründen, was das für ihn, seine politischen Ansichten und seine Gruppe bedeutete. Er kam aber nicht weit in seinen Gedanken, denn plötzlich spürte Beckereidt, wie sich ein Arm auf seine rechte Schulter legte. Gleichzeitig nahm neben ihm ein Mann Platz, mit dem er während seiner Parteizugehörigkeit keine drei Sätze persönlich gewechselt hatte. Beckereidt blickte in ein kantig-ebenmäßiges, leicht gebräuntes Gesicht, er blickte in ein Gesicht, das eine Ikone darstellte. Der „Fürst", die Ikone des Bösen.
„Na, Matthias", setzte Adelmann mit betont freundlichem Tonfall an und verlieh dabei seinem Schultergriff noch einmal Nachdruck. „Was willst du denn später einmal werden?"
Beckereidt war perplex. Damit hatte er nicht gerechnet. Nicht mit dieser Art von Solidarität, die väterliche Zuwendung signalisieren sollte. Eigentlich hatte er auch nicht damit gerechnet, dass Adelmann ihn ansprechen würde. Diese persönliche Zuwendung in Verbindung mit dem Griff stellten so etwas wie eine Anerkennung dar, das wusste Beckereidt. Anerkennung für seinen erfolgreichen Kampf um das Kreisdelegierten-Mandat. Jetzt war er also Mandatsträger und damit interessant. In diesem Augenblick wurde ihm einiges klar. Er, Matthias Beckereidt, gerade 18 Jahre alt und noch Schüler, ein Mensch voller Ideen und Ideale, voller Mut und Kraft, voller Wünsche, Träume und Sehnsüchte – er hatte gerade einen Wert erlangt. Einen Wert allerdings nicht als Person, sondern einen Wert durch das Mandat eines Kreisdelegierten, das plötzlich per Wahl wie untrennbar mit der Person Matthias Beckereidt verbunden worden war. Er selbst

hätte zuvor nie im Traum daran gedacht, einen besonderen Wert, einen höheren Wert durch diese Wahl zu erlangen. Offensichtlich war sein Wert hoch genug für einen Horst Adelmann, sich persönlich um ihn zu bemühen. Beckereidt durfte sich geschmeichelt fühlen. Einen Moment lang wollte er diesem Gefühl nachgeben. Doch dann spürte er wieder den Druck auf seiner Schulter. Das war ihm unangenehm.
„Na, Matthias, was willst du denn später einmal werden?", hallte die Frage in ihm nach. Was für eine blöde Frage! Bin ich ein Sechs- oder Zehnjähriger, dass man mir so eine Frage stellt? Sollte er jetzt das antworten, was ein Kind sagen würde? Lokomotivführer, Lufthansa-Pilot, Astronaut oder so. Nein, Adelmann wollte sicherlich etwas anderes hören, zum Beispiel: „Bei meiner beruflichen Zukunft ist mir die Arbeit in der Partei ganz wichtig. Vielleicht kann man ja beides miteinander verbinden." Das wäre sicherlich eine Antwort, die Adelmann zufrieden stellen würde. Und dann würde der so etwas sagen, wie: „Ich bin dir gern bei deinem Fortkommen in der Partei behilflich. Wenn du also ein Problem hast oder einen Wunsch, kannst du mich jederzeit anrufen." Er würde freundlich-verbindlich lächeln und ihm seine Visitenkarte mit Dienst- und Privatnummer in die Hand drücken.
„Weiß nicht", hörte er sich leicht patzig sagen und blickte vor Scham bewusst und direkt an Adelmann vorbei. Ich kann ihm jetzt nicht in die Augen sehen, dachte er. Was will dieser Kerl überhaupt von mir? So etwas nennt man dann wohl im wahrsten Sinne des Wortes einschleimen. Eigentlich müsste ihm diese plumpe Art doch peinlich sein. Mensch Genosse Adelmann, merkst du denn nicht, wie peinlich du gerade bist?
„Wahrscheinlich werde ich Medizin studieren", schob Beckereidt nach, um die Höflichkeit zu wahren. Am liebsten hätte er sich wortlos aus Adelmanns Griff gewunden. Er wollte weglaufen, konnte es aber nicht. Man konnte eine Respektsperson, auch wenn man sie mies fand, nicht einfach so wortlos stehen lassen. Beckereidt fühlte, dass dies ein entscheidender Moment in seiner Parteikarriere sein konnte.
Adelmann hatte wohl gerade die Maske des guten Onkels aufgesetzt. Und dieser gute Onkel, so stellte es sich Beckereidt vor, verteilte Gunst und Posten.

Wie konnte er dieser Falle entgehen, ohne seinen Gegenüber zu brüskieren oder sich selbst zum Clown zu machen? Er war noch auf der Suche nach einer Antwort, als Rösler ihn rettete.
„Genosse Adelmann, darf ich dir Matthias mal kurz entführen? Wir hätten da noch etwas zu besprechen." Im Nu war das Lächeln aus Adelmanns Gesicht weggewischt. Stattdessen zeigte der „Fürst" seine gewohnte geschäftsmäßig-verbindliche Maske der Undurchsichtigkeit.
„Natürlich gern, Genosse Rösler. Wir sind bereits fertig", antwortete Adelmann. Für Beckereidt klang es nach „Wir sind bereits miteinander fertig". War es so? Hatte Adelmann Beckereidt durchschaut, oder würde er ihn bei nächster Gelegenheit erneut ansprechen? In diesem Moment wusste Beckereidt nicht, ob er froh sein oder dieser Gelegenheit nachtrauern sollte.

Jürgen Schlegel und Andreas Karthaus gehörten zu den Letzten, die den Versammlungssaal verließen. Schlegel saß noch an seinem Tisch und schaute gedankenverloren in den Saal. Karthaus zupfte ihm am Hemd. „Schluss, Ende, nach Hause gehen!", meinte er grinsend. „Die Sache ist gelaufen, Jürgen."
Schlegel schaute ihn entgeistert an. Dann fokussierte sich sein Blick, und er schien aus einer anderen Welt zurückzukehren.
„Ja, die Sache ist gelaufen. Fast noch besser, als ich erwartet hatte. Es ging beinahe zu leicht."
„Findest du jetzt auch noch ein Haar in der Suppe? Das glaub ich doch nicht, du undankbarer Kerl."
„Nun ja, wenn du mich so fragst, bedauere ich, dass es Frauke Daniel nicht geschafft hat. Die hätten wir vielleicht auch noch durchbringen können. Insgeheim hatte ich mit mehr Widerstand der Rechten gerechnet. Schließlich sollte es ihnen heute an den Kragen gehen."
„Und es ist ihnen an den Kragen gegangen", antwortete Karthaus grinsend. „Aber von fehlendem Widerstand kann man nicht sprechen, wenn ich an die Licht-aus-Aktion denke."
„Ja, das war ganz schön heftig", stimmte Schlegel zu.
„Das war eine echte Schweinerei. Schalten die einfach den Strom aus, um eine drohende Wahlniederlage abzuwenden."
„Und die ganze Sache mit den identischen Wahlurnen muss ja

wohl von langer Hand geplant gewesen sein."

„Natürlich, sonst hätte ja die Aktion keinen Sinn gemacht."

„Ich hätte zu gern mal einen Blick in die falschen Wahlurnen geworfen."

„Ich glaube nicht, dass du dabei eine Überraschung erlebt hättest", meinte Karthaus.

„Wohl nicht. Mein Tipp, acht Rechte, zwei Linke und zweimal Feuerwehr", erklärte Schlegel.

„So großzügig hätten die uns bedacht?"

„Ganz bestimmt. Ein anderes Ergebnis hätte unser Misstrauen noch stärker erregt. Aber zum Glück ist es dank deiner Geistesgegenwart nicht so weit gekommen. Irgendwie ist mir das aber noch immer ein Rätsel, wie du als Parteifrischling so abgebrüht reagieren konntest."

„Du hattest mich eben gut vorbereitet. Seit Wochen liegst du mir mit den fiesen Tricks der Rechten in den Ohren. Da dachte ich mir, es könnte nicht schaden, ein paar kleine Hilfsmittel anzuwenden."

„Aber Andreas, ich wäre nie und nimmer auf die abartige Idee gekommen, die Wahlurnen einfach auszutauschen. Und deshalb wäre mir auch nicht eingefallen, die Kästen zu markieren", antwortete Schlegel.

„Dein Vater war ja wohl auch kein Zauberer wie meiner", antwortete Karthaus.

„Du sprichst in Rätseln …"

„Mein Vater hat mir als Kind vor dem Einschlafen oft kleine Zaubertricks vorgespielt. Er kam an mein Bett und brachte seinen schwarzweißen Zauberstab und einen schwarzen Kasten mit, aus dem er das ein oder andere hervorholte."

„So was wie lebende Kaninchen?", wollte Schlegel wissen.

„Nein, aber Bonbons, kleine Sammelbilder und so etwas. Zum Schluss holte er immer – wie das Sandmännchen – unsichtbaren Schlafsand aus seinem Zauberkasten und verteilte ihn über dem Bett. Und da ich immer so konzentriert zugeschaut hatte, klappte der Trick mit dem Schlafsand auch meistens."

„Und was hat der Zauberkasten deines Vaters mit unserer Wahl zu tun?", fragte Schlegel.

„Diese Wahlurnen haben mich plötzlich an den kleinen schwarzen Zauberkasten meines Vaters erinnert. Es war wie

eine Eingebung. Ich erinnerte mich daran, dass er damals so viele zauberhafte Dinge aus diesem Kasten geholt hatte. Und dann wurde mir ganz plötzlich klar, dass man aus so einem Kasten eigentlich alles Mögliche herausholen kann."
„Du meinst Dinge, die man zuvor dort hineingesteckt hatte?"
„Genau. Ich dachte, wenn die Rechten jetzt noch einen Trick anwenden können, um unseren Sieg zu verhindern, dann müsste er mit diesen Kästen zu tun haben, in denen ja die Wahrheit lag. Und deshalb habe ich sie unauffällig markiert."
„Was sicherlich nicht einfach war, denn die Urnen standen doch unter ständiger Beobachtung", erwiderte Schlegel.
„Das war nicht so schwer. Schließlich hatten wir ja mehrere Wahlgänge. Und zwischen den einzelnen Wahlgängen standen die Kartons immer unbeobachtet auf einem Beistelltisch direkt neben mir. Da konnte ich sie leicht markieren."
„Scheint mir doch recht einfach gewesen zu sein. Ich denke, wir müssen für künftige Wahlen daraus lernen und noch sorgfältiger mit den Wahlurnen umgehen".
„Wie soll man noch sorgfältiger damit umgehen?", wollte Karthaus erfahren. „Der Gipfel der Dreistigkeit wäre ja, wenn die Wahlurnen das nächste Mal geklaut würden."
„Dieses Mal ist ja alles gut gegangen, dank deines Vaters.

W irklich erstaunlich, der Trick mit den Wahlurnen, dachte Manteuffel. Erstaunlich auch dieser Karthaus. Noch vor Kurzem ein ziemlich unbeschriebenes Blatt, machte der Typ praktisch täglich politstrategische Fortschritte. Und zwar im D-Zugtempo. Das hatte vermutlich mit der intensiven Arbeit im Vorfeld der Parteiwahlen zu tun gehabt. Dieser Schlegel, bislang über die Abteilungsgrenzen hinaus wenig beachtet, war ein ganz ausgekochter Bursche. Von dem war noch einiges zu erwarten. Aber auch ein Mord? Manteuffel erschien das kaum vorstellbar.
Im Hause Adelmann dagegen herrschte nach der Frohnauer Wahl Katerstimmung. Musste der Hausherr nun um seine Wahl zum Kreisvorsitzenden bangen? Was würde er tun, um ein Scheitern seines Traumes zu verhindern? Eines war Man-

teuffel klar. Die Lage war angespannt. Jetzt würden unwiderrufliche Entscheidungen fallen ...

Es war nicht fair. Es war wirklich nicht fair. Stellvertretender Abteilungsvorsitzender hatte der Genosse Kürten werden sollen. Und nun war er nicht einmal Kreisdelegierter. Und als Beisitzer in den Vorstand war er nur dank einer erneuten Intervention von Eva gekommen, die die Versammlung inständig gebeten hatte, den schon arg ramponierten Konsens nicht völlig zu zerstören. Adelmann wusste, dass seine Frau die meisten Sympathien der Abteilung genoss. Das hatten die Wahlen noch einmal eindrucksvoll bestätigt. Er wusste auch ganz genau, warum. Weil sie eine Frau war. Weil sie sich zurückhaltend gab und ihren Charme spielen ließ. Wenn sie vor den Genossen redete, zeigte sie ein Lächeln, als wollte sie sagen: Ich bin eine schwache Frau, die keinerlei Ambitionen hat. Es geht mir nur um Vernunft und Herz. Parteiarbeit muss auch Herz zeigen. Ich solidarisiere mich mit meinem Mann. Ich stütze ihn und ich unterstützte ihn. Das gehört zu den edelsten Pflichten einer Ehefrau. Dabei muss ich nicht immer politisch seiner Meinung sein. Und ich nehme nicht alles so ernst wie die Männer.
Ja, dachte Adelmann, das konnte Eva hervorragend. Und mit dieser Masche wickelte sie alle um den Finger, Männer wie Frauen. Nur Chemnitz, diese konvertierte Ratte, hatte noch mehr Stimmen als sie bekommen. Das war ja wohl fast die gesamte Abteilung. Lediglich die hartnäckigsten Anhänger Adelmanns hatten Chemnitz ihre Stimme verweigert. Mit dem musste er nun in der Abteilungsarbeit leben. Das Blöde daran war, dass er wegen der Wahl Chemnitz' seine eigenen Abteilungsaktivitäten wieder würde hochfahren müssen. Kürten sollte der zuverlässige, vertrauenswürdige Stellvertreter werden, dem er ein bisschen Kärrnerarbeit aufs Auge drücken wollte. Denn seinen eigenen Arbeitsschwerpunkt sah Adelmann nun auf Kreisebene. Dabei durfte er aber keinesfalls seine Heimatabteilung vernachlässigen, denn die galt für einen Funktionsträger höherer Weihen als Partei- und Arbeitsbasis. Er hatte also wieder als Abteilungsvorsitzender kandidieren müssen, um damit seine Basis nachzuweisen.

Hier handelte es sich nicht nur um das Akkumulieren von Wahlstimmen für seine eigenen Ziele sowie die der Gruppe. Basis bedeutete in der SPD vor allem, dass der Mandatsträger eine Verankerung beim einfachen Parteivolk nachweisen musste. Wer Abteilungsvorsitzender war, der war sozusagen integriertes und integratives Mitglied der großen Parteifamilie, also jemand, der weiß, wie die Basis denkt und was an der Basis los ist. Dahinter steckte der Gedanke, an der Parteibasis fänden sich die Stützen der Sozialdemokratie, also der Dreher mit den schmutzigen Händen und die Fabrikarbeiterin mit dem proletarischen Kopftuch, wieder. Die würden den Funktionären schon auf die manikürten Finger schauen und, wenn nötig, auf selbige klopfen, damit sich die zeitweiligen Parteivolksvertreter nicht in abgehobene Bürokraten und Sesselfurzer verwandelten. Was für ein Blödsinn, dachte Adelmann. Wo, bitte schön, sind denn die schmutzigen Hände und proletarischen Kopftücher? Bei uns findet man höchstens noch gut gepflegte Lehrer-, Juristen- und Beamtenhände, oder nicht ausgelastete Hausfrauen, die in der Politik eine spannende Freizeitbeschäftigung suchten. „Demokratie ist Macht auf Zeit", hatte Deutschlands erster Bundespräsident Theodor Heuß einmal gesagt. Sollte das eine Feststellung gewesen sein, so waren Funktionäre, Delegierten und Abgeordneten auf allen Ebenen stets bestrebt, diesen Satz ad absurdum zu führen. Heute bedeutete gewählt zu sein, einen Freifahrtschein ausgestellt zu bekommen, den man unbedingt gegen drohende Rückgabe zu verteidigen hatte. Das war die vornehmste Selbstverpflichtung eines jeden Gewählten. Und das bedeutete, dass er darauf den Großteil seiner Energie verwendete.

Immerhin hatte der Abend nicht in einer absoluten Katastrophe für ihn geendet. Er selbst war mit einem blauen Auge davongekommen, war mit dem ziemlich mageren Ergebnis von 65 Stimmen wieder zum Kreisdelegierten gewählt worden. Das war wichtig, die Stimmenzahl selbst egal. Gewählt ist gewählt! Was passiert wäre, wenn die Versammlung ihn hätte durchfallen lassen, wollte sich Adelmann gar nicht ausmalen. Eines war ihm klar. Er hätte über Jahre seine Ambitionen zurückschrauben müssen. Dennoch konnte er einen gewissen

Kater nicht leugnen. Das Ganze war nicht so gelaufen, wie er sich das vorgestellt hatte. Frohnau war plötzlich keine rechte Abteilung mehr. Ein wichtiger Mosaikstein war heraus gebrochen. Offensichtlich stimmten die Gerüchte doch, dass die Linke es auf ganz Reinickendorf abgesehen hatte. Bislang hatte sich Adelmann geweigert, diesem Gerücht irgendeine Bedeutung zuzumessen. Zu überlegen war die Rechte in den vergangenen Jahren gewesen, zu dürftig die linke Herausforderung, zu unterbelichtet deren führende Köpfe. Berthold Gessler, eine Witzfigur! Dessen Vater hatte einst kometenhaft Karriere gemacht. Denn Alfred Gessler war schnell zum Kreisvorsitzenden in Tiergarten aufgestiegen. Schließlich schaffte er es sogar zum Senatsrat in der Senatsverwaltung für Arbeit und Soziales. Für Gessler sollte dies das Sprungbrett auf einen Senatorensessel bedeuten. In Wahrheit aber hatte er den Zenit seiner politischen Laufbahn bereits überschritten. Zwar wurde Gessler vor den nächsten Abgeordnetenhauswahlen in der Presse gerüchteweise als ministrabel eingestuft. Doch dann war die öffentliche Überraschung groß, als er nicht auf der Senatorenliste auftauchte. Der enge Vertraute Franz Neumanns war nach dessen Ablösung als Landesvorsitzender durch Willy Brandt nicht mehr zum Zuge gekommen. Es hieß, Gessler habe ein eher gespanntes Verhältnis zum jungen Berliner SPD-Chef gehabt. Das konnte sich Adelmann durchaus vorstellen, denn Alfred Gessler war nicht nur ein Mann mit lockerem Mundwerk. Er trat bisweilen auch rechthaberisch, ja sogar cholerisch in Erscheinung. Es wird also nicht nur Willy gewesen sein, mit dem er sich überworfen hatte. Irgendwann zog Gessler dann auch in seinem Heimatbezirk nicht mehr. Er resignierte, trat zurück, wurde krank und starb an Krebs. Seine Gruppenzugehörigkeit hatte sein Sohn Berthold Gessler quasi vom Vater geerbt. Jedenfalls war Berthold nie Arbeiter gewesen. Der Alte hatte ihn rechtzeitig bei der Steuerbehörde untergebracht, wo Berthold seitdem ein eher unauffälliges Berufsleben fristete. „Hundesteuerbeamter", hatte ihn Adelmann einmal bespöttelt. Und sein Standardspruch auf Gessler lautete: „Dobermänner zahlen hundert Mark, Pinscher die Hälfte".
Für welche politischen Inhalte er stand, wurde nie so ganz

klar. Adelmann jedenfalls hatte Gessler junior selten inhaltlich argumentieren hören. Aber da war Gessler ja nicht der Einzige. Adelmann wusste sehr genau, dass inhaltliches Debattieren nicht ungefährlich war. Zu schnell änderten sich Ansichten und Vorgaben, als dass einem nicht frühere Äußerungen als Abweichung von einer gewissen Linie vorgehalten werden konnten. Natürlich musste man ein gewisses thematisches Repertoire drauf haben, wollte man in der Partei nicht als profilloser Bürokrat verunglimpft werden. Am Besten aber ließ es sich noch inhaltlich argumentieren, wenn man sich damit bewusst von gewissen Gruppierungen abheben wollte, denen man eine bestimmte inhaltliche Ausrichtung unterstellte, oder wenn man personelle Zwecke verfolgte, also zum Beispiel einen ungeliebten Kandidaten an seinen eigenen thematischen Verfehlungen aufhängen wollte. Das aber war bei Berthold Gessler nicht drin. Der Mann war politisch gesehen eine Art Pudding, der sich an keine Wand nageln ließ.

Nun ging es darum, die korrekte Kommentierung der Ereignisse von Frohnau unter der Hand in Umlauf zu bringen. Das würde nicht schwer fallen, dachte Adelmann: Irgend jemand hatte am Wahlabend eine raffinierte Intrige gegen ihn und seine Leute geschmiedet, hatte sich während der Abteilungsversammlung am Sicherungskasten zu schaffen gemacht und offensichtlich vorbereitete Wahlurnen in den Zählraum geschmuggelt. Respekt: Da muss ein unbekannter Regisseur am Werke gewesen sein. Das Ganze war offensichtlich inszeniert worden, um es ihm und seiner Gruppe in die Schuhe schieben zu können. Adelmann musste sich eingestehen, die Vorbereitungen der Jahreshauptversammlung nicht mit dem nötigen Nachdruck vorangetrieben und überwacht zu haben. Im Grunde genommen sind wir mit zu wenigen Stimmen in diese Versammlung gegangen. Vielleicht wären nur zehn Leute mehr nötig gewesen, um eine andere Atmosphäre im Saal zu schaffen. Vielleicht hätte es sogar mit dem vorhandenen Bestand ausgereicht, wenn nicht Schiederkorn dazwischen gefunkt hätte. Aber wer konnte auch ahnen, dass Schiederkorn in so kurzer Zeit mehr als ein respektables Dutzend an Anhängern zu mobilisieren vermochte. Der Kerl hatte nichts verlernt, merkte Adelmann

jetzt. Der war immer noch gut. Entscheidend aber war wohl, dass er selbst seinen Leuten im Vorfeld der Jahreshauptversammlung nicht kräftig genug in den Arsch getreten hatte. Kürten hatte sich offensichtlich verspekuliert. Der hielt sich doch schon für populär, bloß weil er als Abteilungskassierer gezeigt hatte, dass er mit Plus und Minus rechnen konnte. Aber nicht nur Kürten hatte sich verrechnet. Adelmann wusste, dass er selbst Fehler gemacht hatte. Er hätte Kürten nicht die Organisation des Abteilungswahlkampfes überlassen dürfen. Der Mann hatte nichts auf die Beine gestellt. Wenn man sich nicht um alles selbst kümmert, geht es schief. Nun, die Sache war gelaufen. Im Nachhinein noch zu zetern, machte keinen Sinn. Die richtigen Erkenntnisse daraus zu ziehen aber sehr wohl.
Allerdings war es wohl nicht nur die mangelnde Vorbereitung allein gewesen, die zu der Niederlage geführt hatte. Einer hatte an diesem Abend – und vor allem im Vorfeld – ganze Arbeit geleistet: Jürgen Schlegel. Der hatte sich wirklich wacker geschlagen, das Beste für die Linken heraus geholt. Angesichts der Stimmverhältnisse hatte es Schlegel an diesem Abend nicht einmal nötig gehabt, tief in die Kiste der schmutzigen Tricks zu greifen. Und Rösler, der ebenso kauzig-sympathische wie geradlinige Langzeitstudent, hatte mit seiner neuen Gruppe von dem offensichtlich vorhandenen Machtvakuum des Abends profitiert. Seine Leute kamen zu den Delegiertenposten wie die Jungfrau zum Kinde. Und Schiederkorn? Der hatte eine Schlacht gewonnen. Aber nicht den Krieg ...

Je tiefer Manteuffel in die Materie stieg, desto sumpfiger wurde das Gelände. Inzwischen hatte sie das Gefühl, durch einen Morast aus Ehrgeiz und Gier, Misstrauen und Neid, Rachsucht und Skrupellosigkeit zu waten. So langsam begriff sie die Mechanismen von Abhängigkeiten innerhalb der Partei. Vor der Kulisse braver Bieder- und Bürgerlichkeit, unter dem Rubrum der demokratisch-politischen Willensbildung wurde ein erbitterter Kampf ausgefochten. Letztlich ein Kampf jeder gegen jeden. Die verschiedenen „Clubs" innerhalb der Partei hatten die Funktion, politische Strömungen aufzufangen und zu kanalisieren, um dem politischen Kampf wenigstens etwas von Anarchie, Chaos und Brutalität zu nehmen. Alles, aber auch alles, was in der Partei geschah, stand mit diesem Kampf in Verbindung. Erschrocken musste Manteuffel feststellen, dass auch sie selbst und ihre Arbeit in diesen für die Öffentlichkeit lautlos geführten Kampf ungefragt einbezogen worden waren ...

Diesmal hatte sich Adelmann die Zeitung gleich am Morgen besorgt. Er stieg in seinen Mercedes, faltete den Nord-Berliner auseinander und grinste, als er die dicken Lettern der Schlagzeile las: „Frohnauer Waldbebauung immer wahrscheinlicher" und „Droht ein Machtkampf in der Reinikkendorfer SPD?" Adelmann las den Aufmacher von der ersten bis zur letzten Zeile: Die Bebauung des Frohnauer Waldes wird immer wahrscheinlicher, denn der potenzielle Investor und Bauträger, die Neu-Isenburger Treu + Oovschlag Realisierungsgesellschaft mbh & Co. KG, scheint sich hinter den Kulissen geschickt politische Rückendeckung verschafft zu haben. Nach Recherchen des „Nord-Berliner" sind offensichtlich hohe SPD-Funktionäre bei dem hessischen Unternehmen involviert. Dazu soll auch ein bekannter Funktionär der Reinickendorfer SPD gehören. Zwar war dazu aus dem Bezirksamt keine Stellungnahme zu erhalten. Doch Oovschlag-Geschäftsführerin Linda Kurheim-Nöll bestätigte die Recherchen indirekt mit der Auskunft: „Unser Bauprojekt – „Wohnen im grünen Frohnau" – wurde vom Bezirksamt Reinikkendorf von Anfang an mit Wohlwollen aufgenommen. Nachdem wir unser Vorhaben einer breiteren Öffentlichkeit vorstellen konnten, hat auch die Politik zunehmend positiv reagiert." Ohne Namen nennen zu wollen, erklärte Kurheim-Nöll, sie sei sicher, dass „wichtige Mandatsträger unser Vorhaben unterstützen" würden. Diese Zustimmung gibt es jedoch offensichtlich längst nicht von allen Reinickendorfer SPD-Funktionsträgern. So erklärte die neue Kreisgeschäftsführerin, Marianne Schmidt, von einer Unterstützung des Bauprojektes könne bislang keine Rede sein: „Die Reinikkendorfer SPD hat sich mit dem geplanten Bauprojekt in

Frohnau bislang noch nicht inhaltlich beschäftigt. Von unserer Seite liegt dazu keine Stellungnahme vor. Es wundert daher schon, dass Frau Kurheim-Nöll offenbar pauschal unterstellt, die SPD unterstützte ihr Vorhaben. Dies ist definitiv nicht der Fall." Die SPD Frohnau hat erst kürzlich eine kritische Resolution beschlossen und vor einer Beschlussfassung durch das Bezirksamt in Sachen Frohnauer-Wald-Bebauung die Erstellung eines Gutachtens über notwendige infrastrukturelle Maßnahmen sowie die Auslobung eines städtebaulichen Wettbewerbes gefordert. Thomas Chemnitz, der neue stellvertretende Abteilungsvorsitzende zum Nord-Berliner: „Ich will nicht behaupten, dass wir das Projekt grundsätzlich ablehnen. Doch es sind so viele wichtige Fragen ungeklärt, dass zur Zeit unter den Mitgliedern die Skepsis überwiegt. Wir halten vor allem die Verkehrsprobleme für gravierend und das Projekt schon aus diesem Grunde für undurchführbar, es sei denn, es kann mit der DDR eine Vereinbarung über die Nutzung der Bundesstraße 96 im Bereich des Entenschnabels erzielt werden." Schließlich erklärte Berthold Gessler, vom linken Flügel der Partei dem Nord-Berliner: „Von einer Unterstützung des Bauvorhabens durch die SPD kann nicht die Rede sein. Natürlich sind wir dafür, breiten Bevölkerungsschichten das Wohnen im Grünen zu ermöglichen. Doch bei dem Treu + Oovschlag-Projekt scheint es mehr um hohe Profite für Makler und Bauunternehmen als um das Wohl der Bevölkerung zu gehen. So fehlen soziale Einrichtungen wie Kindergärten, Schulen und Sportplätze in den kursierenden Entwürfen völlig. Auch um die nötige Verkehrsinfrastruktur scheint sich der potenzielle Bauherr keinerlei Gedanken zu machen. Am Ende soll wohl wieder die Öffentliche Hand, also der Steuerzahler für Dinge aufkommen, die Geld kosten und keinerlei Profite abwerfen. Für die Linke sage ich daher – beim jetzigen Planungsstand – ein eindeutiges Nein zur Bebauung des Frohnauer Waldes. Sozialdemokratische Funktionäre sollten es sich zweimal überlegen, sich vor den Karren profitgieriger Unternehmer spannen zu lassen." Klar scheint also, dass die Linken das Projekt ablehnen. „Das Bauvorhaben wird auch auf der nächsten Kreisdelegiertenversammlung eine wichtige Rolle spie-

len. Es birgt so viel Sprengstoff, dass es zu einer innerparteilichen Zerreißprobe werden kann", erklärte ein führendes Mitglied der neuen Mitte, einer Gruppe, die innerparteilich unter „Feuerwehrleute" firmiert. " Soweit der Nord-Berliner.
Mein Gott, der Gessler. So deutlich habe ich den inhaltlich noch nie gehört, dachte Adelmann. Es ärgerte ihn ein wenig, dass Gessler und seine Linken es offensichtlich geschafft hatten, das Thema für ihre Zwecke auszuschlachten. Damit besteht zunehmend die Gefahr, dass der Schwarze Peter diesmal den Rechten zugeschoben wird. Andererseits empfand Adelmann auch eine gewisse Befriedigung über den Leitartikel der Lokalpostille, schließlich musste Schiederkorn ihn ja wohl als letzte Warnung verstehen: Wenn du nicht spurst, Ralf, mache ich dich fertig. Und deine kleine Schlampe gleich mit.
Am Abend griff Adelmann zum Hörer und rief bei Schiederkorn an. Nach mehrmaligem Klingeln nahm dieser etwas außer Atem ab. „Hallo Horst", antworte Schiederkorn hörbar erstaunt. „Ich bin gerade auf dem Sprung, was kann ich für dich tun."
„Ich will gar nicht lange drum herum reden, Ralf. Mir sind nach dem Einbruch in die Kreisgeschäftsstelle alte Auszüge und Unterlagen eines mir unbekannten Kontos mit beträchtlichen Saldi in die Hände gefallen. Leider konnte mir Nadine Volkhardt keine befriedigenden Auskünfte darüber geben. Sie sagte mir nur, es habe sich um eine Art Reptilienfonds gehandelt, der von deiner Kanzlei geführt und testiert worden sei. Kannst du mir mehr dazu sagen?"
In der Leitung war nur schweres Atmen zu hören.
„Ralf, bist du noch da? Wenn ich gerade störe, kannst du mich ja auch gelegentlich zurückrufen."
„Mach ich", war das Einzige, was Adelmann von Schiederkorn zu hören bekam. Er legte auf und lächelte versonnen.

Manchmal erfährt man scheinbar wichtige Dinge und kann doch wenig mit ihnen anfangen. Da gibt es anonyme Telefonate und Briefe ohne Absender. Solch ein Brief erreichte sie kürzlich. Adressiert an die „Chefredakteurin Ulrike Manteuffel". Als Absender war auf der Rückseite des Umschlags mit Maschinenschrift ein Michael Bauer aus der Straße Am Grünen Zipfel 82 notiert. Diese Anschrift war offensichtlich falsch. Zwar existierte die Straße in Frohnau, aber die Häuser in dem ebenso kurzen wie schönen Gässchen zwischen Sigismundkorso und Karmeliterweg endeten weit vor der Nummer 82. Auch ein Michael Bauer fand sich dort nicht. Manteuffel vermutete, dass sich der anonyme Briefschreiber mit der Gepflogenheit ihres Hauses auskannte, Briefe ohne Absender sofort und ungelesen weg zu werfen. Der Schreiber wollte offensichtlich unbedingt, dass Manteuffel den Brief bekommt, gleichzeitig aber sein Incognito wahren. Er oder sie bezeichnete sich als langjährigen Leser des Nord–Berliner. Inhalt nur ein paar lapidare Sätze mit der Information, Schiederkorns Villa in der Alemannenstraße sei verwanzt gewesen. Gut und schön, dachte sich Manteuffel. Doch wie überprüfen? Sie telefonierte. Schiederkorn selbst reagierte amüsiert: „Woher haben Sie denn diese Räuberpistole?", war sein ganzer Kommentar. Von der Polizei erhielt Manteuffel erst Recht keine Informationen. Dennoch behielt sie die Geschichte mit den Wanzen als interessanten Aspekt im Hinterkopf. Der Fall Adelmann nahm Ulrike Manteuffel offensichtlich zunehmend mit. Immer wieder bemerkte sie selbst, dass sie sich nicht konzentrieren konnte oder gereizt reagierte. Neulich traf sie im Rathaus Reinickendorf ihre Kollegin Martina Koslowski von der Berliner Morgenpost, die ihr ziemlich ungeschminkt erklärte, sie sehe schlecht aus. „Ein bisschen blass um die Nase, und weiter abgenommen hast du auch noch, du Klappergestell." Martina war ein bisschen neidisch, denn sie musste fürchterlich auf ihre Figur aufpassen. Manteuffel hatte nicht viel Zeit für ein Schwätzchen und versuchte Martina abzuwimmeln. Die hatte aber offensichtlich ihr Tagessoll schon erfüllt und wollte auch noch wissen, wann denn im Hause Manteuffel endlich mal wieder eine der berühmten Partys stattfinden werde. „Im Moment habe ich den Kopf voll", entschuldigte sich Ulrike. Aber du wirst natürlich eingeladen. Stehst ganz oben auf der Gästeliste", antwortete Manteuffel und ließ die Kollegin stehen.

Unterdessen nahmen die Parteiwahlen in den einzelnen Abteilungen ihren Lauf, und zwar weiterhin mit überraschenden Ergebnissen. Manche begannen daraus sogar einen Trend herauszulesen, was den ein oder anderen alten Kämpen wankelmütig werden ließ ...

Martin Rellingen erwachte mit einem überwältigenden Gefühl des Triumphs. Die Bilder vom Vorabend spulten sich wie ein Zeitrafferfilm in seinem Kopf ab. Da war die Rede, mit der er die Hermsdorfer verzückt hatte, da war dieser warme und nicht enden wollende Applaus, der so gut tat, da war das Händeschütteln, immer wieder, die vielen Gesichter, strahlend, hoffend, freudig, erwartungsvoll. Ja, er hatte es geschafft. Er war nun Vorsitzender der SPD-Abteilung Hermsdorf. Seit gestern. Dr. Martin Rellingen. Der akademische Titel mochte einen nicht zu unterschätzenden Faktor im Kampf um die Macht dargestellt haben gegen einen Gegner vom Kaliber Richard Groblebers, der in der Partei auch "grobe Leberwurst" genannt wurde. Der Mann war ihm immer wie die Inkarnation eines Altstalinisten vorgekommen. Schon das Wort „Genosse" sprach er in einem ihm eigenen Tonfall aus, inbrünstig und fordernd, der ihn an den Duktus von DEFA-Propagandafilmen erinnerte. Der Kerl selbst war widerlich, ein untersetzter Mitvierziger mit Doppelkinn und kleinen, fiesen Schweinsäuglein über einer platten Boxernase. Das war Richard Grobleber. Dazu kamen seine in Rellingens Augen unterirdischen geistigen Fähigkeiten. Wäre er doch lieber Fleischermeister geworden, musste Rellingen jedes Mal denken, wenn das Mopsgesicht vor ihm auftauchte. Den Fleischer hätte man ihm abgenommen. Aber natürlich war er nicht Fleischermeister, sondern Angestellter im Bezirksamt Tiergarten. Und wer in einer Bezirksbehörde etwas werden wollte, der musste ein Parteibuch haben, am besten das richtige. Grobleber war vielleicht grob und keine Intelligenzbestie, verfügte aber über eine gewisse Bauernschläue. Natürlich hatte er sich das richtige Parteibuch besorgt und schon vor Jahren in einer Art putschartigem Coup die einst rechte Abteilung für die Linke erobert. Dies hatte ihm bei seinesgleichen einen legendären Ruf eingebracht, der bis in die Gegenwart hielt. Bis gestern. Denn da war er, das Schlachtross, von dem vielversprechenden Polittalent Martin Rellingen in einer wohl kaum weniger spektakulären Aktion aus dem Amt gefegt worden. Nicht mit der Streitaxt, nicht mit dem Schwert, sondern mit dem Florett. Ein gezielter Stich, und das System Grobleber war geplatzt wie ein Luftballon. Rellingen hatte in einem für ihn typischen locker-geschliffenen Tonfall den Rechts–Links–Konflikt als Tod einer lebendigen und aufrichtigen Diskussionskultur in der Partei gegeißelt. Man solle sich nicht bei steigenden Mitgliederzahlen in der SPD darüber hinweg täuschen, dass sich gleichzeitig immer mehr Sozialdemokraten aus Frust über die Art und Weise, wie in den Gremien mit ihren Anliegen und Problemen umgegangen werde, aus der aktiven Arbeit zurück zögen. Er wünsche sich eine Partei und eine Abteilung, in der man auch mal ungeschützt seine Meinung äußern dürfe, ohne gleich Gefahr zu laufen, in irgendeiner dümmlichen Weise abgestraft oder gar seiner Ämter enthoben zu werden, weil man gerade mal nicht die verbindlichen Vorgaben der jeweils herrschenden Gruppierung getroffen habe. Seine Rede hatte deshalb auf zahlreiche Mitglieder offensichtlich wie die Befreiung von einem jahrelangen Joch gewirkt. Sie stürzten sich auf Rellingen, klopften ihm auf die Schulter und wollten ihm die Hand drücken, während Grobleber unbeachtet und wie ein Häufchen Elend in einer Ecke in sich zusammengesunken saß. Noch niemals im Leben hatte ihn jemand derart gedemütigt. Er fühlte sich elend, wie vor den Kopf geschlagen und war in diesem Moment zu keiner Äußerung mehr in der Lage. Währenddessen hatte der Wahlvorstand Mühe, den minutenlang anhaltenden Tumult zu beenden. Nachdem dies endlich gelungen war, wurden Rellingen und die meisten von ihm benannten Mitstreiter auf einer Woge der Sympathie zum Sieg getragen. Nach dem letzten Wahlgang verließen Grobleber und dessen wenige verbliebenen Anhänger schnellstens die Arena. Die anderen feierten dagegen ausgiebig.

Doch Rellingen wusste, dass nicht nur seine phänomenale Rede den Sturz Groblebers verursacht hatte. Rellingen hatte bereits in den Wochen vor der Wahl ganz still und heimlich Gleichgesinnte um sich geschart. Er hatte harte Arbeit geleistet mit Hausbesuchen und allem Drum und Dran. Arbeit, die man dem jungen Intellektuellen nicht zugetraut hatte. Und er sich selbst wohl auch nicht. Er hatte in kürzester Zeit eine schlagkräftige Truppe auf die Beine gestellt, hatte Flugblätter verteilt und Stimmung gegen „die da oben" gemacht. Zugute kam ihm dabei die allgemeine Begeisterung vieler einfacher Mitglieder über die Gründung eines Hermsdorfer Ablegers der Feuerwehrleute. Die Gründung war gerade in dieser Abteilung, in der die demokratische Diskussionskultur seit Jahren brach gelegen hatte, auf besonders fruchtbaren Boden gefallen. Und Rellingen war offensichtlich schlauer als sein Vorgänger. Er agierte nicht nach dem altbekannten Motto „Der Gewinner kriegt alles". Nein, er ließ ein paar harmlos-gutwillige Linke und Rechte als Kreisdelegierte durchkommen. So konnte er künftig immer darauf verweisen, wie demokratisch er doch war. Das würden ihm alle hoch anrechnen, die Linken wie die Rechten. Und die neue Mitte konnte auf ihre politische Toleranz verweisen. Wer weiß, wozu das noch gut sein würde?

Anders lagen die Dinge in der Abteilung Reinickendorf-West. Dort war es nicht zu einer "Revolution" gekommen. Der alte und neue Abteilungsvorsitzende hieß Josef Strickler. Sein ehrgeiziger Stellvertreter Paul Hetzer hatte den von ihm geplanten Sturm auf die Spitze noch rechtzeitig abgeblasen. Adelmann wollte es so. Vermutlich deshalb, weil Strickler in früheren Zeiten einer der größten Förderer Adelmanns gewesen war. Hetzer konnte es gut verkraften, nominell nur die Nummer zwei unter den Sozis im Ortsteil geblieben zu sein, denn er wusste, dass er de facto zusammen mit seiner Garde von Jungrechten sowieso schon über die Macht verfügte.

Am Schluss der Jahreshauptversammlung nahm Strickler seinen Stellvertreter zur Seite: „Lass uns doch noch kurz an den Tresen setzen und ein Bierchen trinken, Paul."

„Aber nur eins, Josef. Ich habe noch zu tun", antwortete Hetzer und versuchte, ein freundlich-verbindliches Lächeln

aufzusetzen. Er mochte Strickler nicht besonders.
Sie setzten sich auf Barhocker, und nachdem der Wirt zwei Tulpen vor sie hingestellt hatte, begann Strickler über die kommende KDV und die Rolle der Abteilung zu sprechen.
Noch vor wenigen Monaten hätte Hetzer seine Ansicht ganz offen formuliert. Die Rechten hatten nicht zuletzt Dank seiner Aktivitäten die Mehrheit in der Abteilung gehalten. Und Hetzers Erfolg würde auch einen nicht unwesentlichen Beitrag zum Sieg auf Kreisebene leisten. Dort galt die Vereinbarung zwischen Rechts und Links, die eingehalten werden sollte. Der Genosse Adelmann kandidierte für den Kreisvorsitz, der Genosse Gessler sollte sein Stellvertreter werden. Den Delegierten wurde empfohlen, die entsprechende Liste zu wählen. Im Hinterkopf hatte er dabei natürlich das Versprechen Adelmanns, als Beisitzer für Öffentlichkeitsarbeit in den neuen erweiterten Kreisvorstand aufzurücken und zudem noch als Landesparteitagsdelegierter nominiert zu werden. Zwar hörte sich die Position „Beisitzer" nach nichts an. Und eigentlich schielte Hetzer auf den einflussreichen und zudem bezahlten Posten des Kreisgeschäftsführers. Aber diesen Wunsch konnte ihm Adelmann nicht erfüllen.
Immerhin war es Hetzer gelungen, Adelmann eine Zusage abzuringen, in spätestens zwei Jahren Kreisgeschäftsführer zu werden, sollte der Posten bis dahin vakant werden.
Beisitzer für Öffentlichkeitsarbeit. Wenn er recht bedachte, war das vielleicht doch kein so schlechter Posten. Daraus konnte man etwas machen. Zum Beispiel die gesamte Pressearbeit an sich ziehen. Vorausgesetzt, man befand sich mit dem Kreisvorsitzenden diesbezüglich im Einvernehmen. Aber daran würde die Sache nicht scheitern. Adelmann konnte man vieles nachsagen, aber nicht, pressegeil zu sein. Wo er konnte, ließ er andere vor Kameras und Mikrofone treten. Adelmann verstand sich eher als Person, die im Hintergrund die Strippen zog. Hetzer aber hatte überhaupt keine Hemmungen, sich vor Pressefutzies aufzubauen.
Seine Gedanken kamen zurück auf Strickler. Was fragt der Kerl mich da eigentlich? Misstrauen stieg in ihm hoch. „Ja, das ist schwierig. Eigentlich stehen wir in der Pflicht ..."
„Du sagst es – eigentlich. Aber die Situation hat sich grund-

sätzlich gewandelt, seit die Feuerwehrleute auf der politischen Bühne erschienen sind. Die Verabredungen mit Links sind ja schon vorher getroffen worden", erklärte Strickler.
„Ich glaube nicht, dass das Auftauchen der Feuerwehrleute die Vereinbarung grundsätzlich ungültig macht", erwiderte Hetzer ein wenig gereizt.
„Versteh mich nicht falsch, natürlich fühle ich mich an mein Wort gebunden. Und selbstverständlich werde ich auf der KDV dem Genossen Adelmann meine Stimme geben. Was ich dich fragen wollte ist, ob wir das Recht haben, die anderen Delegierten der Abteilung gleichermaßen zu verpflichten?"
„Ich sehe das nicht als eine zwanghafte Verpflichtung, sondern eher als einen stillschweigenden Konsens, der bereits vorhanden war, als die Delegierten in der Abteilungsversammlung zur Wahl standen. Schließlich hatten wir als Vorstand eine eindeutige Empfehlung gegeben. Und dieser Empfehlung sind die Mitglieder ja auch im Großen und Ganzen gefolgt. Meinst du nicht, Josef?"
„Ist gut, dann werde ich jeden Genossen, der mich nach unserem Vorgehen auf der KDV um meine Meinung bittet, entsprechend informieren."
„Ich denke, wir sollten den Delegierten unsere Empfehlung schriftlich geben. Damit wird Klarheit geschaffen."

Auf zum letzten Gefecht! Die Parteiwahlen in den Abteilungen waren gelaufen. Zeit für ein internes Resümee zwischen Adelmann und Heinrich. Das sollte allerdings schwer fallen, denn wie bei Parteiwahlen üblich, waren eine Menge Namen neuer Mitspieler aufgetaucht, die selbst ein Adelmann noch nicht alle kannte. Deshalb war es auch schwer zu sagen, wer gewonnen hatte. Das würde man letztlich erst auf der KDV sehen. Freilich gehörte Adelmann nicht zu den Leuten, die sich dabei auf Glück und Zufall verließen. Es galt, den großen Showdown vorzubereiten ...
„Schiederkorn verhandelt mit Rellingen", eröffnete Heinrich trocken. Wieder einmal saß er mit Adelmann am gemütlichen

Kaminfeuer in der Jagdhütte.
„Woher willst du das wissen?"
„Das berichten mir meine Spione, Horst."
„Ach ja?"
„Du musst gar nicht so ungläubig gucken. Ich habe das aus mehreren von einander unabhängigen Quellen gehört. Von zuverlässigen Leuten. Ich muss wirklich davon ausgehen, dass diese Information stimmt."
„Dann kannst du mir sicher auch erklären, worüber die beiden verhandeln."
„Das haben mir meine Quellen leider nicht sagen können. Immerhin gibt es Vermutungen."
„Und die wären?"
„Rellingen will kandidieren."
Einen Moment lang vereiste Adelmanns Gesicht. Dann fing er laut an zu lachen.
„Ein guter Witz, Hansjörg. Wirklich gut. Hab ich es jetzt nur noch mit größenwahnsinnigen Spinnern zu tun?"
„Ehrlich gesagt, Horst, so lachhaft finde ich das nicht."
„Man muss nur eins und eins zusammenzählen, um zu wissen, dass diese Information Mist ist."
Jetzt schaute ihn Heinrich leicht eingeschnappt an. „Meine Leute sind ausgesucht und zuverlässig. Und bisher haben sie mich nur selten im Stich gelassen."
„Das glaube ich dir ja gerne. Aber ich sage deinen Jungs, dass sie uns ihre Infos bringen sollen und keine Vermutungen."
„Das verstehe ich nicht."
„Ich gehe mal ganz fest davon aus, dass es sich um eine gestreute Fehlinformation handelt."
„Und mit welchem Ziel, bitte schön?"
„Das gilt es noch zu analysieren. Das einfachste Ziel wäre, mich zu verunsichern. Bei dir haben sie es ja offensichtlich schon geschafft."
„Ich muss zugeben, dass das stimmt", gestand Heinrich.
„Denk mal scharf nach Hansjörg. Wenn Rellingen gerne Kreisvorsitzender werden will, wo will er denn die Stimmen her bekommen? Ganz sicher doch nicht von Schiederkorn."
Heinrich nickte stumm.
„Das Ganze ist eine große Blase, die schnell platzen wird.

„Rellingen ist keine Blase. Der ist eine Gefahr. Das spüre ich."
„Hier gebe ich dir Recht. Der Mann ist aus dem Nichts durchgestartet. Gestern kannte ihn kein Schwein, heute ist er Abteilungsvorsitzender und führt eine Gruppe von Delegierten, die fast ein Drittel der KDV ausmachen könnte. Ich will alles wissen über ihn. Woher er kommt, was er macht, was er will, welche Schwächen er hat, mit wem er ins Bett geht."
„So ganz unvorbereitet bin ich auf deine Fragen nicht", antwortete Heinrich mit leisem Stolz in der Stimme. „Rellingen kommt aus einem Akademiker-Haushalt. Sein Vater war Architekt. Wohlhabend, hat Villen in ganz Berlin gebaut. Auch sein eigenes Haus. Ein Riesenkasten in der Nähe des Waldsees. Der Alte starb erst vor wenigen Monaten. Danach ist Rellingen, der ja früher in Frohnau zur Miete wohnte, zu seiner Mutter nach Hermsdorf gezogen. Die Villa ist sein Erbe. Allein das Grundstück ist über 2.000 Quadratmeter groß, mit Teich und Brücke darüber. Wert mindestens zwei Millionen.
Rellingen ist aber nicht auf das Erbe angewiesen. Immerhin hat er Germanistik und Geschichte an der FU und in Heidelberg studiert und gerade promoviert – ich glaube über mittelalterlichen Minnesang oder so'n ähnlichen Scheiß. Auf diesem Gebiet soll Rellingen eine Kapazität sein. Nun strebt er nach dem Lehramt. Er hat erst kürzlich bei unserem Freund Kisczak vorgesprochen. Er bewirbt sich an seiner ehemaligen Schule, dem renommierten Gymnasium Reinickendorf."
„Und auf diesen Job ist Rellingen scharf, sagst du?"
„Ja, ich glaube, er fühlt sich auf irgendeine Art berufen", antwortete Heinrich.
„Mm, berufen? Solche Leute sind immer gefährlich. Aber warum sollte Rellingen nicht seiner Berufung folgen können. Das wäre für uns vielleicht sogar die beste Lösung."
„Wieso? Als Lehrer hat er doch viel Zeit Politik zu machen, fürchte ich. Aber weiter: Rellingen ist unverheiratet. Meine Leute haben keine Freundin ausfindig machen können. Allerdings ..., ich weiß nicht, wie ich es dir sagen soll ..."
„Na rück schon raus damit", forderte Adelmann.
„Rellingen hat sich gelegentlich mit deiner Frau getroffen. Ich kann nicht sagen, ob das etwas zu bedeuten hat."
„Mach dir keine Sorgen darüber, Hansjörg, ich bin im Bilde."

„Nun ja, zu deiner Beruhigung kann ich dir sagen, dass sich das Interesse deiner Frau am Genossen Rellingen in jüngster Zeit etwas abgekühlt haben muss. Die beiden haben sich jedenfalls seit Wochen nicht mehr gesehen. Im Moment scheinen überhaupt keine Frauen mehr Zutritt zur Villa Rellingen zu haben. Nur noch junge Burschen im Juso-Alter. Das hat wohl mit Rellingens Partei-Aktivitäten zu tun. Wenn wir das früher bemerkt hätten, wäre unsere Prognose für die Wahl in Hermsdorf vielleicht etwas genauer ausgefallen."
„Lieber Hansjörg. Du weißt, ich schätze deine Arbeit sehr und bin immer wieder erstaunt darüber, was deine Leute so alles zutage fördern. Aber jetzt bin ich richtig stolz darauf, einmal noch besser informiert zu sein als du."
„Du sprichst in Rätseln, Horst."
„Nun, ich habe mich mit Eva mal ausgiebig über diesen Rellingen unterhalten. Anfangs spürte ich bei meiner Frau so etwas wie eine Jungmädchen-Schwärmerei für diesen brillanten Intellektuellen. Ja, ich muss zugeben, ihre Schilderungen ließen mich sogar ein wenig eifersüchtig werden. Aber das war nur am Anfang. Du hast eben ganz richtig bemerkt, dass Rellingens Anziehungskraft auf meine Frau in jüngster Zeit stark nachgelassen hat. Stimmt. Nur hast du die falschen Schlüsse daraus gezogen. Wenn wir den Rellingen schon länger beobachtet hätten, wären wir gleich darauf gekommen."
„Worauf?"
„Mein Gott, dass bei ihm immer die kleinen Jungs aus- und eingegangen sind."
„Du meinst ...?"
„Genau das! Eine Frau spürt das. Vielleicht nicht gleich, aber irgend wann schon."
„Dann dürfte Rellingen kein Problem mehr sein."
„So sehe ich das auch."
„Bliebe nur noch Schiederkorn. Der braucht, denke ich, mal einen kräftigen Tritt vor's Schienbein."
„Lass mal. Ich glaube nicht, dass der noch Dummheiten macht. Der hatte seinen kleinen Auftritt auf der Jahreshauptversammlung in Frohnau. Aber unsere Freundin vom Nord-Berliner hat mit ihrem jüngsten Bericht über die Frohnauer-Wald-Affäre schon ganze Arbeit geleistet."

„Willst du damit behaupten, dass du ihr etwas in die Feder diktiert hast?"
„Dass du mir so plumpe Aktionen zutraust. In die Feder diktieren. So etwas würde doch unsere kleine Chefredakteurin in ihrem provinziellen Journalistenstolz nie mitmachen. Nein, nein! Manchmal muss man die Dinge nur ganz leicht anstoßen. Mit einem dezenten Hinweis, einer kleinen Bemerkung, die Journalisten neugierig macht. Diese Manteuffel ist glücklicherweise unglaublich ehrgeizig und neugierig."
„Die ist also von sich aus auf die Idee gekommen, in Sachen Frohnauer Wald mal wieder nachzuhaken?"
„So ist es. Und wenn man dabei hilft, an den richtigen Stellen nachzubohren, dann wird man auch sehr schnell fündig und bildet sich anschließend auch noch etwas auf die eigene Spürnase ein. Dankenswerterweise hat die Manteuffel Schiederkorn eine schöne Geschichte vor den Latz geknallt. Und Schiederkorn kann zwischen den Zeilen die Botschaft lesen."
„Und daraus entnimmst du den Optimismus, Schiederkorn werde sich keine politischen Fehltritte mehr leisten?"
„Einerseits ist der Mann ja nicht blöd. Der suchte nur eben Halt nach seiner Rückkehr. Ich habe ihm ja gesagt, dass er mit meiner Unterstützung rechnen kann. Aber nicht von heute auf morgen. Schließlich gibt es Verabredungen, die einzuhalten sind. Das hat mir der Kerl mal selbst beigebracht. Für einen Politiker ist nichts so wichtig wie Seriosität. Genau aus diesem Grunde laufen die meisten Politiker auch ständig im dunklen Anzug rum. Ein Anzug signalisiert Seriosität, Geschmack und gute Manieren. Wenn die Leute wüssten, dass bei vielen Politikern ihr Anzug das einzig Seriöse an ihnen ist, könnten die eine Menge Kleidergeld sparen. Echte Seriosität dagegen heißt zum Beispiel Zusagen einzuhalten. Und da ich nicht zu diesen Anzug-Seriösen gehöre und nun einmal Gessler den stellvertretenden Kreisvorsitz zugesagt habe, bleibt es auch dabei. Und, um auf deine Frage zurück zu kommen, glaub mir Hansjörg, ich habe genügend Munition, um Schiederkorn in Schach zu halten."
„Da ist noch etwas, Horst. Es betrifft deinen speziellen Freund Zuchtmeister, der ja in Sachen Frohnauer Wald sehr eng mit Schiederkorn zusammenarbeitet."

„Dann rück mal raus mit der Sprache."
„Bisher wussten wir ja nicht so genau, was Zuchtmeister mit der Kurheim-Nöll zu schaffen hat. Wir wussten nur, dass sich dein spezieller Steglitzer Freund in auffälliger Weise für die Dame und ihr Projekt einsetzt. Wir wussten weiterhin, dass Schiederkorn enge Beziehungen zur Steglitzer SPD pflegt und dass er den Ex-Ehemann von Frau Kurheim-Nöll in einem Prozess vertreten hat. Aber jetzt kommt es: Nach meinen Recherchen ist Zuchtmeister mit Frau Kurheim-Nöll verwandt. Zuchtmeisters Ehefrau Irmgard ist nämlich eine Cousine der schönen Linda. Das Unternehmen basiert auf einem dichten Geflecht und ist familiengesteuert. Ursprünglich befand es sich in der Hand der Familie zu Tunklbach. Durch ihre Heirat mit dem edelen Heribert aus altem ostpreußischen Adelsgeschlecht bekam Linda Zugang zu dem Unternehmen. Heribert machte seine Linda zunächst einmal aus steuerlichen Gründen zur Geschäftsführerin, nicht ahnend, dass Linda sich keineswegs mit der vorgesehenen Rolle als Frühstücksdirektorin zufrieden geben würde. Eigentlich muss Heribert ja gewusst haben, dass seine Frau eine kaufmännische Ausbildung absolviert und sogar einige Semester Betriebswirtschaft studiert hatte. Die Frau war zum Zeitpunkt der Heirat bereits Vollkaufmann und somit absolut berechtigt, als Geschäftsführerin zu firmieren. Doch während Heribert sein Image als dekadenten Adelsspross aktiv pflegte, die Führung des Unternehmens seinen Bevollmächtigten und Managern überließ, arbeitete Linda an der Entmachtung eben dieser. Die nötigen Vollmachten und schriftlichen Anweisungen besorgte sie sich immer vor den Schäferstündchen von ihrem liebestollen Mann. Im Laufe der Zeit entwickelte sich Lindas Feuer für ihren Freiherrn umgekehrt proportional zu ihrer Kontrolle über das Unternehmen. Als man schließlich feststellte, dass man wohl doch nicht zueinander passte, saß Linda Kurheim-Nöll so fest im Sattel, dass dem Gatten nichts anderes übrig blieb, als ihr den Laden zu überlassen."
„Der Ärmste", warf Adelmann ein.
„Das ungefähr 50 Millionen Mark schwere Unternehmen war er zwar los, aber er konnte sich mit stattlichem Immobilienbesitz im In- und Ausland, sowie einer neuen Flamme trösten.

Linda Kurheim-Nöll hat aus dem einst adligen Familienunternehmen ein bürgerliches gemacht. So hat sie unter anderem ihren recht einfach gestrickten Bruder Arthur in das Unternehmen eingeführt. Er dient dort allerdings nur als besserer Pförtner und Stimmungstester. Entscheidender war, dass sie in der ersten Phase ihrer Übernahme Anteile des Unternehmens Familienmitgliedern übertragen hatte. Die Vermutung liegt nahe, dass auch ihre Cousine davon profitierte."
„Du meinst, Irmgard Zuchtmeister ist finanziell an Oovschlag beteiligt?", fragte Adelmann.
„Davon gehe ich aus", antwortete Heinrich.
„Das wäre ja wunderbar. Allerdings müssen wir das noch hieb- und stichfest bekommen."
„Daran arbeite ich gerade. Außerdem wird in der Steglitzer SPD hinter vorgehaltener Hand gemunkelt, Joachim Zuchtmeister würde bei Frau Kurheim-Nöll seinem Namen alle Ehre machen."
„Soll heißen, er nimmt sie ran?"
„Anscheinend."
„Wunderbar. Was dazu wohl die Cousine sagt?", frohlockte Adelmann und rieb sich die Hände, um sofort wieder ernst zu werden. „Gerüchte helfen uns nicht. Wir brauchen Fakten."
„Ist klar, Horst. Steht schon auf meinem Zettel. Ach, und noch etwas. Wusstest du eigentlich, dass Zuchtmeister ganz dicke mit unserem Genossen Schulze ist?", fragte Heinrich.
„Ne, sag bloß. Wie denn das?"
„Alte Schulfreunde. Die Familien besuchen sich noch immer regelmäßig."
„Hansjörg, das ist eine äußerst wichtige Information. Ich habe mich seit Wochen gefragt, warum der Zuchtmeister so gut über uns hier im Norden Bescheid weiß. Ich hatte mir schon den Kopf zerbrochen, wer das U-Boot sein könnte ..."
„Da sollten wir jetzt aber besonders hellhörig werden, falls unser guter Karsten auch noch etwas zum Frohnauer Wald zum Besten gibt, nicht wahr?"
„Genau, so langsam gewinnt das Frohnauer-Wald-Projekt bei mir immer mehr Sympathien. Ich habe das Gefühl, es könnte sogar der Schlüssel zu unserem Erfolg werden."
„Ich sehe das Projekt eher auf der Kippe."

„Wieso? Dieses Projekt liefert uns doch die besten Argumente gegen böse Kapitalisten, Makler, Kredithaie, Bodenspekulanten und so weiter. Wir werden uns an die Spitze des Protestes setzen, der Linken den Wind aus den Segeln nehmen und auch noch eindrucksvoll demonstrieren, wie aktiv wir doch den politischen Gegner CDU bekämpfen."
„Vielleicht kommt es ja gar nicht zur Realisierung."
„Wie das?"
„Das Projekt steht finanziell auf tönernen Füßen. Es gibt Anzeichen dafür, dass der guten Kurheim-Nöll die Penunse ausgeht. Je länger sich die Genehmigungen verzögern, desto wahrscheinlicher wird eine Pleite."
„Das wäre aber doch ganz traurig. Da würde uns ja die Munition ausgehen."
„Ich schätze, dass Frau Kurheim-Nöll noch vor den nächsten Abgeordnetenhauswahlen grünes Licht benötigt. Außerdem vermutet sie in Krüger und Lentscheider wohl eher Befürworter ihres Projektes als in dir."
„Woher will die Frau das wissen? Mit mir hat jedenfalls noch niemand darüber gesprochen. Und warum ist sich Frau Kurheim-Nöll eigentlich so sicher?"
„Ich vermute mal, dass Krüger und Lentscheider die ein oder andere Gefälligkeit versprochen wurde. Du weißt ja, dass sich die beiden in solchen Dingen noch nie lange gesträubt haben. Ich habe gehört, Frau Kurheim-Nöll zahlt in Immobilien."
Adelmann gab einen anerkennenden Pfiff von sich.
„Ich halte das nicht für ausgeschlossen, wenn man bedenkt, was für ein großes Rad dort gedreht werden soll. Mit dem Projekt könnte eine dreistellige Millionensumme umgesetzt werden. Und für unsere Bezirkspolitiker wäre die Aussicht auf ein attraktives Grundstück in Frohnau schon verlockend."
„Und für Zuchtmeister und für Schulze ... Am Ende muss die arme Frau Kurheim ihre Häuser allesamt verschenken. Jetzt mal ehrlich, Hansjörg. Ist das Projekt nicht vielleicht eine Nummer zu groß für unsere Linda? Was meinst du."
„Ohne großen Investor jedenfalls läuft da nix. Ich vermute mal, dass sie dem großen Geldgeber das Projekt planungsfertig übergeben will und sich dann mit einem dicken Honorar aus der Sache herauszieht."

„Und gibt es diesen Investor überhaupt?"
„Das weiß ich wirklich nicht. Offiziell ist nichts bekannt."
„Kann es sein, dass Linda noch nach einem Geldgeber sucht?"
„Wenn sie gut gepolstert ist, kann sie die Sache noch einige Zeit liegen lassen und auf den reichen Prinzen warten. Aber das scheint eben nach dem, was ich gehört habe, nicht der Fall zu sein. Ich glaube eher, die bucklige Verwandtschaft hat ihre Spargroschen zusammen gekratzt und in den Wald investiert. Die wollen ihr Geld bald mit Zinsen zurück haben. Für diese These spricht auch das Locken mit Immobilien anstelle von Barzahlungen."
„Da besteht noch Klärungsbedarf. Könntest du dich bitte darum kümmern?"
„Geht klar. Es gibt aber noch weitere Brandherde, nämlich in Reinickendorf-Ost."
„Was, bei meiner Freundin Sarah? Das kann ich mir beim besten Willen nicht vorstellen. Sie hat doch gekriegt, was sie wollte, nämlich ihren Sohn als Abteilungsvorsitzenden."
„Ja, aber der hat sich mit Uta Schulze gleich eine Laus in den Pelz gesetzt."
„Uta Schulze? Die Tochter von Karsten Schulze? Da würde ich mir aber keine Sorgen machen."
„Ne, ne, Horst. Politisch haben die beiden nichts miteinander gemein. Vor allem ist Uta die Freundin von diesem Lesczak aus der Abteilung Tegel. Und Lesczak gehört zu den führenden Köpfen bei den Feuerwehrleuten."
„Willst du mir damit sagen, dass die Feuerwehrleute jetzt Zugriff auf die Abteilung Reinickendorf-Ost haben?"
„Genau das steht zu befürchten. Von Knecht Rupprechts Leuten sind jedenfalls auffallend wenige Kreisdelegierte geworden. Die neuen Funktionsträger kommen eher aus dem Dunstkreis von Uta Schulze und diesem Lesczak."
„Das ist gut zu wissen. Ich kann mir nicht vorstellen, dass hier das Kind bereits in den Brunnen gefallen ist. Lass mich mal mit Sarah reden. Ich weiß zwar, dass die mich nicht besonders leiden kann. Aber sie weiß auch, dass ihr Sohn in der Partei nur überlebt, wenn er in meinem Fahrwasser segelt. Um diese Uta kannst du dich gern mal kümmern. Mit Halbwüchsigen hab ich es nicht so."

Dass in der Partei mit harten Bandagen gekämpft wurde, wusste Manteuffel bereits. Aber nun hörte sie von einer Geschichte, die sie erschreckte. War es wirklich schon so weit gekommen? Diese Frage würde ihr niemand schlüssig beantworten können oder wollen. Schon gar nicht in juristisch oder journalistisch verwertbarer Form. Es war daher äußerste Vorsicht bei der schriftlichen Verarbeitung derartiger Dinge geboten. Denn genau betrachtet, handelte es sich lediglich um Behauptungen. Dinge, die man nicht beweisen, die man nur glauben oder nicht glauben konnte. Vor allem war man nicht in der Lage, die tatsächlichen Zusammenhänge heraus zu arbeiten ...

Mit erhitztem Gesicht verließ Uta Schulze die Kneipe „Zur Molle" nahe der Residenzstraße. Hinter ihr lag eine erfolgreiche Abteilungsversammlung mit intensiven Diskussionen, die sie so liebte. Vor allem, wenn sie auch noch so erfolgreich waren, wie am heutigen Abend. Jetzt lagen vor ihr etwa zehn Minuten Fußweg zu ihrer neuen Wohnung. Zeit genug, um geistig und körperlich wieder ein wenig herunter zu kühlen. Es war ein unangenehmer Abend, windig und kalt. Aber sie konnte sich auf einen warmen Kachelofen in ihrem neuen, schon sehr gemütlich eingerichteten Wohnzimmer freuen. Den Ofen hatte sie am Nachmittag noch rechtzeitig angeheizt. Es war ein wenig mühsam, mit Briketts zu heizen. Vor allem die Schlepperei der Kohle aus dem Keller. Sie hatte zwei Drahtkörbe, in denen sie jeweils sechs Briketts stapelte. Mehr konnte sie auf einmal nicht tragen. An normal kalten Tagen reichte das für zwei Öfen. Aber nicht immer hatte sie Lust und Kraft zur Buckelei. Egal! Hauptsache, eine eigene Wohnung. Sie hatte sich zusammen mit Detlef einige Wohnungen in Charlottenburg, Schöneberg und am Wedding angeschaut. Letztlich kam für sie doch nur eine Bleibe nördlich der Spree in Frage. Dabei kannte sie den traditionellen Spruch, dass die „richtigen Berliner" südlich der Spree lebten. Aber egal, sie war nun mal mit Leib und Seele Nordberlinerin. Ein eigenes kleines Reich besitzen, eine ausreichende Distanz zwischen sich und die Eltern legen, aber nicht zu weit weg von ihren Freunden wohnen, das wollte sie. In Wedding war das Angebot am größten. Aber insgeheim wollte sie doch in Reinickendorf bleiben. Dort aber waren billige Altbauquartiere rar. Da wäre noch Tegel gewesen, der Stadtteil, der schon richtig nach Stadt roch und trotzdem im Grünen lag. Ja, vor der Tür U- und S-Bahn, etliche Buslinien und sogar ein Kaufhaus haben, zu Fuß zur Seepromenade wandern, das wäre schön gewesen. Aber erstens war Tegel teurer als das an die Mauer grenzende östliche Reinickendorf. Und zweitens hatte Detlef sie gebeten, diese Abteilung politisch bearbeiten zu helfen. „Wenn Du schon umziehst, dann nach Reinickendorf-Ost. Diese Festung müssen wir knacken. Und das können wir mit deiner Hilfe", hatte Lesczak argumentiert. Sie sollte also Feuerwehrfrau spielen. Warum nicht, hatte sie gedacht. Es ist doch eine tolle Truppe, die überwiegend aus jungen Leuten besteht und das Richtige will. Frischen Wind in die Partei bringen, sagen, was Sache ist, und diese blöden Flügelkämpfe endlich überwinden. Manchmal waren die Genossen untereinander so zerstritten, dass sie den eigentlichen politischen Feind, die CDU, aus den Augen verloren. Schließlich hatte sie in der Klemkestraße eine annehmbare Wohnung gefunden. Und der Start war echt toll, denn Lesczaks Freunde und viele Feuerwehrleute kamen und packten beim Möbelschleppen an, als wüssten sie um Utas politische Mission.

Jetzt wollte sie aber so schnell wie möglich ihre gemütliche Bude erreichen und kürzte über kleine Parallel- und Querstraßen ab. Der Umzug hatte sich schon gelohnt, auch politisch. Detlef hatte dabei geholfen, eine junge Garde um sie zu scharen. Und dieser jungen Garde war es gelungen, mehr als die Hälfte der Kreisdelegiertenmandate zu erringen. Die andere Hälfte würde auch noch umschwenken, dachte Uta. Denn der neue Vorsitzende Rüdiger Rupprecht war alles andere als ein böser Rechter. Er war Argumenten zugänglich und außerdem ein wenig verschossen in sie. Sie würde ihn schon um den Finger wickeln bis zur entscheidenden Kreisdelegiertenversammlung. Auch Adelmann würde das nicht verhindern können. Dieser Arsch, dieser geschniegelte und gelackte, aalglatte und kalte Widerling, dachte sie. Wenn Adelmann zu einem jungen Genossen anscharwenzelt kam

und fragte, was man werden wolle – diese kürzliche Frohnauer Begebenheit war im gesamten Kreisverband kolportiert worden. Dieser Kerl hatte die Frechheit besessen, sie in ihrem neuen Nest anzurufen. Wo hatte der eigentlich ihre Telefonnummer her? Sie stand doch noch gar nicht im Telefonbuch, und auch das Kreisbüro kannte noch nicht ihre neue Adresse. Wie auch immer. Adelmann hatte sie angerufen, als sie gerade auf Detlef wartete. Sie war fast ein wenig geschockt gewesen, statt der warmen, einfühlsamen Stimme ihres Freundes den schnarrenden Bass Adelmanns zu hören. Er wolle sich bei der neuen starken Frau der Abteilung einmal über die aktuellen Ereignisse und Probleme in Reinickendorf-Ost erkundigen, hatte er erklärt. Sie hatte nur schnippisch geantwortet, dass es keine Probleme gebe, sondern eine sehr harmonische und aktive Genossenschaft. Adelmann hatte versucht, ihr Informationen aus der Nase zu ziehen, während Uta unverbindlich bleiben wollte. Denn einerseits biss sie sich lieber auf die Zunge, als diesem arroganten Wichser Informationen zu geben. Schon gar nicht hatte sie vor, gegenüber Adelmann irgendwelche Zusagen zu machen. Das Gespräch musste unbefriedigend bleiben, vor allem für Adelmann. Der wurde hörbar ungeduldiger und verstieg sich schließlich zu der kaum verhohlenen Drohung, dass er von den Delegierten auf der KDV ein klares Votum erwarte. Von allen Delegierten, denn es gäbe keine Alternative für die Partei. Wenn Reinickendorf-Ost nicht mitziehe, werde man wenig Freude und Freunde haben in den nächsten Jahren, hatte er gesagt. Er habe ein gutes Gedächtnis, und vor allem einen langen Arm.
Arschloch! Ich lass mich doch von dem nicht in die Pfanne hauen, dachte Uta und marschierte weiter durch die windige Dunkelheit, vorbei an mehr oder weniger grauen Mietskasernen. Wir werden verhindern, dass dieser Widerling die Reinickendorfer SPD beherrscht. Wir haben die Mehrheit. Was will Adelmann dagegen tun? Vielleicht bösartige Gerüchte in Umlauf bringen? Persönliche Verunglimpfungen? Drohungen? Drohungen! Würde er ...? Uta erschrak bei dem Gedanken. Seit einigen Tagen hatte sie merkwürdige Anrufe erhalten. Immer nachts. Spät, sehr spät klingelte das Telefon. Anfangs hatte sie abgenommen. Aber niemand meldete sich.

Nur Umgebungsgeräusche waren zu hören. So, als ob jemand von der Straße aus anrief, aus einer Telefonzelle, bei der die Tür offen stand. Einmal hörte sie so etwas wie ein Stöhnen. Jedes Mal legte der Anrufer nach vielleicht zehn Sekunden wieder auf. Sie hatte sich nichts daraus gemacht. Wahrscheinlich ein Perverser. Jemand, der sich bei dem Gedanken an sie einen runter holte. Aber konnte das sein? In einer offenen Telefonzelle? War es vielleicht doch Adelmann? Nein. Sie konnte sich beim besten Willen nicht vorstellen, dass Adelmann nachts zu einer Telefonzelle läuft und in den Hörer stöhnt. Das passte überhaupt nicht zu ihm. Hatte er sich vielleicht einen Helfer für die Drecksarbeit geholt? Oder gab es eine andere Erklärung? Die Nummer hatte sie ja von ihrer Vormieterin übernommen, einer Studentin, die ihrem neuen Studienplatz ganz schnell nach München hinterher ziehen musste. Es hätte monatelang gedauert, den Anschluss umzumelden. Also überwies sie jetzt die Gebühren auf das Konto der Vormieterin, und die rechnete mit der Post ab. Vermutlich also war sie – Uta – gar nicht gemeint von dem nächtlichen Anrufer. Wie auch immer, sie würde sich nicht einschüchtern lassen. Aber man musste aufpassen. Man durfte nicht so naiv durch die Gegend laufen. Um dunkle Ecken. Nachts! So wie jetzt. Uta blieb einen Moment lang stehen. Horchte. Blickte sich um. Sie hörte nur ihr Herz schlagen. Kein Mensch unterwegs, außer ihr. Da war nichts. Alles Einbildung. Lächerlich! Ich bin ja blöd! Da ruft einer an, und ich mache mir in die Hose. Uta lachte laut, schüttelte den Kopf und lief weiter. Sie bog um die nächste Ecke. Es waren noch 100 Meter bis zu ihrem Haus. Gegenüber bremste ein Wagen quietschend auf Kopfsteinpflaster. Sie schaute kurz rüber, ging weiter. In dem Moment, als sie den Blick wieder nach vorn richtete, stieß sie mit etwas zusammen. „Hoppla, meine Dame. Wohin so schnell?" Sie blickte in das ungepflegte Gesicht eines stoppelbärtigen Monsters, mindestens zwei Köpfe größer als sie. Der Mann im grünen Parka blickte sie mit stechenden Augen an. Von seinem Kopf hingen Strähnen fettiger Haare, und er verbreitete eine strenge Geruchsmischung aus billigem Fusel, Schweiß und tagelang getragener Unterhose. Nach dem ersten Schreck hatte sich Uta wieder im Griff.

„Lassen Sie mich los!", fauchte sie und riss ihren Arm zurück, den der Mann gepackt hatte.

„Nicht gleich so zickig, Kleine", erwiderte dieser, während Uta beschleunigt in Richtung ihres Hauses lief. Mehrmals drehte sie sich um. Doch zu ihrer großen Erleichterung folgte er ihr nicht, sondern blieb stehen und blickte ihr nach. Nach wenigen Schritten hatte sie die letzte Biegung erreicht und lief direkt auf die Eingangstür ihres Hauses zu. Noch bevor sie dort ankam, fingerte sie nervös den Hausschlüssel aus ihrer Jackentasche, blickte nochmals zurück und beruhigte sich, als sie niemanden sah. Jetzt steckte sie den Zeiss-Schlüssel ins Schloss, drückte gegen die Tür und suchte im dunklen Hausflur nach dem Lichtschalter. In dem Moment wurde sie von einer Monsterhand von hinten im Nacken gepackt und in die Nische neben der Treppe gedrückt. Uta wollte schreien, aber ein Lederhandschuh presste sich auf ihren Mund und schob mit dem Daumen ihren Unterkiefer nach oben. Dann ließ der Unbekannte ihren Nacken los, griff sich blitzschnell Utas linken Arm und bog ihn mit roher Gewalt nach hinten.

„Du wirst schön den Mund halten, du kleines Biest. Eine Bewegung, und ich brech dir den Arm." Wie zum Beweis zog der Unbekannte ihren Unterarm ruckartig nach oben, so dass Uta im ganzen Arm und in der Schulter einen stechenden Schmerz spürte.

Jetzt schob der Täter Uta vor sich her in die noch dunklere Nische neben der Treppe. „Gibt's was zu erben bei dir, Kleine?" Uta schnaubte durch die Nase und nickte. Viel mehr konnte sie nicht tun, denn der Kerl hatte sie voll im Griff und außerdem noch gegen das Treppengeländer gedrückt. Einen Moment lang dachte sie daran, ihm mit dem Fuß in die Hoden zu treten. Aber der Kerl schien ihre Gedanken lesen zu können, denn in dem Moment stellte er sein rechtes Bein quer vor ihre und drückte sie mit dem Knie noch härter gegen den Treppensockel. Der Kerl, der etwa 1,90 Meter groß sein musste, schien über enorme Kräfte zu verfügen.

„Wo hast du deine Kohle, Kleine?", fragte er mit seiner fiesen, aggressiven Stimme. Sie zeigte mit dem Kopf in Richtung rechter Jackentasche.

„Nicht umdrehen! Wenn du dich umdrehst, kannst du was er-

leben", drohte er. „Du wirst jetzt schön deinen Mund halten, dann bin ich gleich weg. Hast du verstanden?" Uta nickte. Er nahm seine rechte Hand von ihrem Mund und griff in ihre rechte Jackentasche, nahm ihr Portemonnaie, holte es aus ihrer Jackentasche und steckte es ein. Anschließend fingerte er nach ihrer linken Jackentasche, griff hinein und förderte Utas Schlüsselbund zu Tage. Ihr wurde ganz schlecht bei dem Gedanken, der Mann könnte auf die Idee kommen, sie in ihre Wohnung zu begleiten und ...
Auffallend lange schien der Mann den Schlüsselbund zu untersuchen. Dann ließ er ihn wieder in ihre Jackentasche fallen. Uta atmete auf.
„Nun hör mal schön zu, du kleine Schlampe. Wir gehen jetzt langsam in diese Ecke. Dann bleibst du da stehen. Ich nehme mir mein Einsatzhonorar und gehe. Bin ja kein Unmensch. Wenn du dich umdrehst, dann möbele ich dich durch. Hast du verstanden?" Uta nickte erneut.
„Und noch einen Tipp. Ich bin nicht wegen deines Geldes hier. Du solltest dir mal überlegen, ob es sich lohnt, anderen auf die Füße zu treten." Es folgte ein Moment der Stille. Dann hörte Uta die Haustür aufgehen. Die Angeln quietschten, bevor sich die Tür mit einem Rumms schloss. Ganz vorsichtig drehte Uta den Kopf. Der Mann war weg. Tränen liefen über ihr Gesicht.

In der Politik wie im Journalismus ist das Meiste trockene, immer wiederkehrende Routine. Manchmal aber gibt es Tage, da passiert etwas Neues. Da nimmt man Urlaub vom Alltag, und dennoch ist die Zeit nicht vertan. Adelmann liebte solche Tage, und Manteuffel wäre gern dabei gewesen ...

Am Ende der Veitstraße stellte Adelmann seinen Wagen ab, überquerte den mit Kopfstein gepflasterten Eisenhammerweg und sah bereits Wasser und Licht zwischen den letzten Baumreihen durchschimmern. Viel lieber wäre er die ebenso idyllische wie lebendige Straße Alt-Tegel mit seinen Straßencafés hinunter geschlendert, hätte sich in kindlicher Freude eine Waffel Vanille- und Erdbeereis an einem Stand gekauft. Aber das ging heute nicht. Er wollte nicht unbedingt von irgendwelchen Bekannten gesehen werden. Und diese Gefahr bestand in Alt-Tegel allemal. Also besser mit dem Wagen durch die im unteren Teil zu dieser Tageszeit fast tote Veitstraße fahren, an einem ruhigen Platz aussteigen und den Rest des Weges zu Fuß zurücklegen. Jetzt hatte er die letzte Baumreihe durchschritten. Noch ein paar Stufen, und er stand auf dem flachen, fast halbkreisförmigen Plateau am südlichen Ende der Greenwichpromenade. Adelmann zog den Kragen seines hellen Trenchcoats in den Nacken. Der Wind zerrte an ihm. Er stützte sich auf das Geländer und bemerkte erst jetzt, wie die Wellen an die helle Ufermauer klatschten. Ein kleines Meer, dachte er und ließ sich einen Moment lang vom Rauschen der Wellen treiben. Ein schöner Tag. Wohl noch nie während seines gesamten Berufslebens hatte Adelmann an einem normalen Mittwoch Vormittag an dieser Stelle gestanden. Von seinem Standpunkt aus überblickte er die ganze Breite des Sees bis hinüber zum Strandbad, dessen Sand, durch einen scheinbar gezielten Sonnenstrahl verstärkt, golden zu ihm herüber leuchtete. Nach Südwesten hin verdeckten die zu dieser Jahreszeit langsam schütter werdenden Laubdächer der großen Insel Scharfenberg mit ihrem Internat und das vorgelagerte kleine runde Eiland Lindwerder den Blick über den weiteren Verlauf des Tegeler Sees, der hinter einem Rechtsknick bei Tegelort in die Havel mündete. Rechts im Vordergrund lag die längliche Insel Hasselwerder wie ein Wellenbrecher vor der Uferpromenade. Die Insel erinnerte ihn an seine Jugend. Seine Gedanken kreisten um den Namen „See-Sau". Diesen Spitznamen hatte der junge Adelmann einst einem urigen weißen Dampfer verpasst, der täglich über den Tegeler See kreuzte. Bis heute. Das Schiff hieß eigentlich „See-Haupt". Adelmann erinnerte sich daran, dass „See-Sau" ihn einmal fast überfahren hatte, als er gemeinsam mit Freunden in Paddelbooten die Scharfenberger Enge passieren wollten. Bei dieser Gelegenheit hatte sich das Schiff den Spitznamen eingefangen. Eigentlich war der Dampfer nach seinem Eigentümer, dem Reeder Walter Haupt benannt, der als Pächter auf Hasselwerder lebte. Um die Insel mit eigener Kneipe, einst beliebter Badeanstalt und ihren Besitzer, der dort seine kleine Schiffsflotte stationiert hatte, rankten sich abenteuerliche Geschichten. Jetzt schob sich ein kleiner weißer Punkt an Lindwerder vorbei und wurde grösser. Das konnte nur „See-Sau" sein. Adelmann verharrte am Geländer, stützte sich wie ein selbstherrlicher Imperator mit den Armen auf und beobachtete den sich nähernden Dampfer. Als das Schiff seine noch immer stattliche Breitseite zeigte, machte er sich auf den Weg Richtung Anlegestellen.

Der Dampfer hatte längst festgemacht, als sich Adelmann der Brücke näherte. Die wenigen Fahrgäste des letzten Törns hatten den breiten Steg bereits verlassen. Aus einer kleinen Bude vor dem Brückenzugang heraus verkaufte ein älterer Mann mit gegerbtem Gesicht und Prinz-Heinrich-Mütze Karten für die nächste Fahrt. Ein bedrucktes Schild pries die „Große Oberhavel-Rundfahrt" der „See-Haupt" mit den Stationen Strandbad Tegel, Tegelort, Konradshöhe, Heiligensee (Haus Dannenberg) und zurück an. Vor der Holzbude hatte sich eine kleine Menschenschlange gebildet, die von Adelmann interessiert beäugt wurde. Ein junges Ehepaar mit zwei kleinen Kindern, eine lärmende Grundschulklasse samt zweier Lehrerinnen. Jetzt gesellte sich eine elegante Frau mittleren Alters mit sonnengelbem Pagenkopf dazu. Sie trug eine Art blauen Matrosenanzug. Die Bluse wies einen charakteristischen, schwarzweiß gestreiften Kragen auf. Zur blauen Hose, die an den Nähten weiß abgesetzt war, trug sie schneeweiße Leinenschuhe. Die Frau stellte sich in die Reihe, kaufte eine Fahrkarte und schlenderte langsam auf der Anlegebrücke hinter den Schulkindern her in Richtung Dampfer. Nun stellte sich auch Adelmann vor das Kassenhäuschen, um eine Fahrkarte zu lösen. Dann lief er über die dicken Holzbohlen der Brücke auf das Schiff zu und sah schon von weitem, dass die auffällige Frau in einer der ersten Bankreihen auf dem Vorderdeck Platz genommen hatte.

Adelmann setzte sein freundlichstes Lächeln auf: „Guten Tag, Frau Kurheim-Nöll. Es freut mich außerordentlich, dass Sie kommen konnten. Es ist zwar ein wenig windig. Aber das Wetter scheint mir durchaus für eine schöne Dampferfahrt geeignet zu sein." Mit drei kurzen Signaltönen setzte sich die

„See-Sau" rückwärts in Bewegung.
„Die Freude ist ganz meinerseits. Wenn Sie mir ein Treffen anbieten, Herr Adelmann, kann ich doch schlecht Nein sagen. Dazu haben Sie auch noch schönes Wetter bestellt. Was will man mehr?", hauchte Kurheim-Nöll mit dunkler Stimme.
Adelmann setzte sich auf den freien Platz neben ihr. „Es war höchste Zeit für ein solches Treffen, denke ich. Wir haben doch immer nur übereinander geredet, statt miteinander."
„Da mögen Sie Recht haben."
„Und es gibt nichts Schlimmeres in einer Partei als Sprachlosigkeit. Ich meine, wenn man den direkten Kontakt nicht sucht, ist man auf das angewiesen, was andere über einen verbreiten. Und da ist bekanntermaßen viel Unsinn dabei. Die Partei ist nun mal eine große Stille Post."
„Gilt das auch für Nichtmitglieder, Herr Adelmann?"
„Oh ja, ich vergaß. Jetzt habe ich Sie einfach in unsere große politische Familie einbezogen. Vielleicht eine Freud'sche Fehlleistung, weil Sie doch so eng mit dem Genossen Zuchtmeister zusammenarbeiten."
„Sagen Sie bitte Linda zu mir. Und was den Herrn Zuchtmeister anbetrifft, da wird wohl einiges übertrieben. Wie Sie schon sagten – Stille Post. In Wahrheit handelt sich hier um eine rein geschäftliche Beziehung."
„Ich heiße Horst."
„Vermutlich weiß ich viel mehr über dich, Horst, als du über mich. Du bist ja in der einschlägigen Szene wahrlich kein Unbekannter."
„Mit Szene meinst du ja wohl die Partei?"
„Natürlich. Ich spreche in diesem Zusammenhang gern von einer Szene, weil die SPD ja nicht die einzige in dieser Stadt ist. Da gibt es Politiker verschiedener Parteien. Es gibt Unternehmer, und es gibt Beamte. Von der Kunst- und Kulturszene ganz zu schweigen."
„Du scheinst dich ja in vielen Szenen zu Hause zu fühlen?"
„Ja. Ich habe lange und hart kämpfen müssen, um mir als Frau einen anerkannten Platz auf dem glatten Parkett des Unternehmertums zu verschaffen. Inzwischen öffnen sich mir auch Türen in der Politik und der Kunst, für die ich mit Überzeugung und gelegentlich begeistert tätig bin."

„Als großzügige Mäzenin, wie ich höre."
„Ja, die Kunst in dieser Stadt hat fast alles: Jugend, Kreativität, Lebendigkeit, sogar Atelierraum gibt es in dieser Stadt genug. Der Kunst fehlt es lediglich an Geld als Schmiermittel, um den Motor in Gang zu halten. Da helfe ich gern. In der Politik ist es eher anders herum. Da fehlt es bisweilen, so mein Eindruck, an der Kreativität, an der Neugier und an der Experimentierfreudigkeit."
„Da magst du wohl Recht haben, Linda. Politiker sind grundsätzlich eher grobmaschig gestrickt und konservativ."
„Was ich aber gar nicht mag ist Profillosigkeit. Das meine ich ganz allgemein."
„Auch darin gebe ich dir recht. Das Problem ist nur, dass der Wähler Experimentierfreudigkeit von Politikern nur selten honoriert."
„Ehrgeiz dagegen schon, oder? Wie ich höre, sitzt neben mir der nächste Kreisvorsitzende, womöglich der nächste Bezirksbürgermeister."
„Nun, ich will gewisse Ambitionen gar nicht leugnen."
„Ein Grund für meine Zusage zu unserem heutigen Treffen war mein Wunsch, dich als künftigen mächtigsten Mann Reinickendorfs von meinem Projekt „Wohnen im grünen Frohnau" zu überzeugen." Bei den Worten „mächtigster Mann" ergriff sie seinen rechten Unterarm und drückte ihn leicht. Adelmann, sonst eher schreckhaft, ließ sie gewähren. Diese Geste wirkte in diesem Moment keinesfalls aufgesetzt.
Das Schiff hatte inzwischen das Strandbad Tegel mit seinem von Kiefern gerahmten hellen, breiten Sandufer an der Steuerbordseite passiert und näherte sich der Scharfenberger Enge. Das Rauschen der Bugwelle ließ nach. Der Steuermann hatte die Geschwindigkeit gedrosselt. Am Festlandsufer lag ein blaues Motorboot, die Personenfähre der Schulfarm, während die weiße Autofähre gerade auf Scharfenberg angelegt hatte. Einige Jugendliche mit Schultaschen warteten an Bord des blauen Motorbootes darauf, übergesetzt zu werden. Die Mannschaft eines Rudervierers mit Steuermann auf Gegenkurs zur „See-Sau" legte synchron die Ruderblätter auf der Wasseroberfläche ab und verlangsamte seine Fahrt. Von Süden her blinzelte die Sonne zwischen Wolken hervor und

schoss Strahlenbündel aufs Wasser.
„Linda, ich habe eine ganz große Bitte an dich."
„Nur keine falsche Bescheidenheit, Horst; heraus damit!"
„Ich möchte dich bitten, mit dem Genossen Schiederkorn zu sprechen. Der ist doch bei dir, so hört man, in Amt und Würden. Sorg dafür, dass er bis zu meiner Wahl zum Kreisvorsitzenden die Füße stillhält. Wenn er das schafft, wird er von mir auch die entsprechende Belohnung bekommen. Frag ihn doch mal, was er von einem Abgeordnetenmandat hält."
„So, wie ich ihn kenne, hält er eine ganze Menge davon."
„Dann ist ja alles in bester Ordnung", erklärte Adelmann strahlend und kam richtig ins Schwärmen: „Schau dich um. Ist unser Reinickendorf nicht schön?", seufzte er.
„Ja, und es wird noch viel schöner, wenn wir beide unsere Kräfte bündeln. Zusammen können wir viel Gutes bewirken", antwortete Kurheim-Nöll und ergriff seine Rechte.

Heinrich klang nervös und platzte am Telefon mit der Neuigkeit heraus: „Soll ich dir was sagen? Zuchtmeister hat sich mit Schiederkorn in dessen Kanzlei getroffen."
„Was ist denn daran so sensationell?", wollte Adelmann wissen. „Schließlich ist doch Schiederkorn für Zuchtmeister und auch für Kurheim-Nöll anwaltlich tätig – wahrscheinlich sogar in Sachen Frohnauer Wald."
„Ja schon, aber mit dabei war dein künftiger Stellvertreter Berthold Gessler."
„Waaas", schrie Adelmann. „Das gibt's doch nicht."
„Es kommt noch dicker. Ebenfalls anwesend waren Strickler, Rüdiger Rupprecht und Karl Friedrich Diercker."
„Das darf doch nicht wahr sein. Bist du sicher?"
„Darauf kannst du dich verlassen. Ich hatte ein U-Boot in dieser illustren Versammlung."
„Willst du damit sagen, dass sich da Widerstand gegen unseren bisherigen Kurs und unsere Absprachen regt? Und was hat Zuchtmeister mit der ganzen Sache zu tun?", wollte Adelmann aufgebracht wissen.
„Wie es scheint, schmiedet Zuchtmeister persönlich eine

gruppenübergreifende Anti–Adelmann–Fraktion. Sein Adlatus Rüssen war auch mit von der Partie. Mein Gott muss dich der Zuchtmeister hassen, wenn er solchen Aufwand treibt."
„Und die Kerle geben sich alle dafür her?"
„Ich denke, dass wir differenzieren müssen. Schiederkorn hat sich sehr zurückgehalten und sich die Sache nur angehört. Rüdiger Rupprecht eierte herum wie immer. Du weißt ja, was für ein Weichei der ist".
„Und mein Freund Diercker, was hat der gemacht?"
„Diercker hat in seiner ordinären Art getönt, sie würden dir die Eier abschneiden."
„Das glaub ich einfach nicht. Wie haben die denn Diercker geködert? Der ist doch parteipolitisch gar nicht ambitioniert?", wollte Adelmann erfahren.
„Aber geschäftlich, Horst. Diercker will in Steglitz ein neues Autohaus bauen und hat ein bestimmtes Grundstück im Auge. Und auf dem hat Zuchtmeister den Daumen drauf."
"Das erklärt einiges. Und was ist mit Strickler? Ich hätte geschworen, dass Strickler hundertfünfzigprozentig loyal ist."
„So kann man sich täuschen! Strickler hat zwar nicht viel gesagt. Aber trauen kannst du dem nicht mehr."
„Bleibt noch Gessler. Der idealistische Arbeiterführer von der aufrechten, ehrlichen Linken. Das Bild hat nie gepasst. Aber dass er sich so offen kaufen lässt …"
„Bei Gessler muss Zuchtmeister massiv geworden sein. Schließlich soll der die entscheidenden Stimmen gegen dich bringen. Ich vermute mal, sie haben ihm eine Immobilie versprochen."
„Wieso vermutest du? Ich denke, du hattest einen Spion bei dem Treffen."
„Die sind ja nicht ganz doof. Den Gessler hat sich Zuchtmeister zum Schluss persönlich vorgenommen. Der wird doch die Konditionen nicht in einer derartigen Runde unsicherer Kantonisten ausplaudern. Das Treffen in dieser Runde sollte allen Anwesenden nur verdeutlichen, wer alles gegen dich mitmacht. Über Geld oder sonstige Zuwendungen ist überhaupt nicht gesprochen worden. Es ging nur um eine Kandidatenliste für die KDV."
„Hast du die Liste?"

„Nein, aber mein Mann hat zumindest ein Gedächtnisprotokoll geschrieben. Da stehen die Kandidaten drauf."
„Lass mich raten: Gessler wird Kreisvorsitzender, richtig?"
„Überhaupt nicht. Rellingen soll es machen. Der schwebt doch zur Zeit auf einer Woge des Erfolges. Zuchtmeister ist geradezu vernarrt in den Kerl. Er meint, mit Rellingen an der Spitze und Gessler an seiner Seite könne man nicht verlieren. Sie würden den Adelmann-Clan hinwegfegen, atomisieren, vernichten, meinte Zuchtmeister wörtlich.
„Und was sagte Rellingen dazu?"
„Das ist ja das Merkwürdige. Der war gar nicht dabei."
„Geschickt, sehr geschickt. Rellingen wäscht seine Hände in Unschuld und lässt sich gleichzeitig auf den Schild heben. Aber nun wissen wir ja Bescheid und können noch rechtzeitig die nötigen Gegenmaßnahmen einleiten", erklärte Adelmann mit einem höhnischen Grinsen.
„Wenn du meinst", erwiderte Heinrich zweifelnd.
„Noch eine Frage, Hansjörg. War eigentlich auch Frau Kurheim-Nöll bei diesem Treffen?"
„Nein. Nicht mal ihr Name ist gefallen", antwortete Heinrich.

Adelmann war bester Laune. Gerade eben hatte er von seinem Büro aus ein Telefongespräch mit Rellingen geführt. Er hatte ihn eingeladen, aber dieser wollte nicht so recht.
„Ich habe wirklich sehr viel um die Ohren." Rellingen wollte auf einer telefonischen Absprache bestehen, aber Adelmann setzte sich schließlich durch. Rellingen würde am Nachmittag zu ihm kommen. Als Eva von dieser Verabredung erfuhr, verabredete sie sich mit einer Freundin zum Bummeln im KaDeWe. Martin Rellingen kam pünktlich, schüttelte Adelmann die Hand und setzte sich mit seinem Gastgeber auf die Terrasse. Adelmann hatte zwei Whisky-Gläser und eine Flasche mitgebracht.
„Oh nein, für Whisky ist es noch zu früh am Tage", wollte Rellingen abwehren.
„Für diesen nie. Das ist ein 20 Jahre alter Glenfiddich. So oder so kriegst du heute einen eingeschenkt, Martin."
„Na, da bin ich ja mal gespannt", antwortete Rellingen schmunzelnd und hielt ihm sein Glas hin.

„Und wo brennt's denn?", wollte er anschließend wissen.
„Schluck erst mal runter, Martin. Der schmeckt nicht nur gut, er betäubt auch ein wenig." Adelmann wartete einen Moment, dann legte er ihm den Arm auf die Schulter und setzte mit süßlicher Stimme fort: „Was erwartest du von der bevorstehenden KDV?"
„Nun, ich denke, es wird alles glatt gehen."
„Das hoffe ich auch. Nicht nur für mich. Es gibt Gerüchte. Einen Dschungel voller Gerüchte. Die einen sagen, Adelmann macht das Rennen. Andere behaupten, Gessler würde zum großen Coup ausholen. Und es gibt sogar Stimmen, die geben dir die besten Chancen, Kreisvorsitzender zu werden."
„Was, mir? Ich kandidiere doch gar nicht."
„Siehst du, das habe ich diesen Leuten auch gesagt. Aber nein, sie bestehen auf ihrer Meinung."
„Und wie begründen sie das?", fragte Rellingen nach.
„Die sagen, es gibt da ein paar Leute aus Steglitz. Die mischen sich in unsere Reinickendorfer Angelegenheiten ein. Die haben was gegen Horst Adelmann und würden selbst den Teufel persönlich aufstellen, nur um Adelmann zu verhindern."
„Ein wenig schmeichelhafter Vergleich, findest du nicht?"
„Das ist doch nur eine Frage des Standpunktes. Ich denke, dass man in der Partei sehr vorsichtig bei der Auswahl seiner Freunde und Verbündeten sein muss. Stell dir vor, es käme jemand zu mir und würde mich bitten, etwas für seine berufliche Laufbahn zu tun. Sagen wir, es handelt sich um einen angehenden Lehrer. Wenn er ein Freund wäre, würde ich ihm sagen, klar, ich helfe dir. Wende dich an den Genossen Kisczak, der kann etwas für dich tun, denn er ist mir in gewissem Sinne verpflichtet. Das würde ich tun. Aber nur für einen Freund natürlich, dem ich vertrauen könnte. Wenn aber jemand zu mir käme, selbstgefällig und von zweifelhaftem Leumund, dann würde ich sagen, dass ich nichts für ihn tun kann und ihm raten, es in Steglitz noch mal zu versuchen."
„Was meinst du jetzt mit zweifelhaftem Leumund, Horst?"
„Och Martin, tu doch bitte nicht so weltfremd. Was könnte ich meinen ...?" Adelmann tat so, als müsste er überlegen. „Denk dir eine Perversität aus. Sagen wir, dieser Typ treibt es mit kleinen Jungs. Als Lehrer. Das geht doch gar nicht."

„Meinst du nicht, dass sexuelle Neigungen Privatsache sind?", fragte Rellingen mit belegter Stimme.
„Na ja, auch das ist eine Frage des Standpunktes. Natürlich muss das jeder mit sich selbst ausmachen. Aber letztlich, fürchte ich, wenn diese besagte Person in der Partei aktiv ist, muss sie jederzeit damit rechnen, dass solche Dinge heraus kommen. So richtig eklig, mit Fotos und allem Drum und Dran." Adelmann hatte seine Botschaft rübergebracht. Das Gespräch begann nun ganz langsam ins Unverbindliche abzugleiten. Zweimal noch wurden die Whisky-Gläser gefüllt. Nach einer Stunde schied man, so hatte es den Anschein, in bestem Einvernehmen. Wenige Tage später erhielt Dr. Martin Rellingen ein Schreiben von Schulleiter Strenge mit einer Einladung, sich seinem neuen Kollegium vorzustellen.

Im Hause Adelmann gaben sich dieser Tage die Gäste die Klinke in die Hand. Diesmal hatte Ralf Schiederkorn um eine Unterredung gebeten.
„Keine Käsesahnetorte?", fragte er leicht enttäuscht.
„Tut mir leid, Ralf, zum Backen hatte Eva keine Zeit. Du musst ausnahmsweise mit selbst Gekauftem Vorlieb nehmen.
Nachdem sich Schiederkorn ein Stück Streuselkuchen gegriffen hatte, zog er ein kleines durchsichtiges Plastikkästchen hervor und überreichte es Adelmann.
„Was ist das?", fragte Adelmann irritiert, das Plastikkästchen schon in der Hand.
„Mach's doch auf", forderte Schiederkorn.
Adelmann schaute sein Gegenüber noch immer entgeistert an, dann konzentrierte er sich auf das Kästchen, nahm den Deckel ab und holte ein silbermetallenes Hütchen von der Größe einer Mittelfingerkuppe heraus, aus dem drei kurze Drähte ragten.
„Das ist eine Wanze, die ich durch Zufall in meinem Telefon gefunden habe. Mir ist nämlich einmal der Telefonhörer aus der Hand gefallen und beim Aufprall auf dem Boden zerbrochen. Ich habe dann die Sprechmuschel aufgeschraubt, und dabei fiel dieses Teil heraus."
„Warum zeigst du mir das?", wollte Adelmann erfahren.

„Damit du mir etwas über die Herkunft sagst."
„Du glaubst doch nicht ...?", empörte sich Adelmann.
„Nun, ich habe nach diesem Fund einen Profi beauftragt, damit er sich mein Haus mal gründlich anschaut."
„Ja, und?"
„Der fand nicht nur im zweiten Telefon im ersten Stock eine weitere Wanze, sondern auch noch welche in einigen Zimmern, zum Beispiel im Schlafzimmer. Und dazu einen Sender, der das Wanzensignal nach draußen verstärkt hat."
„Das glaub ich nicht."
„Der Fachmann hat mir erklärt, wie die Sache funktioniert. Die gefundenen Miniwanzen sehen zwar äußerlich alle gleich aus. Es handelt sich aber dennoch um zwei verschiedene Typen. Der erste Typ fand sich in den Telefonen. Man ruft den entsprechenden Apparat an und gibt dazu einen bestimmten Code ein, der die Wanze aktiviert. Von dem Moment an kann der Lauscher jedes Gespräch, das mit diesem Apparat geführt wird, selbst per Telefon mithören. Genial, nicht? Besonders pfiffig dabei ist, dass die Wanze ihre Energie aus dem Telefonstrom bezieht. Dadurch kann sie jahrelang funktionieren. Dann gibt es aber noch eine zweite Wanzenart. Das sind Miniwanzen in Räumen. Kennst du ja aus diversen Krimis. Die muss man irgendwo verstecken, an Blumengestecken, Vorhängen oder unterm Sofa. Die nehmen im Dauerbetrieb Umgebungsgeräusche auf. Als Ersatz für den Telefonstrom haben sie eine winzige Batterie. Die reicht vielleicht ein paar Wochen, dann ist die Wanze tot. Dieser Typ überträgt seine Signale über den Äther, verfügt aber nur über eine sehr geringe Reichweite. Die Signale würden die Außenmauern eines Hauses nicht durchdringen. Deshalb wird in solchen Fällen ein kombinierter Empfänger–Verstärker–Sender – ich weiß nicht genau, wie das in der Fachsprache heißt – innerhalb des abzuhörenden Objektes platziert und mit dem Stromnetz des Hauses gekoppelt. So kann der Apparat die Signale der Wanzen empfangen, verstärken und nach draußen senden."
„Wieso nach draußen?"
„Zum Beispiel zu einem unauffällig in der Nähe des Hauses geparkten Wagen. Darin könnten ein leistungsstarker Empfänger und ein Aufnahmegerät versteckt sein."

„Aufnahmegerät?", murmelte Adelmann.
„Ja, stell dich doch nicht so dumm: ein Tonbandgerät oder ein Kassettenrekorder", erklärte Schiederkorn.
„Ist so ein Sender in deinem Haus gefunden worden?"
„Na klar, sonst wären die Wanzen ja sinnlos gewesen", erwiderte Schiederkorn verärgert. „Der Sender steckte unter einer Deckenverkleidung.
„Du bist also in deinem eigenen Hause abgehört worden und willst jetzt allen Ernstes behaupten, ich hätte dir diese Tierchen untergejubelt?", fragte Adelmann kleinlaut.
„Natürlich gibt es keine entsprechenden Beweise. Man muss sich nur fragen, wer ein Motiv hätte, diese Wanzen bei mir zu installieren."
„Und welches Motiv hätte ich deiner Meinung nach?"
„Da gibt es wahrlich genug. Die Partei, das Frohnauer-Wald-Projekt ..."
„Wenn du diese Dinge anführst, dann hätte ein halbes Dutzend Personen ein Motiv."
Schiederkorn nickte resigniert.
„Und du vergisst, dass man für Auswahl und Installation einer solchen Anlage ein Fachmann sein muss. Das kauft man nicht einfach im Elektroladen um die Ecke. Außerdem weißt du ganz genau, dass ich in handwerklichen Dingen zwei linke Hände habe."
„Nun, an deiner Stelle hätte ich die Sache auch einem Fachmann überlassen ..."
„Ralf, ich kenne keinen Abhörfachmann. Ich habe auch keinen Cousin beim Verfassungsschutz oder BND ..."
„Das wären auch die falschen Vereine. Mein Experte hat mir erklärt, dass das Zeugs, das er in meinem Haus gefunden hat, eindeutig aus der DDR stammt."

Nach dem Gespräch mit Schiederkorn hatte Adelmann ein schlechtes Gefühl. Die Information, dass die Wanzen offensichtlich aus der DDR stammten, hatte ihn schwer getroffen. Er hoffte nur, dass Schiederkorn seine Betroffenheit nicht mitbekommen hatte. Adelmann hatte Schiederkorn beruhigt und ihm versichert, er werde alles in Bewegung setzen, um die Sache aufzuklären. Um ihn zur Verschwiegenheit zu ver-

pflichten, erinnerte er Schiederkorn noch mal ganz dezent an die Sache mit dem Reptilienfonds. Schiederkorn, da war sich Adelmann sicher, würde den Mund halten.
Adelmann ahnte, wie die Wanzen in Schiederkorns Haus gekommen sein mussten. Er wusste es nicht definitiv, aber für ihn kam nur eine Person als Täter in Frage.
Mitten in seine grüblerischen Gedanken schrillte das Telefon.
„Ja", knurrte Adelmann in den Hörer.
„Paul Hetzer hier. Genosse Adelmann, ich wollte gern mit dir noch einmal sprechen, bevor es in die KDV geht."
„Das ist gut, Paul. Ich hätte dich auch noch angerufen. Komm, schieß los."
„Es gibt da ein Gerücht, nachdem sich mein Vorsitzender mit dubiosen Leuten trifft. Was ist da dran?", fragte Hetzer.
„Ich fürchte, Paul, an dem Gerücht ist einiges dran. Josef Strickler, den ich bislang für einen treuen, loyalen Genossen gehalten habe, scheint auf seine alten Tage nicht mehr genau zu wissen, mit wem man sich treffen sollte und mit wem besser nicht. Ich möchte noch nicht endgültig den Stab über ihm brechen. Aber er braucht, fürchte ich, ein Achtungszeichen gesetzt", erklärte Adelmann und gab Hetzer noch detaillierte Verhaltensmaßregeln in diesem Falle mit auf den Weg. Anschließend wechselte Hetzer das Thema. „Mir liegt noch etwas auf dem Herzen, Genosse Adelmann. Ich war neulich Vormittag mit ein paar Jungs von meiner Schule am Bahnhof Friedrichstraße. Da hatten wir eine merkwürdige Begegnung. Wir steigen gerade aus der Nord–Süd–Bahn, da sehe ich einen Menschen die Treppe hoch marschieren, von dem ich meinte, ihn zu kennen. Lesczak war auch dabei. Der hat ihn ebenfalls erkannt. Es war Hansjörg Heinrich. Man denkt sich erst mal nichts dabei. Vielleicht wollte er ja in Richtung Zoo umsteigen oder ein paar Stangen Zigaretten im Intershop kaufen. Aber Heinrich ging nicht zum Intershop sondern in Richtung Grenzübergang, also zur Kontrollstelle im Zwischengeschoss. Wir waren vielleicht zehn Meter hinter ihm, und Lesczak meinte, wir sollten mal hinterher um zu sehen, wo Heinrich hin will. Wir also hinterher, und tatsächlich geht Heinrich in Richtung Kontrolle. Schon am Eingang stehen Leute, meistens Rentner um diese Zeit. Wir

waren jetzt ganz nah dran an ihm, wollten schon rufen und ihn begrüßen. Da geht Heinrich ganz zielstrebig an der Warteschlange vorbei, drückt sich an die rechte Seitenwand, öffnet eine graue Metalltür und verschwindet. Wir hinterher bis zur Tür. „DEUTRANS – Eintritt nur für Speditionsmitarbeiter", steht an der Tür. Wir zögern einen Moment, denken, der Heinrich hat sich vielleicht in der Tür geirrt und kommt gleich wieder raus. Aber der kam nicht raus. Schließlich meinte Lesczak, wir sollten mal schauen, öffnen also die Tür und wollen da reinschauen. Aber hinter der Tür beginnt gleich ein Quergang, und in dem Moment kommt uns ein Vopo entgegen. Wir hören noch mehr Schritte aus dem Quergang. Vermutlich Vopo-Verstärkung. Also machen wir sofort kehrt, rasen raus, die Treppe runter Richtung S-Bahn. Heinrich blieb verschwunden. Das ist die Geschichte. Kannst du dir einen Reim darauf machen?"

„Es ist gut, dass du mir die Sache erzählt hast. Sieht ja auch auf den ersten Blick etwas merkwürdig aus, das Ganze. Aber ich glaube, es gibt eine harmlose Erklärung. Ich weiß zum Beispiel, dass der Genosse Heinrich ein Sammler ist und sich mit dem Im- und Export antiquarischer Bücher beschäftigt. Könnte doch sein, er hat ein Geschäft mit der Firma DEUTRANS abzuwickeln. Vielleicht eine Lieferung, oder so …"

„Na, wenn du meinst …"

Mit höchster Befriedigung faltete Adelmann die Zeitung zusammen und legte sie auf den Beistelltisch neben seinem Fernsehsessel. Einen Tag vor der entscheidenden KDV hatte der Nord-Berliner mal wieder einen aktuellen Bericht mit Interna aus der Partei veröffentlicht. Der Artikel auf einer Mittelseite war sogar mit einem kurzen Vorspann auf Seite eins angekündigt: „SPD-Kandidaten in Frohnauer-Wald-Projekt verstrickt?" Im Text des Hauptartikels hieß es: Um die Realisierung des vom Neu-Isenburger Baukonzern Treu + Oovschlag GmbH & Co. KG geplanten Mammut-Projektes scheint ein interner Machtkampf innerhalb der SPD ausgebrochen zu sein. Hatte der Führer der SPD-Linken, Berthold

Gessler, das Bauprojekt mit seinen geplanten mehr als 1.000 Wohneinheiten kürzlich noch heftig kritisiert, so scheint sich bei der Reinickendorfer Linken inzwischen der Wind gedreht zu haben. Kolportiert wird, Gessler habe sich auf der Sitzung einer Arbeitsgruppe des Kreisvorstandes eher positiv zu dem Bauprojekt geäußert. Zwar wurde diese Darstellung bei Nachfragen weder bestätigt noch dementiert. Doch es ist dem Nord-Berliner nicht gelungen, von führenden Vertretern der SPD-Linken erneut eine so deutlich ablehnende Stellungnahme zu bekommen, wie sie von Gessler noch vor wenigen Wochen abgegeben worden war. Damals hatte Gessler erklärt, bei dem Bauvorhaben der Firma Treu + Oovschlag scheine es mehr um hohe Profite für Makler und Bauunternehmen, als um das Wohl der Bevölkerung zu gehen. Inzwischen lehnt Gessler gegenüber dem Nord-Berliner eine bewertende Stellungnahme mit Hinweis auf die angeblich noch im Anfangsstadium befindliche Planung ab. Immerhin war ihm zu entlocken, dass es Überlegungen gebe, einen Teil der Wohneinheiten im sozialen Wohnungsbau zu errichten, womit laut Gessler eine gewisse „soziale Komponente" ins Spiel gebracht werde, die einem solchen Projekt nur gut tun könne. Derartige Äußerungen werden innerhalb der Partei als dezente Zustimmung zu dem Projekt gewertet. Ganz andere Töne sind derweil aus Kreisen der Rechten zu hören. So scheint sich der designierte Kreisvorsitzende, Horst Adelmann, vorsichtig von dem Bauprojekt distanzieren zu wollen. Der momentane Bezirks-Vize erklärte: „Man muss vor allem mit den Betroffenen sprechen, und das sind ja in erster Linie die Frohnauer, aber natürlich auch die Hermsdorfer. Die SPD hat hier in den vergangenen Wochen das Ohr sehr nah am Bürger gehabt. Nach meiner Einschätzung wird das Bauprojekt von Treu + Oovschlag in der Bevölkerung äußerst kritisch gesehen. Vor allem scheinen mir wichtige Fragen der Infrastruktur wie Verkehrsführung, Schulen und Kindergärten sowie die Einkaufsmöglichkeiten in den Plänen nur unzureichend berücksichtigt zu sein. Hier muss der Bauherr deutlich nachbessern, um seine Pläne genehmigungsfähig zu machen." Mit dieser Äußerung vollzieht Adelmann nach Ansicht von Parteimitgliedern eine Hundertachtzig-Grad-Wendung. Noch vor Kurzem hatte sich der Spitzenfunktionär eher unkritisch zu den Bauplänen geäußert.

Ansonsten sind aus Parteikreisen derzeit keine offiziellen Stellungnahmen höherer SPD-Funktionäre zu erhalten. Wie es heißt, will man zunächst die Kreisdelegiertenversammlung am Wochenende im Ernst-Reuter-Saal abwarten. Ein langjähriger Funktionsträger, der seinen Namen nicht nennen wollte: „Da wird sich jetzt niemand den Mund verbrennen wollen, denn auf der KDV kämpfen Links und Rechts um die Vorherrschaft. Ein falsches Wort kann die Parteikarriere kosten." Ähnliches gelte, so der Altfunktionär, auch für die Bezirksamtsmitglieder, die zum Teil um ihre Wiederwahl kämpften. Gessler selbst kandidiert für den Posten des stellvertretenden Kreisvorsitzenden. Hinter vorgehaltener Hand erfährt man aber auch, der Links-Chef liebäugele mit einem Stadtratsposten nach den nächsten Abgeordnetenhaus-Wahlen im kommenden Jahr. Dies sei allerdings illusorisch, wenn die Linken in der anstehenden KDV unterlägen und Gessler nicht mindestens zum zweiten Mann in der SPD-Bezirkshierarchie seiner Partei aufsteige. Einem noch bösartigeren Gerücht geben in diesen Tagen führende Mitglieder der neuen SPD-Mitte, genannt die „Feuerwehrleute", Nahrung. So habe der neue stellvertretende Vorsitzende der SPD-Abteilung Tegel, Detlef Lesczak, auf seiner Jahreshauptversammlung erklärt, die Firma Oovschlag versuche mit massiven Versprechungen SPD-Funktionäre für ihr Bauprojekt zu gewinnen und sei bei einigen führenden Linken offenbar erfolgreich gewesen. Dem Nord-Berliner liegt eine Kopie des Sitzungsprotokolls mit der darin fixierten Aussage Lesczaks vor. Allerdings war das Tegeler Vorstandsmitglied selbst für eine Stellungnahme nicht zu erreichen. Mit Spannung erwartet das politische Reinickendorf deshalb die Kreisdelegiertenversammlung. Je nach Ausgang dürfte sich auch das Schicksal des Frohnauer-Wald-Projektes entscheiden.

Adelmann hatte die Zeitung kaum zur Seite gelegt, da rief Heinrich an, um ihm seine Überraschung über den Artikel mitzuteilen. Adelmann jedoch kürzte das Gespräch mit dem Hinweis ab, er stehe „in Hut und Mantel". Als Nächster rief Gessler an, um Adelmann für dessen „angebliche Hundert-

achtzig-Grad-Wendung" wüst zu beschimpfen.
„Hör bloß auf mit dem Gezeter, Berthold. Du hast dir diese Suppe ganz allein eingebrockt. Hoffentlich ist dir das fürs nächste Mal eine Lehre, zu seinem Wort zu stehen und sich nicht mit dubiosen Leuten einzulassen", brüllte Adelmann ihn an und legte auf.

Der Tag der Entscheidung. Horst Adelmann hatte gut geschlafen, war früh aufgestanden und hatte zusammen mit Eva bei bester Laune ein ausgiebiges Frühstück genossen. Dann zog er sich sorgfältig an, nahm seine Aktentasche, die er schon am Vorabend gepackt hatte, gab Eva noch einen dicken Kuss auf die Wange und verabschiedete sich.
Als der Mercedes das Grundstück verließ, wurde er von der gegenüberliegenden Straßenseite beobachtet. Kurz darauf überquerte ein junger Mann die Straße, schob einen braunen DIN A4-Umschlag in den Briefschlitz der Adelmanns und entfernte sich schnell. Eine halbe Stunde später kam der Briefträger auf seiner sonnabendlichen Runde am Grundstück der Adelmanns vorbei und legte noch ein dickes Bündel Briefe nach. Eva sah den Briefträger durchs Esszimmerfenster, winkte ihm und kam aus dem Haus, um die Post aus dem Briefkasten zu holen. Zurück im Haus, sortierte sie die Post für ihren Mann heraus. Am Schluss hatte sie nur noch einen braunen Umschlag in der Hand. Er war mit einem maschinengeschriebenen Aufkleber an sie adressiert, aber ohne Absender. Sie riss den Umschlag mit einem Brieföffner auf. Ein etwa 20 mal 15 Zentimeter großes Foto fiel heraus. Als sie es umdrehte und betrachtete, bekam sie fast einen Schock. Das Foto zeigte ihren Mann in inniger Umarmung mit einer Frau, bei der es sich nur um Linda Kurheim-Nöll handeln konnte.
Eva wurde schwindelig. Sie musste sich setzen, minutenlang tief atmen. Unwillkürlich ließ sie in Gedanken die Jahre mit ihrem Mann Revue passieren. Horst, das wusste sie, hatte auch früher gern mal mit anderen Frauen geflirtet. Aber er hatte ihr immer alles gebeichtet. Alles? Dies jedenfalls nicht. Und das Foto sah nicht nach einem harmlosen Flirt aus, son-

dern eher nach heißen Trieben. Sicher gab es noch mehr Fotos, und die würde sie alle zu Gesicht bekommen, wenn der Absender es wollte. Eva merkte, wie die Wut in ihr aufstieg. Alles, was Horst ist, ist er nur durch mich geworden, dachte sie. Sein beruflicher Aufstieg, die Partei, die Frohnauer Villa. Es hat ihm an nichts gefehlt. Er hatte immer meine volle Zuneigung und Unterstützung. Sie hätte in die Tischkante beißen können vor Wut. Er hat mich verraten! Für diese Immobilienschlampe. Jetzt ist Schluss! Geistesabwesesend starrte sie durch das große Panoramafenster in den Garten.

Als Martin Rellingen den Raum betrat, brandeten Applaus und Jubel auf. Lässig schritt er den langen Tisch entlang, an dem rund 30 überwiegend junge Leute aufgestanden waren, in die Hände klatschten oder dem vorüber schreitenden Rellingen einen aufmunternd-freundschaftlichen Klaps auf die Schulter gaben. Rellingen stellte sich an den Kopf der Tafel und machte mit den Armen eine beschwichtigende Geste. Laut rufend versuchte er, für Ruhe zu sorgen. „Danke, liebe Genossen, danke! Dieser Jubel tut gut. Aber ich bin kein Politstar, und es gibt noch keinen Anlass zum Jubeln." Der Lärm legte sich. Jetzt konnte Rellingen in normaler Lautstärke fortfahren. „Für uns alle ist das heute eine Premiere, liebe Freunde. Es ist noch kein halbes Jahr her, dass wir die neue Mitte gegründet haben. Heute treffen wir uns wieder in der „Feuerwehr". Und wir können sagen, dass wir schon viel erreicht haben. Natürlich kann man in wenigen Monaten nicht alle Ziele vollständig umsetzen. Aber wir sind auf dem richtigen Weg. Schon die Tatsache, dass unser heutiges Treffen nicht allein den Delegierten sondern allen Interessierten offen steht, ist Beweis genug für den neuen Politikstil, dem wir uns verpflichtet fühlen. Unser Name verbreitet bei den Funktionären von Links und Rechts Schrecken, weil wir die übliche Arithmetik, mit der Parteiwahlen bislang scheinbar Gott gegeben abliefen, gehörig durcheinander bringen. Wir sind zu einem gefragten Bündnispartner für die beiden anderen Gruppen geworden. Denn die Wahlalternativen heißen jetzt nicht mehr Links oder Rechts, sondern Links oder Rechts

zusammen mit den Feuerwehrleuten, mit uns. Noch besser wäre es natürlich, wenn wir über eine eigene Mehrheit verfügten und nicht auf Bündnisse mit den Krähen angewiesen wären, von denen bekanntermaßen die eine der anderen kein Auge aushackt. Jetzt vor der Kreisdelegiertenversammlung haben der Genosse Lesczak und ich eine Liste mit Wahlvorschlägen verfasst. Lasst uns darüber harmonisch und solidarisch diskutieren, um anschließend mit einer geschlossenen Mannschaftsleistung bei der KDV aufwarten zu können."
Als die Liste verteilt war, kam im Raum Unruhe auf. Nach den jüngsten Gerüchten hatten die Genossen gehofft, Rellingen würde zum Kreisvorsitzenden kandidieren. Und nun drückte man ihnen eine Liste in die Hand, auf der der Name Rellingen fehlte. Martin Rellingen bemerkte natürlich die Unruhe und ergriff noch einmal das Wort: „Der ein oder andere von euch hat vielleicht gehofft, der neue Kreisvorsitzende könnte aus unseren Reihen kommen. Gerüchte, nach denen ich für dieses Amt kandidieren würde, liefen ja zuhauf um. Und jetzt, da ihr auf unserer Liste meinen Namen vermisst, seid ihr enttäuscht. Das müsst ihr wirklich nicht. Denn an den Gerüchten war kein wahres Wort. Ich hatte nie vor, für den Kreisvorsitz zu kandidieren. Unsere politischen Gegner wollten uns nur Glauben machen, wir wäre genauso postengeil und korrumpiert wie sie selbst. Nun, ich bin der beste Beweis dafür, dass dem nicht so ist. Wir sind und bleiben Idealisten. Wir wollen eine andere Diskussionskultur in unserer Partei. Wir wollen mehr Demokratie, nicht mehr Posten. Liebe Genossen, ich danke euch für eure tolle Arbeit und euer Vertrauen." Rellingen stand auf, riss die Arme hoch und ließ sich von der Menge feiern.

Adelmann kam mehr als eine Stunde vor Beginn der KDV und meldete sich beim Rathaus-Pförtner an. „Schließ mir doch bitte schon mal auf, Genosse Bahlke", sagte er in seinem typischen freundlich-verbindlichen Tonfall. Der Genosse Bahlke hatte seinen Posten der SPD zu verdanken. „Sofort, Horst", antwortete Bahlke servil und übernahm die Führung in Richtung Ernst-Reuter-Saal. Dieser moderne Mehrzwecksaal direkt neben dem Rathaus mit seinen mehr als 600 Plätzen in Parkett und Rang war der ganze Stolz des Bezirks. Noch dazu,

da er den Namen eines großen Sozialdemokraten trug. Für eine Kreisdelegiertenversammlung war das Haus eigentlich viel zu groß. Aber man hatte keinen besseren, vor allem keinen preiswerteren. Außerdem kamen erfahrungsgemäß nicht nur die weit über 100 Delegierten, sondern auch zahlreiche Zuschauer, die sich meist rege an den sich ständig im Foyer bildenden kleinen und größeren Gesprächsrunden beteiligten, während der eigentlichen Sitzung aber im Rang Platz nehmen mussten. Ausschließlich die Delegierten durften das Parkett des Saales bevölkern. Dort verfügten sie, nach Abteilungen geordnet, über feste Sitzplätze. Die Sitzplatznummer war auf jedem Delegiertenausweis, der am Eingang abgestempelt wurde, vermerkt. Es ging also zu wie in einem kleinen Parlament. Wer einen Delegierten sprechen wollte, gab ihm von den Saaltüren aus ein entsprechendes Zeichen, worauf sich der Gewünschte nach draußen begab. Unter den Zuschauern war ein hoher Prozentsatz an Genossen aus den Abteilungen, aber auch Parteimitglieder aus anderen Kreisen. Schließlich verirrten sich sogar Journalisten der Lokalpresse bei derartigen Anlässen in den Ernst-Reuter-Saal.
Bahlke schloss die Eingangstür auf. Adelmann folgte ihm zum Seiteneingang der Bühne. „Mach mir bitte hier noch das Besprechungszimmer auf", bat er. Damit war ein Geräteraum hinter der Bühne gemeint, in dem normalerweise Stühle und Kulissen untergebracht waren. Auf Bitten Adelmanns war der Raum vom Personal leergeräumt worden, um dem Kreisvorstand und der Versammlungsleitung als Besprechungszimmer mit Telefonanschluss zu dienen.
„Ich kümmere mich noch um die Beschallung", meldete sich Bahlke ab.
Während der Pförtner den Raum verließ, legte Adelmann Hut und Mantel auf einem der Stühle in dem ansonsten recht kahlen Raum ab, setzte sich an einen Tisch und nahm sich den Tagesspiegel und die Berliner Morgenpost vor. Adelmann wartete auf Gessler, mit dem er sich eine Dreiviertelstunde vor Beginn der KDV verabredet hatte. Der erschien pünktlich.
„Ah, da bist du ja", sprach ihn Adelmann mit einem süffisanten Lächeln an und wollte ihn genossenschaftlich umarmen. Doch Gessler wehrte ab.

„Na, bist du immer noch gallig wegen des NB-Artikels?"
„Diesen Schmierenartikel, den du zu verantworten hast. In dem du so ausgiebig zitiert wirst."
„Die Chefredakteurin hat mich angerufen und nach meiner Meinung gefragt. Erwartest du vielleicht, dass ich solche Pressegespräche vorher mit dir abstimme? Außerdem solltest du dir den Artikel noch mal etwas genauer durchlesen. Ich habe deinen Namen mit keinem Wort erwähnt. Im Gegenteil. Dort, wo es um dich geht, wird der Artikel verdächtig nebulös. Natürlich deshalb, weil die Verfasserin offensichtlich über keine gesicherten Informationen verfügte."
„Hier wird ein Kübel voller Lügen über mir ausgegossen. Was in dem Artikel als angebliche Aussagen von mir verkauft wird, ist von vorn bis hinten erstunken und erlogen. Ich habe mich niemals positiv zu dem Frohnauer-Wald-Projekt geäußert. Diese angebliche Aussage in einer Arbeitsgruppe des Kreisvorstandes hat es so nicht gegeben", wurde Gessler laut.
„Wenn das so ist, solltest du dich mal mit der Redaktion in Verbindung setzen. Ich bin auch gern bereit mitzukommen, um die Sache aufzuklären. Und notfalls müssen die Herrschaften eben eine Gegendarstellung drucken. Das mögen die Pressefutzies gar nicht."
„Die Sache mit der Gegendarstellung hat nur einen Haken, denn sie kommt zu spät."
„Wie meinst du das?"
„Ich meine, dass die Menschen glauben, was in der Zeitung steht, und sei es eine lokale Schmierfinken-Postille. Wenn ich jetzt eine Gegendarstellung erwirken kann, erscheint sie frühestens am kommenden Wochenende."
„Das stimmt, aber wichtig ist doch, dass die Gegendarstellung überhaupt erscheint. Damit wärst du rehabilitiert."
„Aber den Posten im Kreisvorstand kann ich abschreiben. Vielen Dank, Horst. Oder gelten unsere vor Monaten getroffenen Vereinbarungen noch?"
„Im Prinzip gelten die weiter. Du weißt ja, ich stehe zu meinem Wort. Grundsätzlich! Aber es gibt ja Leute, die können sich nicht mit dem zufrieden geben, was ihnen von Rechts wegen zusteht. Die wollen immer noch mehr. Und dann tappen sie in die Falle. Wer gierig ist und zur Unzeit zu viel will,

der bekommt am Ende das, was er verdient."
„So wie Strickler, meinst du wohl."
„Wieso Strickler? Was hat der damit zu tun?"
„Tu nicht so unwissend, Horst. Strickler ist vorgestern Abend im Treppenhaus seines Mietshauses schwer gestürzt. Jetzt liegt er im Krankenhaus."
„Das ist ja tragisch. Ich werde ihn gleich Morgen besuchen. Aber solche Unfälle passieren. Da kannst du mir doch keine Vorwürfe machen", wehrte sich Adelmann.
"Leider war es kein Unfall, Horst. Strickler wurde geschubst."
"Das ändert nichts an dem eben Gesagten."
"Und die Geschichte mit Uta Schulze? Auch ein Unfall? Ehrlich gesagt, bei einer solchen Häufung tragischer Vorfälle im Vorfeld der KDV fällt es schwer, noch an Zufälle zu glauben", hakte Gessler nach.
„Ich weiß nicht, was du meinst, Berthold. Scheint, du leidest schon unter Verfolgungswahn."
Gessler schien sichtbar zu resignieren. Kopfschüttelnd wendete er sich von Adelmann ab, drehte sich dann aber noch einmal um und erklärte mit erhobenem Zeigefinger: „Im Moment stehst du auf der Siegerseite, Horst. Aber auf Dauer kann man so nicht Politik machen. Eines Tages wirst du dafür bezahlen müssen." Gessler wandte sich ab und verließ als gebrochener Mann den Raum.
Nachdenklich blickte Adelmann ihm hinterher. Jetzt konnte er sich den nächsten Problemfällen widmen. Da waren noch ein paar kleine Rechnungen zu begleichen. Auch Diercker und Rupprecht würde er sich noch mal zur Brust nehmen müssen.
In diesem Moment betrat Sarah Rupprecht den Raum.
„Gerade habe ich an deinen Sohn gedacht. Der arme Kerl steht ja im Schatten einer großen Sozialdemokratin. Das ist bestimmt ganz schön schwer für ihn. Dein Format wird er leider nie erreichen, fürchte ich."
„Das muss er auch nicht. Er muss seinen eigenen Stil finden."
„Und damit ist er wohl derzeit beschäftigt. Es heißt, er kungelt mit Links und den Feuerwehrleuten."
„Gerüchte, Horst, alles bösartige Gerüchte. Ich bin ziemlich sicher, dass man sich auf den Jungen verlassen kann."
„Das hoffe ich auch. Aber vielleicht sollte ich vorsichtshalber

noch mal mit ihm sprechen? Was meinst du, Sarah?"
„Er ist sensibel, und ich bin nicht sicher, ob du darauf genügend Rücksicht nehmen würdest."
„Ja, Sarah, du hast vielleicht Recht. Dein Sohn ist sensibel, und ich habe ihn vielleicht auch mal verschreckt. Aber war es so schlimm, dass er jetzt auch politisch verschreckt auf uns reagiert?"
„Lass den Jungen in Ruhe. Der läuft nicht über. Das sind alles private, persönliche Dinge, um die es da geht."
„Kannst du mir das mal erklären?"
„Rüdiger spricht ja mit mir nicht darüber. Aber ich glaube, er ist ein wenig in diese Uta aus seiner Abteilung verknallt."
„Uta, die Freundin vom Genossen Lesczak?"
„Ich glaube schon."
„Und diese junge Schöne wickelt ihn jetzt um den kleinen Finger, ja? Kann ich sogar verstehen. Die sieht nett aus, ist gut gebaut ..."
„So spielt das Leben eben ..."
„Aber doch nicht in der Partei. Ich weiß ja, es gibt skrupellose Weiber, die sich in der Partei hoch zu schlafen versuchen. Aber solche Frauenzimmer werden zumeist bitter bestraft."
„Horst, ich warne dich. Es ist doch alles nur platonisch bei Rüdiger."
„Ich will dir mal was sagen, dein Sohn ist verklemmt und kriegt keine Freundin. Wundert mich auch nicht, in eurer Weiberwirtschaft. Mag sogar sein, dass die Sache von Seiten deines Sohnes eher als harmlose Schwärmerei einzuschätzen ist. Aber ihr macht die Rechnung ohne diesen Lesczak. Der ist erst 20, aber ein ganz Durchtriebener. Merkt denn dein Rüdiger nicht, dass diese Uta von Lesczak auf ihn angesetzt wurde, um ihn politisch weich zu klopfen?"
„Mag schon sein."
„Und welche Konsequenz ziehst du daraus?"
„Rüdiger schaltet auf stur, wenn ich das Thema anspreche."
„Siehst du, und genau deshalb wollte ich ihn mir mal vorknöpfen. Ich hätte schon die richtigen Argumente, damit er sich die Flausen aus dem Kopf schlägt. Ich würde ihn zum Beispiel fragen, warum er in letzter Zeit so sensibel geworden ist. Das war er ja wohl nicht immer, wenn ich mich recht er-

innere." Adelmann zog ein Foto aus seiner Jacketttasche und reichte es Sarah mit einem fiesen Lächeln.
„Das Foto kennst du wohl nicht, du treusorgende Mama? Es ist auf unserer letzten Bonn-Reise entstanden. Du weißt schon, politische Bildung für den mittleren Funktionärskader auf Einladung der Friedrich-Ebert-Stiftung. Wie du unschwer erkennen kannst, räkeln sich da der ehemalige Genosse Filzig und dein Rüdiger auf einem scheußlich geschmacklosen Plüschsofa. Und das leckere nackte Mädel in ihrer Mitte, an deren linker Titte Rüdiger gerade nuckelt, ist eine stadtbekannte Bonner Nutte."
„Soweit ich weiß, warst du auch dabei?", konterte Sarah lächelnd.
„Das stimmt. Ich habe sogar das Foto geschossen", gab Adelmann zu.
„Ich kenne die Geschichte ziemlich gut. Rüdiger hat sie mir erzählt. Du sollst übrigens, als es dann in den Nahkampf ging, völlig besoffen eingeschlafen sein, stimmt's?"
„Ja, ja, der Schlaf der Gerechten. Aber ich glaube, dieses Foto könnte zu einer gewissen Desensibilisierung deines Sohnes beitragen, meinst du nicht?"
„Ach, Horst, ich sehe das leidenschaftslos. Und die Jugend von heute ist längst nicht mehr so verklemmt wie wir früher."
„Da kannst du Recht haben. Es geht auch gar nicht um den kleinen sexuellen Ausrutscher deines Sohnes. Filzig hat damals diesen flotten Dreier aus der Parteikasse beglichen. Dafür gibt es Zeugen. Ich kann dir auch die entsprechende Abrechnung zeigen, wenn du darauf Wert legst – mit Briefkopf, Datum und Unterschrift." Adelmann setzte sein freundlichstes Lächeln auf, während die Gesichtszüge von Sarah Rupprecht bei den letzten Worten gefroren. Sie gab ihm wortlos das Foto zurück und verließ den Raum.
Als Adelmann das Besprechungszimmer verließ, wuselten die Delegierten bereits durch Foyer und Gänge. Viele liefen lächelnd auf Adelmann zu, um ihn zu begrüßen oder sich von ihm begrüßen zu lassen. Ein munteres Händeschütteln und Küssen begann. Vor der Garderobe bildete sich eine kleine Schlange. Ein geschäftiges Summen machte sich im Ernst-Reuter-Saal breit. Die Stimmung der Parteimitglieder und

Delegierten schien positiv gespannt zu sein. Dazu schenkte Horst Adelmann den Genossen sein freundlichstes Lächeln. Mit lautem „Hallo" begrüßte er Rellingen, der gerade mit einem größeren Tross im Schlepptau das Gebäude betreten hatte. Rellingen lief beflissen auf Adelmann zu, setzte seine freundlichste Miene auf, schlang seinen rechten Arm um Adelmanns Schulter und zog ihn zur Seite. Leise und mit dürren Worten erklärte Rellingen, dass er nicht kandidieren werde. Beide hatten die Köpfe eng zusammengesteckt, Adelmann schaute an Rellingen vorbei, als er ihm auf die Mitteilung antwortete. „Das ist eine weise Entscheidung, du kleine Schwuchtel", presste er zwischen den Zähnen hervor. Anschließend gab er Rellingen leutselig die Rechte, klopfte ihm mit der Linken auf die Schulter, und verschwand hinter der Bühne.

Auf dem Weg zum Podium lief Adelmann schließlich noch Karl Friedrich Diercker über den Weg. Diercker hatte noch versucht, ihm auszuweichen. Doch Adelmann schritt beherzt auf ihn zu: „Hallo Karl Friedrich. Ich würde mich gern in den kommenden Tagen mal bei dir umschauen."
„Brauchst du schon wieder einen neuen Wagen? Du hast doch deinen 300 SE noch nicht so lange. Bist du nicht zufrieden?"
„Doch, doch, den werde ich noch mindestens ein Jahr fahren. Im Moment geht es um einen Gebrauchten für meine Frau. Eva fährt noch immer ihren dunkelblauen VW Käfer. Aber der fällt jetzt langsam auseinander. Es soll eine Geburtstagsüberraschung werden."
„Ich ruf dich an, dann machen wir einen Termin."
„Und ist für heute alles klar? Ich hoffe, du weißt, wo der Barthel den Most holt."
„Du kennst meine Devise – keine Experimente."
„Genau das wollte ich von dir hören. Das sollte übrigens auch für die eigenen Kontakte gelten. Nicht immer sind die Leute vor Ort auch die beste und seriöseste Adresse, wenn du verstehst, was ich meine. Man muss sich treu bleiben. Alles andere wäre für dich als Geschäftsmann gefährlich. Palastrevolutionen passen nicht zum Gebaren eines ehrbaren Kaufmanns. Wer von der Fahne geht, steht am Ende als Verlierer da. Und

du weißt doch, was mit Verlierern geschieht, Karl Friedrich?"
„Ääh, wwas meinst du, Horst?"
„Man schneidet ihnen die Eier ab", erklärte Adelmann, schaute Diercker einen Moment lang tief in die Augen, drehte sich um und ging.

In einer Sitzgruppe im Foyer lümmelten sich Jürgen Schlegel, Andreas Karthaus, Angelika Rumrich und Stefan Gleichen.
„Wollen wir nicht reingehen. Es fängt gleich an", mahnte Karthaus.
„Hab echt keine Meinung. Die Sache ist sowieso verschissen", antwortete Schlegel.
„Wat meensten? Welche Sache?"
„Na, was wohl?", griff Karthaus ein. Er klang genervt. „Unser großes Ziel. Hast du schon vergessen? Wenn Frohnau kippt, kippt Reinickendorf. Wenn Reinickendorf kippt, kippt Berlin".
„Ach, dat meenste. Aba wieso vaschissn? Hamm wa Frohnau denn nich jekippt?"
„Na klar, haben wir das. Aber wer, glaubst du, wählt den Genossen Gessler jetzt noch nach diesem Artikel im Nord Berliner?"
„Aba wenn Gessler Scheiß jebaut hat, is dit doch nich unsa Fehla."
„Aber Gessler ist nun mal unser Vormann. Die Jauche, die Gessler verdient hat – alles für den Fall, dass es stimmt, was im NB steht – wird jetzt kollektiv über uns allen ausgekübelt. Darauf kannst du dich verlassen."
„Vadammta Mist!"
„Das kannst du laut sagen."
„Kann man nicht mit den Feuerwehrleuten noch mal reden und zu einer Verabredung ohne Gessler kommen?", mischte sich Angelika Rumrich ein.
„Theoretisch hätte man das gekonnt, nur die Sache kommt viel zu spät. Das Oberfiese an der Situation ist doch, dass alles offensichtlich minutiös geplant war. Ich habe von dem ganzen Schlamassel erst gestern Abend erfahren. Genau wie die meisten anderen auch. Da war gar keine Zeit mehr zu reagieren. Zumal ich gar kein Mandat habe, für Links zu verhandeln. Im Übrigen ist mein Eindruck, dass die Rechten und

die Feuerwehrleute schon geraume Zeit vor dem Erscheinen des Artikels miteinander gekungelt und die Sache eingetütet haben. Das hat Gessler offensichtlich verschlafen in seiner Nibelungentreue zu Adelmann."
„Wozu sind wir dann noch hier?", fragte Andreas Karthaus.
„Das weiß ich selbst nicht so genau. Vielleicht, um uns mal so richtig öffentlich demütigen zu lassen."
„Vielleicht aber auch, um zu retten, was zu retten ist, Jürgen", erwiderte Angelika. „Vielleicht seid ihr ja alle angetreten, um die Welt vom Bösen zu befreien. Wenn Frohnau kippt, kippt Reinickendorf. Und wenn Reinickendorf kippt, kippt Berlin. Vielleicht kippt auch gleich noch Deutschland, Europa und die Welt. Habt ihr wirklich daran geglaubt? Für mich waren das von Anfang an nur hohle Sprüche."
„Wenn das für dich alles nur Sprüche waren, dann hättest du uns das mal eher sagen können. Das wäre ehrlicher gewesen", maulte Schlegel.
„Wer bitte schön, hätte denn auf mich gehört? Ihr wart doch alle so begeistert von eurem großen Ziel, ja geradezu verblendet. Da hätte ich nicht dagegen anstinken können. Wahrscheinlich hättet ihr mich sogar durch den Fleischwolf gedreht für meine Kritik."
„Wenn man das so sieht, braucht man eigentlich überhaupt keine Parteiarbeit mehr zu machen. Wenn alles egal ist, warum machen wir dann eigentlich Politik?"
„Ihr müsst ja nicht gleich das Kind mit dem Bade ausschütten, Jungs."
„Was meinst du damit?", wollte Schlegel wissen.
„Mir persönlich wäre schon sehr geholfen, wenn wir verhindern könnten, dass Arschlöcher wie dieser Adelmann zum Kreisvorsitzenden gewählt werden und womöglich über Jahre hinaus die Richtung in der Reinickendorfer SPD bestimmen. Das ist mein Ziel."
„Angelika hat Recht. Los, hoch mit euch, wir gehen jetzt da rein! Das Mindeste, was wir tun können, ist, Adelmann ein paar Gegenstimmen mehr zu verpassen", forderte Schlegel.

Für Manteuffel begannen sich die Motive potenzieller Täter heraus zu schälen. Die Motive mochten unterschiedlich sein. Das Ziel war immer das gleiche: Horst Adelmann ...

Am Tag nach der Wahl nahm Adelmann die Glückwünsche seiner Getreuen entgegen. Er war jetzt einer der zwölf Berliner „Kreisfürsten", zählte somit zu den mächtigsten SPD-Funktionären der Stadt. Die Versammlung hatte ihn bis zum dritten Wahlgang schmoren lassen und ihn dann mit äußerst knapper einfacher Mehrheit gewählt. Schnee von gestern. Jetzt klingelte pausenlos das Telefon. Alle Welt wollte mit ihm sprechen, ihm gratulieren. Nur seine Frau Eva hielt sich merklich zurück. Sie wurde von einem schlechten Gewissen geplagt, denn sie spürte, dass Rellingen durch ihre Schuld nicht gegen ihren Mann angetreten war. Sie konnte sich lebhaft vorstellen, wie Adelmann Rellingen mit seinem frisch erworbenen Wissen fertig gemacht hatte. Adelmann hatte ihn nicht nur fertig gemacht. Er hatte noch eins draufgesetzt und im Anschluss an die eigene Wahl seinen Widersacher für die Position des Stellvertreters vorgeschlagen. Rellingen zierte sich nicht besonders lange. Alles andere als eine Kandidatur hätten seine eigenen Anhänger nicht verstanden. Einzig Adelmann wusste, dass es eine Kandidatur von seinen Gnaden war. Mit fliegenden Fahnen wurde Rellingen gewählt. Er bekam wesentlich mehr Stimmen als Adelmann. Aber er wusste, dass er mit dieser Kandidatur Adelmann ganz tief in den Arsch gekrochen war. Durch den Anus, Mast-, und Dickdarm, bis in den Dünndarm hinein. Tiefer drin konnte man kaum in einem Arsch stecken.
Es war einfach widerlich, dachte Eva. „Übrigens Horst, deine neue Freundin hat während deines Mittagsschlafs angerufen. Diese Dame tat irgendwie sehr privat und geheimnisvoll."
„Meinst du Frau Kurheim-Nöll? Da musst du doch nicht gleich eifersüchtig werden, Schatz. Die macht immer ein bisschen viel Wind um ihre Person", beschwichtigte Adelmann.
In dem Moment klingelte wieder das Telefon.
„Hansjörg hier, ich wollte doch nicht versäumen, dir zu deiner Wahl zu gratulieren."
„Danke", antwortete Adelmann ziemlich kurz angebunden.

„Das hört sich aber nicht nach überschäumender Freude an. Dabei hast du doch jetzt das Ziel erreicht, das du seit Jahren anstrebst."
„Ich freue mich schon, aber ich muss es erst mal realisieren."
„Vielleicht wäre es angebracht, die Schlacht in ihren strategischen Erkenntnissen noch einmal gemeinsam auszuwerten. Hast du heute noch ein halbes Stündchen Zeit?"
„Das ist ganz schlecht. Ich sitze hier am Schreibtisch und habe noch eine Menge zu tun", wiegelte Adelmann ab.
„Es gibt da noch einiges aus dem Vorfeld der KDV, worüber ich mit dir sprechen muss."
„Das glaube ich dir sofort. Auch ich habe einiges auf der Pfanne", erwiderte Adelmann mit ärgerlichem Unterton.
„Das klingt irgendwie ein bisschen vorwurfsvoll, stimmt's?"
„Nun, ich habe vor wenigen Tagen, mehr durch Zufall, einiges über deine Arbeitsweise erfahren. Das sind Methoden, an die ich nicht im Traum gedacht hätte. So etwas geht gar nicht. Und dass du mich richtig verstehst. Bei solchen Sachen mache ich nicht mit, Hansjörg."
„Wer wird denn gleich so böse sein? Meine Methoden, wie du es nennst, haben dir doch den entscheidenden Vorsprung verschafft. Und jetzt, da du am Ziel bist, willst du davon nichts mehr wissen? So einfach geht das nicht."
„Ich hatte von diesen Methoden keinen Schimmer. Was du gemacht hast, ist geradezu verbrecherisch."
„Der Herr Kreisvorsitzende wäscht seine Hände in Unschuld? Aber das klappt nicht. Wir haben alles gemeinsam gemacht."
„Ich habe nicht gewusst ..."
„Du hast nie nachgefragt. Was glaubst du wohl, wie man sich Informationen direkt aus Schiederkorns Schlafzimmer beschaffen kann ...?"
„Ich werde jetzt nicht darüber diskutieren. Aber die Krönung ist doch, dass Parteimitglieder bereits den Verdacht äußern, du hättest etwas mit dem Osten zu schaffen." Einen Moment herrschte Stille.
Dann fragte Hansjörg: „Glaubst du das? Ich kann dir alles erklären."
„Aber nicht jetzt", erwiderte Adelmann und legte auf. Das Telefon klingelte erneut. Diesmal war Schiederkorn dran.

„Ich muss schon sagen, deine Rede gegen Gessler gestern war psychologisch brillant. Sich verbal auf Gesslers Seite zu stellen. Ich erinnere mich noch genau an die Passage, in der du dich gegen Vorverurteilungen ausgesprochen und angeboten hast, die Partei werde Gessler nicht nur moralisch, sondern auch juristisch zur Seite stehen."

„Das war ehrlich gemeint."

„Willst du mich genauso verhöhnen? In Wahrheit war deine Gessler-Verteidigungsrede doch eine Rede, um dem letzten Delegierten klar zu machen, warum Gessler eben nicht gewählt werden durfte. Das war eine taktische Meisterleistung. Alle Genossen, die dieses Spiel durchschaut haben, wissen jetzt, dass du ein Schwein bist."

„Aber zum Glück sind die Wenigsten so schlau wie du, Ralf", erwiderte Adelmann gut gelaunt. „Politik ist nun mal eine erbarmungslose Auslese. Friss oder stirb. Ich selbst lag doch bei einigen Genossen schon auf dem Seziertisch. Aber diesen Triumph habe ich meinen Gegnern nicht gegönnt. Und du solltest dir dein Mitleid für gescheiterte Genossen auch ganz schnell abschminken. Den Gessler werden wir schon wieder aufrichten."

„Wie, willst du den jetzt zu den Rechten herüber ziehen?"

„Du weißt doch, dass ich nicht nachtragend bin. Gessler ist jetzt gezähmt. Der wird uns nur noch aus der Hand fressen."

Adelmann nahm sich vor, mit Heinrich Schluss zu machen. Welch eine merkwürdige Redewendung, dachte er. Die hat man doch eigentlich nur im Zusammenhang mit Mädels gebraucht. Aber hier ging es nicht um Liebe. Heinrich und er waren eine Zweckgemeinschaft. Eine Zweckgemeinschaft, die jetzt schleunigst beendet werden musste. Schließlich wollte Adelmann nicht in Verbindung mit den Kommunisten von drüben gebracht werden. So etwas konnte eine Politkarriere in der SPD ganz schnell beenden. Und seine hatte ja gerade erst so hoffnungsvoll begonnen. Dies war nur der Anfang, da war sich Adelmann sicher. Mit Mitte fünfzig befand man sich im besten Politiker-Alter. Nach dem Kreisvorsitz winkte bald noch mehr. Aber dazu brauchte er eine blütenweiße Weste. Wenn irgend jemand erfuhr, dass Heinrich Wanzen in Schiederkorns Wohnung angebracht hatte, wäre das sein Ende. Schiederkorn wusste es ja bereits, aber der würde nicht plaudern. Auf keinen Fall durfte eine Verbindungen zwischen Heinrich und ihm gezogen werden können. Es mochten Gerüchte aufkommen. Aber es gab nichts Schriftliches. Niemals hatte Adelmann Heinrich einen Auftrag erteilt, Parteimitglieder auszuspionieren. Mochten sie sich doch die Mäuler zerreißen. Vielleicht, dachte Adelmann, war die Flucht nach vorn jetzt die beste Strategie.

Linda Kurheim-Nöll hatte ihm ihre Unterstützung zugesagt. Immer vorausgesetzt, dass er sich für ihr Bauprojekt stark machte. Sie hatte ihn gefragt, ob er nicht Bezirksbürgermeister werden wolle.
„Das ist eine ganz neue Perspektive", hatte er geantwortet. „Man hat fachlich mit dem Frohnauer-Wald-Projekt nichts zu tun, aber als Chef des Bezirksamtes dennoch immer ein Auge darauf. Es gibt aber ein Problem, nämlich den Amtsinhaber Michael Krüger, der natürlich seinen Posten auch behalten will. Und hinter Krüger steht dein Spezi Joachim Zuchtmeister."
„Vielleicht sollte ich mal mit ihm reden."
„Ich kann es jedenfalls nicht. Wir beide mögen uns nicht besonders, aber das weißt du ja."
„Aber wie kann ich Joachim überzeugen?"
„Der Genosse Zuchtmeister mischt sich in letzter Zeit auffällig oft in die Belange der Reinickendorfer SPD ein. Man möchte glauben, er zöge demnächst selbst in den Norden."
„Das halte ich nicht einmal für ausgeschlossen", antwortete Kurheim-Nöll vielsagend.
„Vielleicht sogar nach Frohnau?"
„Möglich."
„Zuchtmeister hat einen großen Fehler gemacht. Er hat seine Familie institutionell an das Frohnau-Projekt gekoppelt."
„Du hast Recht. Ich durfte es dir nicht sagen, aber jetzt bin ich froh, dass du es weißt. Ich hoffe nur, dass du dein Wissen in unserem Sinne einsetzt."
„Und ich hoffe, dass du dich an meine Offenheit erinnern wirst. Dann kann ich dir versprechen, dass ich von meinem

Wissen keinen Gebrauch machen werden. Natürlich nur unter der Voraussetzung, dass Zuchtmeister spurt. Ich habe auch nichts gegen die Beteiligung seiner Familie an dem Bauprojekt. Aber er soll sich hier oben nicht mehr einmischen."
„Ich werde es ihm so schonend wie möglich beibringen, und am Ende werden wir alle unseren ganz persönlichen Nutzen haben, mein Bezirksbürgermeister in spe."
„Du bist süß, liebe Linda. Und sehr schlau."

Wochen waren seit Adelmanns Tod vergangen, und noch immer gab es keinen Abschlussbericht der Polizei. Es gab ja auch keinen Täter, nur Vermutungen. Das war das Hauptproblem – auch für Manteuffel. Sie hatte, so schien es ihr, mit jedem einzelnen Partei-Mitglied gesprochen und dabei viel über den Aufstieg des Horst Adelmann erfahren, wenig dagegen über den Mordfall und dessen Umstände. Die waren offenbar auch der Polizei noch nicht in allen Einzelheiten klar. Es gab keine Tatwaffe, und der Regen in der Tatnacht hatte alle Spuren rund um den Tatort vernichtet. Von der technischen Seite her traten die Ermittlungen auf der Stelle. Aufzuklären war der Fall wohl nur noch durch glückliche Umstände – vielleicht das Auftauchen der Tatwaffe, eine unerwartete Zeugenaussage oder gar ein Geständnis. Doch die Chancen verringerten sich von Tag zu Tag.
Inzwischen waren die Stationen von Adelmanns schneller wie kurzer politischer Karriere in einem Nachruf der Reinickendorfer SPD noch einmal aufgezählt worden: stellvertretender Abteilungsvorsitzender Frohnau, Abteilungsvorsitzender, stellvertretender Vorsitzender des SPD-Kreises Reinickendorf und zuletzt – für wenige Tage – Kreisvorsitzender mit blendenden Aussichten. Dazu diverse Aktivitäten auf Landesebene sowie zahlreiche Ehrenämter. Das war nun von einem Leben übrig geblieben. Huldigungen und Lobhudeleien, die genauso ehrlich klangen wie zu seinen Lebzeiten, dachte Manteuffel.
Adelmann war alles andere als beliebt gewesen bei den Mitgliedern. Einige hatten ihn sogar gehasst. Aber niemand hatte

es zugeben wollen. Motive für einen Mord hatte das Opfer während seiner wenigen Karrierejahre massenhaft geliefert. Und mindestens ein halbes Dutzend potenzieller Täter zurückgelassen. Da war dieser Überfall auf Adelmann, doch den hatte er überlebt. Das Alibi der Gruppe, die sich Adelmann vorgenommen hatte, war stichhaltig. Die Untersuchung der Leiche hatte diese Aussagen bestätigt. Die Polizei hatte nach Uta Schulze erst Schiederkorn im Visier der Ermittlungen und dann Gessler. Beide aber konnten glaubhaft versichern, zur Tatzeit weit weg gewesen zu sein. Das Gleiche galt übrigens für Adelmanns Ehefrau, die pro forma ebenfalls von der Polizei zu ihrem Aufenthaltsort zur Tatzeit befragt worden war. Doch sie hatte am Tatabend gemeinsam mit den Genossen Chemnitz, Rösler, Karthaus und Liebrecht an einer außerordentlichen Sitzung des erweiterten Abteilungsvorstandes im Kasino Frohnau teilgenommen, die erst nach 22 Uhr zu Ende war. Blieb zuletzt nur noch Heinrich. Ein dubioser Mensch mit mysteriöser Vergangenheit und zweifelhaftem Ruf. Heinrich soll DDR-Spion gewesen sein. Die einzigen öffentlich bekannten Indizien dafür waren, dass Heinrich einst aus DDR-Haft frei gekauft worden war, und dass ihn ein paar Jusos im Labyrinth des Bahnhofs Friedrichsstraße aus den Augen verloren hatten. Was Heinrich am stärksten verdächtig machte, war die Tatsache, dass er seit der Tatnacht verschwunden blieb.

Der Mann war also höchst verdächtig. Aber vielleicht würde er auch eines Tages wieder auftauchen – zum Beispiel als Leiche. Manteuffel jedenfalls war noch nicht völlig von der Täterschaft Heinrichs überzeugt. Da gab es noch diesen Brief. Wieder mal ein anonymer Brief. Ganz bestimmt vom gleichen Verfasser, der ihr schon einmal geschrieben hatte. Diesmal schrieb ein Thomas Schmidt aus der Wahnfriedstraße 265. Auch dieses Haus gab es nicht. Und wieder ging es um Wanzen. Schmidt behauptete, auch die Telefone im Hause Adelmann seien angezapft gewesen. Wer konnte der anonyme Briefschreiber sein? Wer konnte diese Fakten kennen? Nur vier Personen kamen in Frage: Heinrich, Schiederkorn, Rumrich und Eva Adelmann. Manteuffel spielte die Möglichkeiten durch. Heinrich würde sich wohl kaum selbst anonym

bezichtigen. Der musste zusehen, glimpflich davon zu kommen. Mit Schiederkorn hatte sie noch ein Hühnchen zu rupfen, denn der hatte sie, nach dem ersten anonymen Schreiben auf die Wanzen angesprochen, offensichtlich dreist belogen. Dennoch war es wenig logisch, Schiederkorn als den Verfasser dieser Briefe anzusehen. Für ihn galt in diesem Falle ähnliches wie für Heinrich. Blieben also noch Angelika Rumrich und die Adelmann. Um Rumrich würde sie sich später kümmern. Zunächst versuchen wir es noch einmal am Edelhofdamm. Da gab es noch mehr Dinge zu klären ...
Sie verabredete sich ein letztes Mal mit Eva Adelmann und startete mit ein paar belanglosen Fragen. Eva Adelmann hatte sich, so schien es, von ihrem Schicksalsschlag gut erholt und eine Art Routine in dem Thema entwickelt, das immer wieder zur Sprache kam. War es Abgestumpftheit oder Kälte, die sie scheinbar emotionslos auf die Fragen zum Tod ihres Mannes antworten ließ? Manteuffel wusste, dass sie jetzt aufs Ganze gehen musste, wollte sie noch irgend etwas Substanzielles in dem Fall reißen. Sie nahm ihren ganzen Mut zusammen und platzte mit der Frage heraus: „Wussten Sie, dass Ihr Mann über längere Zeit ein Verhältnis hatte – erst mit Angelika Rumrich und zuletzt mit Linda Kurheim–Nöll?"
Noch einen Moment zuvor hatte Eva Adelmann mit abwesendem Blick durch das Panoramafenster in Richtung Garten geschaut. Jetzt fixierte sie Manteuffel, lief rot an und durchbohrte sie förmlich mit den Augen. Manteuffel rechnete mit einer Explosion. Doch dann hatte sie sich wieder in der Gewalt und antwortete flüsternd: „Frau Manteuffel, ich muss Sie jetzt bitten zu gehen".

Das Gespräch mit Eva Adelmann war Manteuffels letzte Trumpfkarte gewesen. Sie hatte alles auf diese Karte gesetzt, die einzige, über die sie noch verfügte. Pech nur, dass sie nicht bis zu den Wanzen gekommen war, sondern schon beim delikaten Thema Liebesleben vor die Tür gesetzt wurde. Den entscheidenden Hinweis dazu hatte ihr Angelika Rumrich gegeben. Manteuffel hatte mit ihr über ihr Verhältnis zu Schiederkorn gesprochen und über ihre Gefühle, nachdem sie von der Abhöraktion in seinem Hause erfahren hatte. Der

Studentin schien das Ganze nicht viel auszumachen. Sie sprach scheinbar offen über ihr Verhältnis zu Schiederkorn. Natürlich sei sie verdammt wütend gewesen, als sie von der Abhöraktion erfahren hätte. Deshalb hätte sie auch mitgemacht, als Schlegel während einer Arbeitsgruppensitzung spontan auf die Idee gekommen sei, Adelmann einen Denkzettel zu verpassen. Aber schon am Hubertussee hätte sie nur noch aus Gruppenzwang mitgemacht. Eigentlich tue Adelmann ihr Leid. „Klar, das sagt man so, wenn man weiß, dass der Typ tot ist." Aber wenn sie recht bedenke, habe sie Adelmann schließlich die Bekanntschaft mit Schiederkorn, ihrem Mann fürs Leben, zu verdanken. Manteuffel hakte nach, und Rumrich erklärte, Adelmann hätte sie quasi auf Schiederkorn angesetzt. Nur dezent ließ sie dabei durchblicken, auf welche Weise das geschehen war. Manteuffel machte sich ihren Reim darauf, genau so wie bei Adelmanns Verhältnis zu Linda Kurheim–Nöll.

Nach dem letzten Gespräch mit Eva Adelmann, wusste die Chefredakteurin nun, dass sie mit dem Fall Adelmann am Prellbock angelangt war. Noch einen Moment lang stand sie unschlüssig vor der Villa Adelmann und ließ alles Revue passieren. Als Nächstes würde sie in die Redaktion fahren, den über Monate angefallenen Adelmann–Müll zusammenraffen und in den Archivkeller verfrachten – oder besser gleich in die große „Ablage P", wie der Papierkorb unter Journalisten gern genannt wurde. Eben hatte sie sich dazu durchgerungen, als ihr eine vielleicht 75 Jahre alte grauhaarige Frau mit Dutt in einem geblümten Nylonkleid am Ärmel zupfte.

„Hallo, sind Sie nicht die Reporterin vom Nord–Berliner?"
„Ja, Frau ääh. Was kann ich für Sie tun?"
„Ich bin Elfriede Höfner, die Nachbarin der Adelmanns. Haben Sie gerade mit Frau Adelmann gesprochen? Weiß man denn jetzt, wer der Mörder war?"
„Nein, und ich vermute stark, dass der Fall nie aufgeklärt wird", antwortete Ulrike Manteuffel.
„Mich hat ja die Polizei damals auch vernommen."
„Ach!"
„Ja, aber ich hatte nicht den Eindruck, dass der Beamte mir richtig zuhörte."

„War es denn etwas Wichtiges, Frau Höfner?", fragte Manteuffel mehr aus Höflichkeit denn aus Interesse.
„Wie soll ich das beurteilen? Immerhin habe ich Frau Adelmann in der Tatnacht gesehen."
„Wahrscheinlich am späten Abend. Sie war bei einer Parteiversammlung im Kasino Frohnau. Das ist alles bekannt, Frau, äh, Höfner."
„Na, wenn das so ist ..."
Manteuffel wandte sich zum Gehen.
„Trotzdem war es merkwürdig."
„Was war merkwürdig?"
„Na, dass Frau Adelmann den Wagen benutzte. Wo doch das Kasino kaum mehr als fünf Minuten zu Fuß entfernt ist."
„Vielleicht wegen der Sicherheit. Es war doch schon spät."
„Ne, ne. Die Adelmann hat keine Angst. Die is immer zu Fuß gegangen, wenn sie zur Partei musste. Schon, weil man vorne am Platz kaum einen Parkplatz kriegt. Und außerdem passiert bei uns in Frohnau doch nischt."
„Da haben Sie wohl Recht", murmelte Manteuffel. „Was für einen Wagen fährt Frau Adelmann eigentlich?"
„So'n ollen VW, dunkelblau."
„Danke, Frau Höfner. Ich muss jetzt gehen. Hat mich gefreut."
Im Nu war Manteuffel bei ihrem Wagen und startete in Richtung Redaktion. Ein dunkelblauer VW Käfer war ihr im Zuge der Ermittlungen schon mal untergekommen, glaubte sie sich zu erinnern. In der Redaktion angekommen, wühlte sie sich sofort durch einen riesigen Stapel von Papieren, fand aber nichts. Die Polizeiprotokolle! Da muss es drin stehen. Jetzt schaute sie sich einen ziemlich kleinen Stapel Papiere genauer an. Da! Das ist es. Eine polizeiliche Mitteilung, zehn Tage nach dem Mord herausgegeben: „ ...wurden mögliche Zeugen aus der Umgebung des Tatortes befragt ...Frau Liesbeth Burchard, 42, Hausfrau, wohnhaft Bergfelder Weg 6 ... hat sich nach einem Aufruf der Polizei selbst gemeldet ... war mit ihrem Hund, einem Dobermann-Rüden, in der Tatnacht ab 21 Uhr unterwegs. „ ...ist mir gegen 21 Uhr 45 an der Kreuzung Oranienburger Chaussee, Ecke Zeltinger Straße ein dunkelblauer VW älteren Baujahrs entgegengekommen. Das Fahrzeug war aus Richtung Invalidensiedlung gekommen."

„ ...am Steuer eine einzelne männliche Person ... auf das Kennzeichen nicht geachtet ..."
Offensichtlich hatte die Polizei dieser Aussage keinerlei Bedeutung beigemessen und vermutlich nicht einmal gewusst, dass Eva Adelmann einen Wagen fuhr, der genau auf diese Beschreibung passte. Man hätte ja ansonsten den Wagen sicherstellen und untersuchen lassen können. Aber das war nicht geschehen. Manteuffel wunderte sich nicht, denn bis auf die Aussage von Frau Burchard waren in dem Protokoll mehrere Seiten absoluter Nichtigkeiten verzeichnet. So wollte ein anderer Hundebesitzer aus dem Schwarzkittelweg in der Mordnacht einen blutverschmierten Mann am Pilz herum turnen gesehen haben. Eine Rentnerin gab an, ein Jugendlicher mit schulterlangen Haaren hätte auf verdächtige Weise gegen Mitternacht einen Gegenstand, der durchaus ein Messer sein konnte, in den Regenteich an der Schönfließer Straße geworfen, und so weiter.

Manchmal muss man einfach auf das Unerwartete warten. Linda Kurheim-Nöll zeigte sich schließlich doch noch versöhnlich. Wochenlang hatte sie sich geweigert, mit Ulrike Manteuffel zu sprechen. Und jetzt suchte sie plötzlich den Kontakt zu der Journalistin. Sie wolle sich entschuldigen für ihr schlechtes Benehmen, als sie damals einfach den Hörer aufgelegt hatte, erklärte sie am Telefon. Nun müsse sie aber ihr Gewissen erleichtern. So erzählte sie Manteuffel die Geschichte des Fotos von ihr und Adelmann, das seiner Frau zugespielt worden war. „Das Foto kam von Gessler, war sozusagen sein Versuch einer Rache für die absehbare Schmach. Und Gessler hatte das Foto von Zuchtmeister. Joachim hat es mir schließlich gebeichtet ... "

Wochenlang hatte Ulrike Manteuffel zuvor mit neuen Geschichten und Spekulationen den „Mordfall Adelmann" in ihrem Blatt am Kochen gehalten, immer wieder über den aktuellen Stand der Ermittlungen, aber auch über eigene Recherchen berichtet. Dabei hatte sie vor allem versucht, Druck auf die Polizei in Sachen Tonkassetten auszuüben. Sie hatte über den Inhalt von Adelmanns Mitschnitten wichtiger Telefongespräche spekuliert und indirekt die Herausgabe der Kassetten gefordert. Doch die Polizei war stur geblieben. Schließlich beschwerte sich sogar der Polizeipressesprecher bei Manteuffels Verleger über ihre Kommentare, die – so wörtlich – „der Aufklärung des Mordfalles Adelmann alles andere als dienlich" wären. Daraufhin kam es zu einem peinlichen Gespräch zwischen Verleger und Chefredakteurin, das mit der Anweisung endete, Manteuffel sollte sich bei der Berichterstattung im Falle Adelmann zurückhalten und Kommentierungen in dieser Sache künftig unterlassen. Zähneknirschend hatte sich Manteuffel gefügt. Aber jetzt sann sie auf perfide Rache: Ich werde den Teufel tun und die jüngste Entwicklung des Mordfalles Adelmann über den NB verbreiten. Da kann ich mir ja nur die Finger verbrennen, dachte die Chefredakteurin. Diesen Fall werde ich abschließen, nicht die Polizei. In einem Buch, einem Roman. Ein Roman, der sich an dem realen Fall Adelmann orientieren sollte. Das Buch wird mir den Weg zu einer Anstellung bei einem großen Blatt ebnen. Genügend Informationen und Phantasie für das Schlusskapitel hatte sie ja nun ...

Adelmann trat von einem Bein auf das andere. Der windige Herbstabend war kalt. Und so fühlten sich auch seine Füße an. Er hatte sich nicht warm genug angezogen. Slipper mit Ledersohlen waren wohl nicht mehr das richtige Schuhwerk für diese Jahreszeit, dachte er in diesem Moment. Aber er hatte auch nicht vor, lange zu bleiben. Er würde Heinrich kurz und schmerzlos erklären, dass Schluss sei. Dann würde er noch zur Tagesschau wieder zu Hause sein. Immer wieder zerrte der Wind an den Blättern der hohen Bäume. Von weitem rief ein Käuzchen. Ansonsten herrschte Stille. Niemand befand sich zu dieser Zeit im Frohnauer Wald. Wer weiß, dachte Adelmann, wie lange es diesen Wald noch geben wird. Heinrich hatte sich offensichtlich verspätet. Oder würde er gar nicht kommen? Der Mann war einfach zu zwielichtig, seine Beziehungen, seine Methoden dubios. Hinter ihm knackte ein Ast. Adelmann drehte sich um und staunte nicht schlecht. Vor ihm stand eine Gruppe Jusos, die er kannte. Es waren Stefan Gleichen, Jürgen Schlegel, Angelika Rumrich, Detlef Lesczak, Uta Schulze und noch ein kräftiger junger Mann, den Adelmann nicht kannte.

„Falls du auf den Genossen Heinrich wartest", rief Schlegel zu ihm herüber, „der lässt dir ausrichten, dass er sich um einige Minuten verspätet."

„Oh, eine ganze Delegation. Was verschafft mir das Vergnügen?", fragte Adelmann.

„Wir wollten uns mal über einige Dinge, die in jüngster Zeit vorgefallen sind, mit dir unterhalten", antwortete Schlegel.

„Was denn für Dinge?", tat Adelmann neugierig.

„Zum Beispiel dieser nächtliche Überfall auf Uta", antwortete Lesczak.

„Ich habe davon gehört", sagte Adelmann.

„Die ganze Partei hat davon gehört. Aber die Details sind nur wenigen bekannt", rief Lesczak. Adelmann blieb stumm.

„Nicht neugierig, Genosse Adelmann?"

„Ich kann nur immer wieder sagen, ich bedaure diesen Vorfall außerordentlich."

„Das macht uns alle sehr froh. Ich kann auch verstehen, dass du an Details dieses Vorfalls nicht interessiert bist. Als Auftraggeber kennst du sie ja sowieso."

„Wer behauptet das?"

„Nun, wir haben mit dem Genossen Heinrich gesprochen. Und er hat uns erklärt, er habe in deinem Auftrag gehandelt."

„Das ist dreist gelogen. Ich habe ihm niemals den Auftrag erteilt, Uta anzugreifen. Da ist er wieder mal über das Ziel hinausgeschossen."

„Du meinst, Genosse Heinrich ist aktiver gewesen als nötig."

„Er hatte keinen Auftrag, Uta etwas zuleide zu tun."

„Wenn er keinen Auftrag hatte, dann kennst du womöglich die Details nicht. Dann sollten wir dich vielleicht doch noch mal ganz genau darüber informieren, was passiert ist", sagte Lesczak und gab dem neben ihm stehenden Harald Kitschke ein Zeichen. Der lief langsam auf Adelmann zu, Lesczak und die anderen hielten sich einen Schritt hinter ihm. Jetzt wurde Adelmann doch mulmig zumute. Er drehte sich um und versuchte zu flüchten. Aber Kitschke war mit zwei schnellen Schritten an ihm dran und packte Adelmann am Kragen.

„Ich dachte, du wolltest informiert werden", meinte Kitschke grinsend und hob Adelmann an seinem Revers einige Zentimeter hoch.

„Los Harald, erzähl ihm, was passiert ist. Und auch das, was hätte passieren können."

„Das Schwein hat Uta gepackt und sie im dunklen Hausflur gegen eine Wand gedrückt", berichtete Kitschke. Bei diesen Worten packte er Adelmanns linken Arm, drehte ihn mit schmerzhaftem Schwung auf den Rücken, so dass Adelmann aufschrie. Dann legte er ihm die Rechte um die Gurgel und schob ihn mit dem Gesicht gegen einen Kiefernstamm. Adelmann war wie betäubt von der plötzlichen Gewalt. Er flehte mit erstickter Stimme, endlich aufzuhören.

„So schnell nicht. Erst hörst du dir meinen vollständigen Bericht an", antwortete Kitschke. Er drückte ihm sein rechtes Knie in den Rücken und erklärte, dass in dieser Stellung Uta damit rechnen musste, vergewaltigt zu werden. In dem Moment merkte Adelmann, wie der Gürtel seiner Hose gelöst und ihm die Hose von hinten heruntergezogen wurde. Kitschke drückte ihm seine rechte Schulter in den Nacken, so dass Adelmann nicht sehen konnte, wer sich an seiner Hose zu schaffen gemacht hatte. Im gleichen Moment wurde ihm auch die Unterhose herunter gezogen.

„Bist du bereit für einen kleinen Arschfick?", flüsterte ihm Kitschke ins Ohr.

„Lass mal Harald, wir werden uns doch nicht die Finger oder sonst was an so einem ekelhaften alten Sack schmutzig machen", hörte Adelmann die Stimme von Uta Schulze und fühlte in diesem Moment einigermaßen erleichtert.

Kitschke knurrte irgend etwas. Dann schlug er Adelmann mit der linken Faust in den Nierenbereich und ließ ihn los, so dass Adelmann mit einem Stöhnen zu Boden sackte und zusammengekrümmt an dem Baum liegen blieb. Kitschke packte ihn erneut am Kragen und drehte ihn um, holte mit dem rechten Bein weit aus und trat Adelmann mit voller Wucht in den Magen. Der gab nur einen dumpfen Laut von sich und erbrach sich auf Kitschkes Hosenbein.

Als Antwort bekam Adelmann sofort einen zweiten Tritt in

den Magen, was nur noch ein gurgelndes Geräusch hervorrief.
„Meinen Dank für deine langjährige Parteiarbeit und dein falsches Spiel in der Wald-Affäre", rief Schlegel und trat als Nächster zu.
„Schöne Jrüße ooch von de Jusos", sagte Gleichen mit einem weiteren kräftigen Tritt.
„Jetzt bin ich mal dran", hörte er von hinten Angelika Rumrich. Sie trat vor und schob Gleichen zur Seite: „Ich wollte mich noch für die kleinen Tierchen bedanken." Auch Angelika holte mit dem rechten Bein aus und trat ihm mit voller Wucht in die Magengrube. „Ich hoffe, das Lauschen hat dir Spaß gemacht. Hast du dir dabei einen runtergeholt?" Den zweiten Tritt von Angelika bekam Adelmann in die Hoden.
„Leute, ich glaube, es reicht. Der Genosse Adelmann wird uns sicherlich in mahnender Erinnerung behalten", forderte Lesczak zum Aufbruch.
Als Adelmann blinzelte, war die Gruppe verschwunden. Dennoch wagte er zunächst nicht, sich zu bewegen. Er lauschte angestrengt, konnte aber kein verdächtiges Geräusch hören. Inzwischen hatte die Dämmerung eingesetzt. Adelmann zog sich mühsam Unterhose und Hose hoch und versuchte aufzustehen. Doch ein stechender Schmerz im Brustkorb ließ ihn wieder zusammensacken. Plötzlich war ein Gesicht über ihm. Es war Heinrich, der ihn neugierig zu betrachten schien. Wortlos schüttelte er mehrmals den Kopf.
„Was haben die mit dir gemacht, Horst?" Adelmann streckte ihm den rechten Arm entgegen. Heinrich ergriff ihn und zog vorsichtig. Erneut setzte der stechende Schmerz ein. Adelmann wollte loslassen, aber Heinrich fasste nach. Es gelang ihm, Adelmann wenige Zentimeter anzuheben. Heinrich fasste mit dem linken Arm unter und zog Adelmann vorsichtig hoch. Adelmann war noch immer nicht in der Lage zu sprechen. Seine linke Gesichtshälfte war verschmutzt. An den Wangen klebten Blätter und Kiefernnadeln. In dem normalerweise akkurat gescheitelten Haar hingen Blätter und Reste von Waldboden. Adelmann versuchte tief durchzuatmen, und sofort kam der Schmerz in seiner Brust zurück.
„Da hinten ist eine Bank. Lass uns dort hinsetzen", meinte Heinrich und stützte Adelmann, dessen Schmerzen beim Ge-

hen noch zunahmen. Vor der aus groben Brettern gezimmerten Parkbank angekommen, ließ Heinrich Adelmann vorsichtig auf die Sitzfläche herunter.

„Ich glaube, die haben mir die Rippen gebrochen", presste Adelmann hervor.

„So was", rief Heinrich empört.

„Du hast sie doch hergeschickt", antwortete Adelmann und gab ein grimmiges Lachen von sich, das in einem Hustenanfall endete.

„Aber doch nicht, damit sie dich zusammenschlagen. Wer konnte ahnen, dass diese Typen so skrupellos sein würden."

„Du hast also zugeschaut, wie sie mich fertig gemacht haben. Hat es dir Spaß gemacht?"

„Nein, nein, Horst. Ich bin leider zu spät gekommen. Aber ich habe sie noch auf dem Rückzug gesehen. Sie hatten da vorn auf dem Hubertusweg geparkt", gab sich Heinrich kleinlaut

„Da hätte ich dir ja fast Unrecht getan." Adelmann hatte sich ein wenig erholt und schenkte Heinrich ein dünnes Lächeln.

„Sollen wir nicht einen Krankenwagen alarmieren. Oder die Polizei?", fragte Heinrich.

„Und was sage ich der Polizei? Dass du die Schläger geschickt hast? Dass du dubiose Verbindungen zum Osten unterhältst?"

„Ich finde das ziemlich ungerecht. Ich komme hierher, finde dich am Boden liegend, helfe dir, und zum Dank willst du mich in die Pfanne hauen."

„Aber du hast diesen Schlägern unser Treffen verraten. Was hast du dir dabei gedacht?"

„Uta Schulze und Detlef Lesczak standen bei mir vor der Wohnungstür und haben mich zu einem klärenden Gespräch zwischen dir, mir und ihnen aufgefordert. Sie würden sich sonst an die Parteikommission wenden. Und dann könnte es passieren, dass dir die Position des Kreisvorsitzenden wieder aberkannt wird, haben sie gesagt. Da habe ich ihnen von unserem geplanten Treffen erzählt. Ich weiß, es war naiv."

„Und statt der beiden kam die ganze Meute in den Wald?"

„Ja, genau so war es. Sie sind wohl extra ein paar Minuten früher gekommen, um dich allein zu treffen. Wenn ich gewusst hätte ..."

„Dann können wir das ja der Polizei erklären."

„Ich weiß nicht, ob das mit der Polizei so eine gute Idee ist, Horst. Da käme womöglich auch die Geschichte mit den Wanzen heraus."

„Das kann natürlich sein. Aber das ist deine Sache. Ich kann dazu nichts beitragen."

„Ich habe das doch nicht für mich getan. Du hast doch immer Überwachung gefordert."

„Um es ein für allemal klar zu stellen. Ich habe dir nie einen Auftrag gegeben, Wanzen bei Schiederkorn und anderen anzubringen. Ich habe davon auch nichts gewusst. Damit musst du allein fertig werden. Wessen Wohnungen hast du eigentlich sonst noch verwanzt?"

„Wozu willst du das jetzt noch wissen? Die Wanzen sind längst entfernt."

„Ja, weil die Belauschten dahinter gekommen sind, nicht wahr? Deine Aktionen waren wohl doch nicht so professionell, wie du mir immer weismachen wolltest."

„Die Genossen Rumrich und Rellingen habe ich angezapft."

„Den Rellingen auch? Bist du wahnsinnig?"

„Rellingen war überaus ergiebig. Du hast mich doch geradezu aufgefordert, mich besonders um ihn zu kümmern."

„Und was war mit Angelika?", wollte Adelmann wissen.

„Sie hat die Wanzen in ihrer Wohnung gefunden. Bei Rellingen dagegen konnte ich sie noch rechtzeitig entfernen."

„Wenn Angelika Wanzen in ihrer Wohnung gefunden hat, warum hat mir Schiederkorn nichts davon gesagt?"

„Sie wird es ihm womöglich nicht erzählt haben. Sonst hätte sie ihm ja beichten müssen, dass du sie sozusagen als U-Boot auf ihn angesetzt und es auch schon mit ihr getrieben hast. Aber die Frau ist ja nicht blöd. Ich glaube, sie hat sich für Schiederkorn entschieden, denn sie sucht nichts mehr als bürgerliche Sicherheit für sich und ihr Kind. Und für Schiederkorn ist Angelika geradezu ein Glücksfall. Was Besseres wird er in seinem Leben nicht mehr ins Bett kriegen."

„Siehst du, da waren meine Aktivitäten womöglich sogar beziehungsstiftend."

„Und ich musste es ausbaden. Eines Tages kam nämlich Schiederkorn mit seiner Vermutung, die Wanzen in seinem Haus könnten von dir gelegt worden sein, zu mir und ver-

suchte mich zu erpressen. Er gab mir eins der Geräte und erklärte mir, er wolle nun auch gern mal zuhören, was bei den Adelmanns so vorginge. Das sei ja nur fair. Er hat mich gezwungen, bei dir eine Telefonwanze einzusetzen.
„Dieses Schwein. Und das hast du die ganze Zeit gewusst?" Adelmann krümmte sich erneut vor Schmerzen. „Wo wir schon beim Beichten sind, Hansjörg. Ich will alles wissen."
„Aber versprich mir, die Polizei außen vor zu lassen, Horst."
„Ich verspreche dir gar nichts. Los, rede. Was ist mit Zuchtmeister und Kurheim-Nöll?"
„Keine Ahnung. Die waren nicht verwanzt."
„Die Nebencharaktere bekommen Wanzen ins Haus, und bei den Hauptakteuren warst du nachlässig?"
„Zu den Privaträumen der beiden hatte ich leider keinen Zugang. Und die Büros zu verwanzen, schien mir zu gefährlich. Aber ich habe dennoch 'ne Menge über sie durch andere Quellen rausgekriegt. Sie haben wahrscheinlich mal was miteinander gehabt. Doch das Verhältnis muss sich in den letzten Monaten stark abgekühlt haben und dürfte jetzt mit geschäftsmäßig richtig umschrieben sein."
„Wieso abgekühlt?"
„Frau Kurheim-Nöll verhält sich in jüngster Zeit recht reserviert gegenüber Zuchtmeister. Dabei soll sie ihn einst aufgerissen haben."
„Um sich Zugang zur SPD zu verschaffen."
„So sehe ich das auch. Inzwischen aber scheint Zuchtmeister nicht mehr ihr einziger Zugang zur Partei zu sein."
„Meinst du?"
„Ich könnte mir durchaus vorstellen, dass die schlaue Linda führende Funktionäre angebaggert hat."
„Mit Gessler ist ja auch schon einer erwischt worden."
„Gessler ist bestimmt nicht ihre Trumpfkarte."
„Warum denn nicht? Wenn der sogar ein Häuschen versprochen bekommen hat?"
„Gessler hat einfach nicht das Format, das weißt du doch. Was die Trumpfkarte angeht, solltest du vielleicht mal in den Spiegel schauen."
„Wie auch immer. Wir müssen erst einmal die Wanzengeschichte lösen, denn es besteht weiterhin die Gefahr, dass die

Sache an die Öffentlichkeit dringt und mir angelastet wird. Im schlimmsten Fall können mich Schiederkorn und seine Gespielin erpressen. Und das geht doch nun wirklich nicht, schließlich bin ich jetzt Kreisvorsitzender."
„Ich glaube immer noch, dass gar nichts passieren kann, wenn du nur den Mund hältst, Horst."

„Du machst es dir zu einfach. Ich werde mich nicht für deine Taten schlachten lassen. Dafür musst du schon selbst gerade stehen. Wenn ich nur an die Geschichte mit Uta Schulze denke, wird mir ganz schlecht. Was hast du dir eigentlich dabei gedacht, dieses arme Mädel fast vergewaltigen zu lassen?"
„Das ist schwer übertrieben. Uta Schulze ist nicht vergewaltigt worden. Und wenn du mich fragst, was ich mir dabei gedacht habe, kann ich nur sagen, dass du mir doch den Auftrag gegeben hast, mich um sie zu kümmern."
„Ich kann mich nicht erinnern, dich beauftragt zu haben, diesem Mädel einen rücksichtslosen Halunken auf den Hals zu hetzen. Es ging lediglich darum herauszufinden, ob die Schulze etwas mit dem Einbruch ins Kreisbüro zu tun hatte."
„Und diesen Auftrag habe ich erfüllt."
„Soll heißen?"
„Ja, Uta Schulze steht mit dem Einbruch in Verbindung. Ein Schlüssel zum Kreisbüro ist bei ihr gefunden worden."
„Du bist ja so oberschlau. Das hätte ich dir auch sagen können. Den Schlüssel hat sie ganz legal von Nadine Volkhardt bekommen. Vielleicht sind ja bei dem Mädel noch andere Sachen gefunden worden, eine Mitgliederliste vielleicht, SPD-Aufkleber oder graubraune Kartons, die man als Wahlurnen verwenden könnte ..."
„Nicht, dass ich wüsste."
„Wie rechtfertigst du das Vorgehen gegenüber Uta Schulze?"
„Ich gebe zu, die Sache ist ein wenig aus dem Ruder gelaufen.
„Aus dem Ruder gelaufen. Ich sage dir mal, wie ich darüber denke. Diese Aktion war nicht nur völlig überzogen, sondern auch noch absolut sinnlos. Jetzt läuft sie in der Partei herum und versucht, mir die Sache in die Schuhe zu schieben", knurrte Adelmann. "Das Mindeste wäre doch wohl gewesen herauszufinden, ob die Schulze und ihre Bande für den Ein-

bruch in das Kreisbüro verantwortlich waren."
„Auch das werde ich noch für dich herausfinden."
„Du wirst überhaupt nichts mehr für mich herausfinden. Du bist einfach zu weit gegangen. Vor allem hast du dich nicht rechtzeitig bei mir rückversichert, wie man es von einem loyalen Genossen erwarten kann. Hättest du mich rechtzeitig über deine speziellen Methoden informiert, dann hätte ich dir vielleicht helfen können. So aber ist es ein nicht wieder gut zu machender Vertrauensbruch, den ich keinesfalls durchgehen lassen kann."
„Was willst du mir damit sagen?"
„Dass wir endgültig geschiedene Leute sind, was sonst?"
„Bitte, Horst, überleg es dir noch mal. Wir gehören doch zusammen. Wir sind doch eine Familie und noch dazu alte Freunde. Du kannst das doch nicht alles für eine schnöde Parteikarriere opfern."
„Hör auf, an alte Freundschaft zu appellieren. Das hättest du dir alles früher überlegen müssen."
„Horst, lass mich nicht hängen. Ich will dir alles gestehen."
„Gestehen? Ich dachte, du hättest mir schon alles gebeichtet. Gibt es etwa noch mehr Dinge, von denen ich nicht weiß?"
„Wenn ich dir jetzt alles sage – lässt du dann die Sache auf sich beruhen, Horst?"
„Hör auf zu winseln. Ich mache keine Versprechungen. Wenn ich jemals wieder Vertrauen zu dir fassen soll, dann muss jetzt alles auf den Tisch, verdammt!"

Während des Gesprächs war eine Wandlung mit den beiden vorgegangen. Der verletzte Adelmann hatte die Zähne vor Schmerzen zusammengebissen und war immer mehr in die Rolle des Inquisitors geschlüpft. Heinrich, der sich zunächst als Retter geriert hatte, kam immer mehr in Bedrängnis. Mit jeder gezielten Frage Adelmanns schienen sich Ängste in Heinrich zu verstärken. Ängste offensichtlich nicht vor Adelmann, sondern vor einer Wahrheit, die sich Heinrich nicht auszusprechen traute. Und dennoch hatte Adelmann sein Opfer jetzt so weit, dass der Adlatus alles zuzugeben bereit war. Adelmann kam aus dem Staunen nicht mehr heraus, als Heinrich ihm erklärte, er sei nur aus der Haft entlassen worden mit der Verpflichtung, für die zuständigen DDR-Behörden im Westen „gelegentlich unterstützend tätig zu werden". Er habe damals alles unterschrieben, nur um endlich raus zu kommen, und habe gehofft, die eingegangene Verpflichtung niemals erfüllen zu müssen. „Kannst du dir vorstellen, was es bedeutet, zwei Jahre in einem DDR-Gefängnis zu sitzen? Nein, das kannst du nicht. Du kannst dir die Verhältnisse in der DDR nicht die Bohne vorstellen. Du sitzt hier in West-Berlin fast genauso warm und trocken wie dieser Bonner Klüngel, wenn er aus der westdeutschen Provinz heraus mal wieder altklug über die DDR schwadroniert. Ihr wart doch alle noch nie im Osten – höchstens mit dem Finger auf der Landkarte. Ein politischer Witz in der falschen Runde, der Ausreiseantrag eines guten Freundes, und schon konntest du dich im Knast wiederfinden. Sie kamen im Morgengrauen, wie damals die Gestapo. Sie hatten zwar keine schwarzen Ledermäntel an, sondern hellgraue Trenchcoats aus DDR-Produktion. Aber die Methoden waren so ziemlich die gleichen. Nein, Horst, ich hätte mit dem Teufel paktiert, um da endlich raus zu kommen."

„Das hast du ja offensichtlich auch."

„Ja, ich war einfach naiv." Kaum sei er in West-Berlin sesshaft geworden, habe Heinrich auch schon Anrufe aus dem Osten sowie mehrfach sogar Besuch von einem „Führungsoffizier" erhalten. Nachdem sich Heinrich zunächst geweigert hatte, als Ost-Spion tätig zu werden, habe ihm sein Vorgesetzter gemeinsam mit zwei weiteren Personen in seiner Wohnung aufgelauert, die Bude auf den Kopf gestellt und ihn zusammengeschlagen. „Da wusste ich, dass Widerstand zwecklos war." Sein Führungsoffizier habe ihm schließlich noch erklärt, er brauche sich nicht einzubilden, die West-Berliner Polizei könnte ihn schützen. Sie hätten schon manch Renitenten wieder zurück geholt oder gleich kalt gemacht.

„Und Horst, ich habe dem Mann jedes Wort geglaubt. Ich wollte nur noch ein einigermaßen friedliches Leben und habe deshalb von Stund an die Anweisungen des Führungsoffiziers

minutiös befolgt." Der habe ihm den Befehl gegeben, sich in Adelmanns parteiliches Umfeld zu begeben und ihn nach Kräften zu unterstützen. „Diese Unterstützung sollte allerdings unauffällig sein. Aber immer dann, wenn du mir den Auftrag gegeben hast, mich mit bestimmten Genossen zu beschäftigen, brauchte ich selbst gar nicht viel zu tun. Das haben alles die Leute meines Führungsoffiziers erledigt. Die haben Material beschafft, Beschattungen organisiert, und so weiter", berichtete Heinrich.
„Dann haben die auch Strickler die Treppe runtergeschubst?"
„Na klar. Die waren ziemlich sauer darüber, dass Strickler plötzlich die Seiten wechseln wollte. Aber das war noch nicht alles. Die haben auch den Einbruch ins Kreisbüro organisiert."
„Das darf doch nicht wahr sein. Und ich hatte die Feuerwehrleute in Verdacht."
„Das war auch die Intention der ganzen Sache. Die waren ziemlich irritiert darüber, dass sich so mir nichts, dir nichts eine neue Gruppe in der Partei bilden konnte. Und sie haben mitbekommen, dass Uta Schulze vorher bereits die Mitgliederkartei kopiert hatte."
„Ha, also doch die Feuerwehrleute. Ich hab's doch gewusst."
„Na ja, das stimmt so halb. Uta Schulze brauchte nicht einzubrechen, um die Mitgliederdatei zu klauen. Das hat sie ganz seelenruhig nach Dienstschluss gemacht. Die Datei wanderte an die Vertrauensleute in allen Abteilungen, in denen sich die Feuerwehrleute Chancen ausrechneten – nach Frohnau, nach Hermsdorf, nach Reinickendorf-Ost natürlich. Rellingen hat sogar dafür gesorgt, dass die Frohnauer Linke die Liste bekommt. Als Gegenleistung musste die dann entsprechende Zugeständnisse bei den Kreisdelegierten machen."
„Und warum dann der Einbruch?"
„Die Ostler waren – wie gesagt – stinksauer auf die Feuerwehrleute. Dass sich eine spontane Gruppe in einer Partei bildet, waren die einfach nicht gewohnt."
„Natürlich nicht. Das widerspricht allen stalinistischen Prinzipien."
„Die Feuerwehrleute sollten büßen. Deshalb wurde das Kreisbüro auch ordentlich durchwühlt, damit auch der Dümmste den Einbruch bemerkt."

„Dann war dieser Einbruch eine reine Schau?"
„Geklaut wurde dabei bis auf die Portokasse gar nichts. Aber die Ostler schätzten die Feuerwehrleute als eine massive Bedrohung deiner Karriere ein."
„Meiner Karriere? Was hab ich denn mit den Kommunisten zu tun, verdammt noch mal?"
„Du warst ihr Mann und bist es noch. Sie hatten sich vorgenommen, jemanden bis in die höchsten Kreise der Berliner SPD zu bringen und ihn dabei unmerklich abzuschöpfen."
„Ich glaub, ich spinne. Die wissen doch ganz genau, dass ich ein Kommunistenfresser bin."
„Genau deshalb sind sie auf dich gekommen, glaube ich. Du bist in dieser Hinsicht absolut authentisch. Dir würde man nie zutrauen, für den Osten zu spionieren. Und außerdem haben die sich natürlich ins Fäustchen gelacht über deine Rolle."
„Da wird den Herren das Lachen aber bald vergehen. Du glaubst doch nicht, Hansjörg, dass ich mich so einfach als Marionette weiter bespielen lasse."
„Marionette, dass ich nicht lache. Für eine Marionette warst du aber ganz schön aktiv, mein Lieber. Allein die Sache mit den Wahlurnen ..."
„Was soll damit gewesen sein? "
„Ach, will der Herr Kreisvorsitzende mal wieder seine Hände in Unschuld waschen? "
„Es gibt ein paar Dutzend Zeugen, die mich zur sogenannten Tatzeit leibhaftig gesehen haben. Ich kann es also gar nicht gewesen sein, Hansjörg. "
„Hat ja auch niemand behauptet. Seine Durchlaucht machen sich ja schließlich nicht die Hände schmutzig. Ich weiß genau, dass dein Spezi Schüntorf die Wahlurnen austauschen wollte. Pech nur für ihn, dass das Licht so schnell wieder anging."
„Es ist ziemlich billig, Hansjörg, alle bösen Taten mir in die Schuhe schieben zu wollen. Aber damit wirst du nicht durchkommen. Ich werde ein Parteiordnungsverfahren gegen dich beantragen, nachdem wir die Polizei über deine Aktivitäten informiert haben."
„Das würde ich mir an deiner Stelle noch mal überlegen, Horst. Die Leute von drüben sind absolut rücksichtslos. Außerdem, fürchte ich, wird das deiner Parteikarriere nicht

gerade förderlich sein."

„Was soll daran nicht förderlich sein, wenn ich diese Intrige aufdecke?"

„Ich fürchte, die haben dich in der Hand. Denk doch mal an die Wanzen."

„Sehr fein gesponnen. Doch für diese Geschichte wird sich bestimmt der Polizeiliche Staatsschutz brennend interessieren. Aber sag mal, Hansjörg. Wie hast du eigentlich immer Verbindung zu deinem Führungsoffizier aufgenommen?"

„Die haben mich regelmäßig angerufen, wenn sie was wollten. Am Telefon sprachen sie aber nicht Klartext sondern taten ganz harmlos. Da waren sie der Onkel oder die Tante aus dem Osten. Häufig musste ich schriftliche Berichte verfassen und in einen toten Briefkasten stecken. Der ist übrigens hier ganz in der Nähe. Und Anweisungen erhielt ich immer in persönlichen Gesprächen. Entweder, es kam einer ihrer Leute selbst bei mir vorbei, oder ich musste nach Ost-Berlin zu wechselnden Treffpunkten fahren."

„Dabei bist du ja dann ja auch beobachtet worden."

„Ich habe denen immer gesagt, es sei zu gefährlich über Friedrichstraße einzureisen. Aber die wollten das so. Keine Ahnung, warum. Deshalb bin ich jetzt aufgeflogen. Es gibt nur einen, der mich retten kann, nämlich du."

„Ich kann dich nicht retten, und ich werde dich auch nicht retten. Du hättest früher kommen müssen. Jetzt bist du ein Spion, der jahrelang für die DDR gearbeitet hat. Ich will aber nicht unmenschlich sein und gebe dir eine letzte Chance. Hau ab, Hansjörg. Du kriegst 24 Stunden Vorsprung." Für Adelmann war das Gespräch beendet. Mühsam und keuchend erhob er sich. Heinrich rappelte sich ebenfalls auf und hakte sich erneut mit der Linken unter. In dem Moment schob er den Mantel mit der Rechten zurück, griff an seinen Gürtel und zog etwas hervor. In seiner Hand schnappte plötzlich eine lange Messerklinge auf.

„Du wirst mich nicht verraten, du mieses Schwein", schrie er wütend und stach zu. Adelmann schaute ihn verdutzt an und stöhnte leise. Heinrich zog die Messerhand zurück, hielt Adelmann noch einen Moment lang mit der Linken. Als der Körper schwer zu werden begann, ließ er los. Adelmann sackte zusammen und fiel mit dem Gesicht auf den Waldboden. Heinrich drehte sich um und ließ Adelmann zurück. Am Ufer des Hubertussees kniete er nieder, wusch das Blut vom Messer ab und säuberte anschließend seine Hände. Wenig später bog er vom Rundweg um den See nach rechts ab, folgte einem Trampelpfad, der vor der Mauer abknickte. Wenige Meter vor dem grauen, vier Meter hohen Wall aus Fertigbetonteilen blieb er stehen und fixierte die runde Mauerkrone, die aussah wie ein von unten aufgeschnittenes, aufgestülptes Endlosrohr. Diese sogenannte Hamsterrolle sollte verhindern, dass sich Flüchtlinge, die es trotz aller Sicherheitsmaßnahmen bis an die Wand geschafft hatten, festhalten und hochziehen konnten. Heinrich nahm das Messer und betrachtete es gedankenverloren. Dann holte er weit nach hinten aus und warf es mit aller Kraft über die Mauer. Er konnte den Aufschlag auf der anderen Seite hören. Einen kurzen Moment lang bellte ein Wachhund weit hinter der Wand. Ein zweiter antwortete. Dann war Stille.

Ruhigen Schrittes ging Heinrich zurück, passierte die Parkbank, auf der er noch vor wenigen Minuten zusammen mit Adelmann gesessen hatte. Im Dunkeln zeichnete sich davor ein undefinierbares, regloses Bündel ab. Ungerührt ging Heinrich weiter. Es begann zu regnen. Kurz darauf erreichte er einen dunkelblauen Volkswagen und fuhr davon. Keine zehn Minuten später stellte er den Wagen in der Welfenallee ab. Er verschloss das Fahrzeug, drückte den Schlüssel durch das leicht geöffnete Dreiecksfenster auf der Fahrerseite, ging zu einer Telefonzelle am Ludolfingerplatz und wählte eine Frohnauer Nummer. „Kasino Frohnau? Geben Sie mir bitte das Turmzimmer. Danke." Heinrich musste einen Moment warten. Als sich eine Frauenstimme meldete, sprach Heinrich zwei kurze Sätze: „Die Sache ist erledigt. Das Auto steht in der Welfenallee, vor dem Blumenladen." Heinrich legte auf. Einen Moment später marschierte er am Kasino vorbei zum Bahnhof. Nur wenige Menschen waren um diese Zeit noch unterwegs. Am Bahnsteig wartete bereits der ocker-rote Zug. Heinrich kaufte eine Fahrkarte, lief anschließend bis zum ersten Wagen, setzte sich auf einen Fensterplatz in dem menschenleeren Waggon und starrte in Richtung Ausgang. Kurz darauf kam der Zugabfertiger aus seinem Häuschen, ließ seinen Blick noch einmal an der Bahnsteigkante entlang gleiten, führte das graue Plastikmikrophon an seinen Mund und sprach die Zauberformel: „Zug Adler nach Wannsee – Türen schließen! Zug Adler nach Wannsee – abfahren!"

Michael Hertel
**„Frohnau ...
Endstation!"**
Geschichten aus einer
geteilten Welt
Erzählung, 148 Seiten
Verlag: BoD, Norderstedt
Taschenbuch
ISBN
Preis: 6,95 € (D)
Auch als eBook erhältlich

Uniformierte und ocker-
rote Züge standen am
Anfang seiner
Erinnerungen.
VoPos waren überall ...
Und überall Mauer und
Stacheldraht.
Kindliche Fahrten in
längst vergangene(r) Zeit.

Info: www.mhv-buecher.de

Franz Kugler
**„Geschichte Friedrichs
des Großen"**
Herausgeber:
Michael Hertel

Romanartige Biografie
Verlag: BoD, Norderstedt
332 Seiten
ISBN 9783741253478
Preis 9,99 €;
Auch als eBook erhältlich

Nach Franz Kuglers
Original-Text von 1840
jetzt in moderner Schrift
und zeitgemäßem Layout.
Keine Abbildungen

Auch als eBook erhältlich

Info: www.mhv-buecher.de